世界文学与文化论坛

郝岚　吕超　**主编**

二十世纪美国小说专题研究

任媛　著

南開大學出版社

天　津

图书在版编目(CIP)数据

二十世纪美国小说专题研究 / 任媛著. 一天津：南开大学出版社，2021.1
(世界文学与文化论坛 / 郝岚，吕超主编)
ISBN 978-7-310-05992-8

Ⅰ. ①二… Ⅱ. ①任… Ⅲ. ①小说研究一美国一现代 Ⅳ. ①I712.074

中国版本图书馆 CIP 数据核字(2020)第 240263 号

二十世纪美国小说专题研究
ERSHI SHIJI MEIGUO XIAOSHUO ZHUANTI YANJIU

南开大学出版社出版发行
出版人：陈 敬
地址：天津市南开区卫津路 94 号 邮政编码：300071
营销部电话：(022)23508339 营销部传真：(022)23508542
http://www.nkup.com.cn

三河市天润建兴印务有限公司印刷 全国各地新华书店经销
2021 年 1 月第 1 版 2021 年 1 月第 1 次印刷
230×170 毫米 16 开本 12.75 印张 2 插页 228 千字
定价：55.00 元

如遇图书印装质量问题，请与本社营销部联系调换，电话：(022)23508339

目　录

第一章　德莱塞小说研究

西奥多·德莱塞（Theodore Dreiser，1871—1945）是 20 世纪美国文坛知名度极高的现实主义作家，在 40 多年的创作生涯中，他相继写出 8 部长篇小说、4 部短篇小说集及多部散文、政论集、游记、戏剧等，极大地丰富了英美文学的艺术宝库，将 20 世纪的英美现实主义文学推向了新的高峰。2005 年，加利福尼亚大学出版社出版了由杰拉姆·拉维依撰写的德莱塞传记《最后一位巨人》（*The Last Titan*），称他是一位“天才”。德莱塞在美国文学史上，其实就如同巨人一样，与爱默生和惠特曼并肩而立，并继承了以马克·吐温为代表的现实主义传统，带领着美国文坛摆脱了维多利亚时代萎靡不振文风的影响，开启了新现实主义小说的创作时代。

一、德莱塞：以巴尔扎克式的方法写美国

德莱塞是美国印第安纳州特雷霍特镇一户德国移民家庭的后代。其父原系德国的纺织工人，为逃避兵役于 1846 年移居美国。母亲是捷克摩拉维亚地区当地农民的女儿。德莱塞的童年是在美国社会的底层中度过的，他是家中第 9 个孩子，由于家境贫寒，人口众多，从 12 岁起，他就在店铺当小伙计或沿街卖报。17 岁时到芝加哥独立谋生，他先后在小餐馆洗过碗碟，当过五金店的学徒和房产公司的收租员。美国社会的冷酷，穷苦人民生活的无奈、挣扎与辛酸，在他的心中留下不可磨灭的印象。后来，在自传中德莱塞回忆道：“就在这个极易受感染的时期，我感到了我家的贫穷、失败和不幸……同样，任何形式的社会不

幸，都足以使我在思想感情上感到和肉体疼痛一样的悲哀，我总会感到无比的压抑并觉得自己有责任去解脱这种贫穷和苦难。”[①]1888 年，德莱塞得到小学时代一名女教师的资助，在印第安纳大学念了一年书。在大学的知识殿堂里，他接触到达尔文的《物种起源》（*On the Origin of Species*，1859）、赫胥黎的《人在自然界中的地位》（*Man's Place in Nature*，1863）以及斯宾塞的《社会学原理》（*Principles of Sociology*，1876—1896）等著作，受到物种竞争、适者生存等生物社会学理念的影响。

1892 年，德莱塞发表社会学论文《天才的再现》，在报刊媒体崭露头角，因而被芝加哥《环球报》（*The Globe*）聘为正式记者，相继在多家报社、杂志社工作，足迹遍及芝加哥、匹兹堡和圣路易斯的大街小巷。新闻记者的生涯扩大了他的视野，使他有机会观察并体验各种社会生活，为日后的文学创作积累了丰富而有益的素材。与此同时，他大量阅读了狄更斯、萨克雷、巴尔扎克和马克·吐温等人的作品，特别是巴尔扎克对他的创作起到了决定性影响。德莱塞曾回忆到，阅读巴尔扎克的作品对自己来说就是一场“文学道路上的革命”，在相当长的时间里，“我简直跟巴尔扎克以及他笔下的人物一同吃饭、一同睡觉、一同做梦、一同呼吸，脑子里装的是他的想法，眼里看到的是他描绘的城市”，认为仿佛“一扇新的有强大吸引力的生活之门突然在我面前打开了”，“这才是个有眼力、有思想、有感受的作家，通过他，我看到了如此广阔的景象，简直使我惊讶得目瞪口呆——通过法国人的眼睛，我看到了整个巴黎，整个法国，整个生活”。[②]他还声称是巴尔扎克的信徒，下定决心要用巴尔扎克式的方法来写美国的生活。从社会底层出来的德莱塞有着丰富的经历，对光怪陆离的美国社会有着切身的感受。他产生了强烈的创作冲动，要把所了解的美国社会和在这个社会中挣扎、角逐的人们写进小说，展示给大家看。

然而，德莱塞的第一部长篇小说《嘉莉妹妹》（*Sister Carrie*）于 1900 年刚出版就被指责为“有伤风化”而遭禁售。据记载，这本书共印出 1000 多本，结果销售不到一半就被封存在仓库里，作者仅拿到 900 元稿费。不仅如此，一些道貌岸然的评论家群起鼓噪，对其谩骂，甚至扬言控告。对于这场“棒杀”，德莱塞气愤异常，郁结难消，一段时间几乎失去理智。直到 1907 年，小说才被解除禁令，在美国再版。《嘉莉妹妹》遭到噩运后，德莱塞有 10 年时间没再动笔写长篇小说，只是在纽约为几家杂志做编辑。1911 年，他发表了被称为“《嘉莉妹妹》姐妹篇”的《珍妮姑娘》（*Jennie Gerhardt*），小说同样是叙述一个穷

---

① 转引自毛信德《德莱塞简论》，《杭州大学学报》（哲学社会科学版），1981 年第 4 期，第 85 页。

② 转引自塞缪尔·西伦《德莱塞和巴尔扎克》，见《德莱塞评论集》，上海译文出版社 1989 年版，第 73–74 页。

姑娘在资本主义社会里的不幸遭遇，但是塑造了被侮辱却天性善良的珍妮的形象，艺术上也更为成熟。之后，他连续发表三部长篇小说："欲望三部曲"的前两部《金融家》（*The Financier*，1912）、《巨人》（*The Titan*，1914）以及另一部长篇小说《"天才"》（*The "Genius"*，1915）。但这些小说仍然遭到了攻击和查禁。

"欲望三部曲"是一部具有史诗规模的鸿篇巨制，在德莱塞的创作中占有重要地位。小说讲述了金融巨头柯帕乌的发迹史和冒险史，揭示了19世纪末20世纪初美国垄断资产阶级攫取财富和权力的过程，对"镀金时代"的美国金融界、司法界、政界的黑暗腐败以及金融资产阶级控制政权机构的真相，进行了大胆而深刻的揭露。在标榜"民主""公正"的美国，政府官员和议员实际上都是垄断资产阶级的代理人，法庭和报刊也都操纵在垄断资产阶级的手里。小说还真实地描写了垄断资产阶级内部的斗争。不管是掌握费城经济命脉的"三巨头"，还是芝加哥的"四巨头"，他们都和柯帕乌一样，有着强大的政治后盾，以法庭、监狱和政府部门为手中的工具。他们之间互相勾结，争权夺利，尔虞我诈。主人公柯帕乌是银行职员的儿子，对金钱、权势有着强烈的欲望。他从动物世界的弱肉强食中感悟到人生和社会的生存法则，凭借股票投机成功。这是一个典型的金融资本家形象，是德莱塞以芝加哥的一个金融资本家约克斯为原型写成的。主人公的人生哲学是人吃人的极端利己主义哲学，为了掠夺更多的金钱，他使尽了行贿、贪污、收买、诈骗、陷害等卑鄙无耻的手段。他的私生活也肮脏丑恶，荒淫无度。"欲望三部曲"的最后一部《斯多噶》（*The Stoic*）由德莱塞的妻子续写完最后一章，于作家去世后的1947年发表，交代了柯帕乌的完结，即正当他兴致勃勃地为自己的事业成功而欢庆之时，突发肾脏病而丧命，在此，作者以柯帕乌的死暗示了美国现代资产阶级自作孽不可活的结局。

《"天才"》是德莱塞自己感到最满意、带有自传色彩的长篇小说，描写的是一个艺术家的悲剧故事。主人公尤金原是一个有才能的现实主义画家，具有真正的艺术家禀赋，然而由于资产阶级的诽谤和打击，他的作品没有出路。在上流社会的奢侈生活引诱和腐蚀下，他屈从了资产阶级的压力，放弃了对艺术的追求，画些商品广告画，贪图金钱和女色，一天天堕落下去，精神空虚，才思日益枯竭，创作陷入了危机，最终，他成了一个为资产阶级效劳的颓废派画家和生活腐化的淫棍。小说通过一个艺术家的堕落和毁灭的过程，说明在以金钱为中心的资本主义社会里不可能有真正的艺术，也不可能有真正的天才，艺术天才的窒息、被扼杀正说明了美国社会制度对艺术创作的摧残。所以"天才"是打上引号的，具有强烈的讽刺意味。

这部小说一经出版，就再次掀起轩然大波。当年曾经围攻过《嘉莉妹妹》

的那些卫道士们又纷纷站出来攻击小说“伤风败俗”。“纽约消灭罪恶协会”要挟出版商收回此书，并向法院起诉，罪名是该书宣扬淫秽，而法院竟据此判决此书禁止发行。愤怒的德莱塞对这种侵犯人权和践踏自由的行为提出了严厉指责。随即，一些正直的文人表示了对德莱塞的支持，其中便有评论家门肯、诗人庞德、小说家维拉·凯瑟等。之后又是10年，德莱塞没有长篇小说新作问世。在此期间，德莱塞的思想和创作开始有了变化。他结识了威廉·海伍德、约翰·里德和其他一些社会主义者，积极参与政治活动。十月革命爆发后，无产阶级革命的胜利和社会主义国家的诞生使他受到很大的鼓舞，逐渐成为“朦胧的社会主义者”，创作上也获得了新的动力。自《“天才”》出版并遭到攻击后，他愤而放弃长篇小说的创作，开始创作其他体裁的作品。在10年中，他发表了剧本《自然和超自然戏剧集》（*Plays of the Natural and Supernatural*，1916）、《陶工之手》（*The Hand of Potter*，1918），短篇小说集《自由及其他》（*Free and Other Stories*，1918）、《十二个人》（*Twelve Men*，1919），散文集《敲吧，鼓儿！》（*Hey Rub-a-Dub-Dub*，1920），自传《关于我自己》（*A Book About Myself*，1922），等等。

1925年，德莱塞的长篇小说《美国的悲剧》（*An American Tragedy*）发表，引起了全国性的轰动，成为当时美国的畅销书，这不仅为德莱塞而且为美国文学赢得了世界声誉。如何估价这部作品的悲剧意义，如何看待主人公——那个追求上流社会生活、为了金钱和地位而走上犯罪道路的青年，一时成为大家争论的焦点，美国舆论界也一改往日对德莱塞的攻击，发表了评价公允的文章。小说还被剧作家改编成话剧而轰动了百老汇。多年后，好莱坞将这出悲剧搬上银幕，成为一部世界范围的畅销片。

继《美国的悲剧》之后，德莱塞又推出了短篇小说集《锁链：次要小说和故事》（*Chains: Lesser Novels and Stories*，1927）。1927年，德莱塞访问苏联，并在1928年出版的《德莱塞访苏印象记》（*Dreiser Looks at Russia*）中明确地表达了自己的社会主义和共产主义信念。1929年，德莱塞出版了短篇小说集《女性群像》（*A Gallery of Women*），反映了美国妇女“生命被摧残”的悲剧，而其中的《艾尔尼塔》则描写了一个女共产党员的光辉形象，这是美国文学史上第一个共产党员形象。1930年夏天，德莱塞公开声明支持美国共产党。1931年，他深入矿区访问，积极参加工人运动，同年出版有政论集《悲剧的美国》。进入20世纪40年代，德莱塞把主要精力放在继续完成“欲望三部曲”第三部《斯多噶》和另一部长篇小说《堡垒》（*The Bulwark*）的创作上。后者通过描写一个凭借对职务的忠诚和付出大半生的努力终于步入资产阶级行列的人物最后理想破灭的事实，表现了资本主义的信仰危机。1941年，德莱塞当选为美国作家协会主席，1944年获美国文学艺术学会荣誉奖。1945年，年近75岁高龄的德莱塞给美国共产党领导人福斯特写了一封题为《我的生活逻辑》的信，宣布加入美国共产党。在入党申请书中，他写道："我坚信普通的人民，尤其是劳动人民，美国和全世界的工人阶级。他们是自己命运的保卫者，自己前途的创造者。"12 月 28 日，德莱塞在加利福尼亚州好莱坞的家中病逝。福斯特在悼念德莱塞的集会上说："德莱塞最大的荣誉，在于他有能力和诚意做一个现实主义作家，真实地刻画出美国的生活……我们这一代的进步作家，可以尊称他为最伟大的导师之一。"①

二、《嘉莉妹妹》：欲望的煎熬与逐梦的怅惘

小说的大量素材取之于作者本人的家庭经历，他的一个姐姐与主人公有着十分相似的命运。嘉莉本是一个漂亮、朴实、勤劳的姑娘，怀着追求幸福生活的热望告别家乡到芝加哥。当 18 岁的她登上开往芝加哥的火车时，随身携带的全部行李就是一只小箱子、一个廉价的仿鳄皮背包、装在纸盒里的一点午饭，还有一只黄皮钱包，那里面装着车票和一张写着姐姐住址的纸条及四块钱。她满脑子是懵懂的年轻人的幻想，热泪盈眶地与母亲吻别。火车隆隆驶过父亲工作的面粉厂房时，她的喉头一阵哽咽。村外那一片熟悉的绿色田野从眼前掠过，她伤感地叹了一口气，明白从此远离家乡，从此告别自己的少女时代。这样一位还不懂得世事险恶的女孩，等待她的将会是怎样的未来？

> 一个女孩十八岁离开家时，她只有两条路可走，要么遇到教人向善的好人，把她往好处引；要么很快地接受了这世上通行的道德准则，从此堕落下去。至于走中间的路，不变好也不变坏，在这样的现实环境中是不可能的事。大城市自有它的迷魂法，决不亚于市井中花言巧语的诱骗。那百般动人的言辞，有时可能出自最有教养的人之口，具有极大的诱惑力。万盏华灯闪耀，往往抵得过那爱意连连、迷人的眸子里让人动心的目光。单纯的心灵之所以堕落，多半是由完全超乎人力的力量造成的。那刺耳的声响、鼎沸的人声、鳞次栉比的楼房，都以一种说不清道不明的力量敲击着惶恐的心。倘若没有个明白人随时随地在耳边轻声提醒，保不准什么样的花言巧语会吹进那毫无戒备的耳朵里呢！由于辨不清真相，这些像音乐般美妙的谎言，常常会使那些头脑简单的人戒心松懈，感觉迟钝，终

① 转引自毛信德《德莱塞简论》，《杭州大学学报》（哲学社会科学版），1981 年第 4 期，第 96 页。

于上当受骗。[①]

小说开篇，作者便开宗明义地下了结论，离开家乡奔赴大城市的年轻人要不遇到好人相助，要不就堕落，因为都市欲望如同一张网会俘获人心，诱人走上歧路，而这或许就是嘉莉的未来。

可惜的是，嘉莉遇到的不是可以助她一臂之力的好人。在火车上，风流倜傥的旅行推销员德鲁埃以其随和的风度、新潮的装束和看似慷慨友善的态度很快赢得她的信任。在芝加哥，姐姐家的寒酸生活和鞋厂里非人的劳动带给她的全是失望。为了过上舒适的生活，嘉莉当了德鲁埃的情妇。不久，她又爱上了酒店经理赫斯特伍德，此人身上所表现出来的成熟魅力和完美是年轻的德鲁埃无法比拟的，于是嘉莉被他深深地吸引而不能自拔。一天晚上，赫斯特伍德拿着酒店的 1 万多美元冲到嘉莉住的房子里，欺骗她说德鲁埃受伤了，随即把嘉莉带到了加拿大，在那儿，私人侦探追踪上了他们。在得知酒店老板不追究责任的情况下，赫斯特伍德将大部分偷来的钱还给了老板，之后与嘉莉匆匆移居纽约。然而，赫斯特伍德在纽约到处碰壁，逐渐失去了往日的骄傲和自尊，整日足不出户。嘉莉则凭借自身的姿色和歌喉一朝走红，成了光彩夺目的明星演员。此后，她平步青云，挤进上流社会，生活奢侈，抛弃了穷困潦倒的赫斯特伍德，又拒绝了前来重叙旧情的德鲁埃。赫斯特伍德最终走向破产，流浪街头，自杀身亡。但获得成功的嘉莉并不开心，她坐在纽约豪华旅馆里的摇椅上，内心深处极度凄楚悲凉，深感自己寂寞无依，空虚幻灭。

《嘉莉妹妹》对美国社会的冲击，其实并非由于某些细节的暴露，而是因为作者大胆地违背了当时流行写“愉快”故事的潮流，赤裸裸地揭示了道德虚伪的可怕真相，指出人们内心深藏的欲望与道德约束的冲突，并不加掩饰地阐明：善者未必有善果，恶者未必有恶报，不道德者也许会发迹得势，而失意者也并非由于不道德，只是失去了竞争手段。这一点正是卫道者所最不愿意正视的。德莱塞在此带着悲悯的态度将同情和理解施予书中的每个人物。

在 1930 年诺贝尔文学奖授奖仪式上，获奖者辛克莱 •刘易斯有这样一段描述：“在美国，一部小说要想真正为人们所喜爱，就得把美国男人个个写得身材高大、英俊、富有、待人真诚，而且都是打高尔夫球的好手；乡镇邻里互相友善，和睦相处；美国姑娘难免放荡一些，不过最终都会变成贤妻良母。从地理上分，美国主要包括：纽约，住在那里的人全是百万富翁；西部边地，那里永不变化，保留着 1870 年那种粗犷的英雄气概；再有就是南方，那里人人生活在

① 西奥多 • 德莱塞：《嘉莉妹妹》，王克非、张韶宁译，译林出版社 2001 年版，第 1-2 页。

月色永远朦胧、木兰花四季飘香的种植园里。”[①]当时美国主流社会中产阶级的读书品味是优雅、浪漫。然而，在德莱塞的小说中，女主人公——一个妙龄女郎先后做了两个男人的情妇，用美貌和肉体换得了奢华的物质生活享受，如此在当时读者眼中“大逆不道”的行为不仅违背了宗教的“原罪”说，而且与19世纪末盛行的小说观大相径庭。不但如此，作者竟然还让这个违背传统道德观的女人成功地挤入上流社会成了万众瞩目的明星。而作品正是以嘉莉这样一个反传统形象，道出了生活表象后的真实，同时还表达了作者“自由竞争，适者生存”的自然主义思想。

当然，小说的意义并不在于嘉莉妹妹的遭遇本身，而在于作者对造成主人公命运原因的深入挖掘。首先是“美国梦”的诱惑。美国文化源于清教文化，当初来到北美大陆的清教徒们恪守虔敬、谦卑、诚实、勤勉、节俭的价值观，这种观念促使他们努力工作，不断开拓边疆，征服自然，养成了敢于冒险、不断进取的精神，从而在很短时间内把一个不毛之地发展成为强大的工业国家，客观上促进了美国资本主义的发展。在这样的价值观影响下，美国人普遍敬仰、推崇那些白手起家的英雄，期待能够摆脱贫困，走上富裕之路。过去的“美国梦”蕴含着人们对理想、幸福的追求，而到19世纪末，一些粉饰现实的作家们大肆宣扬只要个人奋斗便可从“衣衫褴褛的穷小子变为百万富翁”的神话，刺激着年轻人铤而走险，疯狂地想要得到财富与权力，导致价值观被扭曲，而最后等来的却是梦想的幻灭。嘉莉就是20世纪美国文学中第一个“美国梦”的追寻者。她年轻貌美，虚荣心强，不甘贫困，渴望都市的物质享受，在开往芝加哥的火车上，德鲁埃对城市繁华景象的描画，更加让她着迷。当她真的置身于这座欲望的城市时，看到一边是灯红酒绿的大街、漂亮兴隆的商店、穷奢极欲的富人，一边是流浪街头的失业者、面色苍白的女工及其阴暗肮脏的工作与生活环境，特别是在姐姐身上，她真切地感受到下层人生活的艰难。嘉莉脑子里对物质的幻想在看到姐姐那一刻破灭了，但愈发懂得了金钱的魔力。德莱塞在小说中有一段关于金钱的议论：

> 金钱的真正意义还有待于大众的诠释和理解。假如人人都意识到，金钱首先代表的是正当的报酬，不劳而获是不应该的——我们所付出的金钱，应该从我们诚实的储蓄中来，而不是非法掠夺的——那么，我们的许多社会问题、宗教问题以及政治问题，便会永远成为历史。而嘉莉呢，她所理解的金钱的道德意义，与普通人没有什么两样。那个古老的定义是：“金钱：一种人人都有而我也一定要得到的东西。”她对金钱就是这样理解

① 转引自董衡巽《德莱塞：“一位文笔拙劣的大作家”》，《美国研究》，1992年第2期，第144页。

的。现在，她手里就攥着钱——两张柔软的十美元的绿票子——有了这两张票子，她觉得自己顿时富有了许多。金钱本身就是力量。在她看来，即使自己被丢在一个荒岛上，只要身边有一大捆钱，她也会心满意足的。[①]

显然，金钱在嘉莉看来就是幸福，就是力量。对金钱和物质的欲望一方面来自嘉莉的本性，作品提到在她小的时候，就梦想生活在童话里美丽的宫殿和豪华气派的地方；而另一方面来自社会环境的影响。作为一位公认的自然主义作家，德莱塞一直强调环境对人的作用，在这样一片弱肉强食的丛林中，人人都在为自己的生存而拼得你死我活，大家对金钱的议论、都市里富丽堂皇的建筑、目睹的有钱人的奢靡生活无疑令嘉莉的欲望勃发。嘉莉“在环境的压力下和朋友的教导下，已经改变了许多。她像斗士一般具有寻求解放的天性。更加绚丽的生活在她面前闪着光，她并非没有看到。这与其说是增长了她的见识，不如说是唤醒了她的欲望”[②]。在此，作者真实地记录下了美国经济飞速发展的背后所掩盖的金钱至上、贫富悬殊、道德沉沦的现状。纸醉金迷的酒吧，破败的制鞋厂，歌舞升平的大剧院，凄风冷雨的贫民窟……在这座欲望的大都市，有人淳朴善良、任劳任怨，以道德的操守遏制欲望，却如汉森姐夫一样愁苦贫穷；有人声色犬马、千金散尽之后，像赫斯特伍德那样沦落为街头乞丐；亦有人在欲望的驱使下，精神堕落，不择手段、投机钻营最终走向幻灭，嘉莉即如此。在德莱塞的一系列作品中，工业文明撕掉了传统道德温情脉脉的面纱，嘉莉这个性格顽强、敢于冒险、勇于追求个人价值实现的女性，得到的结局却是落寞寂寥。小说通过嘉莉的生活道路，说明在以金钱为中心的大都市里只有道德的沦丧而没有真正的幸福生活。

德鲁埃、赫斯特伍德、艾姆斯分别出现在嘉莉不同的人生境遇阶段，反映了她在不同人生阶段的灵肉抉择。作为乡下妹，嘉莉从珠光宝气、油滑市侩的推销员德鲁埃的言谈举止中强烈地感受到物欲膨胀的种种诱惑，希冀和他在一起就能过上梦寐以求的富裕生活；作为都市女，嘉莉从风度翩翩、稳健大度的酒店经理赫斯特伍德的言行中感到的是前者所没有的优雅与温和，在同样衣食无忧，甚至可以过得更好的前提下，她便投向了赫斯特伍德的怀抱；作为名伶的嘉莉，后来又从发明家和学者艾姆斯的言谈中，燃起追求理想的愿望，且“一度钟情于他”，认为“他代表了她所不具备的东西”。当然，嘉莉对所谓理想的全部追求，也不过最终化为她在摇椅上遐思时生发出的些许惆怅罢了。

德莱塞在关于人性这个问题上，一直信奉达尔文主义，即强调人的动物性，

---

① 西奥多·德莱塞：《嘉莉妹妹》，王克非、张韶宁译，译林出版社 2001 年版，第 60 页。

② 西奥多·德莱塞：《嘉莉妹妹》，王克非、张韶宁译，译林出版社 2001 年版，第 110 页。

并提出“化学机制”理论：人类行为总是会受到某些情感欲望的支配，在其小说中，他称之为“化学性”或“化学物质”，正是由于这一神秘莫测的力量，德鲁埃在纸醉金迷的舞台上行走；赫斯特伍德想逃避自己中产阶级的生活走进名流汇聚的地方，最后却走向潦倒；嘉莉则为了锦衣玉食的梦想，丢弃了许多宝贵的东西而沦为玩偶，虽得到了名利却毫无幸福可言。由此可见，在欲望的驱使下，人们永远都会因得不到满足而痛苦。

《嘉莉妹妹》的出版发行命运多舛。1900 年在美国的初版便遭冷遇，甚至长期遭到查禁，直至 1911 年由哈珀兄弟公司再版，而 1901 年《嘉莉妹妹》在英国出版却受到广泛欢迎。同一部作品在两个国家的境遇不同，其中原因复杂。不过诚如德莱塞所言：“时常有人让我讲一讲出版第一部小说《嘉莉妹妹》期间遇到的种种困难。如今，在我看来，我出版《嘉莉妹妹》的经历是由当时的出版环境所决定的，而当时的出版环境反映了当时的道德禁忌，因此《嘉莉妹妹》的出版过程是当时道德禁忌的一个生动写照，而讲述这一过程的意义也在于此。”19 世纪末 20 世纪初，伴随着美国社会的发展，人们的价值观发生了重大变化，达尔文进化论和适者生存理论大行其道，强调花费和物质占有的消费意识形态越来越占据主流位置，节俭、自控的清教伦理则开始让位于消费享乐主义。德莱塞无疑敏感地洞察到了这种社会价值的转向，《嘉莉妹妹》通篇便弥散着这一气息。然而，需要注意的是，这些变化并非颠覆性的，保守的得利阶层依然信奉传统的基本价值信条，如工作伦理、等级伦理等，《嘉莉妹妹》明显与这些传统基本道德信条相抵牾。同时我们也看到，德莱塞对消费意识形态的态度是复杂的。从他笔下那些追求挥霍无度的主人公最终穷困潦倒或是精神极度空虚来看，德莱塞无疑又是对消费主义持深深怀疑的态度。

三、《珍妮姑娘》：一曲悲天悯人的恸歌

《珍妮姑娘》又是一部探讨现实，大胆揭示贫富悬殊的美国社会生活的重要作品，是一部哀婉凄恻的情史、一曲悲天悯人的恸歌。

珍妮·格哈特的父亲格哈特是俄亥俄州伦布市一个吹玻璃的老工人，家境贫寒。为了让家人暂时摆脱饥饿的威逼，18 岁的珍妮来到市内一家大旅馆做粗活，一个偶然的机会认识了参议员布兰德。已经 52 岁的布兰德对珍妮家的贫穷状况深表同情，也被健康美丽、富有青春朝气的珍妮所吸引，并表示要娶她为妻。为了感谢布兰德营救她被捕的哥哥，珍妮委身于他。不久，布兰德去华盛顿期间突然病亡，而珍妮却发现自己已经有孕在身，于是成为被社会所不容的

“堕落女人”，被大光其火的父亲赶出家门，善良的母亲只能暗自神伤。珍妮生下女儿后，只身来到克里夫兰谋生，在一家公馆做女仆，被阔少莱斯特·甘看中。很快，珍妮就像嘉莉当初那样，从灰姑娘变成美天鹅，身上的破旧衣衫换成绫罗绸缎，但和嘉莉所不同的是，物欲的满足并不是她所追求的，珍妮需要的是被爱的幸福，她的快乐就来自身边的这个男人。可是，尽管莱斯特爱着珍妮，却始终不肯与她正式结婚。布兰德未能和珍妮组建家庭是因为死亡，莱斯特不能和珍妮结婚是因为社会、经济利益的联手攻击。和珍妮在一起后，老朋友回避他，记者们打听他的故事后在报纸上登载“百万富翁爱上女仆”的消息并配有照片，家人也冷淡他，特别是父亲临死留下遗嘱，如果离开珍妮，他将得到巨额财富。经过若干年的同居之后，莱斯特终于经受不住社会的压力和金钱、地位的诱惑，遗弃了珍妮，与一位富家女结了婚。珍妮落寞地带着女儿隐居乡下，然而一场伤寒又夺去了女儿的生命。所有的幸福都逝去了，她只能将从孤儿院领来的女孩作为晚年唯一的安慰，而此时的莱斯特已经是一位身居要职的富豪。命运就这样带给善良的珍妮悲凉的一生。

与嘉莉为了个人的欲望与利益而作出人生选择不同，珍妮为了家庭牺牲了自己，同时又为别人无私奉献了真诚的情感，凭着良心做了应做的一切。有美国评论家指出，珍妮和霍桑《红字》（*The Scarlet Letter*，1850）中的海丝特极为相似，她们之所以被社会所不容，就是因为都怀着一颗单纯而炽热的心，未婚先孕生下私生子，从而违背了社会约定的习俗，并且为自己所爱的人付出了最真挚的情感。然而，两部小说的结尾截然不同，《红字》中丁梅斯代尔最终向众人忏悔得以坦诚内心，海丝特安度晚年，女儿成家，生活幸福；但德莱塞在《珍妮姑娘》中却安排了异常凄凉的结尾，珍妮孤独一人等待着死亡的解脱。

在德莱塞笔下，珍妮是集真、善、美于一身的“圣女”形象，在小说中很多地方，作者都以叙述者的身份对珍妮的自然美进行刻画，认为珍妮是物欲世界中一个全身细胞都充满善良与爱的姑娘，愿意驻足观看飘浮的彩云，愿意悉心聆听飒飒风声，大自然美丽的线条都深深打动着她，大自然的每一声、每一叹她都喜欢，她渴望和自然融为一体，渴望自己的心与之一起跳动。布兰德把珍妮比喻成一首诗：“你是世界上最最可爱的小小的梦想家。你当然可以写诗。你就活在诗中。小姑娘，你就是诗。别担心你写不写得出诗。”[①]作者还引用了英国自然作家约翰·理查德·杰弗里斯关于处女之美的文字，并作了进一步阐释：

> 英国十九世纪作家杰弗里斯说过，天地要创造一位完美的姑娘，需时一百五十年。“这天地间的无价之宝从大地、空中汲取无数美妙的精

① 西奥多·德莱塞：《珍妮姑娘》，范文美译，译林出版社2003年版，第42页。

华。从那一百五十年来不断吹过碧绿麦田的南风之中汲取；从那繁密的翘摇花、婆婆纳花丛吹来的浓郁芳香之中汲取，花下躲藏了无数的金翅雀，蜜蜂飞舞；从那蔷薇树篱、忍冬树，以及藏青色的玉米花中汲取，金黄色的玉米梗从绿叶的阴影中挺拔而出。弯曲的小溪旁，鸢尾花在阳光下竖立，散放阵阵芬芳；原野树林都保存了天然之美；辽阔的山丘保存了诗歌般的旋律，无拘无束——匆匆已过了三百年。”

百年来，九轮草、蓝铃花、紫罗兰开得春天一片紫蓝，秋天一片金黄。早上时有阳光，时有阵雨，时而露珠滴滴可望；夜晚无穷无尽，时间展开不息的旋律。那是一部没有编写的编年史，超出人类写作的能力；谁能记录一百年前玫瑰花丛掉下的片片花瓣？三百年来，屋顶上年年飞来的燕子过客，谁能记录！而她，从中而降，天地赞叹她的美艳，就如同赞叹过往的花朵一般：十七年华的甜美，是数百年之作。因此，激情几乎都是伤感的。

假如读者了解也欣赏那三百年来花开花谢的风信子；假如玫瑰的花香，音乐的旋律，早上的旭日，傍晚的夕阳，曾经牵动你的心弦；假如一切的美都将消失，然而在时光溜走之前，你却可将那一切搂在怀里，你会放弃吗？①

莱斯特之所以爱上珍妮，是“对她那种异乎寻常的人品感到一种本能的兴趣”，“被她那种特别温柔的性情和惊人的女性美所吸引住了”，称赞她如花般的洁白、鲜灵，是“天地间所有一切美的化身”，“一个温和、柔顺、无私的女人，男人们自然要冲着她一窝蜂拥来。她那种宽宏大量的性格，那种毫不设防的态度，——他们老远就会感觉到。像珍妮这样的姑娘，对一般男人来说，仿佛就像一团火，叫人感到十分舒适”。

不带有一点虚假做作的淳朴让珍妮具备灰姑娘的气质，可是现实生活毕竟不是浪漫的童话，珍妮没有等来那双象征幸福的水晶鞋。这个朴实的女孩其实并没有嘉莉那种对大都市灯红酒绿的生活的憧憬，也没有任何虚幻的不切实际的梦想，生活的艰难让她觉得只要找到一份工作让家人生活得到一点改善便心满意足了，所以，当她得到第一份工作——在旅馆擦地板、洗衣服时，心里自然是愉悦的。在珍妮与白兰德的关系中，读者感受到的依然是她的天真烂漫和善良。她爱上白兰德在很大程度上是出于对一个名人的羡慕、对一个愿意帮助自己家人的人的感激，更是出于白兰德对她爱的表白及提出结婚时的激动。布兰德死后，珍妮失望、痛苦、自责，而且对于布兰德“始终有着一种眷恋的柔

① 西奥多·德莱塞：《珍妮姑娘》，范文美译，译林出版社2003年版，第63-64页。

情。毕竟他没有存心要坑害她。他心地善良，他胸怀恢宏……他是一个好人，所以，她一想到他不能尽其天年，首先替他，而不是替自己感到难过”。那一纸盼望的婚书从莱斯特那里依旧没有得到，为了代表男性尊严的经济特权，莱斯特不肯做出婚姻的承诺而放弃了珍妮，并且觉得自己也付出不少，然而他感受不到的是，善良的珍妮为了挚爱的他即使没有名分也不抱怨，在世人的讥讽下度日，面对困难重重的宿命，自己默默承受痛苦，甚至愧疚地向莱斯特表示自己对不住他。现实总是那么残酷，一个付出自己的青春与爱，多年一直默默忍受的女人，换来的却是再一次被弃的厄运。尽管珍妮的处境多变，但她那勤劳朴实、纯真善良的天性始终不变。小说结尾，虽然与生俱来的美德使珍妮得到了人们的理解和社会的尊敬，可是在莱斯特去世，葬礼结束之后，珍妮“僵硬地站在那里，凝视着眼前的奇景”，四周的嘈杂声已听而不闻，前边等待她的是漫长的孤寂岁月，她发出“一天一天又一天，循环不息，之后……”[①]的疑问。掩卷一刻，读者可能也会跟随着女主人公发出一声忧郁、无奈的慨叹。

嘉莉精神堕落的悲剧主要来自社会环境对欲望的刺激，而珍妮经历的同样是一出社会悲剧。德莱塞说：“世界是一个多么虚伪的地方啊！它的外表这么荒谬欺人。”

> 在我们这个世界，一切动物的活动似乎都局限在某一个平面或某一个圈子里，仿佛这是处于这个被迫绕日而行的星球上的万物天生注定的。例如鱼，离开大海就不能不丧命，而鸟，如掉入鱼的领域，也不能不付出昂贵的代价。小至花朵的寄生物，大至丛林深山的庞然怪物，我们可清楚看出其行动均受限于——某一活动范围。谁要胆敢跨出自己的领域，即使不是丧命，下场也必悲惨。
>
> 然而就人来说，这种行动受限的理论，其作用还不是太明显。我们社会上的各种法律习俗并没有在这一方面勾勒出明确的界线。但社会上的舆论、劝说、判断都可充当各种各样的限制，虽触摸不到，却十分真实。无论男女，如果犯错——亦即跨越自己的活动范围，虽不似飞鸟闯入水中，或野兽误闯人居，有即刻丧命之虞，旁人或许不过侧目而视，以示讶异，或许大声讥笑，又或许举手以表抗议罢了，然而社会的活动范围毕竟还是划分得十分清楚，谁要逾越一步，注定灭亡。人通常是在某种环境里出生长大的，很难适应其他的环境。这就像一只习惯于某种空气密度的小鸟，对密度太高或太低的环境都难以适应。[②]

---

① 西奥多·德莱塞：《珍妮姑娘》，范文美译，译林出版社 2003 年版，第 341 页。

② 西奥多·德莱塞：《珍妮姑娘》，范文美译，译林出版社 2003 年版，第 193-194 页。

德莱塞在此对“泾渭分明”的社会界限予以了强调，正如鱼不会在天空飞翔，鸟也不可能在水里遨游，不同社会范围里的人不可越界，否则“注定要灭亡”，不同阶层之间的对立和隔阂是无法消除的。处于上流社会的参议员布兰德如果没有暴病而死，真的会娶珍妮为妻吗，真的会爱她一生吗？这很难说，不过布兰德到珍妮家时那种居高临下的态度似乎又可以说明一切。莱斯特一开始是被珍妮的青春美貌所吸引，想着先把她占为己有，等到厌倦了再用钱结束关系。然而，随着时间的推移，珍妮的美德、文雅、机智令他为之倾倒，就算是两人分别属于不同的阶层，也不会影响美妙的生活，可事实是，恰恰这个原因使得事情远比想象得复杂棘手，最后让他陷入社会的谴责、诽谤和家庭的指责、反对之中，特别是父亲修改了遗嘱，如果和珍妮生活在一起，那将意味着失去百万财产。当莱斯特遇到过去的恋人——富有的寡妇吉拉特夫人时，他觉得这应该才是自己最理想的结婚对象，于是决定放弃珍妮，重回那个“社交和经济的社会”。此时，珍妮的心境消沉到几乎绝望，当初她来到这里和邻居开始往来的时候，曾经快乐地想象过自己的未来或许很美好，以为和莱斯特结婚那一天会到来，但如今家庭和美梦都已破碎，这就像那想要在天空飞翔的鱼、在水里遨游的鸟，越界的结果终究是悲剧。莱斯特去世了，真心爱着他的珍妮不能参加葬礼，她也已经知道财富和地位的悬殊是他们在一起的障碍。小说的结尾，再次弥漫着感伤的情调。在此，作者满怀着强烈的悲悯情感向读者展示出一幅美国社会贫富悬殊、阶级对立的真实画面，并道出了来自社会底层善良女子的忧伤，以至评论家门肯在读了小说的校样后大为赞赏，对德莱塞说：“不论是谁否认这点你也别信——你肯定是写出了除《哈克贝利·芬》以外美国最好的小说。”

四、《美国的悲剧》：虚幻梦境下的精神堕落

在这部小说发表 18 年前，纽约州发生了一起情杀案，罪犯是一位名叫吉斯特·基莱特的青年。犯罪的缘由是，吉斯特认为怀有身孕的情人挡住了自己向上爬的路，因而将她骗到大麋湖淹死。经过审判，吉斯特被送上电刑椅处死。德莱塞非常关注这个案件，作为旁听者自始至终听取了该案的审讯，并查阅了卷宗，包括吉斯特写给女孩的情书和他在谋杀时的思想活动，这些都成了小说的主要素材。另外，他还亲自勘察了发生案件的地点和关押吉斯特的监狱。为了让小说的细节忠实于生活真实，德莱塞相继搜集、整理了 15 个相关现实材料，选择了其中 3 个较为典型的案件作为小说创作的基础。除了吉斯特案件外，还有为攀高枝与富家女结婚而设计毒杀情人的查理斯·哈里斯及谋杀了情人的理

查逊的刑事案例。在综合分析了这些案例之后，德莱塞发现它们有一个共同点，那就是金钱的诱惑与对权势的崇拜，使少数人铤而走险，犯下谋杀罪。随着岁月的流逝，这些案件已逐渐被人遗忘，而在德莱塞的脑海里却久久挥之不去，那些犯了罪的青年人在法庭上苍白的面孔和忧郁的眼神让作家难以忘怀，他们是怎样走上这样一条冒险之路，不惜辜负自己的青春、断送自己的生命？小说原题为《幻景》，意即什么样的虚幻梦境牵引着他们？而改后的书名《美国的悲剧》一针见血地指出了悲剧的根源。

全书共分三部，第一部是从主人公克莱德·格里菲思的童年写起的。在美国的堪萨斯城，有一对 50 多岁的夫妇领着几个孩子靠沿街传教度日。丈夫拿着手风琴，妻子拿着《圣经》，唱着赞美诗，他们边弹边唱："耶稣的爱拯救我身心，上帝的爱指引我脚步。"他们成天在街头巷尾弹唱传教，为的是募求捐助，但仍难得温饱。12 岁的儿子克莱德对自己穷牧师家庭的窘迫生活感到厌恶和痛苦，他东张西望，心不在焉，嘴里嘟哝着，满脸的不高兴，心想，为什么出生在这样一户穷人家里？别的孩子们并不干这行当，并不祈求上帝，却穿着漂亮，自己干吗要受这份罪呢？因此，稍长大一些，克莱德便拒绝再和父母姐妹一起沿街布道、兜售《圣经》了，16 岁时，他终于背弃了家族自我克制、自我牺牲的宗教信仰，不愿相信那些寄希望于从"天国"获取幸福的虚无缥缈的幻想，迈出清教徒家庭，进入堪萨斯最大的一家酒店去当帮手。这里令人迷醉的酒吧舞厅、富商巨贾挥金如土的奢侈生活引诱着他，使他眼花缭乱、垂涎三尺。克莱德拿着辛辛苦苦挣来的钱，追随着一些酒肉朋友看戏、酗酒、逛妓院，还交了一个爱慕虚荣的女友，花钱如流水一般，而置陷入生活困境的母亲和姐姐于不顾，甚至说谎，隐瞒自己的收入，姐姐生产时竟然只拿出 5 元钱应付了之。此时，在年轻的克莱德的头脑中，一种信条业已形成：一切都是为了自己，人活着就是要追逐金钱和享乐。灯红酒绿的社会环境已经把这个穷牧师的儿子拖到了危险的边缘。在一次野外寻欢作乐的归途中，克莱德和同伙开车撞死了一个孩子，为了逃避警察的追捕，克莱德在惶恐之中丢下女友，只身跳上火车流浪到芝加哥。

第二部是小说的核心，叙述了克莱德从接近上层社会到沦为杀人犯的过程。在芝加哥，时年 20 岁的克莱德与伯父格里菲思——一位有钱的内衣工厂老板邂逅。后经伯父举荐，来到纽约莱科格斯城，在内衣厂的车间当领班，并以老板侄子的身份出入社交场合。不久，他便同新来的女工——聪明美丽的农家女罗伯达相爱。正在两人情意缠绵之时，大资本家的女儿桑德拉对克莱德产生了兴趣，这让他喜出望外，心中暗想："啊，如能熟知这位完美无瑕的姑娘并与之更亲密地往来该有多好！如能博得她的芳心，或许就可以步入她所隶属于的那个上流社会，多好。”[①]他觉得这是一个飞黄腾达的良机，如果能和桑德拉走到一起，就可以毫不费力地获得梦寐以求的财富、地位、享受，于是，克莱德拼命向这位小姐讨好，以博得她的欢心。此时，已经怀孕且一直要求与克莱德正式办理结婚手续的罗伯达便成了他实现美梦的障碍，在多次逼迫姑娘堕胎未成功后，在邪恶心理的驱使下，克莱德竟以旅行结婚的名义将罗伯达骗至湖区杀害。

小说第三部追踪案件的发展，向纵深挖掘，揭示了当地共和党与民主党利用这一案件钩心斗角、大搞政治投机的黑幕。湖上惨案很快就被发现。警察局经过侦查，案情大白。正在避暑胜地与桑德拉欢聚的克莱德在步枪的包围中被捕归案。其时，正值纽约郡民主党与共和党竞选之际，两党的候选人都想利用克莱德案件的处理笼络人心，捞取政治资本。经过长时间的举证、质证、申诉、辩论，最终共和党获胜，民主党败北，克莱德被判处死刑。在关押克莱德的监狱牢房里有 20 多个罪犯，尽管他们的案情不同，但都是死囚。克莱德对此深感疑惑：“怎么会有这么多的罪犯，难道这些人与生俱来就喜欢拿自己的生命作赌注吗？为什么在社会上有些人不做事就有饭吃，生活很安逸呢?”他似乎悟出了一个道理：在这个社会里，暗地里有一股力量在引诱人们犯罪。临刑前，克莱德的母亲从远方赶来探监，为儿子奔走呼号，仍挽救不了败局。母亲又为克莱德请来牧师，要克莱德向上帝祈祷，可是克莱德依然疑团重重：真的有来世和上帝吗？上帝既然今天能饶恕他的罪恶，为什么昨天不阻止他犯罪呢？在一个阴暗冬日的早晨，克莱德在万般寂寞、无奈、不解而又悲愤中被送上电椅处死，时年 22 岁。

在《珍妮姑娘》中德莱塞已经写出了美国社会中的贫富对立及难以逾越的阶级鸿沟，在这部小说里，他进一步指出，美国社会已经演变为一个“有围墙的世界”，“贫富间的界限分得清清楚楚，就像用刀子划过似的”，有谁想要跨过这条分界线而去插足门禁森严的特权阶层，那几乎是不可能的。所谓“美国梦”是“金钱的价值压倒其他一切的强大诱惑”，而对于普通人来说，那只不过是虚妄的幻景，更可怕的是，一旦听从它的蛊惑铤而走险，必会导致生活堕落、道德毁灭，直至精神死亡。克莱德便是如此，在“美国梦”的毒害下成了社会的牺牲品。

《美国的悲剧》借助克莱德这一形象，展示了一个曾经天真单纯的穷孩子是如何在恶劣的社会环境的引诱与腐蚀下，堕落为杀人犯的全过程。克莱德从小跟随父母沿街卖唱布道时就受尽围观者的鄙视与冷眼，自从懂事后就明白，有人腰缠万贯、招摇于世，享受着金钱能够给予的一切而被人羡慕；有人则一无

① 西奥多·德莱塞：《美国的悲剧》，黄禄善、万俊、魏国富译，北京燕山出版社 2003 年版，第 313 页。

所有、卑贱度日，穷困潦倒而受人欺凌，这让他感觉苦恼。在20世纪初期的美国，财富是人们狂热追逐的目标，人们普遍认为口袋里的金钱就是身份的象征，也是在他人面前炫耀的资本，这种以金钱为中心的社会风尚对克莱德这样的普通青年的人生选择产生了决定性的影响。克莱德工作的酒店就是这样一个金元帝国的缩影，有钱人吃喝玩乐、挥金如土，骄奢淫逸的生活方式令克莱德咋舌，他们损人利己的处世哲学、尔虞我诈的生财之道正代表了这个阶层的本质，令他大开眼界。当克莱德第一次迈进那美轮美奂的大厅时就已经震惊了，那里简直如天堂一般，过去一直所向往的奢华生活似乎就摆在了眼前。这里的金碧辉煌让他垂涎，令他感慨："如此看来，当富翁，做贵人，也即有钱，其含义十分清楚。它意味着你爱干什么就干什么，而别人，如克莱德这号人，就会侍候你。它也意味着你拥有一切奢侈享受，意味着你去哪里，怎么去，什么时候去，一切随心所欲。"[①]他仿佛顿时就悟到一条"有钱就能为所欲为"的社会法则。酒店为他打开了一个从未见识过的天地，使他的虚荣心和野心逐渐膨胀起来。同样，酒店里寻欢作乐的人们也对克莱德产生了极大影响。大凡来这里的男人都是些充满野心、追求名利和享受的人，他们来到这里，不外乎是想要"建立自己非同常人的声望，或为公子阔少，或为酒徒闲客，或为巨贾豪富，或为名人雅士，或为情场高手，或为集上述特长于一身者"[②]。而有钱的女人凭着手里的钞票在这里过着奢靡的生活，连与克莱德一起工作的侍应生都早已沾染上"淫荡乃至于邪恶的习气"。克莱德终于抵挡不住外界的诱惑，开始对寻欢作乐跃跃欲试了，虽然多年所受的伦理道德教育也时常令他对自己的所作所为感到荒唐，但世俗享乐的欲望更加让他无法克制。

交通肇事后长达三年的流浪生涯中，克莱德经历了人世的艰辛与挫折，在满眼都是虚伪、欺骗的世界里，弱肉强食的冷酷现实更让他明白了有钱便能为所欲为的社会法则，世态炎凉反而愈加刺激着他不择手段地投机钻营，以保障自己的生存。而身怀有孕的姐姐被抛弃后无处申诉、孤苦无依，又让他明白了道德的一文不值，人们行动的信条是尔虞我诈、损人利己。按照这种信条，克莱德走上了犯罪的道路。

如果说污浊的生活环境决定了克莱德的蜕变，以金钱与权势为支撑点的社会法则决定了克莱德生活道路的走向，那么，腐败的司法环境则决定了克莱德生命的最后归宿。一群司法界官员以"人民公仆"自诩，实际上对社会中的犯罪行为置若罔闻，自我标榜"大公无私"，但以权谋私才是他们最终的目的。为

---

① 西奥多·德莱塞：《美国的悲剧》，黄禄善、万俊、魏国富译，北京燕山出版社2003年版，第42页。

② 西奥多·德莱塞：《美国的悲剧》，黄禄善、万俊、魏国富译，北京燕山出版社2003年版，第43页。

了捞取政治资本，在审理克莱德的案件过程中，他们上演了一场轰动全国的滑稽丑剧，大搞政治投机。

小说从描写检察官梅森入手，暴露了美国整个政治制度和司法制度的丑恶和虚伪。这是一个饱食终日、无所用心的官僚的典型，毫无政绩可言，多年来对管辖区内频繁发生的各类案件熟视无睹，在即将进行的选举中，他注定要失败。政治失意的前景搅得他心神不宁，如热锅上的蚂蚁焦躁不安。也就在此时，克莱德案件发生了，经手下人提醒，他明白这是一个大显身手的好机会，于是才打起精神，亲自出马，大作文章。可笑的是，他的这种工作热情与正义感或责任感没有丝毫的关系，而是由即将丢官的恐慌、击败政敌的野心及赢得政治资本的欲望所激起，为此，他不惜无耻地欺骗选民。

德莱塞在小说的第三部中以新闻报道式的独特笔调详尽地介绍了侦查和审讯克莱德案件的整个过程，写出了在貌似公正的外表下掩饰着的美国司法制度的虚伪。围绕克莱德案件，我们看到的是一场钩心斗角、争名夺利的闹剧。梅森开始审理案件时，出于私心，就已打定主意要判克莱德死刑，同时把自己打扮成"为民做主""伸张正义"的"青天"，为此目的，竟然不惜制造伪证。为了扩大影响和事态，他还大肆渲染案情的离奇、曲折和残忍，并通过新闻界将案情在全国公布，使举国上下群情激愤。这就使陪审团不可能毫无成见地听取被告的申诉和作出判断，自然也就不可能公正地作出判决。更何况陪审团的成员是由检察官梅森亲自挑选、认定的，表面上走着一套所谓"审讯""辩护"的程序，实际上都只不过是骗人的把戏而已。在处理克莱德的案件时，击败政敌民主党人的念头始终萦绕在梅森脑际，他念念不忘的是捞取个人名声和政治资本以便飞黄腾达。尽管如此，审讯时在大庭广众之下，梅森还大言不惭、声泪俱下地说："我之所以采取谨慎的态度，只是出于一个动机：要伸张正义。"[①]一套冠冕堂皇的措辞，一副虚伪无耻的嘴脸！最终，他既击败了政敌，又骗取了选民们的信任，飞黄腾达，竟当上了全国知名的纽约州法院院长。而因那个社会而被毁的克莱德经这样的法庭审判却走向死亡，成了罪恶社会的牺牲品和野心家往上爬的垫脚石。

小说还写到梅森的政敌——民主党人虽然站在克莱德一方，极力为克莱德辩护，但目的同样不是为了伸张正义，而是为了讨好大工厂主缪塞尔·格里菲思和击败共和党人梅森。辩护律师挖空心思地为被告编造情节、掩盖事实、开脱罪责，并在被告候审的长时间里，到处奔波摸底，寻找对策。他们还不辞劳苦地为被告撰写伪供词，并每天到监狱里训练被告把伪供词背熟。两党之间围

① 西奥多·德莱塞：《美国的悲剧》，黄禄善、万俊、魏国富译，北京燕山出版社 2003 年版，第 663 页。

绕这个案件展开了无止无休的互相攻讦，这一切，又从另一个角度暴露了美国司法制度的虚伪内幕。律师贝尔纳普承认自己在婚前也诱奸过一个姑娘并使她怀孕了，但花了一千元就了结此事。与克莱德杀人案件有牵连的桑德拉因家里有钱有势，通过父亲关照前共和党主席，疏通了司法界，于是就可以安然置身局外，甚至起诉书中连她的名字也未提及，原告和被告双方的辩护律师对她也都讳莫如深。而克莱德就因为没有钱，没有得到如此的照应，甚至葬送了年轻的生命。所以，在腐败的司法面前，是没有什么平等可言的，在号称公正无私的公开司法程序的背后是数不尽的肮脏交易和阴谋。德莱塞在他的政论集《悲剧的美国》里曾经喊道："宪法是一张废纸！"在这部小说里，他通过讲述故事、塑造形象，生动地印证了这一论点。

总而言之，克莱德之所以走上犯罪道路，其原因是多方面的，社会的客观因素和个人的主观因素兼而有之，恶浊的环境对他的诱惑与腐蚀是外因，私欲的膨胀与勃勃野心是内因。因此，克莱德的毁灭，不仅是他个人的悲剧，也是美国社会的悲剧。德莱塞说："这本书整个来讲是对美国社会制度的一个控诉。"美国文学史家卡尔·凡·图伦认为："德莱塞仔细考察了克莱德这样一个人怎样由环境塑造成了那个样子，怎样为环境所驱使而身不由己，怎样被环境所毁灭。"①在小说的结尾，美国西部圣弗朗西斯科街头，一对头发灰白的老人、一个瘦弱的年轻妇女带着孩子在路口停下，弹起风琴唱着"赞美诗"，一边布道一边兜售《圣经》……这正是格里菲思一家，与小说开始的场景极为相似，不同的是人物年龄变了，地点也不同，前一场是中部的堪萨斯城，后一场为西部的圣弗兰西斯科，这暗示着悲剧正在从一处向另一处延续，从一代向另一代延伸，从而揭示了美国悲剧的普遍性，正如小说中梅森那句意味深长的话："在我们这个世界上，这种事情已经发生过千万次，在将来还会发生千千万万次。这并不新鲜，也永远不会过时。"②克莱德的故事让读者掩卷沉思并深感切肤之痛，他既没有超乎凡人的睿智，也没有显赫尊贵的身份，既非品行高尚，又非大逆不道，可以视其为美国普普通通青年中的一员。在他的身上，德莱塞挖掘出资本主义制度下浮华都市中小人物思想的迷惘和梦想的幻灭，故有不少美国青年读者在克莱德的身上发现了自己。

多年来，德莱塞始终坚持"真实是人生的命脉，是一切价值的根基"的创作原则，以对社会准确的洞察力和冷峻的现实主义笔法，毫不客气地戳穿了美国社会优雅、正派的虚幻表象，一笔笔记录下令人触目惊心的人物命运和社会

① 许汝祉：《〈美国的悲剧〉的艺术构思特色》，《外国文学研究》，1982 年第 10 期，第 44 页。

② 西奥多·德莱塞：《美国的悲剧》，黄禄善、万俊、魏国富译，北京燕山出版社 2003 年版，第 667 页。

现象。作为记者出身的他，叙述方式带有新闻纪实性质，精确详细，语言质朴。他不像詹姆斯那样对形式精雕细刻，不关心形式的完美，所以，有评论家曾说他“文体笨重”。但是，他打破了美国“温和的现实主义”传统，同时将写实与幻觉、潜意识、梦境联系起来，为美国现实主义文学开拓了新的空间，使作品既具有时代特色，又体现出人性的深度，他的“笨重”正显示了愤怒抨击的力量。他的全部作品都取材于现实生活，以梦想与幻灭为主题，贯穿着对美国生活方式和社会制度的不满情绪，在典型环境中塑造出了众多的典型人物。1930年，美国著名作家辛克莱·刘易斯在获得诺贝尔文学奖时，曾公开表示德莱塞比他自己更有资格获得此殊荣，他动情地说：“没有人比他更孤独。他总是得不到人们的好评，相反却常常遭到责难。但是他扫清了道路，使美国小说从维多利亚时代豪威尔斯那种谨小慎微、温文尔雅的风格转到了开诚坦白、直言无畏、充满生活激情的风格。假设没有他的倡导，我怀疑我们当中如果不是情愿坐牢的话，有谁敢去表现生活，表现美，表现恐怖。”①20世纪上半叶是美国小说的黄金时代，在当时群星璀璨、异彩纷呈的美国文坛，德莱塞无疑是独领风骚的，并在不同程度上极大地影响了同时代作家，包括舍伍德·安德森等名家在内。

德莱塞极为擅长人物的心理分析和心理描写。他自觉吸纳了20世纪的现代哲学、心理学和生理学的成果，结合存在决定意识、人是环境的产物这一唯物主义的认识论对人性和社会进行研究和分析，特别是在心理分析中运用精神分析学家弗洛伊德的潜意识理论以及“力比多”等概念术语，多层次地把握了人物的心理。如《嘉莉妹妹》第四十六章中，先后不同程度影响嘉莉情感的三个男人——德鲁埃、赫斯特伍德、艾姆斯依次登场，令嘉莉心中五味杂陈。德鲁埃的出现和他在嘉莉面前第一次亮相并无太大变化，依然不失推销员的声调和神采，但在此时的嘉莉眼中，他的魅力已尽失，嘉莉对他的突然到访心怀戒备同时又念及旧情而心软。赫斯特伍德的出现则更显突兀，令嘉莉大吃一惊，昔日衣着华丽精致的他如今衣衫褴褛、皮肤松弛，嘉莉感觉他好像是一个饥饿的陌生人慢慢地靠近而吓了一跳，这个人还的确曾经给过她幸福，“尽管内心深处对他还怀有恨意，此刻却怎么也恨不起来了”②。这时的嘉莉“极力想保持镇定，嘴唇不住地颤抖”③，爱恨交加、关切悲悯之情溢于言表。艾姆斯的出现给嘉莉带来的更多是惊奇、是欣羡。二人的谈话围绕着嘉莉的表演展开。与德鲁埃空洞的阿谀奉承不同，艾姆斯从嘉莉的体貌神态出发，丝丝入扣地证明她有表演正剧的天赋，这样的评价和建议是嘉莉从未听到的。“此刻，她不再感到孤

① 龙文佩、庄海骅编：《德莱塞评论集》，上海译文出版社1989年版，第3页。

② 西奥多·德莱塞：《嘉莉妹妹》，王克非、张韶宁译，译林出版社2001年版，第450页。

③ 西奥多·德莱塞：《嘉莉妹妹》，王克非、张韶宁译，译林出版社2001年版，第450页。

独了。她听到的赞美既深刻又具体。”[①]不过，这一番激动与兴奋只是如一潭搅浑了的无助的水，随着时间的流逝，“她便懒散下来，而心中的渴望依然如故”[②]。

在《美国的悲剧》中，作者展示了克莱德对贫困处境的不满心理、对权势的崇拜和对金钱的渴求心理、企图以暴力手段摆脱困境的犯罪心理、实施犯罪的胆怯心理以及下狱后的悔罪心理等，运用多种艺术手段来增强小说的感染力。例如，在初次踏进伯父富丽堂皇的客厅后，受到人们冷落的克莱德在一旁察言观色，深切体会到：“他们这些上流社会的人过得多么轻松愉快。个个看起来都是无忧无虑的。他们谈话的内容全是：盖别墅呀，骑马呀，访亲探友呀，游玩呀，作计划呀，等等。”而克莱德呢，“却被撇在柯比太太家那幢寄住宿舍 3 楼的一个小房间里，无娱乐可言。每星期仅有 15 元钱赖以糊口。明天一早，他还得照常去工厂地下室里干活……”[③]至于父母的窘状，他更不敢吐露半句。克莱德“觉得坐在这里很不相称，颇受怠慢”，“顿时，悲哀涌上他的心头。他感到非常伤心，眼里流露出十分忧郁的神色”[④]。克莱德在这种环境里的心理演变被描写得十分细腻，这就为他最后的堕落埋下了伏笔。再如，克莱德同时收到两封信：一封是桑德拉小姐的，信中提到夜总会、高尔夫球场、汽艇、骑马、游泳、跳舞，那是奢靡的上层社会生活，信笺上还有点点印痕，那是她给克莱德的吻，措辞用语软软绵绵；另一封是罗伯达的，诉说着孤寂和烦恼，让克莱德联想到她家所在的那个惨不忍睹的穷乡僻壤，那东倒西歪的房子，那快坍下来的烟囱，还有她那样子古怪的父亲，以致觉得恶心不舒服，信尾的签名是“愁苦的罗伯达”。两相对照，都加剧了克莱德的心理矛盾和思想斗争。在此，作者通过信件形象地演示了人物的心态。

总之，德莱塞的小说不加任何掩饰地写出了自己眼中的美国，塑造了各类典型人物，其中有出身贫困、幻想靠爱情获得幸福的女子嘉莉、珍妮，有受社会道德腐败感染而精神蜕化、艺术堕落的“天才”画家尤金，有毫无廉耻可言的垄断资产阶级代表柯帕乌，有被环境所毒害而走上毁灭之路的青年克莱德，等等，特别是，其作品一针见血地道出“美国梦”的虚妄，突出了人物命运的普遍意义及情节的时代色彩，从而具有重大的社会意义和打动读者心弦的力量。

---

① 西奥多·德莱塞：《嘉莉妹妹》，王克非、张韶宁译，译林出版社 2001 年版，第 456 页。

② 西奥多·德莱塞：《嘉莉妹妹》，王克非、张韶宁译，译林出版社 2001 年版，第 458 页。

③ 西奥多·德莱塞：《美国的悲剧》，黄禄善、万俊、魏国富译，北京燕山出版社 2003 年版，第 224 页。

④ 西奥多·德莱塞：《美国的悲剧》，黄禄善、万俊、魏国富译，北京燕山出版社 2003 年版，第 224 页。

第二章　玛格丽特·米切尔及其《飘》研究

美国电影学会曾经评选出美国电影史上的百大名言，第一名就是“无论如何，明天又是新的一天”，此句来自荣获奥斯卡九项大奖的《乱世佳人》：倔强坚韧的郝思嘉在白瑞德断然离去后，道出了对明天的信念。而原著《飘》（*Gone with the Wind*，1936）的作者玛格丽特·米切尔（Margaret Mitchell，1900—1949）尽管一生只写了这一部小说，但却是一部引人注目、经久不衰的作品。该书自20世纪30年代问世以来，已历经80余年，依然为读者所喜爱，堪称“一本不折不扣的为女性而写的，以女性眼光发言的言情小说”[①]。1937年，《飘》荣获普利策小说奖。

一、美国通俗小说与米切尔

20世纪以来，西方文学中的通俗文学是一种不可忽视的存在。从通俗文学自身发展来看，其源头或可追溯到古希腊的《荷马史诗》，其后随着城市的产生，中世纪出现了“市民文学”，而文艺复兴时期则是通俗文学的繁荣期，此时期的文学充满着现世精神，倾注着对人的关爱，洋溢着原始的野性与生命力，以后的每一个时代，通俗文学一直生生不息、代代相传，许多昔日不入流的通俗作品变成了今日的经典。

美国学者贝蒂·罗森贝格和戴安娜·赫勒尔德指出：“阅读通俗小说是一种

① 丁芸：《英美文学研究新视野》，浙江大学出版社2005年版，第19页。

消遣。读者沉浸在幻想的天地，与作品中的男主人公和女主人公产生共鸣，和他们共同冒险——身体的、浪漫的、智力的——既脱离现实，又没超出想象。读者可以生活在不同的国家、不同的历史时期，甚至另外的世界，进入无法进入的社会，会见无法会见的许多人。”[①]通俗文学在 19 世纪后特别是 20 世纪得以蓬勃发展，与时代及人们的生活密切相关，在战乱频繁、经济危机、精神危机、犯罪率上升等问题层出不穷的情况下，读者会以各自的审美期待从文学中弥补自己在现实生活中的缺失。同时，女权主义对通俗文学的发展产生了较大影响，大量女性作家对创作的参与，使作品充满女性的内容、女性的视角、女性的话语，加上数量众多的女性读者群，对通俗文学起到了推波助澜的作用。

从文学的艺术性出发，"'模式小说'是比较理想的揭示通俗小说本质的名称"[②]。美国学者乔治·达夫说："许多信奉弗洛伊德精神分析法、马克思主义批评、存在主义的文论家或持有这些学派观点的人，之所以研究通俗小说不得要领，就在于他们并没有把通俗小说看成是模式小说，从而未能正视研究的基本问题。"[③]美国教授约翰·卡维尔蒂将通俗小说的"模式"切割成两方面：文化模式和情节模式[④]，前者指的是涉及一定时期、带有一定地域特征的文化形式，后者指的是小说的情节框架诸如言情、恐怖、冒险、神秘等。或许在很多人看来，所谓"模式"是禁锢于传统之中的，缺乏创新性，故一些评论家多会对通俗小说持排斥态度，甚至对其不屑一顾。显然，此种做法失之偏颇，因为所谓"模式"并不是通俗小说专有，严肃小说也有。此外，"模式"并不意味着失去独创性，任何一部优秀的作品，不论是严肃文学，还是通俗文学，都会以自己的表达方式和艺术风格带给读者以审美愉悦，甚至会令其陷入难以忘怀的境地，例如众多读者在看了玛格丽特·米切尔的《飘》之后，还想再看续集《斯嘉丽》。20 世纪后现代主义思潮的一个重要观点是消除严肃文学与通俗文学的对立，而西方马克思主义批评家们则从社会学的角度论证文学通俗化是当代社会文化发展的必然趋势，所以，通俗文学在西方文学史中是不应该被忽视的。

《飘》应该属于通俗小说中历史言情小说一类，顾名思义，历史言情小说由"言情"和"历史"联姻而成，以"言情"为主，"历史"则起到烘托作用。《飘》以对南北战争时期美国南方社会生活的再现以及浪漫奇特的爱情故事而令读者着迷。虽然在英美文学史上，玛格丽特·米切尔是一个名不见经传、未曾被大书特书的作家，但在世界读者心目中，她的知名度极高。

---

① 转引自黄禄善《美国通俗小说史》，译林出版社 2003 年版，第 11-12 页

② 黄禄善：《美国通俗小说史》，译林出版社 2003 年版，第 13 页。

③ 转引自黄禄善《美国通俗小说史》，译林出版社 2003 年版，第 13 页。

④ 转引自黄禄善《美国通俗小说史》，译林出版社 2003 年版，第 13 页。

1900 年，米切尔生于美国佐治亚州亚特兰大市一个有名的律师家庭，10 岁进入亚特兰大公立学校，后进入本地的华盛顿神学学校，随后又在马萨诸塞州史密斯大学学习，一年后因母亲去世而中途退学照顾家庭。米切尔的家乡是南北战争时期南部联盟的中心，父亲曾经是亚特兰大市的历史学会主席。在南北战争期间，亚特兰大曾于 1864 年落入北方军将领舒尔曼之手，后来，这便成了亚特兰大居民热议的话题。在米切尔出生之时，亚特兰大人仍然沉浸在南北战争失败的痛苦与怨恨之中，每当谈到这场战争，话题都是歌颂南方人的英勇。米切尔从小就从种族观念、阶级偏见极深且对北方怀有不满的祖母那里学会了唱南方军人歌曲，母亲则是个争取妇女选举权的积极分子。在米切尔 6 岁的一天，母亲带她去看从前有钱人家破落后的房舍残骸，给她讲述这些人家先前的兴盛繁荣，而后又如何走向败落的故事。后来，米切尔把这一经历写进《飘》，那就是女主人公冒着战火重建家园的著名章节，小说中的媚兰形象亦有其母亲的影子。

出于对南北战争和南方历史的浓厚兴趣，米切尔专门查阅了大量有关南北战争的历史资料。其实，最初她并没有从事文学创作的想法，或许是其特殊境遇促成了她的文学成就。她的第一次婚姻很不幸，与丈夫离婚后，不得不在《亚特兰大杂志》工作了三年，任副刊编辑兼记者。第二次结婚后，她辞去了工作，由于她小时候骑马摔坏过腿，行走不便，大多数时间只好待在家里。1926 年米切尔开始写小说，将自己的某些生活经历、感悟用笔记录下来。她从小活泼爱玩，常跟附近军营里的士兵调情逗乐，上大学时虽然成绩不佳，却是班里收到男生来信最多的女生之一。其时，正值美国“歌舞升平”的“爵士时代”，米切尔也和众多赶时髦的女孩子一样，剪短发、穿短裙、活泼、富于激情，这样的性情也被赋予到小说女主角郝思嘉身上，而小说中的男主人公白瑞德被烙上了作者第一任丈夫的影子，其外号和中间名字的英文首字母与白瑞德完全一样。不过，据说现实生活中的这个男人粗暴蛮横，迫使米切尔不得不与他离婚，在很长的一段时期里，她随身携带手枪，以防对方骚扰。

据日后米切尔自己说，《飘》的写作过程延续了近 10 年。1929 年，小说大部分章节的初稿其实就已完成，之后她很少对朋友们提及此事，而朋友们也都知道她在写作，但到底在写什么，则无人知晓。由于在车祸中受伤，1934 年，米切尔只好暂且把修订书稿的事情放下。1935 年，麦克米兰图书公司的副总经理哈罗德·莱瑟姆来到亚特兰大，在米切尔朋友的建议下他看到这本小说，不过当时这部小说还只是一堆杂乱无章的手稿，题名为《明天，新的一天》。此后，米切尔又花费半年的时间对作品中所涉及的历史事件的各种细节反复核对，并引用英国诗人欧内斯特·道森的诗歌《辛拉娜》中的一句，将小说的题目改为

《随风而逝》(中译本译为《飘》),并于 1936 年正式出版。其甫一面世便引起了各方面的好评,米切尔也骤然间变得家喻户晓,成为当时美国文坛的名人,她的生活也因为这突如其来的盛誉而被彻底改变。就在《飘》出版后不久,米切尔在给一位教授的信中讲述了她的体会:“我不知道一个作家的生活会是这个样子。如果我事先知道的话,我绝不会企图去当一名作家。过去的几十年里我的生活一直非常宁静。这是我自己选择的一种生活方式,因为我不善于与人交往;因为我希望工作,喜欢安静;也因为我身体不很好,需要休息。近日来,我的生活已经彻底丧失了那种宁静安谧的气氛。”米切尔家的女佣后来回忆说:“小说出版的当天,电话铃每三分钟响一次,每五分钟有人敲门,每隔七分钟有一份电报送上门来。公寓门口总站着十几个人,他们在静候着米切尔出来,以便请她在小说上签名。”迅速成名的米切尔开始频繁接受采访并接受邀请到各地巡回讲演,登门拜访的人也络绎不绝,要求她为各个慈善事业捐款。全国各地的崇拜者纷纷给她邮寄小说,期盼着能够得到她的签名,期盼着她签名后能再掏钱给他们寄回。随后,关于版权、翻译权的各种纠纷纷至沓来,使她又卷进一系列的法律事务中。所以,对于米切尔为何继《飘》之后直至 1949 年 8 月 16 日因车祸丧生再也没有发表任何作品,我们也就不难理解了。1976 年,麦克米兰公司将米切尔遗留下的书信结集出版,题名为《玛格丽特·米切尔的“飘”书信集》。1994 年摄制的影片《玛格丽特》,才首次向世人揭开了这位年仅 49 岁就离开人世的、颇具传奇色彩女作家的秘密。

二、《飘》的轰动

米切尔不到 50 岁就离开人世,平生只写了这一部长篇小说《飘》,但这部作品的发行量之大、拥有的读者人数之多及其爆炸性的轰动效应令世人震惊。1936 年 6 月 30 日,作品一经面世立即打破了美国出版界的多项纪录:日销售量最高时为 5 万册;前六个月发行了近 100 万册,第一年销售量达 200 万册。同年,好莱坞以 5 万美元购得将其改编为电影的权利。随后,小说获得 1937 年普利策奖和美国出版商协会奖。截至 1976 年,即《飘》面世 40 周年之际,该书已印行 85 版,达 800 万册以上(简装本尚不计其内),是美国出版史上堪称销售量最多的一部小说,这在世界范围内,都是屈指可数的。对于作品的热销,连作者本人都感到不解,她一再强调这是一个“关于普通人的普通故事。文笔不出色,思想不高深,没有象征手段,也没有含而不露的更深一层的含义”[①]。1991年9月25日，全世界几十个国家以不同的文字同时出版了《飘》的续集《斯嘉丽》，其作者是美国南方女作家亚历山德拉·里普利，小说淋漓尽致地展现了郝思嘉对白瑞德、对故乡的亲人们爱恨交织的复杂心理，其扣人心弦、催人泪下的篇章亦吸引了不少读者。里普利不无得意地说，《斯嘉丽》不失为一本好书。在《斯嘉丽》出版之前，《飘》迷们不断地在猜测他们所喜爱的郝思嘉和白瑞德最终是否能够再度重逢并破镜重圆，而如今，这一被期待的爱情传奇故事被里普利续写，虽然其真正价值不可与《飘》同日而语，甚至美国评论家钟纳森·维利在《华盛顿邮报》上指出：“《飘》是一部小说，《斯嘉丽》是一件产品。《飘》不论有何缺点，都是发自内心的感人之作。《斯嘉丽》却源自不太高尚的合同。”但毫无疑问的是，续集的问世成为1991年轰动世界文坛的一件大事。

作品以南方奴隶主女儿郝思嘉在南北战争前后曲折复杂的经历为主要线索，真实而生动地再现了美国“南北战争”这一重要历史时期的南方社会生活。关于南北战争及奴隶制题材的美国小说，从倾向上来讲，诸如斯陀夫人的小说《汤姆叔叔的小屋》、希尔德烈斯的小说《白奴》等，对蓄奴制是持反对态度的。《汤姆叔叔的小屋》以基督教的博爱思想描写了南部奴隶主残酷压迫下的黑奴的悲惨生活，通过主人公老黑奴汤姆和其他奴隶的命运声讨了南部蓄奴制的罪恶，曾在美国轰动一时，几天之内便销售上万册，当年在国内发行30万册，以至林肯总统称作者为“写了一部小说，酿成一场大战的小妇人”；《白奴》同样控诉了19世纪30年代至50年代的美国蓄奴制，描绘了美国南方奴隶制由盛及衰时真实的社会生活的画面。两部作品都问世于南北战争之前，都是站在拥护废奴运动的立场之上，发出了正义的呼声。而《飘》则从南方人的立场出发，饱含着对蓄奴制南方社会的同情，其书名“*Gong with the Wind*”（随风而逝），暗示南方昔日的奢华、曾经的浪漫，一切都已化为乌有，字里行间充斥着伤感，这一情绪曾令作者备受争议。此外，其小说对黑奴与其主人关系的美化，对黑奴苦难的淡化，突出他们的愚昧无知、幼稚懒惰，以及把欺凌、残杀黑人的三K党写得如英雄一般……这些内容也广受历史学家的批评。故如果单单考虑《飘》抵制废奴运动的保守态度、作者对某些历史题材的带有南方奴隶主倾向的处理，那么，作品本不应该被广为接受，然而事实却与此相反，这部小说吸引了众多的读者，已然成为美国文学史上一部最畅销的小说。那么，原因何在？

首先，正如克洛蒂亚所指出的：“《飘》本是一部无名之辈的处女作。但它在1936年夏天出版后到年底便印刷了将近百万册，即使是最初几周的销售量，

① 陶洁：《灯下西窗——美国文学和美国文化》，北京大学出版社2004年版，第74页。

也超过了有些文坛大师一生的发行总额。其成功秘诀在于它的可读性。”①与此相比，同年出版的福克纳的小说《押沙龙，押沙龙!》，同样是描写南北战争前后南方社会生活的作品，曾被《时代周刊》评价为“天下得以印刷出版的作品中最为复杂、最为难读、最难理解的文字风格”②，该书在1949年作者获得诺贝尔文学奖之前的14年间，总共销售量大约7000册。这与《飘》的销售量相比差距之大令人震惊。与福克纳让人“头晕目眩”的文体风格、晦涩难解的叙事语言相比，《飘》作为美国通俗小说的杰出代表，其扣人心弦、撼人心魄的故事情节，鲜明生动、引人唏嘘的人物形象以及流畅明了的语言风格都使它成为赢家，虽说其在艺术上尚缺乏更多的创新意识和文学个性，但的确是一部符合读者心理需求的杰作。

其次，电影的拍摄亦推动了小说的传播。当时美国一半以上的人都看过这部作品，而很多的读者是看了电影之后才产生了阅读小说的热情。1939年，好莱坞首次将该作品改拍为彩色影片，即《乱世佳人》。该影片历经三年时间，由三位导演轮流执导，耗资400万美元，它的诞生标志着好莱坞电影进入“恢宏巨制”的时代。在第12届奥斯卡金像奖颁奖典礼上其一举拿下9个奖项，轰动世界影坛。这部长达将近四个小时的影片，以其恢宏的气势、亮丽的色彩、细腻的心理刻画，以及男女主人公完美的组合，给观众以视觉上的强大冲击。影片前半部以史诗般的风格，展现了种植园文明没落后的南方社会的混乱动荡：亚特兰大五角广场遍地伤兵的呻吟、路上惊慌逃难的人群、惊人的枪杀、熊熊燃烧的大火……后半部则以戏剧的张力揭示女主人公在内心冲突中走向成熟的过程，如一出悲恸的心理剧。据报道，导演对饰演郝思嘉演员的选择曾颇费周折。这个形象不同于以往好莱坞电影中温柔善良的女主角，有点“野蛮女友”的味道，热情、勇敢，同时又有些自我、任性，于是导演发起了在全国寻找郝思嘉的活动。而在那个时代的美国，据说每三个女性当中就有一个希望扮演郝思嘉，不光是普通女孩为这个角色疯狂，就连许多女明星也趋之若鹜，如苏珊·海华德、琼·方登、宝莲·高黛，最终英籍演员费雯丽凭借其猫一样炯炯有神的绿色双眸、木兰花般洁白的皮肤以及言谈举止中透露的任性和狡黠征服了导演。而那位同样个性十足的男主角白瑞德的扮演者在作者本人的心目中应该是由因饰演福尔摩斯而红极一时的巴兹尔·雷斯伯恩担当，但导演认为刚刚获得奥斯卡提名的加里·库伯更合适，就这样，原著者和导演各执己见，最后制作人提出一个人选，无人反对，他就是以《一夜风流》一举夺得奥斯卡最佳男演员奖

① 转引自丁芸《英美文学研究新视野》，浙江大学出版社2005年版，第23页。

② 丁芸：《英美文学研究新视野》，浙江大学出版社2005年版，第23页。

的克拉克·盖博，其外形成熟英俊，眼神深情迷人，由他出演风度翩翩、诙谐幽默的白瑞德乃众望所归。《乱世佳人》问世之后，费雯丽和克拉克·盖博这对荧幕上的斗气冤家形象，成为迄今为止都不可超越的经典。当年在放映这一影片时，许多人全家出动去观影。之后，制片商又多次重拍。随着影片的传播，小说的各种译本相继问世，已遍布 40 多个国家。

《飘》在 20 世纪三四十年代的轰动亦缘于其特有的社会时代意义，诚如一位英国当代评论家所指出："《飘》中古老的南方，正是 30 年代的隐晦写照。它的棚户和抢劫的兵士就是斯坦贝克笔下的失业大军，它的注定灭亡的绅士们亦即面临社会变革和经济崩溃的 30 年代的中产阶级。"①20 世纪 30 年代美国经济大萧条，工业总产量和国民收入暴跌，工人失业，农民甚至许多中产阶级都纷纷破产，人们缺衣少食，生活日渐贫困，普遍对未来失去了信心。大萧条引发了美国社会一系列阶级矛盾，文坛批判现实的风潮四起，有的作家致力于揭开资本主义世界的溃疡面，挖掘现实中的丑恶，尽情宣泄对社会的不满情绪；有的作家则提出"以农业对抗资本主义工业"的口号，希望恢复南北战争之前的农业社会。《飘》恰好就在这样的背景下问世。尽管作者处理的是前一个世纪的历史题材，但却让当时的美国读者追昔抚今，读有所思，或许这也是《飘》在美国畅销的主要因素。

更加为读者所认同的是，郝思嘉那种独特的生存理念以及弃旧图新、不断进取的现代意识，使具有强烈危机感及生存欲望的读者们从感情深处视她为女英雄。1957 年在美国一所中学某班级的调查显示，三分之一的女生表示愿意当郝思嘉，到了 1970 年调查时，竟有四分之三的女生想成为郝思嘉式的女性。②而郝思嘉在爱情上的失败又反映了现代社会普遍存在的一种人生悲剧，随着物质的增长和物质欲望的满足，人的失落却日益加深，人的情感也日益无处安置。正因为郝思嘉这一人物形象在这两个方面深入揭示了现代人的精神需求，所以她才能以"飘不走"的佳人形象立于读者心目中，从而成为构成轰动效应的最为本质的内因。此外，这部历史言情小说浪漫曲折的情节与人物复杂的内心纠葛，彰显出女作家超凡的想象力和别具一格的艺术表现力，为美国的"浪漫派"历史小说打开了新的局面，尤其是作品中描绘的浪漫奇特的爱情感人至深。而且，我们并不能认为米切尔完全缺乏创新，关于才子佳人的浪漫言情小说历来都以大团圆的结局带给读者以阅读的愉悦感，而米切尔则反其道而行之，她是事先想好结局才动手写书的。出版社在出书前希望她修改结局，不要把白瑞德

① 丁芸：《英美文学研究新视野》，浙江大学出版社 2005 年版，第 25 页。

② 丁芸：《英美文学研究新视野》，浙江大学出版社 2005 年版，第 25 页。

写得那么绝情，对此米切尔一口回绝。于是，读者在小说中看到：白瑞德爱着郝思嘉，竭尽全力最终仍未得到她的爱；而郝思嘉始终爱着卫希礼，倾其一生的精力，无怨无悔、至死不悟。作品的最终结局是无论白瑞德还是郝思嘉，尽管他们对自己爱恋的对象都充满了激情，也耗尽了心力，却都未能如愿。这样的结局确实令人扼腕，久久不能释怀。

三、《飘》的主题探寻

作品的地域背景是19世纪40—60年代的美国南部。当时美国工业跃居世界第四，工、农业产值大致持平。但工业资本主要集中于北部，而南部则是以蓄奴制为主的农业社会。野蛮落后的奴隶制度阻碍着南方经济的发展，也严重影响了资本主义在整个美国的发展。1860年，林肯当选为总统，其政纲中所提到的保护关税及《宅地法》大大削弱了南方奴隶主的利益，眼见不能控制联邦政府，南方便于1861年悍然宣布退出联邦，成立“美利坚联盟”，推举来自肯塔基州的杰斐逊·戴维斯为总统。1861年4月12日，南部同盟军炮击了北军的要塞，打响了内战的第一炮，从此开始了长达4年的“南北战争”。战争的第一阶段，北军虽然在物质力量上具有优势，但由于没有明确提出土地和奴隶问题，加上军事指挥失误，所以一度败退，南军则士气高昂、步步进逼。战争的第二阶段，林肯颁布了废除奴隶制的《解放宣言》，根据宣言，有400万黑奴获得自由，被解放的黑奴成了联邦军队得力的同盟军，扭转了战局，同时，林肯采取了一系列措施，使联邦军队开始反败为胜，最后收复了整个南方，废除了奴隶制度，扫除了资本主义发展道路上的一大障碍。1865年5月26日，南军全数投降，南北战争宣告结束。

南军的失败虽然是南方旧政权垮台的标志，但在南方文化史上，南军领袖却变成了名符其实的英雄，各次战役的名称都被罩上了神圣光环。南方人身上本就具有的浪漫主义气质使之构思了一系列“神话”来美化南方，按照这一逻辑，战争的血涤清了南方的罪孽，其价值和道德似乎变得更加圣洁。而对这种神话的编纂激励了一代文人进行一种新的浪漫文学的创作（《飘》就是其中一例），并播下了“南方文艺复兴”的种子。

《飘》反映了北方资本主义制度与南方奴隶制度之间的殊死搏斗，以及战后南方社会每个人面对这种巨大的社会变迁所作的选择以及他们日后的命运。小说共62章，大致可分为三部分。

第一部分，讲述战前南方贵族社会的生活。塔拉庄园正值16岁花季的千金小姐郝思嘉生性活泼俏皮、精力充沛、大胆任性、高傲倔强。此时正值南北战争前夕，种植园主们都在谈论林肯、战争、脱盟，这使郝思嘉厌烦透了，她飞快地眨着眼睛，欢快俊俏的黑睫毛一张一合如蝴蝶扇动着美丽的翅膀，她要让大家对自己着迷，对不以她为中心的谈话无法容忍，只有被围绕、被关注、被爱慕、被宠溺，才会令她心满意足。少女时代的郝思嘉爱梳妆打扮，会骑马爬树，最擅长略施小计以天真烂漫的面孔吸引男孩们。在情场上，她嫉妒韩媚兰，而且武断地认为卫希礼是爱自己的。当她向卫希礼求爱碰壁后，就以火速与媚兰的弟弟韩查理结婚作为报复。很快，南北战争爆发了，两个男人都上了前线，而不久韩查理便在战争中死去，郝思嘉转眼工夫成为战争寡妇。在这个时期，“战争”是她最讨厌的字眼，她关心的仅仅是自己的快乐，渴望回到少女时代无忧无虑、丰富多彩的生活。她挣扎着想从寡妇的礼教束缚里逃出来。在舞会上，郝思嘉又一次见到白瑞德，如今的他已是“伟大的”偷越北方封锁线为南方军队提供物资的商人，在亚特兰大赫赫有名。在白瑞德的邀请下，郝思嘉终于不顾人们的冷眼和议论，穿着丧服步入了舞池。随着战局不断恶化，人们已经顾及不到以前所恪守的清规戒律，郝思嘉又开始频繁地参加各种娱乐活动，与军官们说笑。但是，对卫希礼她仍无法忘记。

第二部分，讲述南北战争中的南方社会生活。南方军队告败，亚特兰大城的街头、医院、各个家庭里，伤兵人满为患，穿黑色丧服的妇女也越来越多。战争期间的不拘礼节给郝思嘉带来许多乐趣，她自愿加入护士行列照顾伤兵，当然不是为了支援战争，而是为了释放久积的郁闷，不过，目睹战乱带来的惨状，任性的郝思嘉日渐成熟。此时传来消息，南方战线已经崩溃，北方军突破防线，灾难的阴影笼罩着城市上空，大家开始惊惶地逃离家园。一片混乱中，媚兰临产，郝思嘉只好留了下来。在北方大军压境之日，郝思嘉哀求白瑞德帮忙护送她和刚生下孩子的媚兰回塔拉庄园。在逃出混乱的亚特兰大城后，白瑞德告诉郝思嘉自己不能目睹南方军溃败而不去助一臂之力，他要去参战，于是将一把手枪交给郝思嘉后与之吻别。“他为什么要走？走入无尽的黑暗中，参战，去参加那业已失败的事业，去置身于那个疯狂的世界？他为什么要走呢？……路上遍布的是伤痛、疲惫和心碎欲裂的事，就像嚎叫的狼群一样恐怖，而在路的尽头就是死亡。”[①]对此难以理解的郝思嘉勇敢地独自驾驶马车回到塔拉，一路所见都是残垣断壁，一副破败的景象，家里已被北方军士兵洗劫一空，母亲在惊吓中死去，父亲神志不清，妹妹重病在床。家庭的重担一下落到了郝思嘉这个年仅 19 岁的寡妇肩上，她自己带着年幼的孩子，身边还有年迈的父亲、妹

① 玛格丽特·米切尔：《飘》，李美华译，译林出版社 2000 年版，第 466 页。

妹、媚兰及其新生儿、三个黑奴，10 口人的生计需要她维持。坚韧的郝思嘉想起幼年时从父亲那里听到的家族故事，那些经历过灾难，但最终没有被摧毁而是勇于抗击命运，凭借双手和意志开创家业的父辈们，这使她更加坚信塔拉是值得为之奋斗的，哪怕累断脊梁也在所不惜！

第三部分，讲述战后的南方社会生活。战争终于结束了，许多南方人都在为他们的失败而痛哭流涕。卫希礼回来了，他衣衫褴褛，面容憔悴，声音低沉而悲戚，已不再是原来那个目光清澈、穿着得体、拥有十足贵族气质的卫希礼，面对北方来的统治者要庄园主缴纳重税的要求，柔弱的他无能为力。面对此种困境，郝思嘉不甘示弱，决心挑起重整家业的重担，她驾着马车满身污脏地辗转在荒野上。原本娇生惯养、矫情任性的奴隶主大小姐因生活的变故而不得不睁开眼睛面对现实，她干着挤奶、劈柴、种菜等粗活，每天为寻找食物而操心，为“保住几百亩棉田而战”，为守护家财枪杀前来劫掠的逃兵，为了 300 元钱的地产税前去关押白瑞德的牢房探监……在战后重建的日子里，郝思嘉凭借坚韧的毅力和非凡的胆量求生。她忍辱向白瑞德借钱，走上经商的道路，买下了锯木厂，一个女人身带保镖，在别人的议论中雇佣囚犯干活；她抛开缺乏生意头脑的丈夫弗兰克，独揽大权，声称：“我认为，没有男人的帮助，女人照样什么事都干得成——只有生孩子例外。”[①]此时的她目光坚定、声音干脆、办事果断。当弗兰克参加三 K 党活动丧命后，再度守寡的郝思嘉接受了白瑞德的求婚。婚后，夫妻二人住在亚特兰大的豪华大宅，但郝思嘉对卫希礼仍然旧情难忘，几年后女儿意外夭折，最终导致白瑞德的情感之火熄灭。媚兰撒手人寰后，面对伤心欲绝的卫希礼，郝思嘉才从痴情中醒来：“原来他这个人实际是不存在的，除非在我自己的想象里。我所爱的那件东西是我自己创造出来的，我自己做了一件美丽的衣服就对他爱起来了。当初卫希礼骑着一匹马儿来，我就把我这件衣服给他穿上了，不管合不合身，而且我不愿看这人到底怎么样。我一直爱着我自己那件漂亮的衣服——我实在并不爱他。”[②]然而，当郝思嘉终于明白唯有白瑞德才是自己真正需要的、能在乱世中给予自己力量的男人时，白瑞德却离开了，他要返回老家去找寻过去时代残留下的美好的印记。孑然一身的郝思嘉决定不再纠结于痛苦，这时对家乡塔拉的回忆给了她安慰和力量：

> 她曾经在恐惧和失败中回到塔拉去。在它的保护墙下，她重新站了起来，强大起来，准备好重新去赢得胜利。她曾经做过的事，不管怎么样——求你了，上帝，她一定能再次去做的！怎么做，她还不知道。她现在

---

① 玛格丽特 • 米切尔：《飘》，李美华译，译林出版社 2000 年版，第 738 页。
② 玛格丽特 • 米切尔：《飘》，李美华译，译林出版社 2000 年版，第 1210–1211 页。

也不想考虑这一点。她需要有个呼吸的地方让她去伤心，有个安静的场所让她去舔愈伤口，有个让她规划自己的战役和避难所。她想到塔拉，就好像有只温柔、冰冷的手拂过她的心田一样。……

……

她家的人是不知道什么是失败的，哪怕是失败已经在面对面盯着他们也白搭，这股精神使她扬起了下巴。她能够重新得到瑞德。她知道她做得到。还从来没有过她得不到的男人，只要她下定决心要得到他。

"我明天再想这事好了，到塔拉去想。那时我就承受得了了。明天，我要想个办法重新得到他。毕竟，明天又是另外一天了。"①

（一）期待明天的乱世佳人郝思嘉

无可否认，小说的成功之处在于作者笔下这个令人着迷的郝思嘉小姐——一个在乱世中能够忍受困苦和磨难，敢于面对现实，勇于进取开拓的女性。虽然作品问世后，美国评论界对郝思嘉褒贬不一，有人称郝思嘉是一个毫不足取的女性，美国诗人约翰·P. 毕晓普就曾经说过："在任何情况下，郝思嘉都是毫不足取的。她吝啬迷信，还自私自利，简直无人可比。她显然属于她那一阶层的一员，但她只有在少女时代才在表面上有点该阶层的言谈举止；至于他们的情感，她却从来没有共享过。人是要有精神的，这一点于她是不可理解的，至于说思想，她知道得最多的就是那种属于小农意识的卑劣的狡诈伎俩。基于这一点，除了她那珍贵的皮肤、土地和钱财以外，她什么也不看重。而这些正是使她的狡诈伎俩可以永远延续下去的东西。她手里抓着这个，眼里又觊觎另一个，为此，她杀了一个前来偷盗的北方士兵，洗劫了他的尸体、结了好几次婚、购买锯木厂、剥削囚犯的劳动、行使欺骗术、无情地把好几个人送上了西天。"②但多年来让千万读者所惊叹的还是郝思嘉那种不论在生活的顺境中，还是在艰难的逆境里，都要努力实现自我价值的女性意识及不甘示弱、开拓奋进的精神。

小说从女主人公16岁写起，一直到28岁结束。作品开篇即是对郝思嘉的描写：

郝思嘉其实长得并不漂亮。然而，男人们被她的魅力迷住时，却极少意识到这一点。塔尔顿家的一对孪生兄弟就是如此。她的脸上显然融合了她的母亲——沿海一位法兰西血统的贵族和她的父亲——爱尔兰后裔的

① 玛格丽特·米切尔：《飘》，李美华译，译林出版社2000年版，第1235页。

② 转引自李美华《明天又是另外一天了》，译林出版社2000年版，《飘》代译序，第2–3页。

特点，既标致娇柔，又红润粗犷。这张脸实在迷人，非常引人注目，尖尖的下巴，方形的下颚，双眼则呈淡绿色，一点茶褐色也没有。黑黑的睫毛圈在眼睛周围，尾部还微微有点翘，带着点欢快俏皮的模样。眼睛上方，两道墨黑的浓眉向上翘起，在她那像木兰花一样洁白的皮肤上画出两道颇为抢眼的斜线。南方的太太小姐们都非常珍视这种肤色。她们总是戴着帽子、围着面纱、带着露指长手套，小心地呵护着自己的皮肤，以免让佐治亚州炎热的太阳光晒黑。[①]

在这12年间，郝思嘉的命运发生了翻天覆地的变化。在新旧嬗变的乱世中，昔日的奴隶主阶层有人做了负隅顽抗的三K党人，有人做了旧时代的殉葬品，更多的人迷茫彷徨，苟延残喘。而身为塔拉种植园奴隶主大小姐的郝思嘉，却选择了一条在乱世中求生存、谋发展的人生之路。战争在骤然间结束了郝思嘉养尊处优的少女生活，从亚特兰大大火中侥幸存活后，她变得一无所有，孑然一身。饥饿、生存、竞争，面对这严酷的社会环境，年轻的郝思嘉以大智大勇顽强地开辟着自我生存的空间。首先，她认识到人要学一些实际的本领，例如像黑人那样耕田采棉，这些技能都是有用的；其次，她懂得了钱的重要性，因为新的世界只认一样东西，那就是万能的金钱，唯有钱能让人觉得踏实和安全，否则，就只有挨饿、受苦、流落街头……正因为她看到的新世界是一个弱肉强食的世界，“一切标准一切价值都已改变”，所以，她咬牙切齿地时刻告诫自己绝不回顾以往，缅怀和感伤毫无益处，只会摧毁奋斗的意志。因此，面对严酷的社会环境，年轻的郝思嘉鼓足勇气以惊世骇俗之举顺应着时代大潮。在公然抢走妹妹的未婚夫弗兰克后，郝思嘉不仅用他的钱保住了塔拉，而且开了木材厂。为了经营，郝思嘉到处去拉生意，能屈能伸且不择手段，甚至想到了放高利贷。这一切都引起了弗兰克的震惊和愤慨。总之，郝思嘉绞尽脑汁地赚钱，不失时机地步入新兴资本主义工商业经济的轨道，成为一个成功的商人。

是生活迫使郝思嘉无视南方贵族们曾经视为神圣的那些道德规范、宗教信仰等，在她眼里，唯有金钱才能让自己和家人生活下去并重振塔拉。她已从原来那个奴隶主大小姐转化成了典型的资产者。无论是在思想观念上还是在行为方式上，她都已不再是南方贵族的一员。

郝思嘉的自信源自对明天的期待。她从不愿意让自己生活在过去的阴霾里，而是一直憧憬着下一个黎明的到来。面对生活不断带来的痛苦和困惑，她永远不会让自己的信念破碎。与之相比，保守又软弱的韩媚兰恪守妇道，墨守成规，安静地承受着一切。卫希礼固然有着高贵正直的品质，可一旦离开原来

---

① 玛格丽特·米切尔：《飘》，李美华译，译林出版社2000年版，第3页。

固有的生活轨道，便显现出书呆子的悲哀：只会在现实的威慑下怀恋过去。在他们的衬托下，读者能更强烈地感悟到郝思嘉所具有的朝气和勇气：“她是以生活的本来面目去对待生活的，不管会有什么障碍，她都会用坚强的意志去面对它们，下定决心不服输，一直奋斗着，即使在看到失败已经不可避免的情况下，她也还是会奋勇直前地奋斗到底。”①

从南方贵族的传统道德角度看，郝思嘉的确是违背世俗的，但其实，他们眼里唯利是图、没有规矩甚至寡廉鲜耻的冒险家及暴发户们正代表着那个时代充满活力和朝气的积极向上的力量。在南方奴隶制及种植园经济崩溃之际，能够及时转换生存模式，从务农转为经商，恰恰说明郝思嘉是一个能够在混乱的旧世界废墟上建立新生活的勇士。

总之，郝思嘉那种独有的生存意识，以及弃旧图新、不断进取的气质，使具有强烈危机感及生存欲望的广大读者从内心深处视她为女英雄。而郝思嘉在爱情上的失败又反映了现代人普遍存在的一种人生悲剧，随着物质的增长和物质欲望的满足，人的失落感亦日益加深，人的情感日益无以安置。正因为郝思嘉在这两方面契合了现代人的精神，所以她才能以不会消逝的佳人形象立于广大读者的心中。

（二）留恋过去的落魄者卫希礼

在《飘》中，卫希礼被赋予温文尔雅、卓尔不群的贵族气质，从不追求花天酒地的物质享乐，与当地那些热衷打猎、赌博、跳舞的年轻人不同，他爱好阅读、绘画和音乐，喜欢写诗，更加注重精神生活。“希礼天生就不是那种把闲暇时间用来做事情的人，一旦有空，他就把时间用来思考问题。他会用这种时间来编织与现实世界没有任何关联的色彩斑斓的梦想。他会沉溺于一个比佐治亚州更加美妙的内心世界，极不情愿回到现实生活中来。他冷眼旁观着世间的生灵，既谈不上喜欢他们，也谈不上讨厌他们。他漠然观察着凡间生活，既说不上激动振奋，也说不上伤心失望。他按照这个世界原有的样子接受了这个世界以及他在其中所处的位置，而后耸耸肩，转而沉浸在他喜好的音乐、书本以及他那更美好的世界当中去。”②因此，白瑞德评价他是一个绅士，然而这样的绅士是不适合那个血腥、粗糙、诗意全无的时代的。

与生机勃勃的旧社会的叛逆者白瑞德和郝思嘉相比，痛苦忧郁的卫希礼遇事仓皇无助只会黯然神伤。他善良，热爱家乡，之所以参战并不是为了荣誉，而是为了过去那些美妙的岁月。在给妻子的信中，卫希礼写道：“当我躺在毯子

① 玛格丽特·米切尔：《飘》，李美华译，译林出版社2000年版，第656页。

② 玛格丽特·米切尔：《飘》，李美华译，译林出版社2000年版，第33页。

上望着天上的星星，问自己‘你为什么而战’时，我想到了州权、棉花、黑奴和我们从小就被教育要去痛恨的北方佬。可我知道，这当中哪一个都不是我来打仗的原因。我反而看到了十二棵橡树，记起了月光是怎样斜照过白色的柱子的，还有在月光下怒放的木兰花那超凡脱俗的样子。……还有通往河边的那条长路的沿路景观，一望无际的棉田，黎明时分从河边洼地腾腾升起的雾气。这就是为什么我人在此处却不爱牺牲、不爱受苦、不爱荣誉，也不痛恨任何人的原因。也许，热爱家园和乡间，这就是所谓的爱国主义吧。”[①]他不害怕危险、受伤甚至死亡，让他惊恐的是再也无法回到旧时光里去。他把自己交给了那个木兰花飘香的古老文明，内心总是保留着对宁静的森林小路、乡间野餐会、幽谧的月夜及古老房舍那安详迷人的美的渴望。随着古老文明的消逝，卫希礼的精神世界也随之崩塌了。

其实，卫希礼留恋的并不是过去的奢华生活，而是曾经的诗意与高雅，郁郁寡欢的他也想如郝思嘉那般对生活充满激情，却又无论如何也做不到。作为一个理想主义者，他宁愿要幻影和梦境，也不愿见到由刺眼的鲜艳色彩和可以刺伤皮肤的明晃晃的利刃所构成的现实，对此他感到害怕。“这是一种灾难——这种不想面对赤裸裸的现实的心理。战争爆发以前，生活对于我来说就像是一场皮影戏那样，是不真实的。我也喜欢生活的那种样子。我不喜欢事物的轮廓太分明。我喜欢它们柔和一些，模糊一些，朦朦胧胧的。”[②]沉静温柔的媚兰就是他的梦境，由想象勾勒出来的柔和、缥缈的音乐和文学也可以带给他安全感，而那隆隆的炮声、死亡的士兵、崩塌的房屋都以清晰而血腥的形象刺激着他柔弱的神经。他说：“思嘉，我也不知道，我这种惨淡而凄凉的意识是什么时候开始有的，也就是说，是什么时候意识到我自己个人的皮影戏已经结束了。也许是在布尔河的战斗中，当我看到被我打死的第一个人倒在地上的头五分钟里。可我知道，它已经结束了，我也不再能当观众了。不，我猛然发现自己也在银幕上，成了个演员，摆着姿势，作着徒劳无益的手势。我那小小的内心世界不见了，侵入其中的是思想跟我不一样、行为陌生得像西非霍屯都人似的人们。他们用沾满泥泞的脚践踏着我的世界，而当事情变得糟得无法忍受时，我连避难的地方都找不到。我还在狱中的时候，我曾想：‘战争结束的时候，我就可以回去过原有的生活，去做原来的梦，重新去观赏皮影戏了。’可是，思嘉，再也回不去了。”[③]当郝思嘉咬牙切齿地提醒自己“我绝不回顾以往”，“一切标准一切价值都已改变”而“不得不赶快改变起来，以适应这个新世界”的时候，卫

① 玛格丽特·米切尔：《飘》，李美华译，译林出版社 2000 年版，第 256 页。

② 玛格丽特·米切尔：《飘》，李美华译，译林出版社 2000 年版，第 628 页。

③ 玛格丽特·米切尔：《飘》，李美华译，译林出版社 2000 年版，第 630 页。

希礼却不愿面对这已经改变了的世界，从而失去了在新的文明下生存的能力。书中写到，“他那像两弯月牙似的眼睫毛的颜色是成熟的麦子那种深深的金黄色，脖颈露了出来，头高昂着，那神态有多傲慢啊，而他那瘦长而挺直的身体一直透出世系家族的尊严，这股尊严甚至从他那怪异的破旧衣服中透了出来”[①]。尽管是那样的心高气傲，可脆弱的他对养活家人却无能为力，“你要叫他劈柴吧，那他难免要劈开自己的脚板”，缺乏行动的勇气和能力使得他的傲慢没有任何实际价值。

或许白瑞德对卫希礼的评价更加直接：“呸！像我们这样乱七八糟的社会里，他那种人根本没有用，也没有价值。世界发生天翻地覆的变化时，他那种人总是首先要灭亡的。为什么不呢？他们不该活下去，因为他们不奋斗——也不知道怎么去奋斗。这世界变得乱七八糟的，这也不是第一次，也不会是最后一次。这种情况发生过，也还会再次发生。一旦发生了，每个人就会失去所有的一切，而每个人都是平等的。接着，他们全都一无所有，要白手起家。也就是，只有他们精明的头脑和双手的力量。可是，有一些人像希礼一样，既不精明，又没有力量，或者说即使有，却又顾虑重重地不去用它们。这样，他们便垮了，也应该垮掉。”[②]

但是无论如何，卫希礼对于郝思嘉来说都是特殊的存在，她对卫希礼的爱堪称一种神圣的、执着的、包含着自我牺牲的、“美丽到莫可名状”的爱，这种爱既无任何功利目的，也与情欲无关，但却支撑了郝思嘉的整个生命。其实，在郝思嘉的眼中，卫希礼已经成为一个象征：一种超凡脱俗的、高尚的精神的象征，正是这种精神弥补了她对真、善、美的潜意识层面上的追求，才使她能够在肮脏的金钱交易之中保有一份感情寄托。

（三）成熟睿智的传奇式人物白瑞德

在米切尔笔下，白瑞德是神秘而又特殊的。他脸上总是带着一种满不在乎的神情，嘴角则露出玩世不恭的微笑，似乎永远都以置身事外的姿态来应对周边的人或事。他无视任何传统道德的规范，来自社会的约束同样不能将他禁锢，除了军队中的英雄好汉，在亚特兰大，他是人们议论最多的人了，关于他有很多骇人的传闻。尽管名声不好，他还是成了众人皆知的具有浪漫色彩的人物。他佩服“北方佬”的精明，但看不起他们的贪婪和粗鄙；他嘲笑南方地区的士兵，戏谑地称其为“我们穿灰色军服的英雄们”；他打击着周围人自高自大、虚伪透顶、浮华虚夸的“爱国热情”，却又在明知南方注定失败的情况下，离开郝

① 玛格丽特·米切尔：《飘》，李美华译，译林出版社2000年版，第634页。
② 玛格丽特·米切尔：《飘》，李美华译，译林出版社2000年版，第920页。

思嘉走上前线。在所有人都沉浸在南方会获胜、北方佬会投降、战争将永远结束的幻想中时，理智的白瑞德已明白南方正在土崩瓦解。战争期间，他大发国难财；南方战败后，人人都穷困潦倒、疲惫焦灼，他却穿着华丽讲究的衣服，叼着雪茄烟，四处招摇。

白瑞德像一个魔影，不时地出现在郝思嘉身边，扰得郝思嘉心烦意乱；但他又像是爱的一根支柱，处处支撑着她。每当郝思嘉彷徨无助时，他都会及时地出现，带给她卫希礼所给予不了的一切，是战时郝思嘉生活的保护神。在宴会首次见面时，郝思嘉眼里的白瑞德远不及白瑞德眼中的郝思嘉那么可亲可爱。他个子很高，魁梧结实，有着海盗般黝黑的脸庞、宽阔的肩膀，修剪得很密的黑胡须下露出动物一样洁白的牙齿。他目睹了郝思嘉对卫希礼表白、被拒、大动肝火、扇耳光、扔瓷碗的尴尬窘态，之后又以几句轻松的诡辩把伶牙俐齿的郝思嘉气得说不出话来，恨不得把他杀了。第二次与白瑞德相遇时，郝思嘉身穿丧服，被排斥于舞会之外，独自苦恼着，又是白瑞德的邀请使她挣脱寂寞，得以尽情地跳舞，再度成为众人注目的"黑桃皇后"。在跳舞过程中，白瑞德告诉郝思嘉"你现在开始为自己着想了，而不是让别人来为你着想。这是变聪明的开始"[①]。白瑞德就这样闯进了郝思嘉的生活。他深爱着郝思嘉，却又不能让她知道，他把一个男人所能给予一个女人的爱都给了郝思嘉。战争期间他离开了她，试图把她忘掉，可是办不到，战后冒着被捕的危险，他又回来找她。在他看来，他们太像了，"冷酷、贪婪、肆无忌惮"，是天生的一对。可是郝思嘉却对他的爱视而不见，一心惦念着卫希礼，郝思嘉的固执让他无可奈何。在女儿邦妮身上，白瑞德看到了战前那个任性勇敢、活泼快乐、充满生气的完美的郝思嘉，他爱着、宠着邦妮，不允许女儿受一点伤害，给女儿最好的教育，为了女儿的成长和将来，他努力改掉坏习惯，满面笑容、热情友好地与人们打招呼，拼命挽回失去的同时也是曾经最不在乎的名誉。邦妮怕黑，白瑞德就把女儿抱到自己的房间，一盏油灯彻夜不熄。他还带着女儿去旅行，给她买漂亮的衣服，带她骑马。可谁会料到邦妮夭折了！白瑞德痛苦得几近发疯，和郝思嘉之间的关系也到了难以弥合的地步。最终媚兰的去世、郝思嘉的执迷不悟使他彻底绝望，以往对郝思嘉的爱怜之情已碎裂一地，白瑞德黯然离开。

如果从另外一个角度考察白瑞德，那么，有一句话必须提及，这句话后来常常被野心家所引用："在一个国家建设的时候和一个国家被毁灭的时候是最容易发财的，而在一个国家被毁灭的时候发财会更快。"白瑞德就是在南方政府破

① 玛格丽特·米切尔：《飘》，李美华译，译林出版社2000年版，第234页。

产的时候发的大财，他本身没有什么信仰和底线，对他来说利益就是一切。他直言不讳地说，人们奉承他、赞扬他是伟大的爱国者，其实他走私完全是为了钱，并宣称自己“是叛徒，是自私自利的匪类”。这不由得让我们联想到法国文学大师巴尔扎克笔下那位野心家、冒险家伏脱冷：他认为这个社会“有财便是德”，只要有四百万法郎就是“四百万先生”，就是美利坚合众国的公民；在互相吞噬的社会里，清白老实一无用处，为了金钱可以不择手段……同时，在白瑞德身上，我们也可看到英国女作家艾米莉·勃朗特的小说《呼啸山庄》中希斯克里夫式的桀骜不驯的性格特征：他勇于抨击现实中的资产阶级的虚伪文明，敢于向社会复仇、抗争，并用冷酷与残忍来抚慰自己痛苦的心灵。此外，在白瑞德身上也残留着诗人拜伦笔下唐璜式的玩世不恭的性格特点，他有着冒险家一样的经历和传奇色彩。

总之，白瑞德是个复杂的人物，既有恶行，又有善举，但内心深处是一个正人君子。他聪明理智，说话尖刻却往往一语中的；他从不表露真正的心迹，表面上嬉皮笑脸，骨子里其实明辨是非、恪守原则。他总是像个魔影一样，出现在郝思嘉的身边，洞悉她的思想，扰得郝思嘉心烦意乱、气恨交加、哭笑不得。

从作者对故事的铺陈以及笔下主要人物的精心刻画我们可以清晰看出，米切尔虽然在主观上偏爱奴隶社会那种田园牧歌式的生活，极为同情南方贵族阶层，但同时她也看到他们的没落趋势。作者在哀叹南方贵族阶层的不幸时，更鄙视他们在风云变幻的现实面前无能为力、束手无策，嘲笑他们除了看重虚幻的名誉、道德、门第外，一无是处；批判他们是一个专门用来作装饰的族类，血管里流的是陈旧的血液，脑子里想的是莫名其妙的东西，因此，他们不配有更好的命运，只有像郝思嘉和白瑞德这样敢于打破旧的传统、能够忍受各种困苦和磨难、能够迅速适应急剧变化的新生活，并以敏锐的头脑和坚韧的毅力及时转换生存法则、改变自己的社会角色和生活方式的人才是真正立足于社会的强者。

《飘》的魅力还在于它展示了乱世之中缠绵悱恻的爱情的美好，以及人们对爱的渴望。像白瑞德和郝思嘉那样有着明显缺点的人，对自己所爱的人都表现出巨大的真诚和热情，表现出超乎寻常的执着与耐性，这不能不令人感动。同样，作者暗示，无论一个人多么恶劣，只要他还懂得爱他人，那他就可以被拯救——因为他有人性。郝思嘉和白瑞德在爱情上所表现出的那种真挚与彻底，虽然过于理想、过于古典，但毕竟展示了人性中最美好的东西，这也正是作品的魅力所在。

四、《飘》作为通俗文学的审美效果

《飘》具有通俗文学惯有的严谨的结构。故事情节按照南北战争发生的时间向前推进，主人公的性格与命运也随着战争的发展发生着变化。小说将战前南方社会的安宁悠闲、战时的喧嚣混乱、战后的动荡激变和郝思嘉家庭生活的变迁、爱情生活的波折，特别是她起起伏伏的成长经历糅合在一起，虽铺陈繁多，但线索分明、井然有序，节奏感很强。

小说开篇第一句话便是："郝思嘉其实长得并不漂亮，然而，男人们被她的魅力迷住时，却极少意识到这一点。"在这个16岁小姑娘的身上，到底有着怎样的魅力，令人如此着迷？作家紧接着就描画了在战前那个四月里的晴朗的下午，女主人公坐在塔拉庄园阴凉的走廊里时"明媚如画"的体貌：

> 她身穿一件簇新的绿花布长裙，裙环撑开了宽极十二码的飘曳裙摆。这和她脚上的绿色摩洛哥皮平跟鞋极为相配，鞋子是不久前她父亲在亚特兰大给她买的。裙子完美地衬出她那仅有十七英寸的腰身，这也是三个县的女孩中最纤细的了，合体的紧身胸衣托出她虽只有十六岁却已发育成熟、丰满隆起的乳房。虽然她那宽大飘曳的长裙显得端庄朴素，头发也平滑地梳在脑后，挽成一个发髻，一双白皙而小巧的手规矩地叠放在大腿上，但是，她真正的性情并未得到很好的掩饰。在那张极其恬美的脸上，她那绿色的双眸显得骚动不安、狡黠任性，而且生气勃勃。与她那副似乎很有教养的行为举止极不相符，她那副仪态纯粹是平日里在她母亲的温和训导以及她的黑人嬷嬷的严厉管教之下形成的，而这一切都是别人强加给她的。只有她的双眸才是与生俱来的、能显示她本性的地方。[①]

在此，作者为郝思嘉之后戏剧性的人生及其敢于冲破传统习俗的无畏勇气和叛逆精神作了铺垫，就是这样一位年少、娇嫩但同时又任性、富有活力的小姑娘在日后被生活淬炼成了坚韧的女强人。小说结尾则呈现出另一番情致，当郝思嘉终于明白爱恋多年的卫希礼不过是一个萎靡不振的可怜虫，她对他曾经近乎疯狂的爱不过是少女时代的习惯而决定不再对他抱有爱的幻想的时候，她才发现自己真正爱的是那个懂自己的白瑞德，然而让读者意想不到的是，米切尔并未让郝思嘉和白瑞德有个大团圆的结局：白瑞德说，"我的爱已经消磨殆尽

① 玛格丽特·米切尔：《飘》，李美华译，译林出版社2000年版，第3-4页。

了”。——在经历了无数次幻灭的痛苦之后，他已经决定离开郝思嘉。两人的关系最后究竟如何，作者没有给出一个确定的结局，这种开放式的结尾给读者留下了余地也留下了遗憾，让人久久不能忘怀。

小说有着通俗文学常有的精彩场景描写，情节安排巧妙。在作者笔下，几位男女主角——郝思嘉与卫希礼、白瑞德之间的感情纠葛与常见的爱情题材作品中的两个男人爱上一个女人的模式不同，而是形成了互不交叉同时又剪不断、理还乱的纠结关系：郝思嘉和卫希礼是亲戚、朋友，可实际上都有着欲爱不能的痛苦；媚兰与郝思嘉是姑嫂关系，可实际上前者又是后者多年嫉妒的对象；白瑞德与郝思嘉这对斗气冤家互相戒备、争吵，本最应该在一起，最终却是令人叹息的结局。人物关系的复杂、微妙增强了作品的可读性。其中很多精彩的片段给读者留下了深刻的印象，如：郝思嘉与白瑞德第一次相遇的场景、郝思嘉丈夫死后她身穿丧服与白瑞德跳舞的场景、大火中白瑞德驾马车带着郝思嘉等人逃出亚特兰大的场景、郝思嘉去监狱探望白瑞德的场景等。

作品成功地塑造了一系列个性鲜明的人物形象，并调动各种艺术手段多方面展现了人物的性格特征，特别是极为注重挖掘人物内心瞬息万变的心理活动，演示了人物心中微妙的思想和情感动态。例如，郝思嘉为了筹到钱去监狱找白瑞德，装出一副娇羞和斯文的模样，想着白瑞德或许马上会向自己求婚，可是当低下头看到她那原先柔软、白皙的纤纤玉手，如今已粗糙发黑，手心结了厚厚的茧子，拇指上的血泡还没有完全好，不免打起寒噤，不假思索地捏紧拳头。在白瑞德的质疑下，郝思嘉恼羞成怒，却又故作娇嗔，面对咄咄逼人的白瑞德，郝思嘉的自信、勇气慢慢消失，终于放下体面和自尊，诉说了自己的艰难，承认漂亮的裙子是用妈妈的窗帘布改做的，如果税款不及时交纳，她就会失去深爱的塔拉。白瑞德似乎对此并不感兴趣，继续追问郝思嘉是否还有别的什么东西可做担保。终于谈到正题了，郝思嘉明白该摊牌了，她深深地吸了口气，勇敢地迎着白瑞德的目光，决计不能错过时机，脱口而出：“我，还有我自己。”这时一切的风情媚态都已不复存在了，她恳求着，觉得脸上发烧。谁料想白瑞德用带有平和的冷酷意味的声音表示不会借钱给她，郝思嘉气得一跃而起，语无伦次地叫喊着，她用所有的一切下了赌注，却输得精光，连自尊也输掉了。她不能接受这就是塔拉的末日。在这部分绘声绘色的描写中，作者将两个人物的精神面貌和心理活动表现得出神入化、惟妙惟肖。

同样产生审美效果的是，小说讲述的不是完美的爱情童话，展现的也不是完美的人性光辉，而是把美和丑、善与恶同时注入一个人物身上，比如：从本质上来说，郝思嘉是一朵“恶之花”，她唯利是图、不择手段、冷酷实际；白瑞德也是个恶魔式的人物，他没有道德，没有信仰，靠战争发财。作者尽情表现了这两个人物身上各种为传统观念所不容的劣迹恶行，但同时又深刻地挖掘出他们对爱情的执着与认真，这种强烈的反差呈现出明暗相间的立体感。此外，人物之间的隔膜及阴差阳错——郝思嘉永远无法懂得卫希礼，白瑞德终究也无法把握郝思嘉，使作品具有一种缺憾美，或许恰是这份遗憾和不完美给读者留下了深刻印象而使其成为永恒的经典。每个人最终都是孤独者，生命中有的只是永久的追求过程，结果不可企及也无意义——这种描写也具有了一种哲学的意味。

《飘》的主体是写战争与爱情，但它传达的精神似乎已远远超越了这些，这里不仅有缠绵悱恻的爱，还有一个人的成长历程。小说告诉我们：现实可以改变人的性格及人生，并教会我们该如何面对改变以适应新的生活。如今，为米切尔设立的“通往塔拉之路”博物馆坐落在亚特兰大市某饭店旧址上，80 多年前，就在这里，她把小说的手稿交给了麦克米兰出版公司的编辑。1939 年，电影《乱世佳人》在亚特兰大举行首映式，演员费雯丽和克拉克·盖博等也在这里住宿。米切尔亲笔题名的初版本、她的一些书信和照片，以及各种外文的《飘》译本都在这里展出。另外，这里还有电影里人物服装复制品、有关亚特兰大市历史的图片、南北战争时期的实物或手工艺品等。自 1993 年开馆以来，该博物馆每天开放 8 小时（星期日 5 小时），让来自世界各地的书迷们可以一饱眼福。

第三章　福克纳及其“约克纳帕塔法”世系小说研究

威廉·福克纳（William Faulkner，1897—1962），一生共创作了19部长篇小说、120多篇短篇小说，以及一些诗歌和散文，是20世纪美国文学史上一位举足轻重的人物，更是南方文学的精神领袖、“南方文艺复兴”的代表。一方面其笔下几乎所有的故事都以南方为背景，表现出对南方土地和南方传统文化的深深眷恋，强调南方人沉重的历史感；另一方面其作品又尖锐地抨击了南方社会的种种罪恶，对奴隶制、种族主义予以了深刻揭露。此外，福克纳还积极探索和创新小说的艺术表现形式，是20世纪西方意识流的重要作家之一。他大量运用象征、隐喻、宗教典故和神话原型模式，赋予文本以厚重而丰富的象征意蕴。难怪美国学者杰伊·帕里尼曾说，福克纳是文学世界中一个耀武扬威的英雄。

南北战争带来了美国历史上的一次巨大的社会变革，战后，奴隶制被废除，南北分裂局面结束，但与战后北方资本主义经济迅猛发展、工业生产总值突飞猛进的态势相反，南方社会仍长时间保留着经济落后、思想保守的传统农业，那里的庄园主后裔们以及依附于此阶层的文人们抱着浓厚的怀旧心理，追悼着过去那个建立在蓄奴制基础上有着田园牧歌情调的、种植园主家族等级及尊严至上的时代，并以此抵御着北方工业文明的浸染，这种心态便是许多南方作家创作的初衷，也以此促成了以小说为主体的南方文学的崛起。20世纪初，尤其是第一次世界大战后，北方的高度现代化对南方构成了猛烈的冲击，深刻改变着南方人的思想和生活，这些南方作家在这场变革中开始接受新思想、新文化，重新认识和诠释南方的人文历史，并通过作品反映社会巨变时人们在旧的意识形态解体过程中的痛苦与思考，推动了南方小说和戏剧创作的发展，使之走向了空前繁荣的局面，进而迎来了“南方文艺复兴”的热潮。

如果说“迷惘的一代”是一个时代的文学创作主题，那么，南方小说则属于一个区域的文学创作。就区域范围而言，美国南方指的是美国东南部与中南部的 16 个州，特别是指，19 世纪南北战争时期加入南方联盟并主张蓄奴制的 11 个州，包括弗吉尼亚、北卡罗来纳、南卡罗来纳、佐治亚、佛罗里达、田纳西、亚拉巴马、密西西比、阿肯色、路易斯安那和得克萨斯。20 世纪 40 年代，出生于密西西比州的福克纳在“南方文艺复兴”中确立了领袖地位，特别是以其作品构建了一整套“约克纳帕塔法”世系小说，成为南方文学领地一座巍峨壮观的艺术大厦。

一、福克纳与“约克纳帕塔法”世系小说

福克纳是家中的长子，其父亲长期酗酒，很少与孩子们交流。其母亲是虔诚的基督徒，个性坚强，喜欢阅读，鼓励孩子们博览群书，十分注重子女的文化和道德教育，因此，对福克纳的成长有着十分重要的影响，母亲一直支持他写作，从不理会别人的质疑。福克纳自幼对自己的家族史有着深深的自豪感，儿时的梦想之一是成为曾祖父那样的人。这位被尊称为“老上校”的先辈曾是一个叱咤风云的人物，早年离家出走，只身来到南方的里普利镇，在那里，从未接受正规教育的他竟然凭着自学，神奇地当上律师。内战爆发后，他组建并统领过两支南军军队。战争结束后，他参与修建了当地第一条铁路，还写了几本在南方小有名气的小说。性格张扬、不羁一世的“老上校”最后被生意合伙人在一场决斗中杀死。为了纪念他，里普利镇为他竖起了一尊神气十足的雕像。“老上校”极具传奇色彩的一生在福克纳幼小的心灵里播下了浪漫的种子，使儿时的他对戎装和战场充满了渴望。孩提时代的福克纳很喜欢去小镇外的田间和森林里玩耍，在那儿的营地上，他痴痴地听着大人们滔滔不绝地讲述刺激的探险经历。老人们说起内战的时候，福克纳常常是忠实的听众。很多年后，所有的这一切，都成了他创作的原始素材。

福克纳中学没毕业就辍学了，第一次世界大战末期曾经在加拿大空军短暂服役，战后在密西西比大学念了一年书，写了一些青涩的小诗登在校刊里，还获得了学校授予的诗歌奖。1924 年出版的第一部诗集《大理石牧神》(*The Marble Faun*)，有着极为明显的对法国象征主义诗歌的模仿痕迹，赞颂田园生活的美

妙，批评现代文明的浮华。1925年，福克纳来到美国南方的文化中心城市新奥尔良，在朋友的引荐下结识了著名作家舍伍德·安德森，在后者的帮助下，其第一部小说《士兵的报酬》（*Soldiers' Pay*）于1926年出版。这部小说描写了第一次世界大战给青年们造成的肉体和心灵上的创伤，作品基调低沉，饱含着“迷惘的一代”的悲凉色彩。次年，第二部小说《群蚊》（*Mosquitoes*）发表，文中对新奥尔良文人只会高谈阔论、实则卑琐无能的“时代病”予以嘲讽。这两部作品都没有引起多大反响，福克纳只能靠打工维持生计。

经过几年的奋斗和磨砺，福克纳终于迎来了人生的转折点。1929年是他福星高照、喜事盈门的一年。1月31日，小说《沙多利斯》（*Sartoris*）问世，描写了南方贵族地主的传统道德观念给年轻一代所造成的不良影响和人生悲剧。这部作品的重要意义在于，它是作者第一部以虚构的密西西比州北部的约克纳帕塔法县为背景的小说，从此福纳克找到了自己作为一个南方作家特有的写作题材，即“南方的历史、南方的神话和南方的现实”。此后，他创作了一系列以约克纳帕塔法县为故事发生地点、表现社会各个阶级的矛盾斗争和几个家族兴衰的小说。同年10月，小说《喧哗与骚动》（*The Sound and the Fury*）出版，受到广泛好评，作者从此名声大振。从1929年到1942年，福克纳进入了文学创作的繁荣期，接连发表了《当我弥留之际》（*As I Lay Dying*，1930）、《圣殿》（*Sanctuary*，1931）、《八月之光》（*Light in August*，1932）、《押沙龙，押沙龙!》（*Absalom*，*Absalom*！1936）等长篇小说，同时还完成了《不可征服的人》（*The Unvanquished*，1938）和《去吧，摩西》（*Go Down*，*Moses*，1942）等小说集。此外，他还为好莱坞各大制片公司创作电影剧本达40部之多。

1944年10月，美国评论家马尔科姆·考利的文章《福克纳的人间喜剧》发表于《纽约时报书评周刊》，标志着对福克纳“约克纳帕塔法”小说世界的整体认识的开始。1946年考利编选出版了《袖珍本福克纳选集》，高度评价福克纳“完成了我们时代还没有别的先例的精神劳动”[①]，并在选集序言中第一次提出了“约克纳帕塔法世系”这一名称。此书的出版，引起了人们对福克纳的普遍关注。1948年，福克纳当选为美国文学艺术学院院士。1949年，他获得诺贝尔文学奖。之后，他还获得了美国国家图书奖（1951、1955）及普利策小说奖（1955、1963），并多次受美国政府委派，以文化使者的身份赴欧洲、非洲、南美等地从事文化宣传、交流活动，还长期担任了弗吉尼亚大学的驻校作家，成为令人瞩目的公众人物。

在创作后期，福克纳完成了“斯诺普斯三部曲”，即《村子》（*The Hamlet*，

---

① 李文俊：《福克纳评论集》，中国社会科学出版社1980年版，第274页。

1940)、《小镇》（*The Town*，1957）和《大宅》（*The Mansion*，1959），记叙了斯诺普斯家族由默默无闻到飞黄腾达的发迹史，为“约克纳帕塔法”世系小说画上了圆满的句号。此外，福克纳还写出了剧本《修女安魂曲》（*Requiem for a Nun*，1951）、长篇小说《寓言》（*A Fable*，1954），以此来阐述他对人类自我解救和人类命运的思考。1962年6月，福克纳发表了最后一部长篇小说《劫掠者》（*The Reivers*），副标题是“一个回忆”，讲述了关于自己童年的故事。1962年7月6日，因心脏病突发，作家在家乡牛津镇去世，终年65岁。

1955年，福克纳在日本说过一段有名的话：“从《沙多里斯》开始，我发现我那邮票般大小的故土很值得写，而且不论我多长寿也不可能把它写完……我打开了他人的金矿，所以我创造出了自己的宇宙。我可以像上帝那样把这些人移来移去，不仅在空间上而且在时间上也是如此……我喜欢把我创造的世界看作是宇宙的某种基石，尽管它很小，但如果它被抽去，宇宙本身就会坍塌。我写的最后一本书将是约克纳帕塔法县的末日之书、黄金之书。然后我将折断我的笔并不得不结束。”[①]“约克纳帕塔法”世系小说便是福克纳最负盛名的代表作，它由15部长篇小说与几十篇短篇小说组成，规模之恢宏令评论家经常将其与巴尔扎克的《人间喜剧》、左拉的“卢贡·马卡尔家族”系列小说及托马斯·哈代的“威塞克斯”小说相提并论。

约克纳帕塔法是福克纳以家乡为原型虚构的密西西比州北部的县，该名称源于印第安语，意为“河水静静地流过平原”，蕴涵了福克纳对故乡的热爱。按照作家的说法，这个以他为唯一拥有者和产业主的神话王国面积2400平方英里（约6216平方公里），人口15611人（其中白人6298人，黑人9313人），多数是居住在低矮茅屋、生活困窘的佃农，少数是庄园主。该世系小说故事主要描绘了约克纳帕塔法县首府杰弗逊镇康普生、斯诺普斯等家族的兴衰史，涉及白人、黑人、印第安人等600多个人物，时间跨度从19世纪初到第二次世界大战后约150年。福克纳对这个地区的地理环境、人文历史、风俗习惯及其他诸多细节都进行了详细描写和交代。每篇小说都构成一个完整独立的故事，而这15部长篇小说和几十篇短篇小说组成的“约克纳帕塔法世系”作品正如作家所说，“是一部编年史，它几乎是一个地区的缩影，只要堆积在一起，综合起来，也就成了整个南方”[②]。

在这个世系中，有几个著名的家族：《沙多利斯》《不可征服的人》中的沙多利斯家族，《喧哗与骚动》中的康普生家族，《押沙龙，押沙龙！》《去吧，摩

① 转引自肖明瀚《威廉·福克纳：骚动的灵魂》，四川人民出版社1999年版，第51页。

② 威廉·福克纳：《去吧，摩西》，李文俊译，上海译文出版社1996年版，第279页。

西》和《坟墓闯入者》（*Intruder in the Dust*，1948）中的萨德本和麦卡斯林家族，《当我弥留之际》中的本德伦家族，“斯诺普斯三部曲”中的斯诺普斯家族。这些家族分别代表着不同的社会阶层及性格特征，比如康普生、沙多里斯代表英勇、高贵的贵族阶层，斯诺普斯代表偷奸取巧的新兴工商业阶层，本德伦代表贫穷落后的穷白人阶层，等等。此外，还有其他诸如《圣殿》《八月之光》等小说作品，福克纳将变革中的南方以及南方人所经历的人性蜕变用隐喻的方式生动地揭示了出来。不仅如此，他还热情地讴歌了人性中的善良、坚韧、忍耐、怜悯等优秀品质。世系小说内涵丰富而深刻，涉及了家族兴衰、种族矛盾、家庭伦理、人性堕落、暴力凶杀、父子仇恨、罪与罚等多重主题。福克纳站在历史的高度观照社会和人的发展，从庄园主家族的兴衰中，去审视美国南方社会发展进程中的矛盾和冲突，反映了现代人深刻的精神危机，表现了作家对人类命运前途的深切关注。

二、《喧哗与骚动》：失落的天真与期待中的古老情感

《喧哗与骚动》是“约克纳帕塔法”世系小说的核心，是福克纳的第一部成熟的作品，也是他用心最多、最钟爱的一部小说，书名出自莎士比亚的悲剧《麦克白》中麦克白的著名台词：“明天，明天，再一个明天，一天接着一天地蹑步前进，直到最后一秒钟的时间；我们所有的昨天，不过替傻子们照亮了到死亡的土壤中去的路。熄灭了吧，熄灭了吧，短短的烛光！人生不过是一个行走的影子，一个在舞台上指手画脚的拙劣的伶人，登场片刻，就在无声无息中悄然退下；它是一个白痴所讲的故事，充满着喧哗与骚动，却找不到一点意义。”题目隐含着显赫一时的南方贵族在面临灭亡时的失落与绝望。

福克纳在这里写了一个“总是撇不开、忘不了”的故事，用作家自己的话说就是一个关于“失落的天真”的故事，在这个以康普生世家的没落以及各个成员的遭遇与精神状态为内容的小说中，家族中女儿凯蒂的经历构成了中心线索，所有人物都与她有关，这个曾经天真活泼、充满活力的姑娘，后来却挑战式地冲出“南方淑女”的规约，失足堕落成了放荡的女人流落街头。凯蒂的堕落彻底摧毁了南方传统的道德观念，凯蒂及其女儿无家可归的事实也反映了第一次世界大战之后现代人精神上的失落、空虚和孤独，因此，福克纳认为这部小说讲述的是“凯蒂和她的女儿的一出悲剧”，而在这出悲剧中“天真的失落”则是福克纳所关注的焦点。

凯蒂是康普生家四个孩子中唯一的女孩，她聪明伶俐，心地善良，从小就

得到全家人的喜爱。最小的孩子班吉智力发育迟滞，对于懵懂无知的他来说，姐姐就像一个美丽的天使给他灰暗的生活带来了色彩与光亮，因为凯蒂并不像母亲那样嫌弃他，而是常常抚慰他，逗他开心。在班吉的世界里，凯蒂无疑占据着中心地位，姐姐结婚离家后，班吉非常悲哀，甚至无所适从。不仅班吉，就连哥哥昆丁也从充满爱心的妹妹身上得到了很多温暖。家里唯一不喜欢凯蒂的人是弟弟杰生，因为他总是向大人告密和抢班吉的东西而受到凯蒂的训斥。凯蒂儿时的生活是人人羡慕的，可长大后却由于未婚先孕，在家中的地位一落千丈。她顺从母亲的决定，匆匆嫁了自己不爱的人。可她的让步并没有挽回家族的面子。丈夫在发现其隐情后，不由分说把她和孩子一起赶出家门，而娘家也拒绝收留她，于是凯蒂只好把孩子留下，一个人浪迹天涯，沦为妓女。

凯蒂的故事在小说中并不是以连贯的方式叙述出来的，而是从不同的叙事角度断断续续、隐隐约约地呈现出来的。福克纳所认可的一种创作理念是："间接叙述能更加饱含激情；最高明的办法，莫若表现树枝的姿态与阴影，而让心灵去创造那棵树。"[①]凯蒂的形象就是通过作家从几个侧面展现其"姿态与阴影"，给读者以充分的想象空间，让读者自己在头脑里"创造"出来的。在此，福克纳运用多视角叙述策略及意识流技巧，以康普生家族的生活折射出了美国南方没落世族家庭中人生的了无意义和深刻的精神危机。

小说第一部分"班吉的部分"，从班吉意识混乱的回忆中，读者看到了童年时代的凯蒂，看到了他对姐姐的依恋及其眼睛所折射出的周围世界。虽然班吉的思维是混乱的，但却是直观的，他没有理性思维，于是，也就不加任何主观色彩地把目睹的一切转述给了读者，这其中有童年的圣诞节、凯蒂的婚礼、祖母的去世、昆丁的自杀等场面，大多数事件都是以凯蒂为中心的。第二部分"昆丁的部分"，由长子昆丁——哈佛大学的学生讲述凯蒂失贞、嫁人、被丈夫遗弃等情况。妹妹的失身使得对传统保留着宗教般崇拜之情的昆丁极度痛苦，为了妹妹的名声和家族荣誉，他甚至愿意承认凯蒂的女儿是自己的孩子，精神紧张的昆丁最后投水自杀。第三部分"杰生部分"，由次子杰生讲述了凯蒂被逐出家门，流浪在外的经历。杰生冷酷成性，是偏执狂、虐待狂，是南方新一代中自私自利、唯钱是图的一部分人的典型。他恨凯蒂，因为凯蒂的离婚使他失去了在其丈夫的银行里谋职的机会，甚至对这个家庭，杰生都充满了仇恨，于是，凯蒂的私生女小昆丁就成了他复仇的对象。他通过各种手段克扣凯蒂当妓女挣来的抚养女儿的生活费，并向母亲隐瞒事实的真相。得知小昆丁逃学，杰生气得差点拿皮带抽她，后来又看到小昆丁和一个男人从门口走过，更是怒火冲天，

---

① 朱维之、赵澧、崔宝衡主编：《外国文学史》，南开大学出版社2014年版，第597页。

吃晚饭时用难听的话侮辱外甥女。第四部分“迪尔西部分”，通过黑人女佣迪尔西的叙述补充描写了前三部分没有交代清楚的情节。1946年，在出版商的请求下，福克纳为这部小说增加了附录部分，既对康普生家族的历史变迁进行了追述，也补充了原著没有提到的内容：杰生在将家族房产变卖之后把班吉送进精神病医院，自己走上了从商的道路，而凯蒂又经历了几段不如意的婚姻生活，最后成为德国将军的情妇。

福克纳在1956年初接受采访时曾说过这部小说的构思来自萦绕于脑海中的一个画面：“画面上是梨树枝叶中的一个小姑娘的裤子，裤子的屁股上尽是泥；小姑娘是爬在树上，往窗子里偷看她奶奶的丧礼，把看到的情形讲给树下的几个弟弟听。”[①]在作品中，这个画面也是班吉最早的记忆：外祖母办丧事的那天晚上，孩子们被大人赶到屋外去玩，出于好奇，凯蒂一人爬到树上去偷看，想知道家里究竟发生了什么事情，而她的兄弟们则从下面看到了她那在河边玩时弄脏的内裤。福克纳说：“对我来说，这是一个非常动人的意象。”[②]那弄脏的内裤便是失贞的象征。凯蒂在福克纳心目中是美的，这种美不仅来自她的美貌，更来自她的热情、正义感、对弱者的理解和无私的爱，是人性美好的化身。而凯蒂的堕落颠覆了南方整个的传统价值标准和道德观念，给这个崩溃中的家庭带来了致命的打击：康普生先生借酒消愁，最后酒精中毒而死；昆丁跳河自杀；杰生一辈子生活在愤恨之中；班吉因失去凯蒂而陷入悲哀。小说中，凯蒂是缺席的，这也正如她的美好以及康普生家族的辉煌已成为过去，凯蒂如今仅存于兄弟们的记忆中，给他们带来惆怅、痛苦、仇恨。

美国学者俄康纳把这部小说当作“一个家族温暖消逝，自尊和体谅荡然无存的描绘”[③]来读。作为一家之长的康普生先生整日喝酒，不思进取。康普生太太精神抑郁、无病呻吟、自私孤僻，既不爱丈夫和子女，也无法得到他们的爱。大儿子昆丁对妹妹的感情到了不正常的地步，且生性懦弱，多愁善感，因凯蒂的放荡和出走受到打击，19岁就投河自尽。女儿凯蒂漂泊异乡，以出卖色相为生。次子杰生爱钱如命，行为卑劣。幼子班吉患有精神疾病，虽已年满33岁，可只有3岁孩子的智力。凯蒂的私生女小昆丁在冷漠畸形的环境中长大，一直逃学，17岁时偷了杰生的不义之财，和一个流动剧团的男演员私奔……旧贵族精神的没落和资产阶级道德的沉沦带来了无法避免的厄运，使家庭这个原本应该幸福、温暖的地方变成了一片荒原。小说借用了《圣经》中的典故，在

① 李文俊：《福克纳评论集》，中国社会科学出版社1980年版，第261–262页。

② 转引自肖明翰《威廉·福克纳：骚动的灵魂》，四川人民出版社1999年版，第134页。

③ 威廉·范·俄康纳编：《美国现代七大小说家》，张爱玲等译，生活·读书·新知三联书店1988年版，第161页。

结构上对耶稣的传说作了反讽性模仿，隐喻了现代人对宗教博爱精神的背弃。小说第一章、第三章、第四章叙述的故事分别发生于 1928 年 4 月 7 日、4 月 6 日和 4 月 8 日，而 4 月 6 日到 8 日正是那一年的耶稣基督受难日到基督复活日；第二章叙述的时间是 1910 年 6 月 2 日，是基督圣体瞻礼的第八天，这一天是对圣心表示敬意的日子，人们要接受耶稣的爱并把真挚的爱给予他人。而康普生家族成员之间缺乏友爱，与基督告诫门徒的箴言“你们要彼此相爱”形成了鲜明对比。通过康普生家族的变故，福克纳为美国南方贵族及其传统精神的衰败谱写了一曲挽歌。

《喧哗与骚动》的人物画廊中，唯一的亮点是黑人女佣迪尔西。她善良、坚强、仁慈、明理，闪耀着人性的光辉，更加反衬出了这个家族无可挽回的衰败。迪尔西对康普生一家忠心耿耿，是班吉、凯蒂、小昆丁等人的保护人，是凯蒂走后唯一能给这个家带来安慰和温暖的人。作者说：“她代表未来，她将站在家庭倾圮的废墟上像一座倾斜的烟囱，高傲、坚忍、不屈不挠。”有人说迪尔西的原型就是福克纳的黑人奶妈卡洛琳·巴尔。福克纳曾经用一首诗表达自己对她深深的感激：

> 她生为一个奴隶，一个
> 给我的家庭以无限忠诚的人，从来不会
> 懒惰，埋怨，或者算计
> 给予童年的我广大无边的
> 深情与爱意

可以说，这位黑人女仆是小说中唯一健康的形象，与康普生家族中堕落的后代相对照，表明了福克纳对纯朴的劳动人民所具有的优秀品格的赞颂，那是作者最为珍视的人类美德。她是康普生家族历史的见证人，以异常冷静的目光审视着周围的一切，就像她自己说的：“我看见了始，也看见了终。”南方世家风雨飘摇，奴隶主家族在喧嚣中走向寂静的死亡，在充斥着异化的道德伦理的新南方，只有正直、质朴、乐观的黑奴迪尔西体现着作者的人道主义理想，让人们看到了未来的希望，因此，作者将迪尔西作为主人公的第四章安排在复活节，显然也是有深刻寓意的。福克纳曾说过作家的目的是要“揭示心灵里的那些古老的情感，那些古老、人类所共有的情感——爱心、荣誉感、怜悯心、自尊心、同情心和献身精神。任何小说缺乏了这些情感都将会昙花一现，都是注定要死亡的”[①]。面对世界的喧哗与骚动，满怀对处于没落和解体的大家族中成员的悲悯与无奈，福克纳守护着南方的骑士精神、宗法文化等传统价值观念，同时也期待着新的价值理想。

三、《我弥留之际》：人性百态的演绎

《我弥留之际》是反映南方精神文化衰亡的寓言故事，由15个叙述者的59段叙述组成，中心事件是一次历时10天的苦难送葬历程，隐含着《奥德赛》和《旧约·出埃及记》的神话原型。安斯·本德伦家的主妇艾迪生命垂危，长子冒雨为她做好棺材。弥留之际，艾迪留下遗嘱，让家人将其遗体运回40英里（约64公里）外的杰弗逊镇葬于祖坟。由于叙述视角的频繁变化，读者在阅读时会不由自主地站在不同的立足点，从不同的角度审视、分析这个家庭，这点与《喧哗与骚动》相比有过之而无不及。不过叙述者们叙述的都是同一个故事，以“死亡”和“送葬”为中心将各部分联系在一起，而那具“尸体”便成为作品的中心意象。在送葬的路上，每个人各怀心事，各自怀揣着不同的目的，自私、愚昧、荒诞的行为频频发生，但在与洪水、火灾的搏斗中，仍旧显示了福克纳所珍惜和赞扬的人的那种“忍耐”和“挺过去”的能力，从而使作品具有了理想主义的光辉。

弥留之际的“我”即艾迪·本德伦，生前是小学教师，有5个子女。儿时受到父亲虚无主义的影响，父母早亡后，身边没有亲戚朋友，孤独一人，无法与他人建立正常关系，结婚后依然摆脱不了孤寂与绝望。其实，艾迪个性的孤僻源于其人性的扭曲，她在学校对孩子们心怀恨意，竟以拿鞭子抽打学生为快事；与安斯·本德伦结婚不是因为爱而是因为孤独和性欲令她无法忍受。而后的事实证明，艾迪试图以婚姻和家庭来挽救自己的努力完全失败，得到的只有幻灭，她说：“我的孤独被侵扰了而且因为这种侵扰而变得完整了：时间、安斯、爱、你爱叫什么就怎么叫吧，都在圆圈之外。”[②]爱与她无缘，她渴望爱又不相信爱，与牧师私通，怀上私生子，依旧不能焕发艾迪对希望的期待，不能让她走出孤独，仿佛“活在世上的理由仅仅是为长眠作准备”[③]，早已处于“弥留之际”的艾迪，人虽未离世，精神却已经死亡，而精神的死亡，宣告了人类传

---

① 王宁、王春梅：《20世纪西方现代派文学名著导读（小说卷）》，天津人民出版社2000年版，第153-154页。

② 威廉·福克纳：《我弥留之际》，李文俊译，上海译文出版社2004年版，第149页。

③ 威廉·福克纳：《我弥留之际》，李文俊译，上海译文出版社2004年版，第146页。

统价值观念的死亡。本德伦一家的疯狂、丑恶与堕落就发生在这“弥留之际”。

在小说的所有人物中，安斯·本德伦是最受到谴责的。美国著名文艺评论家布鲁克斯指出：“我们对安斯的态度是：对他的卑贱和怯懦感到愤怒，对他内在的麻木和冷酷感到厌恶，对他那某种低等生物的顽强生命力感到迷惑不解和赞叹。”[①]他懒惰、自私、虚伪，体现了人性真善美的丧失。如果说艾迪是由于受虚无主义的影响以及缺乏他人的关爱而导致人性扭曲的话，那么安斯则是一个压根没有情感的人，对重病的妻子漠不关心，害怕出医药费，认为“她反正是要去的，不是吗”；对断腿的儿子也冷漠无情，反而痛心“整整六个月干不了一点儿活”；更可笑的是，妻子死后连花钱买一把铁锹为妻子挖坟坑都不愿意。在福克纳笔下，安斯被塑造成一个滑稽的人物，平时总像一棵树或一株玉米那样待着不动，还经常装出一副可怜相，抱怨“天底下还有比我更倒霉的人吗”来获得别人的同情以达到自己的目的，如寄生虫般依附于他人，拿走了大儿子的钱，换掉了三儿子的马，妻子死时竟然想到的是“现在我可以安假牙了”。

长子卡什，一个31岁的木匠，性格呆板，但有着惊人的忍耐力和牺牲精神。为了修教堂，不幸从高处坠落而摔断了腿。在送葬途中，暴雨把桥冲塌，棺材掉进了水里，卡什和弟弟朱厄尔奋不顾身地跳到河里把棺材捞了上来，后来，他又被大车压断腿，只好躺在棺材上继续赶路。断腿上的泥在烈日的暴晒下皲裂，皮肤被灼伤成焦黑颜色，还是忍着剧痛，无怨无悔地坚持着，只是盼着有人能给自己浇点水。似乎在他身上，有着耶稣式受难者的影子。然而，这样的影子在卡什身上的不断闪现却具有讽刺的味道，耶稣的自我牺牲是为了拯救人类，卡什则为了家庭和自己的利益牺牲了亲兄弟达尔：为了阻止这趟送葬之旅，达尔烧毁了停放尸体的仓库，家人决定将他送进疯人院以避免被起诉和赔偿损失，卡什无情地背叛了与自己关系最好、一路都在关心照顾自己的达尔，置兄弟情谊于不顾，同意并参与了毁灭达尔后半生的密谋。在卡什身上所存在的这种强烈反差足以令读者感受到私利所导致的人性堕落。

达尔是家中的二儿子，美国当代文艺批评家弗莱德里克·R·卡尔指出：“达尔是哈姆莱特式的，就像哈姆莱特一样在全剧中起着破坏作用；他是我们的疯狂的诗人，是传达作者的文学感性的那个声音。达尔在需要时能站到家庭之外，并且看到本德伦家的无奈、偏执与自我毁灭。”[②]他内向敏感，总是在探寻自己是谁、自己是否存在的问题，又由于从小感到被母亲排斥、拒绝而令神经受到刺激，因此在别人眼中孤僻偏执，被人视为疯子，成为与环境格格不入的“畸

---

① 肖明翰：《威廉·福克纳研究》，外语教学与研究出版社1997年版，第289页。

② 转引自李文俊《福克纳评传》，浙江文艺出版社1999年版，第139页。

零人”，同时，他又目光敏锐，观察力和思考力甚至能达到“特异功能”的程度，而这又引来他人的冷眼。他感受到环境的冷酷，也看到了送葬行为的荒诞，并试图阻止将母亲已经腐烂的遗体迁到那么远的地方，为了达到目的，他采取了过激的纵火办法，从而被送进了杰克逊疯人院。在受到家人的残忍对待特别是遭到卡什背叛这一沉重打击后，达尔真的疯了，从被按倒在地到被押上火车，他一直疯狂大笑，“达尔是我们的兄弟，我们的兄弟达尔。我们的兄弟达尔被关在杰克逊的一个笼子里，在那里他那双污黑的手轻轻地放在静静的格缝里，他往外观看，嘴里吐着白沫。是啊是啊是啊是啊是啊是啊是啊”[①]。这是达尔留下的最后一句话，是对这个亲人相残的疯癫家庭的抗议。

三儿子朱厄尔是艾迪与牧师的私生子，是唯一受母亲呵护和宠爱的人，也正因此引起了其他孩子的嫉妒而被排斥。朱厄尔也爱母亲，竭尽全力去实现母亲的遗愿。他爱马如命，为了得到马曾付出极大的代价，自己也像一匹烈马，性情暴烈而骄傲，但即使如此，在这段艰难的旅程中，为了母亲的遗愿，他尽心尽责，当拉车的骡子淹死后，他忍痛割爱，主动将自己的马送去抵押再换来骡子拉车，在大车被洪水冲翻时将棺材打捞上来的是他，在达尔纵火时冒着生命危险抢救棺材的也是他……在他身上，正如其名字一样（原意为“珍宝”），体现了人性中珍贵的善良与执着。

女儿杜威·德尔 17 岁失身于一场性游戏，怀上了私生子，背负着沉重的精神枷锁。为了堕胎，她一再催促父亲进城，想借出殡的机会到城里买药，结果遭到基督徒药店老板的严词拒绝，还被无赖狎弄。她既懦弱又凶残，想用刀子除掉达尔，因为怀疑达尔知道自己的隐私，达尔的纵火行为就是她告发的，她疯狂地对达尔撕扯着，直到将其送进疯人院。无能、愚蠢、狠毒让她注定不会有好的命运。

智力发育迟滞的小儿子瓦达曼思绪混乱，把母亲与大鱼混淆；善恶不分，认为是医生杀害了母亲而棒打医生的马；不识生死，母亲入殓后，仿佛听到母亲在说话，便在棺材盖上钻洞而毁损了母亲的遗容；在出殡的路上，他唯一的愿望就是买玩具小火车。

与《喧哗与骚动》相比，《我弥留之际》没有致力于探索和表现“一个正在死亡的文化在社会和道德上的没落”[②]，因为本德伦一家不像康普生家族那样代表着旧秩序、旧传统，所以，这部小说并未直接以表现一个家庭的解体和揭示其道德的堕落来象征性地反映旧秩序、旧传统的崩溃，而是以家庭的遭遇和

---

① 威廉·福克纳：《我弥留之际》，李文俊译，上海译文出版社 2004 年版，第 220 页。

② 肖明翰：《威廉·福克纳：骚动的灵魂》，四川人民出版社 1999 年版，第 160 页。

解体来揭示正确的价值观及优秀的道德品质的缺失，进而阐明这样的缺失如何使本质上并不坏的人在剧变和灾难面前堕落并丧失人性。福克纳在此依旧进行着深入的道德探索，通过送葬事件，展现了剧中人的彼此隔膜、相互背叛、自私自利、损人利己，在这个没有爱的家庭里充满了愚昧、自私、怨恨、冷漠、算计。小说开始，艾迪·本德伦躺在病榻上，在经受了几十年的煎熬之后，就要撒手归天，窗外是晦暗的黄昏。在送葬的“苦难的历程”中，天灾人祸接踵而至，先是洪水袭击，冲翻大车，拉车的骡子淹死了，棺材险被冲走；再是达尔放火烧棺，艾迪的遗体几乎被焚为灰烬，达尔因此被送进了疯人院；卡什为了不让灵柩翻倒而被压断了腿；发臭的尸体招引成群的食尸鸟向送葬的人们扑来，弄得大家狼狈不堪；杜威·德尔进城堕胎不成反被诱奸；瓦达曼没有得到梦寐以求的小火车；而作为一家之主的安斯·本德伦却配了假牙，另寻新欢……这场染有几分悲壮色彩的“现代奥德修纪”终以崩溃告终。艾迪的一生毫无光彩，她消极厌世，最后也是在郁郁寡欢中死去，这在很大程度上都是由懒惰、自私的安斯造成的，在安斯身上，福克纳集中体现了人性中最低劣、丑陋的一面，他还不断剥夺子女的权益，也使他们成为狭隘自私的人，彼此缺乏感情上的交流甚至相互仇视。当有人问及为何要把人写得如此卑劣时，福克纳作出如下回答：

> 我认为理由很简单，那就是我太爱我的国家了，所以想纠正它的错误。而在我力所能及的范围之内，在我的职业的范围之内，唯一能做的事就是羞辱美国，批评美国，设法显示它的邪恶与善良之间的差别，它卑劣的时刻与诚实、正直、自豪的时刻之间的差别，去提醒宽容邪恶的人们，美国也有过光辉灿烂的时刻，他们的父辈、祖父辈，作为一个民族，也曾创造过光辉、美好的事迹，仅仅写美国的善良对于改变它的邪恶是无补于事的。我必须把邪恶的方面告诉人民，使他们非常愤怒，非常羞愧，只有这样他们才会去改变那些邪恶的东西。①

这一家人在炎热的夏天带着一具发臭的尸体行走于路上，引来乡邻侧目，行人咒骂，甚至警察也不得不出面干涉。更重要的是，死者生前灵魂已死，艾迪是病逝的，但早已失去生存下去的意志才是她死亡的真正原因，从小父亲就告诉她，“活在世上的理由仅仅是为长久的安眠做准备”。这个被无望的生活侵蚀得麻木、变态的女人以虐待他人和自虐的方式来证明自己的存在，与人建立起来的是一种扭曲的关系，也给孩子们造成了毁灭性的影响，虽然她本质上是

① 转引自李文俊《他们在苦熬》，《我弥留之际》中文版代序，上海译文出版社 2004 年版，第 10 页。

个性格坚强、追求自我的女人，但由于从未得到过父母的爱和家庭的温暖，从未得到过精神上的正确引导，从而导致她无法与人正常沟通加速了其死亡进程。这个以可作人性邪恶代码的安斯为一家之主的疯狂家庭一路上不断地暴露着成员各自的美与丑、善与恶，直到把家人——聪慧有思想、如先知般的达尔送进疯人院，抓达尔时，妹妹像“野猫”一样扑向他，对他又抓又撕，哥哥朱厄尔将他按倒在地并破口大骂，弟弟瓦达曼在一旁大声喊叫，父亲安斯也在帮忙把亲生儿子推倒按在地上……遗体埋掉了，达尔被“处置”了，于是整个送葬过程就如同人在传统价值观念“弥留之际”的堕落过程，是人性中的美好逐渐失去的过程。

《我弥留之际》写的是一段历险旅程，但由于完全没有古典文学中的英雄色彩而具有反讽的味道。书名源自美国 1925 年版《奥德赛》英译本中阿伽门农的影子对奥德修斯所讲的话，当时阿伽门农被妻子及其情夫杀害而即将死去。本德伦一家的“苦难历程”又与《旧约·出埃及记》“相似”，但后者的主人公——英雄摩西于千辛万苦中率领以色列人挣脱埃及人的奴役，经过沙漠中艰难的长途跋涉，最终回到了迦南，建立了犹太人自己的家园。英国评论家还曾强调这部小说的框架有点像约翰·班扬的《天路历程》，相比之下，本德伦一家进行的是一次具有冷嘲意味的朝圣者的历程。

不过，若从另外一个角度看这部作品，读者亦会从中感受到福克纳的用心良苦，作家在小说中以一段“苦难历程”来展示和演绎人性百态，道出了荒诞的生存困境中人类所经历的心灵痛苦与磨难，同时又让可贵的美好在承受精神创伤的人们身上不时闪现，如卡什的坚忍和自我牺牲，达尔的聪慧和敏锐，朱厄尔的善良和责任感，瓦达曼的天真。为了信守诺言，一家人克服了困难险阻，最终完成了使命。福克纳说过：“《我弥留之际》一书中的本德伦一家，也是和自己的命运极力搏斗的。”[①]尽管小说中的苦难、丑恶、荒谬骇人听闻，但作为一位扎根于美国乡土的作家，福克纳还是没有放弃对美国人乃至全体人类的希望，正如他在接受诺贝尔文学奖的演说词里提到的：“我不想接受人类的末日的说法……我相信人类不会苟且地生存下去，他们还能蓬勃发展。人是不朽的……人有灵魂，有能够怜悯、牺牲和耐劳的精神。诗人和作家的天职就在于写出这些东西。”[②]

① 李文俊：《福克纳评论集》，中国社会科学出版社 1980 年版，第 273 页。

② 李文俊：《福克纳评论集》，中国社会科学出版社 1980 年版，第 255 页。

四、《押沙龙，押沙龙！》：多元叙述下的家族悲剧

《押沙龙，押沙龙！》是福克纳自诩的“有史以来美国人所写的最好的小说”，具有完美的史诗结构和浓郁的悲剧基调。小说书名出自《圣经》。以色列大卫王的儿子押沙龙与同父异母的兄弟埃农不和，后因埃农玷污自己的同胞妹妹将他杀死。在大卫王伤心之际，押沙龙兴兵叛乱，失败后逃跑途中被追兵所杀。押沙龙死后，大卫痛哭不已：“我儿押沙龙啊！我儿押沙龙啊！我恨不得替你死，押沙龙！我儿，我儿！”福克纳借用这一典故作为书名，讲述了一个家族父子反目、兄弟相残的故事。

故事发生的背景是美国南北战争前的旧南方。主人公托马斯·萨德本出生于弗吉尼亚的一个穷苦白人家庭，小时候受到过庄园主的侮辱，发誓要成为一个有钱有势、有奴隶的财主。为了改变命运，他离开家，只身一人到了海地，经过一番艰苦奋斗，终于成为当地一富，但同时变得疯狂、偏执和顽固。当他得知妻子有黑人血统后，不顾妻子有孕在身，离开海地来到密西西比州的杰弗逊镇。在这里，他带着几个黑人奴隶白手起家，很快发迹，建成了“萨德本百里地”庄园，成为约克纳帕塔法县最大的棉花种植园主，并娶了教堂执事的女儿为妻，生下了儿子亨利和女儿朱迪丝。然而，几十年混乱荒唐的生活终结恶果，多年后，萨德本上一次婚姻抛下的儿子查尔斯·邦来到杰弗逊镇，和亨利结为好友，并与朱迪丝相爱。得知邦的真实身份后，萨德本怕隐情暴露而竭力反对二人的婚事，不仅没有认这个亲生骨肉，反而唆使亨利将同父异母的兄长杀死。随后，亨利逃之夭夭，不知所踪。战争结束后，从战场归来的萨德本试图振兴家业，拼命想得到一个儿子来实现其建立永久的庄园“王朝”的梦想，可最后被曾经把他像神一样崇拜的白人管家琼斯砍死，原因是他强占了其外孙女，并在生下一女后又将其抛弃。几年后，重病缠身的亨利流浪归来，不久，一场大火将庄园化为灰烬，全家人葬身火海，最后只剩下一个皮肤黄褐色的混血儿白痴（邦与情妇所生）在废墟中号叫……

这部小说起初定名为《黑屋子》，福克纳以此暗指笼罩于种族主义阴影下的“黑社会”，亦指萨德本家族那曾经繁荣宏伟而如今已破败崩溃的“百里地庄园”，象征着萨德本的野心以及对人性的践踏，更象征着美国旧南方社会的矛盾及庄园制社会的灭亡。在经过了半年的艺术构思后，作者改变主意，将小说取名为《押沙龙，押沙龙！》，以突出兄弟相残的悲剧并赋予作品以更加深厚的文化内涵。确实，萨德本家族的故事与《圣经》中大卫王室的故事颇为相似。

大卫王与萨德本都是穷苦家庭出身，都靠自己奋斗得以成功，萨德本的理想也是要建立一个“庄园”王朝。押沙龙在作品中的化身是亨利，至于埃农的化身则无疑是查尔斯·邦。押沙龙为维护同胞妹妹他玛的尊严而杀死了同父异母的哥哥埃农后逃走，亨利为维护同胞妹妹白人血统的纯洁而枪杀同父异母的哥哥邦后逃走。不同的是，押沙龙起兵反抗大卫王失败被杀，大卫王闻讯后悲伤痛哭；而萨德本却是利用亨利杀死查尔斯·邦，并想再生子以实现建立“王朝”的梦想。大卫王对儿子的爱与萨德本的冷酷无情形成了鲜明对照，萨德本一家的互相残杀和彻底毁灭表明了这一家族的必然命运。

在艺术手法上，《押沙龙，押沙龙！》沿用《喧哗与骚动》中多个人物叙述的方式，不是按时间顺序将故事一览无余地展开，而是时序颠倒，通过多角度、多层次的叙述，既刻画了主要人物的性格，又表现了叙述者的面貌，同时调动了读者的参与意识，让他们去想象、去拼接、去填补故事的空白。托马斯·萨德本的命运盛衰史便是通过不同人物——罗莎小姐、康普生先生、昆丁和施里夫的回忆呈现出来的，而回忆又常常是不可靠的，所以，每一个叙述者提供的萨德本故事的版本都不一样，他们都根据自己的感情因素、价值取向、理解能力和自己所知道的一些片段去讲述和解读，甚至会发挥自己的想象去虚构出“事实”填补空白以支持自己的解读。

第一个叙述者是一位 54 岁的脾气古怪的老小姐——罗莎·科德菲尔德，她怒气冲冲地对昆丁谈到萨德本，原因是她与萨德本曾经有过婚约，在后者提出只有证明能生儿子才可结婚的无理要求后，不堪其辱的罗莎愤然离去，之后一直过着贫穷孤独的日子。出于对萨德本的怨恨和愤慨，罗莎小姐的叙述有时显得歇斯底里、杂乱无章，而读者所感受到的更多的是一个心怀仇恨压抑多年的女人欲说还休的情绪。在罗莎看来，萨德本“是一个行走的影子。他是他自己苦痛的光芒的蝙蝠般的影像，由地壳底下那狰狞、邪恶的灯照射出来的，因而是逆向的、颠倒的”，“上天不容，地狱也不敢收”。

第二个叙述者是康普生先生，一位赋闲的律师，说话用词讲究，且爱用法律词汇。他对萨德本的了解主要来自其父亲康普生将军的回忆，再加上他自由驰骋的想象力，把萨德本家族传说的残章断片改写成了一个旧南方拓荒创业时代的浪漫故事，把萨德本塑造成一个具有奋斗精神和不屈意志的人物。他讲述的故事起于 1833 年，6 月的一个星期天的早晨，镇上来了一位陌生的大约 25 岁的年轻人，胯下一匹沙毛栗色的大马，身上还藏着两支手枪，他就是萨德本。与罗莎小姐将萨德本魔鬼化的叙述不同，康普生认为萨德本是一个雄心勃勃想要建立自己产业的硬汉，虽然文化水平低，但很精明；虽然残酷无情，但别的起家立业时的庄园主也都如此。于是，他一边对罗莎冷嘲热讽、加以揶揄，一边讲述着萨德本买地、盖房、订婚、结婚等事。关于发生在这个家族内部的纷争，康普生有自己的观点，认为亨利既爱着邦也爱着妹妹，因此想把邦作为自己的替身，竭力促成邦和朱迪丝的恋爱和婚姻，但邦是罪魁祸首，是他引诱了亨利，萨德本对这门婚事的否决是没有过错的。然而，康普生先生对自己的这套解释并不信服，最后只能说，这些谜“根本无法解释”。有研究者认为：“康普生先生明事理，有知识，对各种问题都有判断力……不过他的观察是否真有道理，仍然大可怀疑，原因是这些结论都来自根深蒂固的听天由命的精神状态。他对现世厌倦了，爱用似是而非的矛盾说法，沉湎于猎奇，所有这些都表示他把世纪末的颓废症融入了自己的人生观。”[①]康普生深知萨德本创建庄园王朝的梦想建立在旧南方奴隶制践踏人性的基础之上，但作为旧南方的传人，他对南方的过去是有怀恋之情的，同时又对南方的现实深为不满，故总是在回避对旧南方本质问题的探讨。

同样是旧南方传人且对南方爱恨交加的昆丁是第三位叙述者，在《喧哗与骚动》中，他于1910年自杀于哈佛大学，在这部小说里的露面是在1909年，即去哈佛大学之前。他既热爱家乡，又为南方历史和现实中存在的罪恶而感到痛苦，在小说中开始与罗莎·科德菲尔德谈话，听她讲述萨德本的故事时，读者已经感受到昆丁内心的矛盾，似乎存在着“两个独立的昆丁——正准备去哈佛的昆丁·康普生……和那因为太年轻还不是鬼魂的昆丁·康普生，但尽管如此也已经是一个鬼魂，因为他在南方深处出生和哺育长大”，一个是想要逃离的昆丁，一个是天生的“鬼魂”——不愿也不能从南方传统重压下挣脱的昆生。他性格软弱敏感，悲观失望，以一种病态的高亢音调和哈佛大学的室友施里夫讲述着萨德本家族年轻人之间的矛盾，特别是亨利与邦的爱恨关系，因为他自己对妹妹凯蒂也有类似的情感，在他看来，世界上的很多事情都是一团情感结成的乱麻，无从了结，只有毁灭。昆丁不久便走上了自我毁灭之路。当施里夫说“南方，南方，耶稣啊。这就难怪你们南方人全都比你们的年龄显得更老，更老，更老”时，昆丁回答：“我二十岁时就比许多死去的人都老了。”当施里夫发问：“你为什么恨南方？”昆丁脱口而出：“我不恨它。”并一再重复：“我不！”“我不恨它！”

在四个叙述者中，施里夫是唯一一个外国人，他来自加拿大，站在局外人的角度，他在叙述和解读萨德本家族传说时，可以不顾昆丁的痛苦，对南方人的罪恶不断地进行揭露，对南方人无法自拔的怀旧心态给予冷嘲热讽。出于好奇，施里夫一直在诱导昆丁讲述南方的故事，其间又通过自己毫无顾忌的想象

① 李文俊编：《福克纳的神话》，上海译文出版社2008年版，第131页。

使故事显得更加完整、更加惊心动魄。他推翻了康普生对这个家族特别是对萨德本和邦的解读，推翻了邦被康普生所塑造的“教唆犯”“引诱者”的形象，赋予其充分的人性，甚至对他大加赞赏，于是邦在施里夫的重塑下，成为一个高尚无私、充满爱心的骑士形象。施里夫对邦的解读是建立在昆丁的猜测之上的，即邦是萨德本前妻所生，因有黑人血统而被父亲抛弃，他伤感地竭力描画邦怎样痴情地盼望、等待父亲的承认，最后为了寻求父亲的认可而牺牲了自己。康普生贬低邦、斥之心术不正是为了肯定萨德本，而施里夫对邦的美化是为了反衬萨德本的冷酷与残忍。在昆丁和施里夫的叙述中，萨德本拒绝承认这个有黑人血统的儿子并利用亨利将其杀死正是他践踏人性的证明。

福克纳不愧是一位极善于讲故事的文学大师，而他“所自鸣得意的，也是使他凌驾于——可以说是稳稳地凌驾于——所有他同时代的美国作家之上的，就是他始终不渝地关切着小说的形式”[①]，《押沙龙，押沙龙！》多元、主观的叙述形式一直吸引着读者和评论界的关注，确实令人叹为观止。萨德本的悲剧或许并不是客观存在的，而是被四个人物讲述、想象、解读出来的，在叙述的同时，他们还会将矛头指向彼此，这样，其实没有一个人占有权威的地位，其解释也就没有一个能够代表作品的最终意义。“故事叙述人一头钻进各自关注的失去里。他们只是片面地从失真的个人角度出发去观察萨德本的故事，因而无法认清他们在其中扮演了一个角色的这部悲剧的全部意义，也看不到这部悲剧与他们通过叙述编成的悲剧关系如何。”[②]每个叙述者不仅在独白，也在对话，跟自己对话，跟其他叙述者对话；在讲述别人的故事，同时又被别人讲述。于是，各种未解之谜也就出现了。小说从一系列谜开始，又在谜中结束。譬如邦的身世，到最后读者也未必了解，而福克纳在对小说进行修改时干脆将一些看似确凿的证据都删掉了。“说不定什么事情都没有发生就结束了。说不定发生从来也不是一次性的而是没准像石子沉下去后水面上的波纹一样，波纹推进，扩散，这个池塘由一条狭窄的脐带般的水道与旁边一个池塘相连，而这里的水是头一个池塘供给的，供给过，一直在供给的，让第二个池塘蓄有一种温度不同的水，分子构成不同，看去，摸着，记忆起来都不同，以不同的色调映照着无垠、不变的天空，这无所谓：那石子水淋淋的回声，它甚至都未曾看见石子落下，回声也掠过它的表面，以原来的波纹间距，按着陈旧的无法去除的节奏……”[③]昆丁的一番话或许更能表达作者的意图：“这些波纹可以看作是福克纳的文本穿

① 李文俊编：《福克纳的神话》，上海译文出版社 2008 年版，第 82 页。

② 李文俊编：《福克纳的神话》，上海译文出版社 2008 年版，第 136 页。

③ 威廉·福克纳：《押沙龙，押沙龙！》，李文俊译，上海译文出版社 2004 年版，第 144 页。

越历史承载物的不同的分子结构，从现代向后现代文化穿越的运动。”[①]

总之，《押沙龙，押沙龙！》以萨德本家族近百年来几代人的盛衰，再现了美国南方的历史、其特有的矛盾和庄园制社会必然灭亡的命运。福克纳以其擅长的多角度叙述、意识流技巧、象征隐喻、神话模式及《圣经》典故的运用再次证明了他在艺术上的实验性和挑战意义。在这部小说里，作者第一次加上了家族世系和年表的附录，还绘制了一幅“密西西比州约克纳帕塔法县杰弗森镇”地图，在图中，除了标明山川地形外，福克纳还把自己过去的作品包括《押沙龙，押沙龙！》所发生事件的地点一一交代清楚，给人以一切都真实地发生过的印象，由此将约克纳帕塔法小说纳入了一个更为明确的框架之中，为读者提供了阅读指南。

五、意识流·哥特式·神话原型：“约克纳帕塔法”世系小说的艺术风格

瑞典科学院院士古斯塔夫·哈尔斯特龙在授予福克纳诺贝尔文学奖时所致颁奖词中这样说道：

> 福克纳是 20 世纪伟大的实验主义小说家，这一点可与乔伊斯甚或同类作家相比，福克纳的小说鲜有技巧雷同之处。看来，他是想通过不断地变换以增宽增广在地理和主题上的局限。福克纳在语言上也表现出试验的欲望，这一点是其他现代英美小说家不可企及的。[②]

由这句话我们理解了为什么人们总是热衷于对福克纳作品的解读和研究，其中重要的原因即在于其作品多样的艺术技巧和新颖的具有实验意义的表现手法。他在创作过程中大量吸收、借鉴了欧美传统现实主义和现代主义的创作思想和方法，并融合自己对文学艺术的悟性以及美国南方肥沃土壤培育出的文学天赋，在世界文坛独树一帜地展现了其创作艺术的魅力。

第一，福克纳对意识流技巧的运用可以说是得心应手。这一技巧在理论上得益于威廉·詹姆斯的心理学、亨利·柏格森的直觉主义、西格蒙特·弗洛伊德等人的精神分析学说。意识流小说直观地记录人的主观印象、直觉感受，意识活动成为作品的全部内容，情节退居其后被极度淡化，人物零碎、分散、活跃甚至紊乱的回忆、印象、意识或潜意识经过看似随意的切换、穿插和重复叙

① 转引自曾艳兵《价值重估：西方文学经典》，中国社会科学出版社 2011 年版，第 177-178 页。

② 朱振武：《在心理美学的平面上——威廉·福克纳小说创作论》，学林出版社 2004 年版，第 271 页。

述交织在一起。

在《喧哗与骚动》中，作家便出色地运用了意识流的表现技巧，尤其是在前三章里，通过对人物的感受、情绪、联想等等种种意识流动的痕迹予以展示，揭示了人物的异化人性、病态心理及扭曲性格。在第一章，福克纳就选择了白痴作为叙事者，因精神疾患而导致的思维混沌错乱让班吉的叙事突出表现了其意识流非理性的特点。人物在内心独白中不断陷入回忆，而且回忆中还有回忆，跳动的意识将时间分割得异常破碎，时空大幅度跨越。作家将逻辑思维和语言表达的基本规律抛到一边，使作品呈现了万花筒般的纷繁与杂乱。时间对于智力低下的班吉来说是模糊的，不存在过去、将来的概念，似乎只有当下，于是时间颠倒，空间重叠，使他的思维呈现无序跳跃的状态。

> "什么叫丧礼呀？"杰生说。
>
> "妈咪不是叫我们别告诉他们的吗。"威尔许说。
>
> "丧礼就是大家哭哭啼啼。"弗洛尼说："贝拉·克莱大姐死的时候。他们足足哭了两天呢。"
>
> 他们在迪尔西的屋子里哭。迪尔西在哭。迪尔西哭的时候，勒斯特说，别响，于是我们都不出声，但后来我哭起来了，蓝毛也在厨房台阶底下嗥叫起来了。后来迪尔西停住了哭，我们也不哭不叫了。
>
> "噢。"凯蒂说："那是黑人的事。白人是不举行丧礼的。"
>
> "妈咪叫我们别告诉他们的，弗洛尼。"威尔许说。
>
> "别告诉他们什么呀。"凯蒂说。
>
> 迪尔西哭了，声音传了过来，我也哭起来了……
>
> ……
>
> ……等我睡醒重新睁开眼睛时，我听到了母亲的声音，听到急匆匆地走开去的脚步声，我闻到了那种气味。[①]

以上这段文字来自小说第一章，班吉由"到外面玩"这件事想到1898年祖母去世那晚凯蒂建议大家到迪尔西儿子的小屋去玩，从而引发了一系列关于"死亡"的自由联想，在此，实际上时间跳跃了五次，跳动的意识将时间分割得支离破碎，凌乱无序地混杂在一起，但叙述却自然流畅，丝毫没有生硬的拼凑之感。

可以说，意识流手法的运用见于小说前三部分的每一页。福克纳进一步发展了乔伊斯和沃尔夫所开创的意识流表现技巧，将智力发育迟滞的班吉杂乱的

---

① 威廉·福克纳：《喧哗与骚动》，李文俊译，上海译文出版社2007年版，第35-36页。

感官印象及神秘的潜意识、精神濒临崩溃的昆丁自杀前的理性与绝望、自私自利的杰生的冷静与偏执显露无遗，而作品便以多重视角的转换、时空的频繁跳跃等展示出了复合式的意识流特点，多层次、多角度的意识彼此映衬，使作品具有无穷的张力。

《我弥留之际》共59节，分别是15个人物的内心独白，每个人的叙述自成一节。比如智力发育迟滞儿童瓦达曼的心理活动：

> 那不是她因为它当时躺在那边的土地里。现在它已经给剁烂了。是我剁的。鱼现在躺在厨房血淋淋的煎锅里，等着给煮了吃，那么说它当时不是而她是，现在呢它是而她不是。明天鱼会被煮了吃掉而她就会是他、爹、卡什和杜威·德尔，盒子里什么东西都没有这样她才能呼吸。[①]

母亲艾迪的死使瓦达曼的头脑愈加混乱，其意识是失去了理性逻辑的，他把母亲和大鱼混淆，认为“我妈是一条鱼”，暗示了艾迪被生活挫败的一生。

对于艾迪这个小说中的主要线索人物，福克纳以一节的篇幅运用意识流写作技巧揭示其内心独白，而这一部分则成为解读整部小说的关键。因为作家打破了时空叙事的顺序，文字看起来好像是杂乱无章的呓语，但读者却从中理解了艾迪的孤独、绝望，明白了她所承受的悲苦和挣扎。

> 我只能依稀记得我的父亲怎样经常说活在世上的理由仅仅是为长久的安眠作准备。当时，我必须日复一日地看着这些男女学生，他们每一个都有自己秘密、自私的想法，每人身上流的血彼此不一样跟我的也不一样，于是我想，这种日子看来就是我准备长眠的唯一通道了吧，我不由得要恨我的父亲干吗生我培养我。[②]

由于人的意识流动带有跳跃性和随意性的特点，时间的顺序颠倒及空间的转换完全取决于主观意念，以上这段文字是艾迪对父亲的话语、自己学生的状态、自己的心境的思虑，其意识在过去、现在和未来之间流动。

总之，福克纳在作品中注重挖掘人的内心世界，突出表现其飘忽不定、稍纵即逝的意识活动，拓宽了现代小说表现人类精神世界的空间，让读者跟随人物纷乱的意识流动并品味其内心的冲突和痛苦，从而感受到作品的艺术魅力。

第二，美国文学特别是美国南方文学有着深厚的哥特传统，福克纳深受影响，其大多数“约克纳帕塔法”世系小说明显地具有哥特文学风格。哥特式作

---

① 威廉·福克纳：《我弥留之际》，李文俊译，上海译文出版社2004年版，第55页。

② 威廉·福克纳：《我弥留之际》，李文俊译，上海译文出版社2004年版，第146页。

品往往渲染神秘、恐怖的气氛，如幽灵出现的阴森的城堡，人迹罕至的荒野，情节令人毛骨悚然，充斥着凶杀、阴谋、流血……福克纳擅长以哥特式手法揭示人性深处的阴暗，进行道德的探索和对社会的批判。

《圣殿》的故事始于被废弃的庄园，黑魆魆的树丛，古怪的、脸上毫无血色的男人，支离破碎的倒影，日渐暗淡的天穹，破败荒凉的废墟，光秃秃的大房子……就在这里，误入其中的女主人公坦普尔度过了一个梦魇般的夜晚，且在光天化日之下不仅目睹他人被杀，自己也遭强暴。作品充满了暴力、杀戮、恐怖、死亡，善与恶的冲突在小说中被作家戏剧性地表现出来。

《押沙龙，押沙龙！》一开始就将读者带进了浓重的哥特氛围之中，罗莎身穿一身永久不变的黑衣服，坐在百叶窗紧闭了43个夏季的阴暗闷热的房间里，“两条腿直僵僵地悬垂着”，如“钉在十字架上的小孩”[①]，向昆丁讲述一个关于“鬼怪”的故事，罗莎叙述的这部分被人们称为“哥特式恐怖小说”[②]。来自畸形家庭环境的罗莎性格偏执敏感，多年郁积于内心的愤怒更会令她歇斯底里，她的童年是在“清教阴森的灵堂中度过的”，姑妈又反复向她灌输对男人特别是对萨德本的仇恨与偏见，而萨德本的言行举止也确实给罗莎幼小的心灵带来了很大的挫折和创伤，在她心目中，萨德本就是“妖怪”“魔鬼”。罗莎在焦虑、憎恶和孤独的同时又卷入了与萨德本家族的冲突中，这使她过早品尝了人间的磨难和痛苦。之后，邦的突然死亡给罗莎带来致命的打击，她失去了精神和感情上的寄托，在“萨德本百里地”庄园打发着日子，“仍然有进食的需要但是已不感觉有什么乐趣，有睡眠的需要但是并不能从解除疲劳、恢复体力那里得到愉悦”。战后萨德本回家，随着与他的相处，罗莎逐渐对他有了了解，同意了他的求婚，然而面对他生子就结婚的建议，罗莎那来自南方体面家庭养就的自尊心受到无法弥合的伤害，愤怒之下逃离庄园，回到父亲的古宅，如鬼魂般在那里度过了43年与世隔绝的生活。小说最惊悚的场景是小说最后部分的“萨德本百里地”庄园，读者跟随罗莎、昆丁夜行的脚步可以真切地感受到这里恐怖、神秘的气氛：黑压压高耸的房屋，残破的楼梯，龟裂的墙壁，暗淡的灯光，将瘦骨嶙峋的手交叉放在胸前、僵直地仰卧着如尸体般的萨德本，疯狂燃烧的大火，废墟中白痴的嚎叫……

短篇小说《献给爱米丽的玫瑰》充满哥特式小说的悬念，在一栋尘埃遍地、鬼影憧憧的屋子里，性格孤僻乖张的老小姐爱米丽得了病，侍候她的只有一个老态龙钟的黑人，最后她死了，“笨重的胡桃木床上还挂着床帷，她那长满铁灰

---

① 威廉·福克纳：《押沙龙，押沙龙！》，李文俊译，上海译文出版社2004年版，第2页。

② 肖明翰：《威廉·福克纳研究》，外语教学与研究出版社1997年版，第151页。

头发的头枕着的枕头由于用了多年而又不见阳光，已经黄得发霉了”。人们在这个长年关闭的房间内发现了躺在床上的男人的尸骨，肉体已在破烂的睡衣下腐烂，枕头上有人头压过的痕迹，还有一绺长长的散发着淡淡臭味的铁灰色头发。

第三，福克纳是一个善于运用神话原型的作家，他“总是在集希腊-罗马，希伯来-基督教因素之大成的人类神话和现代历史之间建立一种普性的关系”[①]。《喧哗与骚动》的多处地方对应了《圣经》神话，如前文所述，其第一、三、四章及第二章的时间，恰好是基督受难日至复活日及基督圣体节的第八天，这样康普生家的经历便与基督受难的历史发生了关联。而班吉身上也带有耶稣的影子，他叙述的那一天——1928 年 4 月 7 日正是其 33 岁生日，而耶稣恰在 33 岁被钉死在十字架上。基督的圣洁反衬出康普生一家的卑微，基督临终告诫门徒“你们要彼此相爱”，而康普生一家因缺乏爱分崩离析。夏娃的堕落引发了人类的灾难，凯蒂的堕落导致了康普生家的覆灭。《我弥留之际》则以《奥德赛》和《旧约·出埃及记》为神话原型，在奥德赛海上 10 年漂流和希伯来人荒野中 40 年流浪故事的反衬下，本德伦及其儿女们抬着艾迪的棺柩向 40 英里（约 60 多公里）外的杰弗逊镇进发，在经历了与洪水和火灾拼搏的 6 天后，终于到达目的地，将那具发臭的尸体埋葬在其娘家的墓地。这里已没有《奥德赛》的激越、崇高，也没有《出埃及记》的神圣、庄严，昔日的英雄之旅已沦落为现代人滑稽、疯狂、可笑的悲剧性遭遇，而英雄世界的坍塌，就是信仰的坍塌、精神家园的毁灭，由此，作品的冲击力令人震惊。《押沙龙，押沙龙!》的书名来自《圣经》中大卫王及其孩子们之间冲突和杀戮的传说，大卫王得知儿子押沙龙被杀后的悲恸呼喊与萨德本的冷酷无情形成鲜明对比，也是对后者践踏人性的“蓝图”的讽刺。

著名的神话原型批评家弗莱一直强调神话与文学的“同根关系”，认为神话“勾勒出一整个宇宙，其中的众多神祇都以人性化的形式代表着大自然，同时还按自己的视角说明人类的起源、命运、人力量的限度及他们欲望滋长的程度”[②]，福克纳在其创作中便充分体现了神话这一功能，他对神话原型的借用、改写及再现，丰富了作品的情节内涵，赋予作品主题以厚重感，并极大地增强了作品的艺术感染力。

---

① 丹尼尔·霍夫曼主编：《美国当代文学》（上册），中国文联出版公司 1984 年版，第 228 页。

② 吴持哲编：《诺思洛普·弗莱文论选集》，中国社会科学出版社 1997 年版，第 125 页。

第四章　“迷惘的一代”与海明威小说研究

“迷惘的一代”（The Lost Generation）是 20 世纪美国文学中的一个重要概念，欧内斯特·海明威（Ernest Hemingway，1899—1961）在其第一部长篇小说《太阳照样升起》（*The Sun Also Rises*，1926）中引用了侨居巴黎的美国女作家葛·斯泰因的一句话“你们都是迷惘的一代”作为题词，自此，美国文学史上的这个名词诞生了。首先，它指称的是第一次世界大战之后精神迷惘的一代青年，与其说是个流派，不如说它所代表的是一种时代心理：信仰的失落、理想的幻灭。其次，它指称的是包括斯泰因在内的一群遭受严重战争创伤而沉浸于艺术中修补、慰藉心灵的美国作家，其作品集中反映了青年一代的反战厌战情绪及因失去生活方向而痛苦迷惘的情绪，这些作家有相似的家庭和社会背景，相似的人生经历和感受，以及共同的文学抱负，他们在美国文学重要的转型期，高举反叛传统的大旗，开辟了美国文学的新篇章。

海明威出色的文学创作、非同寻常的个人经历以及独特的个性使他不仅成为美国家喻户晓的伟大作家和传奇式的英雄，而且成为世界各国文学爱好者和评论者瞩目的对象，同时他又是一位伤痕作家，其被肉体和心灵的创伤无情地摧毁了曾经拥有的理想和信仰，与同时代青年一样经历了迷惘、痛苦和绝望，是“迷惘的一代”的代言人及最有代表性的作家。

一、对“迷惘的一代”的解读

（一）产生背景

20 世纪初期，随着垄断资本主义的高度发展，工业化、商业化、科学化时代的到来使得西方现有的社会结构、文化传统、生活方式、伦理道德、精神信仰和思维模式受到了全方位的冲击和破坏，面临严峻的挑战，人们开始怀疑过去视为神圣、美好、合理的东西，理性丢失，秩序坍塌，人类艰难跋涉在孤独冷漠、混乱无序的精神“荒原”之上，非理性的、“暴力”的“物”成为役使世界的主人，人的“自我”丧失，人的本质被全面异化。

在这样的背景之下，人类历史上规模空前的大屠杀——第一次世界大战的爆发，成为引发更加尖锐的社会矛盾和严重精神危机的导火索。在威尔逊总统为了“拯救世界的民主”而战的蛊惑之下，美国百万热血青年抱着一贯所坚持的民主信念走上战场，但战争的疯狂与野蛮让他们在目睹了残酷厮杀和血肉横飞之后，油然而生的是被欺骗与出卖的感觉，他们感到这里没有自由与民主，战争只不过是一场屠杀游戏，非但自我价值无法实现，甚至连原有的人生理想和信仰都面临崩溃，他们对前途丧失了信心，陷入迷惘和困惑之中，于是，严重的失落感和虚无感像迷雾一般笼罩着当时的整个美国社会。

当这一代美国青年面临价值观念裂变、人生信仰发生危机而不能畅快地呼吸之时，西方艺术正值实验和创新时期，法国正在蓬勃兴起的现代主义浪潮使这些青年产生了浓厚的兴趣。于是，一些文学青年齐聚巴黎，想在这个欧洲文化中心寻找思想的出路，美国出现了有史以来规模空前的一次“逆向移民”热潮。当时的巴黎是现代主义艺术的试验基地，艺术家们以锐意进取的探索精神进行着文学艺术的实验和创新，尝试着开创一个现代艺术的新纪元，其中诗歌领域有以埃兹拉·庞德为代表的意象主义，绘画领域有野兽派、立体派、早期未来派等。对于那些烦闷、颓唐的美国文学青年来说，这里为他们提供了情投意合的归宿，他们或借助艺术创作，让压抑、受伤的心灵有个倾诉的出口，或置身于热闹的咖啡厅和酒吧纵情欢娱，甚至以放浪形骸的行为宣泄迷惘，表达对传统的反叛。这其中最有代表性的作家是菲兹杰拉尔德、海明威、多斯·帕索斯、艾略特、庞德、斯泰因等。巴黎左岸是“迷惘的一代”青年们的落脚之处，是游离于法国主流文化之外的“异类”文化的堡垒，是文化反叛的基地，这里弥漫着浓烈的现代意识，聚集了来自世界各地文学、艺术、哲学新流派的探索者和实践者。斯泰因坐落于巴黎蒙帕纳斯区花园街 27 号的寓所成为现代主义艺术家的文化沙龙，在这里，自我流放的文学青年们有了一个学习交流的平台和精神“据点”，海明威初到巴黎时就曾是这里的常客。

其实，“迷惘的一代”并不是一个有组织、有纲领的文学团体，把这些作家联系在一起的是其创作风格上的相似性和思想、精神上的一致性。他们大都经历了颠沛流离的坎坷生活，如时代的弃儿，有的一直在忧郁与苦闷中度日，无法摆脱暴力世界导致的心理障碍，最终以自杀的方式寻求解脱，其中就包括海明威。而他们的作品就成为战后动荡社会和青年人精神危机的生动记录。

（二）“迷惘的一代”的创作特色

1. “迷惘的一代”也可译为“迷失的一代”，即指背负着精神的创伤在人生道路上迷失了方向的一代，沉重的人生幻灭感及悲剧意识便弥漫于其文学作品之中。这一派作家大多经历了战争的浩劫，就在其玫瑰色梦想被战争炮火轰毁的同时，他们的道德标准、伦理观念、人生信仰等也随之而破灭。昂扬的斗志很快烟消云散，留下的只有怅惘和痛苦。返乡后面对的一切使他们更加痛心疾首，由于失去工作，个人与社会出现了无法弥合的裂缝，于是便产生了一种突如其来、怅然若失的厌世情绪，他们憎恨战争，却又不知该如何消灭战争，他们被战争唤醒，看清了战后西方世界的危机而更加感到人生痛苦，前途渺茫，心灵空虚。是战争给他们的心灵以重创，将他们曾经拥有的理想主义彻底击垮，逃避现实、躲进狭窄的个人空间成了他们无奈下的选择，他们寄希望于借助爱情、友谊的力量和忘乎所以的寻欢作乐来解脱痛苦，在冒险的活动中寻求刺激以振奋自己。作家们怀着无限的伤感和悲苦描写被战争驱逐出生活常轨的、饱经沧桑的人们的不幸，致力于挖掘人物的内心创伤，深刻揭示一代美国青年的道德困惑与精神危机。

菲兹杰拉尔德（Fitzgerald，1896—1940）和海明威一样，也是“迷惘的一代”的代言人，其笔下主人公身上梦想和幻灭、追求和颓废的矛盾，正是他人生的真实写照，其作品生动展示了战后美国年轻一代对“美国梦”的幻灭所表现出的怅惘和悲哀，揭示了他们的精神苦闷与焦躁不安，正如作家在小说《人间天堂》（*This Side 0f Paradise*，1920）中喊出的那句话“所有的神明都已死光，所有的仗都已打完，所有的信念都已完蛋”，不知有多少读者从中得到共鸣。这是他的成名作，反映的是第一次世界大战给年轻人带来的失落和空虚，成为“迷惘的一代”形成初期的真实写照。《人间天堂》的主人公艾莫利中学毕业后进入普林斯顿大学成为一只“文学上的小鸟”。经好友介绍他认识了年轻寡妇克拉拉，提出要与之结婚，被婉拒。不久，第一次世界大战爆发，艾莫利为摆脱心中的烦恼，赴法参战，战后得知母亲病逝，家产也几乎被洗刷一空。后来，艾莫利又爱上了朋友的妹妹罗萨琳，但仍未能结成眷属，幻想破灭的艾莫利终日借酒消愁，并辞去工作。回到纽约，曾经支撑他的三根精神支柱坍塌了：罗萨琳已嫁为人妇；母亲留下的公司已经破产；自己成长道路上的良师益友与世长辞。艾莫利在迷惘和绝望之中回到了普林斯顿大学以及从前生活过的地方，不禁百感交集。小说中主人公直言不讳地告诉读者："我们整个一代人都骚动不安。"作品以一个青年人在一片纷乱的世界中寻找自我价值为主题，通过其个人坎坷的经历来展示"迷惘的一代"作家们的共同遭遇，为"迷惘的一代"小说创作开了先河。

《了不起的盖茨比》(*The Great Gatsby*，1925）讲述了主人公盖茨比的浪漫理想化成泡影的悲剧故事，将"迷惘的一代"小说创作推向了高潮，批评家马尔科姆·考利称其是一部将永远流传后世的"20年代的寓言"。而《夜色温柔》(*Tender is the Night*，1934）应该是菲兹杰拉尔德小说中最感人的一部。主人公狄克是位年轻有为的美国医生，在欧洲做医学研究，他出于怜悯与亿万富翁患有精神病的女儿结婚，为治好她的病，对其百般照顾，以至荒废了自己的事业，但后来却被病愈的妻子抛弃。狄克精神懊丧，无限惆怅，只好以酗酒减轻痛苦。之后，他回到了纽约的一个小镇谋生，最终一事无成。这部小说同样以第一次世界大战后美国"迷惘的一代"的骚动、失落与沉沦为主题，与之前作品所不同的是将叙述重心转向了战后移居欧洲的美国人的坎坷与怅惘，反映了他们的悲观情绪，淋漓尽致地展示了"迷惘的一代"的生存境遇与精神危机。

海明威的成名作《太阳照样升起》集中表达了"迷惘的一代"的创作主题，也再现了作者本人的部分经历和性格，描写了一群在战后流落巴黎的英美青年人生道路上的迷惘和令人心碎的痛楚。这部小说和三年后发表的《永别了，武器》(*A Farewell to Arms*，1929）似乎都意在表明：战争是年轻一代人的人生分界线，彻底摧毁了他们原本就不太接纳的传统价值观，他们无法在战后美国的一片精神荒原中找到人生的航向，于是转向饮酒作乐，借以慰藉迷惘的心灵。海明威的小说确立、强化并巩固了"迷惘的一代"文学的基调。

可以说，"迷惘的一代"文学所表现的主题不仅仅是对战争或美国现实社会的失望，还有对一代人的人生的失意。因此，未曾参加过第一次世界大战的福克纳的作品，以深沉的历史意识对南方人在生存困境下的焦虑与迷惘进行了考察和剖析，故而与"迷惘的一代"文学遥相呼应。而托马斯·沃尔夫（Thomas Wolfe，1990—1938）的小说亦写出了青年人无所适从、消极苦闷的情绪，其代表作《天使望故乡》(*Look Homeward，Angel*，1929）就带有浓郁的迷惘色彩。小说揭示了青年人从幼稚到成熟的过程，主人公尤金出生于石匠家庭，其时时感到孤单，父兄的先后去世使他痛苦，生活的不幸在他幼小的心灵上刻下了深深的印记。长大后，他虽不断努力也没有得到如意的生活。战争爆发了，渴望效命沙场的他却被第一次恋情消磨了英雄豪气，梦想的破灭和恋爱的失败使他烦恼苦闷。他不断地追求，而与之相伴的是不断的挫折与失望，尤金决心再一次去承受来自生活和情感的压力，他告别了家乡……该作品的主题即反叛、逃避、失落。家乡，对于游子来说是栖息的港湾、是美丽的梦、是真挚的柔情，遥望家乡而不能回的苦涩是多么令人惆怅。作者曾真实地谈及自己的酸楚：“我没有家——7 岁之后就成了流浪汉……我从小就认识了孤独，而此后就更深知那种滋味。”小说中，作者问道：“我们当中……有谁不是永远的囚徒？有谁不是一生无助而孤独？”尤金泣不成声地回答：“喔，那迷失的、风儿为之哀号的灵魂归来吧!”[①]“然后又开始旅程，去追寻乐土。在那瞬间可怕的幻想中，他看到了许许多多他为了寻找自己而走过的坎坷曲折的异乡之路，他的苦苦追寻最终却化为了泡影。”[②]

2. 一般来说，“迷惘的一代”作家们都在作品里传达着强烈的厌战情绪，他们一致认为第一次世界大战是荒谬的，找不到任何可以自圆其说的参战理由，反而有被社会荒唐势力愚弄的感觉，他们对政客们津津乐道的“荣耀”“牺牲精神”“爱国主义”等陈词滥调十分反感，特别是接受了暴力和死亡的再教育后，他们再也无法相信人类文明和道德进步的明天，无法把民主理想当作未来的寄托。他们把自己看作战争的受害者，把胜利的战争看作失败，看作一场道德的灾难。正如海明威所说，第一次世界大战是“地球上前所未有的最大规模、最凶残、指挥最最糟糕的屠杀。谁不这样写，谁就是说谎”[③]。在这场战争中，“我观察了好久，可没见到什么神圣的事，而那些所谓光荣的事，并没有什么光荣，而所谓牺牲，那就像芝加哥的屠场，只不过这里屠宰好的肉不是装进罐头，而是掩埋掉罢了”[④]。人类文明被战争摧毁，青年人对美好幸福的憧憬因战争终止，建立在人道主义基础之上的道德和价值观念经过战争的洗礼后轰然崩塌。

爱德华·艾斯特林·肯明斯（Edward Estlin Cummings，1894—1962）于第一次世界大战期间因在与家人的通信中流露出反战情绪而被法军当成奸细关入集中营，受到非人待遇，高压、武断、残暴、践踏人权便是他第一次世界大战记忆的主要部分，这一经历成为其长篇小说《大房间》（*The Enormous Room*，1922）的基本素材，也让他后来成为了玩世不恭的达达派诗人。

福克纳的早期作品《士兵的报酬》（*Soldiers' Pay*，1926）以第一次世界大战中一个重返故里的士兵在遭受战争折磨和家庭变故之后的痛苦心情为题材，

① 托马斯·沃尔夫：《天使望故乡》，王建开、陈庆勋译，上海译文出版社 2009 年版，第 1 页。

② 托马斯·沃尔夫：《天使望故乡》，王建开、陈庆勋译，上海译文出版社 2009 年版，第 598 页。

③ 董衡巽：《海明威谈创作》，生活·读书·新知三联书店 1985 年版，第 51 页。

④ 海明威：《永别了，武器》，林疑今译，上海译文出版社 2009 年版，第 200 页。

小说通篇基调压抑、低沉。主人公唐纳德在第一次世界大战期间服役于英国空军，他带着满身的伤痕从战场返回故乡，因战时的头部重创而丧失记忆、双目几近失明，人们对之投来厌弃的目光，唐纳德感受到比肉体痛苦更加折磨人的精神痛苦，最后无比凄凉地死在一位战争寡妇的家里。小说中的马洪其实就是所有在战争中受伤、战后继续品味痛苦的士兵们的代表，是经历了血与火的战斗、目睹了满目疮痍后心灵被磨蚀得木然、颓唐失去知觉的士兵们的代表，是失落了理想、漂泊无根的一代人的代表，而伤痕就是战争给予他们的报酬。

海明威在20世纪20年代作为“迷惘的一代”的代表作家，其主要作品便是以反战、厌战为主题的。《永别了，武器》是一部直接描写战争的作品，作品中所有的人从军官到士兵都是厌战的，而爱情的毁灭与反战、厌战情绪的交织，更加重了小说的悲剧色彩。

约翰·多斯·帕索斯（John Dos Passos，1896—1970）是“迷惘的一代”中思想比较激进的作家，其早期的两部长篇小说《一个人的起始—1917》（*One Man's Initiation-1917*，1920）和《三个士兵》（*Three Soldiers*，1921）都基于本人于第一次世界大战期间在欧洲战场当救护车司机和护理员的经历，带有强烈的厌战和失望情绪，尤其后者是“迷惘的一代”的优秀作品，小说中三个主要人物都满怀爱国热情和理想主义参军，从新兵训练营到欧洲战场，虽然时间不长，但都体验和感受了军队中机械、枯燥的生活，官僚等级制度，周围的暴力和对生命的无视。小说的主要画面集中于这三个性格迥异的普通士兵，反映了青年一代被扭曲的精神世界和灾难性的命运。其中，克里斯弗尔德来自农村，整天郁郁不乐，痛苦无处发泄。安德鲁斯是一位性格内向的哈佛大学毕业生，来自知识分子家庭，他热爱音乐，但战争摧毁了他的音乐梦想，那未完成的乐曲手稿被他抛向空中，随风飘散。伏赛里——一个头脑简单的英国国教徒，对长官唯命是从而失去了自我。很明显，作品揭示了战争与人性的冲突，战争就如同一架野蛮的、强制人的机器，无情地碾碎了人类善良与纯真的天性，制造出愚钝和冷酷，从而鲜明地表现出年轻一代对现实的不满和失望。

文学评论家马尔科姆·布莱德伯里把“迷惘的一代”作家的第一次世界大战经历称为“一次强烈的现代体验，一个深度的象征性的战争创伤”，战争夺去了安宁与幸福，也证实了这个世界根本就不存在安宁与幸福的事实。海明威描述的战场上的人就像“着了火的木头上的蚂蚁”，最终都被烧死在火里，在这场灾难中，孤独的人无能为力。战争对于美国这一代青年来说，的确是一种刻骨铭心的“现代性”的体验，而其更深层次的心灵碰撞则愈加让读者唏嘘，在此，个人的烦恼和焦虑已扩大为一个时代的烦恼和焦虑。

3.“迷惘的一代”作家对文学语言、技巧和形式的革新都表现出了极大的兴趣，甚至热衷于文学实验，进行大胆的尝试，譬如摒弃全知全能的叙述视角，打破时间顺序，淡化情节，运用隐喻、象征表现人的内心体验等，这些都使得“迷惘的一代”与现代主义小说有了更多的艺术亲缘关系和艺术共性。海明威、约翰·多斯·帕索斯、福克纳即新文体的集大成者。在《永别了，武器》中，海明威借人物之口对“神圣”“荣耀”“牺牲”等抽象空洞的字眼进行了谴责，认为这些华丽的文辞及其代表的概念纯属无稽之谈，是谎言的烟幕弹，他提倡用简洁明快的短句和不加修饰的文字，含蓄、间接地将人物内心的细微变化暗示出来，而不是像传统作家那样以大篇幅的详尽描述进行铺陈，其“冰山原则”就是他现代叙事艺术的集中体现。

约翰·多斯·帕索斯同样意识到语言和文体创新的重要性，在其长篇小说《赚大钱》（*The Big Money*，1936）中，他谈道：“军人和政客们将我们的语言摧残得不成体统……将我们父辈所用的干净的字眼弄得肮脏不堪。”他在作品中将个人的故事嵌入宏大的社会背景之中，通过将真实的报刊标题、流行歌谣、人物简历、时间回忆和社会文献等拼合并置，创造了一种试验性的“群像小说”，并因其“非线性叙事”而被称为文化先锋。

福克纳更是令人瞩目的叙事技巧的革新者，其通过运用意识流手法和多视角叙事大大增强了文学的表现力和作品的阐释空间，影响了很多后世作家。

二、海明威传奇般的人生经历

海明威生于美国伊利诺伊州橡树园城一个有名望的家庭。父亲是医生，又是个训练有素的运动员，他教儿子钓鱼、打猎，使海明威从小就迷上了户外运动。母亲是歌剧演员，要求海明威练习大提琴。在中学就读时，海明威不仅成绩优异，还经常为报刊和文学杂志写稿，参加多种运动——游泳、足球、射击、拳击等。早年生活的经历为他以后的创作提供了素材。中学毕业后，海明威离家到《堪萨斯城之星》（*Kansas City Star*）报社工作，为其客观的叙事和简洁的语言风格打下了基础。

海明威的一生可以说与战争、暴力和死亡结下不解之缘。1918 年 5 月，尚未满 19 岁的他领到了红十字会发的名誉尉官制服，兴高采烈地加入了红十字会救护队前往意大利，就这样走上了第一次世界大战的战场。同年 8 月，他身负重伤，在米兰的红十字会医院接受治疗期间与护士阿格尼丝产生恋情。1919 年，海明威从意大利返回美国。然而，疯狂而又残酷的战争回忆始终纠缠着他，死亡与恐怖仍在时时威胁着他，身体的创伤使他患了严重的头痛病，曾经痴心相爱的阿格尼丝这时也拒绝了他的爱情。此时的他就像一头受伤的狮子，忧郁苦闷，感到前途渺茫。

1920 年，海明威在为《多伦多明星报》（*The Toronto Star*）撰稿的同时开始进行小说创作，同年 12 月，他与新婚妻子哈德莉一起远渡重洋，移居巴黎。在那里，海明威先后结识了埃兹拉·庞德、葛特鲁德·斯泰因、詹姆斯·乔伊斯、多斯·帕索斯和菲兹杰拉德等侨居巴黎的现代作家。1923 年他发表了第一部作品《三个短篇小说和十首诗》（*Three Stories and Ten Poems*）。次年，其短篇小说集《在我们的时代里》（*In Our Time*）发表，小说集以 18 个短篇叙述了主人公尼克青少年时期的生活，小说在日常生活画面中穿插进表现战争、斗牛、死刑场景的小品，使整个作品弥漫着战火硝烟、暴力流血的氛围，展现了主人公人生最惨淡、悲哀的一面。

1926 年，海明威的第一部长篇小说《太阳照样升起》发表，自此开始了其“迷惘的一代”小说创作。三年后，他推出的第二部长篇小说《永别了，武器》为整个美国文坛树起了“迷惘的一代”旗帜。

1937 年，海明威以驻外记者的身份深入西班牙内战战场为《北美报业联盟》（*The North Hmerican Newspaper Alliance*）采访新闻，后作为一名普通士兵参加了战斗，并和游击队员们一同在深山野岭中作战。1940 年，其以西班牙内战为题材的长篇小说《丧钟为谁而鸣》（*For Whom the Bell Tolls*）出版，在世界文坛引起强烈反响。1952 年，其经典力作《老人与海》（*The Old Man and the Sea*）发表，这部凝聚着海明威一生体验与思考之精华的作品，使他荣获了诺贝尔文学奖。

在世界文坛上，很难找到一位作家像海明威这样拥有如此传奇的人生经历。他在北非丛林里围过猎，在古巴的海上捕过鱼，迷恋斗牛与拳击，经历过两次世界大战，多次负伤，医生从他身上取出过 200 多块弹片和一个机枪弹头。第一次世界大战期间，他顶着枪林弹雨营救伤员；在西班牙反法西斯战争中，他别妻抛子，亲自组织游击队，喝酸酒，啃玉米棒；第二次世界大战期间，他驾着自己装了机枪、步枪和炸药的游艇搜寻德军潜艇，随时准备与敌船同归于尽；在解放巴黎的战斗中，他侦察敌情，抓获俘虏，提供准确情报，并先于法国将军勒克莱克的部队进入凯旋门。他三次遇到车祸，两次赶上飞机失事，动过 12 次手术，头部缝过 57 针，健康严重受损。20 世纪 50 年代末，海明威患上了忧郁症，几经治疗不见好转。1961 年 7 月 2 日，海明威像他的父亲那样用猎枪结束了自己的生命。

海明威生活在社会动荡、人心彷徨的时代，其不平凡的一生充满着暴力、危险、灾难及对命运的抗争，他那最后的枪声，并不意味着对生命的舍弃，而是对生命尊严的捍卫，在高血压、精神抑郁、肌腱萎缩等疾病的折磨下，他再也无法容忍那种举步艰难、言语不清的生存方式，扣动扳机实践了自己的诺言："我要打到生命的最后一天，那时我就要跟自己打，目的是要把死亡当作一种美的事物来接受，这也就是你每星期日看斗牛时见到的那种悲剧美。"[①]海明威用他的生命体验和文学创作激励了整整一代人和后世无数读者，以自己敏锐、深刻的思想以及凌驾于生存悲剧之上的永不言败的个性，为精神受挫的人提供了人格和道德的启示，也向世人证实了这是一个不同凡响的有血有肉有灵魂的硬汉。

三、海明威小说的暴力与死亡主题

暴力与死亡是贯穿海明威一生创作的基本主题。在他看来，无论是人类社会还是自然界，都是由暴力和死亡构成的世界，是每一个人所必然面对的、无法逃离、也无从回避的生存境遇。在小说中，海明威将"暴力"具象化为战争、狩猎、捕鱼、斗牛和拳击等等充满惊心动魄、生死搏斗的场面。他不仅将这些作为小说的主要意象和基本主题，而且通过这些暴力形式考察人在其中的反应和态度。1934 年，海明威在写给菲兹杰拉德的信中说道："当你受到该死的伤害后，要利用这种伤害，可千万不要自欺欺人。要像科学家一样去忠实地对待它。"他在这里所说的"伤害"就是最终表现在作品中那无处不在的"暴力"的"伤害"，暴力总是令人不安的主宰，一切人都逃脱不了它的威逼。而其作品的魅力，正来自在暴力伤害与死亡威逼之下人类的痛苦、迷惘及搏斗、抗争所形成的巨大张力。

在海明威自己充斥着暴力和死亡的人生经历中，战争无疑给了他相当多的影响。他既是战争的亲历者和受害者，又是战争的目击者和旁观者。在生与死较量的激烈瞬间，海明威体验着一代青年共同的愤怒与忧伤，观察着人的本性，冷静地思考着社会和人类生存境遇的本质，死亡意识与悲剧意识逐渐成为海明威小说的重要题材。其作品中的主人公有的尽管凭借坚强的意志忍耐着、坚持着，维护了自己的尊严，但其精神的痛苦仍然是显而易见的，其心灵的伤痕是难以愈合的；有的则没能摆脱暴力和死亡的掌控，生命的倏然消逝为作品蒙上了一层忧伤。

海明威的早期作品——短篇小说集《在我们的时代里》便着意强调了外在

① 库尔特・辛格：《海明威传》，周国珍译，浙江文艺出版社 1983 年版，第 8 页。

世界的暴力、伤残、死亡对人的思想、个性所产生的影响，其中《印第安人营地》（*Indian Camp*）描写了压抑的夜色、无麻醉的手术、产妇的尖叫、新生儿的降生以及新生儿父亲的自杀，这种生与死、痛苦与欢乐毫无理由地、矛盾地交织在一起，令人感受到世界的荒诞和非理性；《大二心河》（*Big Two-Hearted River*）再现了战争造成的满目疮痍的景象——烧焦的土地、变成灰烬的森林……在被杀戮、邪恶、堕落、恐惧所包围的境遇中，人类的生存遇到了前所未有的困境。《乞力马扎罗的雪》（*The Snows of Kilimanjaro*）中，作者以大鸟、猎狗、死豹、骑自行车的警察、白得炫目的雪山等大量隐喻和暗示的意象来象征死亡，淋漓尽致地反映了人在死亡面前的彷徨、恐惧、挣扎及解脱，在主人公哈里关于寒冷、逃亡、追捕、枪杀、滑雪的回忆中，整个作品散发着暴力、死亡的气息，主人公自己则因被割伤的腿没有及时消毒患上坏疽症而死去。在海明威的作品中，死神从来都不会因为人类的痛苦、惶惑、哀伤而止步不前，似乎死亡就是注定的，突如其来，让人无法预料、无法把握，就像《世界之都》中那个男孩帕克，只是因为一时兴起要玩斗牛游戏，就把两把刀子绑在椅子上假作公牛，结果却被这刀子刺中小肚子而身亡。其真正描写西班牙斗牛的纪实性作品《午后之死》（*Death in the Afternoon*）通过紧张刺激的斗牛场面，进一步表明了作者对暴力、死亡的认识，在他的心目中，牛因其强大、易怒、狂妄、愚蠢成为荒谬世界的象征，与牛的较量就是人类与世界的搏斗，是生与死的抗争，在此过程中，死亡是逃脱不开的，无论是牛还是斗牛士最后都无一幸免。海明威曾借用莎士比亚《亨利四世》中的一段具有调侃意味的台词，直截了当地表明了对于死亡的看法："说实话，我一点也不在乎；人只能死一回；咱们都欠上帝一条命，不管怎么样，反正今年死了明年就不会再死。"

在海明威的几部直接取材于战争的小说中，死亡的阴影更是伴随着主人公的脚步。《永别了，武器》中从一开始，凯瑟琳就表示不喜欢下雨天，甚至害怕雨，因为有时会看见自己和心爱的人在雨里死去。但让人无奈的是，战争与死亡的阴影始终笼罩在小说的字里行间。主人公亨利厌恶战争，说人好像"着了火的木头上的蚂蚁，有的逃了出来，烧得焦头烂额，不知往哪儿逃好，但是多数都往火里跑，接着掉过头来朝尾端逃，挤到凉快的顶端，最后还是掉在火里被烧死"。在看清了战争的实质和人在战争中的悲剧命运后，亨利和凯瑟琳选择逃离战争、告别武器，去找寻远离尘嚣的只属于他们自己的美好生活，在中立国瑞士，他们确实过了一段远离战争、宁静愉快的日子，但始终摆脱不了死亡的控制，凯瑟琳、孩子在阴雨中离开了人世，亨利愈发清晰地意识到人生的痛苦。

《太阳照样升起》被称为没有战争描写的战争题材小说，虽然小说没有直接描写暴力和战争场面，但作品中战争暴力像笼罩一切的阴影，它带给人们肉体和心灵的创伤历历在目，战后一群被社会遗弃而成为“孤儿”的美国青年忧郁彷徨、悲观厌世、玩世不恭，这些战争的无辜受害者在极度苦闷的精神状态下失去了信念和生活方向。

海明威的个人经历以及人文关怀意识使其作品在对人类生存状态的探讨中蕴含着深切的悲剧意识。传记作家库尔特·辛格曾这样描述一次战场上迫击炮弹爆炸事件对海明威的影响：“这次事件的障碍深深地存在于他的下意识之中。他过去很喜欢那种由于惊骇而突然爆发的勇气，现在懂得了什么是惊骇……海明威到这时才受到前线的惨状、声响和危险的残酷折磨。爆炸的炮弹射出白热的火星，把他那睡梦中的黑暗照耀得眼花缭乱。昔日战场上的巨响吓得他尖叫着惊醒过来。垂死的伤员们痛苦的嚎叫使他的每个夜晚都变成莫大的苦难。”①凶残的杀戮所带来的心理创伤让海明威这一代青年陷入了无望的泥潭之中，即使是刺激的冒险、无节制的酗酒享乐也不能舒缓心灵的苦痛，他们只好茫然不知所措地徘徊在人生的路口。

在海明威的作品中，出现频率极高的词语即“空无”“徒劳”“痛苦”“荒诞”“死亡”，他认为人生是一场孤独的斗争，人无论怎样意志坚强，无论进行怎样非凡卓绝的反抗，注定以失败告终。暴力、死亡与海明威笔下的主人公如影随形，而希望则与他们若即若离，即使抓住了希望与幸福，也会转瞬即逝，而死亡却是永恒的。既然人类没有获胜的希望，那么人生的意义何在？人类的自我存在价值何在？其实，海明威的作品带给读者的震撼并不在于暴力与死亡的残忍、恐怖，也不在于其不可战胜性，而在于面对终将走向死亡的人生结局及不可逆转的命运时，其主人公依然能够保持坦然的心态和优雅从容的风度以捍卫尊严、赢得生命价值，犹如神话中推石上山的西西弗斯，看到人生的荒诞宿命，便以蔑视、奋斗对抗荒诞，而人类的伟大就在于对绝望的不停歇的反抗，这正是海明威所认为的“人生最大的乐趣”。

《太阳照样升起》中年轻的斗牛士罗梅罗在被科恩屡次重拳击倒后一次次从地上爬起；《永别了，武器》中的亨利虽看透了战争，看透了人生，还是勇敢地追求爱情和幸福，在凯瑟琳和孩子死后，独自一人承担所有的伤痛；《丧钟为谁而鸣》中的乔丹尽管身陷绝境，但依旧坦然平静地面对即将到来的死亡；《老人与海》更是在明知会失败仍要拼搏的悲剧性中展现了生命的价值与尊严，并因反映了困境中的孤独抗争和面对失败的从容而使作品具有了深远的蕴意。老人桑迪亚哥这位处于荒诞境遇中的精神强者，已成为海明威笔下“硬汉形象”的

① 库尔特·辛格：《海明威传》，周国珍译，浙江文艺出版社 1983 年版，第 68 页。

代表，其用行动证明了“什么是一个人能办到的，什么是一个人能忍受的”，在荒诞的生存困境中那些备受失落、幻灭所困扰的精神流浪者面前，老人以其生存法则——“人不是为失败而生的，一个人可以被毁灭，但不能给打败”[①]展现出了超越时空的人格力量。而这种震撼人心的硬汉悲剧精神赋予海明威作品以极大的审美价值，是海明威从“迷惘”走向“抗争”的精神归宿。

海明威之所以热衷于将“硬汉性格”注入笔下男主人公身上，首先，因为他的人生哲学近于弱肉强食、优胜劣汰的理论，在他看来，如果一个男人不具备阳刚之气，没有硬汉气质，就不配做一个男子汉，在这个世界上就没有生存和立足的权利。推而广之，人类如果在与自然、环境、命运的搏斗中，不保持着尊严、勇气、信心和力量，不具有顽强不屈、开拓进取的精神，人类的前途必然是悲哀的。其次，海明威看到战后美国颓废风气盛行，一代青年放荡不羁、玩世不恭，美国早期的那种开拓精神已荡然无存，于是以其作品中的“硬汉形象”对现实中的美国人进行警示、激励。

四、《永别了，武器》的反战主题及迷惘色彩

《永别了，武器》以美国中尉弗雷德里克·亨利自叙的形式及海明威特有的冷静、简洁的笔调描述了战争中的残杀以及战争对人的精神和情感的毁灭。第一次世界大战期间，亨利在意大利前线救护队担任上尉，结识了英国女护士凯瑟琳，之后因腿部受伤住院恰巧由凯瑟琳看护，在她的悉心照料下恢复了健康，朝夕相处中两人相爱。亨利伤愈返回前线，但在一次撤退的路上被误认为是德国间谍而被捕，亨利伺机逃跑，终于和日思夜想的爱人重逢，二人一起偷渡到中立国瑞士，在那里度过了一个温馨幸福的冬天。然而厄运还是降临，凯瑟琳和孩子因难产都离开了人世。亨利伤心到麻木的程度，在医院里告别了“石像似的”凯瑟琳，孤零零地走回旅馆，茫然漠视着悲凉的人生。

书名《永别了，武器》高度概括了小说“战争与爱情”的主题，这里的“武器”（arms）一词也有“手臂”的含义，厌战的亨利满怀对爱人和腹中孩子的思念，冒死逃过敌军和宪兵的追捕后决心远离战争，与武器永别；挚爱的凯瑟琳死后，亨利又与温暖的怀抱——爱情永别。残酷的战争夺去了青年人的幸福，摧毁了他们的希望，战争与爱情就如同两首哀怨的乐曲在小说中回响，而美妙的时光是那么的短暂。

---

① 海明威：《老人与海》，吴劳译，上海译文出版社 1999 年版，第 48 页。

（一）悲凉的反战主题

小说一语双关的书名暗示了战争的残酷、荒谬以及对生命的践踏、对幸福的破坏，由此，作者延续了《太阳照样升起》的同样主题，再次宣告暴戾的战争即“迷惘的一代”精神悲剧的制造者。

出现在小说中的主要场景是战争中日常生活的横断面，但作家并未刻意以大篇幅残酷血腥的画面来表达主题，而是凝练而集中地描写了一些细节，诸如连绵的阴雨、官兵们的烦躁斥骂，野战医院里伤员的呻吟……士兵们都有明显的厌战情绪，不想走上前线，为此不惜自残自伤逃避战斗。在小说第一章开篇就提到了阴雨：满目的秋意萧瑟，部队的卡车溅满泥浆，士兵身上被雨打湿，也尽是烂泥，枪也是湿的。紧接着又提道：“冬季一开始，雨便下个不停，而霍乱也跟着来了。瘟疫得到了控制，结果部队里只死了七千人。”[①]被霍乱夺去生命的人数大得如此惊人，而海明威却用“只”字轻描淡写，看似无所谓，但在调侃背后则深深隐藏着作家对战争的谴责。在小说第二十一章，一串更加真切的数字道出了战争的残酷：意大利军队有 15 万人死于班西扎高原和圣加布里埃尔，4 万人死于卡索，最终意大利总伤亡人数达 160 万之多！索尔·贝娄于 1976 年在诺贝尔文学奖颁奖仪式上说过：“海明威可以说是那些在伍德罗·威尔逊和其他大言不惭的政治家鼓舞下参加了第一次世界大战的士兵的代言人。这些政治家的豪言壮语究竟起了什么作用，这应当用铺满战壕的僵硬的年轻人的尸体来衡量。”[②]

在海明威笔下，官兵们的厌战情绪随时随处可见。亨利得了黄疸病，护士认为是饮酒过量所致，亨利表示身体极为不适，护士却坦言无论如何也比上前线好。在第七章，一个士兵问亨利：“你对这该死的战争怎么看？” 亨利回答：“糟糕透了。”士兵再次强调：“糟糕透了。耶稣基督啊，真是糟糕透了。”第二十五章中，少校对亨利说：“我很厌倦这场战争。假如我离开了，我想我是不会回来的。”意大利军队大撤退时，大家都在抱怨，对指挥深表不满，对前景丧失信心。人们就像“着火的木头上的蚂蚁”，“开始往火中间跑，随即又转向末端，跑出来的有的烧得焦头烂额，到处乱跑，最后还是掉在火里”。战场上，亨利亲眼看到战争如何毁灭了人的青春、前途、理想和希望，认识到战争是对人的大屠杀，于是军人的义务感破碎了。意大利军队的腐败造成了前线的失败，那溃退的场景十分狼狈：不同兵种的士兵和老百姓混杂在一起，阴雨、潮湿、道路

---

① 海明威：《永别了，武器》，林疑今译，上海译文出版社 2009 年版，第 4 页。

② 转引自林疑今《海明威的思想感情和艺术风格》（代序），《永别了，武器》，林疑今译，上海译文出版社 2009 年版，第 5 页。

泥泞，敌机不断轰炸，公路上乱作一团，意大利军人被吓得草木皆兵，胡乱开枪，士兵们高喊："打倒军官！""和平万岁!""返回家园!"并有不少人逃跑。而亨利在被当作间谍行将处决时，跳进河中，抓着一根漂浮的木头，顺流而下得以死里逃生。因此，他愤怒地告别了战争。

在《永别了，武器》中，同时回响着战争的残忍与爱情的幸福及凄凉这两首乐曲。海明威笔下的爱情具有极其鲜明的特征：爱的幸福可望而不可即，战地流放者们无奈地面对爱情悲剧暗自神伤。从主观上来说，主人公们的爱情都是非常真诚的，《太阳照样升起》中尽管男女主人公有着不同的复杂经历和心理创伤，但都保持着始终不渝的爱，唯因负伤造成的残疾才使他们无法完成灵与肉的真正融合，他们都曾试图忘却这份情感，但最后仍然无法抹去痛苦的阴影。《永别了，武器》中，凯瑟琳在与亨利相识之前，已有相爱多年的恋人并已订婚，但这对有情人终未结成眷属，战争夺去了未婚夫的生命，大受刺激的凯瑟琳悲伤不已，甚至想剪掉自己的头发。亨利和凯瑟琳最初不过是调情，之后产生了真正的爱情。小说里有一个耐人寻味的细节：凯瑟琳并不信教，可当亨利上前线时，却送给他一个圣安东尼像。爱情与战争的矛盾在这件情深意切的赠物上体现出来：在冷酷的战场上，只有爱情能够温暖亨利的心，而亨利也就成了凯瑟琳心中的神。当亨利受伤后，是她用爱为他疗伤，是她劝导亨利抛弃升官发财的欲念，是她启迪亨利憧憬未来，企盼战争早日结束好让他们过上美满的家庭生活，凯瑟琳的爱温暖了亨利。亨利从积极参战到厌倦战争，想以告别武器的方式重返爱的怀抱，但他失败了。在战争的摧毁下，爱情成了死亡的随葬品。凯瑟琳的死使他与爱情也永别了，他的精神不可避免地彻底幻灭了。亨利的悲剧意义从根本上来说，是通过凯瑟琳的死来体现的，命运最终通过夺取凯瑟琳的生命达到了打击亨利的目的，失去了凯瑟琳，就意味着亨利失去了重建生活的精神支柱，这让他更清晰地认识到，战争所象征的命运魔掌不会放过每一个善良的人，"世界打垮了每一个人……你迟早当然也得一死，不过世界并不特别着急要你的命"[①]，"人生是一场孤独的战争"，"胜利者无所获"，亨利的悲叹代表着"迷惘一代"的普遍情绪。

（二）"迷惘的一代"的精神悲剧

《永别了，武器》表现了爱情温馨与战争暴戾的对立，人们渴望的美好不能如愿得到，留下的是因遗憾而引起的痛苦，而这种痛苦是毁灭性的。作品虽少有对硝烟弥漫、枪炮齐鸣、血肉横飞的恐怖场景的过分渲染，但透过亨利在疯狂的战争经历之后失望、空虚、痛苦、迷惘并逐渐觉醒和成熟的人生历程，以

① 海明威：《永别了，武器》，林疑今译，上海译文出版社 2009 年版，第 267 页。

及对于暴力、死亡、生命意义的深刻体验与认识，重现了“迷惘的一代”的精神悲剧。

在亨利身上，海明威留下了自己在第一次世界大战中的生活经验和思想痕迹。当初未满 19 岁的他怀揣着梦想像一头稚气未脱的雄狮，潇洒而又莽撞地冲入战火中的时候，还单纯地以为自己参与的是一场捍卫民主和正义的“圣战”。亨利也是如此，与欧洲的许多青年一样，他深受战争的蛊惑，对战争充满幻想和热情，忠于职守，关心士兵，“老是请求上第一线”。但到底为什么而战，为谁而战，脑子里却稀里糊涂，他跟随大伙随世沉浮，及时行乐，夜里躺倒在床上，体会到人生不过一场宿醉而已。初识凯瑟琳时，亨利也只是把彼此的交往看成“一场游戏”。在战乱的环境中，特别是目睹流血和杀戮，听到意大利官兵对战争的唾骂和诅咒，他内心产生了对战争正义性的怀疑，对胜利与荣誉的期盼渐渐消失。重伤之后，亨利开始明确表示不喜欢战争，希望它早日结束。尤其是当他在医院和凯瑟琳度过了一个美好的夏天后，他深刻地感受到了和平生活的美好，战争的丑恶、残忍与毫无意义。凯瑟琳的悉心照料使亨利恢复了健康，凯瑟琳真挚的爱，使亨利的身心得到抚慰，在战争背景的衬托下，他体会到了爱情的珍贵。在大撤退时的凄风苦雨中，坐在救护车里的亨利心里默念着爱人凯瑟琳的名字，盼望着她像雨一样落下来。

促使亨利最后与战争决裂的是他在战场上亲身经历的两件事：一是在战场上吃干酪时被一颗飞来的炮弹炸伤了腿，部队当局却嘉奖了他的“英勇”而授予了银质奖章，这使他从此对“神圣”“光荣”“牺牲”等字眼非常反感；二是在部队大溃退途中因意大利语不纯而被当作德国奸细抓捕，差点被就地枪决，为意大利而战，却险些死在意大利宪兵枪下！这前后两件事使他看透了政府的欺骗、战争的荒唐和世界的疯狂混乱，从而放弃了所谓军人的“义务”“责任”等观念，表示“我不干了，……这已经不是我的战争”。承受了战争伤害的亨利对战争的厌恶和反感已经达到极点，以至不愿再想与战争有关的一切，“我生来不会多思想。我只会吃。我的上帝啊，我只会吃。吃，喝，同凯瑟琳睡觉”[①]。在爱情力量的推动下，亨利毅然决定告别战争，去寻找爱情的庇护所，期盼与爱人过安宁的幸福生活。在和凯瑟琳重聚后，面对一位老人的提问：“你最珍重的是什么？”亨利干脆利落地回答：“我爱的人。”

已经是“逃兵”的亨利为了避免被抓捕，更重要的是为了远离厮杀和纷争，与怀孕已数月的凯瑟琳在一个暴风雨的夜晚，划船渡过日内瓦湖，凄风苦雨、寒冷疲惫没有让相爱的两个人放弃，反而笑着将那一刻视为“良宵美夜”，他们

① 海明威：《永别了，武器》，林疑今译，上海译文出版社 2009 年版，第 249 页。

是在与挫折、与厄运抗争。在中立国瑞士，二人徜徉于青山绿水之间，相亲相爱地享受生活，但亨利仍然摆脱不了对战争梦魇的恐惧，感到“一种与世格格不入的孤独”。这时，凯瑟琳成了他生活的全部内容、全部希望，是他得以依靠的心灵港湾。然而，爱情之舟在硝烟战火的纷乱世界是那么脆弱，相爱的人被迫时时面临分离，虽然现在从战场逃离，却没有躲开死神的追逐，噩运再次降临到这对相爱的年轻人身上。当凯瑟琳生命垂危之际，亨利既乞求上帝，又寄希望于医生，更想自己为她做点什么，可是一切都无济于事，最终等来的是与已冰冷得如石像般的遗体告别的结局。凯瑟琳去世，亨利与爱情永别了，幸福和安宁的精神庇护所瞬间荡然无存，他无限怅惘，无限哀伤。

作为“迷惘的一代”的代表，亨利不仅是战争的反对者，也是西方文明的愤激的批判者，他对战争的胜利前景和战后的世界重建都不抱什么幻想。他逃离战场，也逃离社会，在沮丧失落的情绪中逐渐失去了生活热情，视任何信仰和理性思考为虚妄，认为生命真正的价值和意义唯有个人的幸福及凯瑟琳的爱。面对挫折、厄运和死亡，坚韧刚毅的亨利顽强地抗争过，并坚守着自己的道德原则，从而彰显出了硬汉子品格，是残酷、愚蠢的战争伤害了他的身心，使他踏上了迷惘之路。他的无奈、失落、苦闷和幻灭在很大程度上带有海明威的自传色彩，反映了“迷惘的一代”所代表的共有的心理状态和精神危机。海明威对这部小说的评价是：“这本书是一部悲剧，……因为我相信，人生就是一部悲剧，也知道人生只有一个结局。”[①]这正道出了“迷惘的一代”对现实的理解及作为他们代言人的作家对现实的描绘。

五、海明威的“冰山原则”解析

海明威是一位富有独创性和现代意识的小说家，是开创一代文风的语言艺术大师。此前的很多美国作家在写作技巧和表达方式上始终无法摆脱英国文学的影响，如书卷气重、叙述繁杂拖沓、文字复杂冗长等，海明威则在继承马克·吐温传统的基础上，形成了一种简约清新、深沉凝练的文体风格，对后来许多欧美作家产生了极大的影响。在他看来，文学作品就如海上漂浮的冰山：“一座冰山的仪态之所以庄严，是因为它只有八分之一露出水面。”[②]作品中直接诉诸文字的部分即海面上那八分之一冰山，隐藏于文字背后的丰富内蕴即水下更加雄

① 转引自吴然《海明威评传》，陕西人民出版社 1987 年版，第 102 页。

② 海明威：《死在午后》，金绍禹译，上海译文出版社 1999 年版，第 193 页。

伟的八分之七的冰山。海明威的这一“冰山原则”，概括来说，就是正确处理艺术创作中少与多、略与详、显与隐的辩证关系。对于一个作家来说，他对生活的观察、体验，要诉诸读者的思想、感情总是十分丰富、复杂的，然而在作品中所展示出来的场景画面，却只能是其中一小部分。文学作品中那些具有直观形式的物象可以说是思想感情的载体，它们好比是露出水面的八分之一冰山，而那深厚博大的意蕴则如八分之七的冰山被深深地隐藏在水面之下。因此，海明威创作的小说无论是题材的选择、篇章的处理还是事件的叙述描写等，都尽力追求含蓄、凝练的意境，做到浓缩、简约、明快，以期达到以少胜多、以略见详的艺术效果，获得一种言外之意、趣外之旨。

西方的小说创作自19世纪末开始便出现了越写越长的倾向，“长河小说”“全景小说”相继问世，尤其是一些以个人身世和家族历史为题材的作品，如罗曼·罗兰的《约翰·克里斯多夫》、高尔斯华绥的《福尔赛世家》、德莱塞的《美国的悲剧》等，动辄三、五卷之多，洋洋洒洒数百万言，堪称鸿篇巨制，其中到处可见枝蔓丛生的结构、繁复的叙述铺陈及细腻的人物、场景描写。海明威则刻意打破传统小说这种“史诗”般的规模，清除繁杂，删除冗长，以尽可能简单的方式叙述故事、交代情节。

以第一次世界大战为背景的《永别了，武器》并未像“全景小说”那样以铺陈的手法去描写战争全貌，而是集中笔墨揭示了战争给男女主人公造成的爱情悲剧。最有特色的是它的结尾，之所以做了39次修改，用作家自己的话说就是“非常关心作品的效果……”，力求将“粗糙的大块文章……精雕细琢成一颗小小的宝石”。按照传统小说的模式，作品还可能有的凯瑟琳的葬礼、亨利内心痛苦的表白、故事中其他人物的命运以及作者的抒情议论，海明威一概省去，干脆利落地把所有旁生的枝蔓大刀阔斧地砍掉，只留下一根清晰耀眼的主干，让人读后浮想联翩，余味无穷。

以第二次世界大战为背景的长篇小说《丧钟为谁而鸣》可以说是海明威小说中篇幅最长、最雄伟壮观的一部作品了，但他所写的仍是战争局部，将西班牙人民波澜壮阔的反法西斯斗争压缩在一个十分狭小的时空框架里，故事情节的时间跨度只有70多个小时，活动空间限于游击队据守的一个小山谷，主要人物是主人公乔丹及一支小游击队。然而，正是这部小说深刻地揭示了战争中错综复杂的矛盾冲突，正如有评论家所指出的，它以非史诗的结构达到了史诗的规模。因此，这一作品具有了超越时空的艺术穿透力。

《老人与海》的结构亦可谓浓缩、简洁，海明威曾提到如果详细交代每个人的出生、受教育、恋爱结婚、生儿育女的过程，那么这个故事其实可以铺陈到1000多页，可这一切全被作家略去，对于老人的生活环境、简陋的茅屋、死去的妻子以及海滨酒店、与小男孩的同行，他都惜墨如金，一笔带过。经精心筛选后，作品集中描写了老渔夫在海上与马林鱼及鲨鱼群三天三夜惊心动魄的搏斗，文体简约，主干突出，具象鲜明，却蕴含着多层次、多角度的思想内涵，展示了厚重的主题：人与自然、环境、命运的抗争，人不可被打败的信心、意志和尊严，作家对世界荒诞、人生困境、生存价值的体悟。小说自发表以来，读者、评论家们一直没有停止过对它的解读、阐释，由此可见其丰厚的内蕴已远远超过了一些“史诗”性的作品。

人物对话的简洁有力也是海明威写作艺术功力的表现。英国学者贝茨在《海明威的短篇小说》一文中谈道：“在他以前的一个世纪，长篇小说的对话向来都给一大套精雕细镂的老规矩压得东摇西摆，迈不开步。长篇不知想了什么办法，居然活了下来；短篇却一直岌岌可危。按照这套老规矩，角色说的话要具备作家所强调的抑扬顿挫、风味、情绪、含义。于是：‘他带着明显表示的愤怒又重复了一遍’；‘她鼓起勇气，用忧郁的音调说’；‘他犹豫不决地宣称’；‘他声音惊恐、结结巴巴地讲’；‘他夹进来说’；‘他低声笑着插了句嘴’，如此等等，不一而足。这些文字填料一块块塞满了上起狄更斯，下至四便士平装本的每部长篇小说中的人物交谈。”[①]海明威则把这些“填料”一扫而光，直接呈现对话内容。《永别了，武器》共41章，其中38章有对话描写，在小说25万字的篇幅中，人物对话约占四分之一。在此，海明威摒弃了传统作家那种在对话之间插进副词或状语短句（诸如愤怒地、惊恐地、犹豫地等）的写法，消除了人物与读者的距离，呈现出电文式的特点，并采用美国中西部民间口语及其节奏，使对话客观逼真且朴素自然。

海明威重“省略”，不仅作品要求集中、凝练，删掉一切可有可无的东西，而且特意用省略技巧在作品中留下一片空白，让读者自己去揣摩、想象、填补，进而发掘作家未写出的那部分。如他的短篇小说大都截取生活中的一个片段、一个场景作简略勾勒，既不交代事件的前因后果、来龙去脉，也不对人物的身世、形象和内心活动作细致入微的刻画，如脍炙人口的名篇《白象似的群山》，讲述了一个姑娘在一个男人的陪同下去马德里做手术，他们在小车站候车，边喝啤酒边漫无边际地谈着话，至于男人姓甚名谁？他们的年龄、职业、身份是什么？两人什么关系？姑娘为什么说不远处的群山看上去像一群白象，随后又说不像？小说一概不写，就连到底是一次什么手术，作者也未说明，而是通过暗示让读者自己去猜测。

---

① 转引自吴晓东《从卡夫卡到昆德拉：20世纪的小说和小说家》，生活·读书·新知三联书店2005年版，第118页。

海明威的“省略”除了内容的省略外，还有描写的省略和叙述的省略。他是一位非常精细、敏感的艺术家，往往通过鲜明具体的形象去捕捉事物而不是通过抽象的思考去把握事物，全凭自身的视觉、听觉、嗅觉、感觉来塑造人物、描写景物，其作品中没有华丽辞藻的夸饰渲染，没有喋喋不休的解释说明，常常是寥寥数笔就勾勒出一幅生动、逼真的画面，给人一种直觉的具象感受，看得见，摸得着，具有强烈的可见性与可触性。

> 陆地上空的云块这时像山岗般耸立着，海岸只剩下一长条绿色的线，背后是些灰青色的小山。海水此刻呈深蓝色，深得简直发紫了。他仔细俯视着海水，只见深蓝色的水中穿梭地闪出点点红色的浮游生物，因为这说明有鱼。太阳此刻升得更高了，阳光在水中变幻出奇异的光彩。①

这是《老人与海》中的一段景物描写，是一幅通过作家的眼睛透视出来的图画，远处是陆地、云彩、海岸线和小山，近处是海水、阳光和小浮游生物，老渔人置身其中，整个画面由绿、青、蓝、紫、红等多种颜色点染，方位明确，层次分明，色彩斑斓，极富立体感，但又是采用平淡普通的语言白描出来的。又如《白象似的群山》整篇运用的是很纯粹的客观叙事视角，就像一架机位固定的摄像机拍摄的画面，没有叙事者主观的评论和解释：“埃布罗河河谷的那一边，白色的山冈起伏连绵。这一边，白地一片，没有树木，车站在阳光下两条铁路线中间。紧靠着车站的一边，是一幢笼罩在闷热的阴影中的房屋，一串串竹珠子编成的门帘挂在酒吧间敞开着的门口挡苍蝇。”“山在阳光下是白色的，而乡野则是灰褐色的干巴巴的一片。”②《永别了，武器》的开头，更是体现海明威文体风格的一个范例，受到了评论界的一致肯定：

> 那年晚夏，我们住在乡村一幢房子里，望得见隔着河流和平原的那些高山。河床里有鹅卵石和大圆石头，在阳光下又干又白，河水清澈，河流湍急，深处一泓蔚蓝。部队打从房子边走上大路，激起尘土，洒落在树叶上，连树干上也积满了尘埃。那年树叶早落，我们看着部队在路上开着走，尘土飞扬，树叶给微风吹得往下纷纷掉坠，士兵们开过之后，路上白晃晃，空空荡荡，只剩下一片落叶。③

在这段舒缓深沉的文字中，有远山、平原、河流，还有大路、尘埃、落

---

① 海明威：《老人与海》，吴劳译，上海译文出版社 1999 年版，第 25-26 页。

② 吴晓东：《从卡夫卡到昆德拉：20 世纪的小说和小说家》，生活·读书·新知三联书店 2005 年版，第 122-123 页。

③ 海明威：《永别了，武器》，林疑今译，上海译文出版社 2009 年版，第 3 页。

叶，这一切都是借叙事者亨利的眼睛折射出并以亨利冷静客观的语气叙述出来的，湍急的河水、飘零的落叶、飞扬的尘土、空荡荡的大路和行进的部队之间有何关系？作家对此没有明示，但透过这冰山一角的简约叙述，读者能隐约感受到战争的阴影。第 9 章结尾写亨利躺在前往医院的救护车里，自己的担架上面还有一副用吊带吊着的担架，感觉到那位伤员在流血……这里只是客观地叙述了亨利所看到的、听到的和感觉到的，笔法简约、深沉、含蓄，反战的思想内涵不露声色，但读者通过这一画面能够真切地体会到主人公当时的痛苦心情，那不曾露面的伤员一滴滴往下淌的鲜血恰是对战争的无声控诉。

为了让自己的思想感情含而不露，海明威还巧妙地运用了象征寓意的手法。《永别了，武器》中绵绵不断的雨伴随着主人公经历的痛苦和不幸，那份苍凉渲染着作品令人哀伤的悲剧气氛，道出了男女主人公内心的无限怅惘，从第一章士兵行走在雨中到最终凯瑟琳雨夜离世，阴雨就是苦难的象征，而苦难来自战争，来自荒诞的非理性的世界。小说一开始就写秋雨霏霏，那雨中的残枝败叶，路上的泥水，士兵斗篷上的泥浆，似乎定格了整部作品低沉的格调。凯瑟琳对亨利坦承："我怕雨，因为有时我看见我在雨里死了，而且有时候我看见你在雨里死了。"但雨还是在不停地下着。亨利伤愈重返前线时，天空罩着一层迷雾，不久迷雾转为阴雨；凯瑟琳怀孕后，浓雾悄然升起；亨利回到前线遇上意军大撤退，此时滂沱大雨倾盆而下；两个相爱的人无奈逃往瑞士也是在凄风冷雨之夜；直至凯瑟琳死去，亨利满怀无奈和哀痛冒雨回到旅馆，这支悲戚的乐曲在雨中奏完了最后一个音符。与之相对，晴朗、阳光则象征着幸福与爱情，亨利和凯瑟琳热恋时，晴空万里，阳光明媚，亨利逃跑后与凯瑟琳团聚的第二天早晨"阳光从窗口照进房来。雨停了……窗下一片花园，虽然现在没有花没有叶，仍旧整齐美丽，有铺沙的小径、树木、湖边的石墙，阳光下的湖，湖那边的高山"。在瑞士，两人度过了几个月天气晴朗的田园生活。然而，最终雨还是如同鬼魅般降临。海明威就是这样以象征手法赋予抽象思想以具体形象，使得作品意蕴深远。再如其短篇佳作《乞力马扎罗的雪》以死亡为内容，但其中隐含着表现主人公创作的渴望与追求的主题。文中依次出现了鸷鸟、鬣狗、死神、山岭上的雪、豹子的尸体五个艺术形象，前三个象征死亡，山上的雪象征希望与光明，与豹子的意象相呼应——"这只豹到这样高的峰岭来寻找什么"，而这只雪豹就是作家的灵魂，是执着追求以至现出生命的象征。小说表现了作家一贯的创作思想：孤独-奋斗，这是海明威强烈的主体意识。

与其他小说相比，《老人与海》更像是一篇象征性的寓言故事，作家将一切多余部分省略，尽量保持语言、人物、情节、场面的高度简约，同时又在其中赋予了若有若无的寓意。影影绰绰的空白和寓意，足以引起读者丰富的联想，使小说的内涵无限扩张，叫人难测水下冰山的体积和深度。作品中的老人、大海、马林鱼、鲨鱼、狮子等皆有其深刻的内蕴，在捕获大鱼后，桑提亚哥对它表达了由衷的崇敬之意，也暗下决心一定要将它制服并杀死，他肯定其高贵和力量，可即使如此也丝毫未曾动摇战胜它的决心。马林鱼既是老人敬畏的大自然的象征，也是希望的象征，为了它，老人经受了两天两夜的折磨，凭借着超乎常人的意志，终于将它制服，然而这条具有庞大身躯、巨大威力、从容举止、优雅风度和美丽色泽的大鱼被大群凶猛残忍的鲨鱼剥食得只剩一副空骨架，最后竟然被抛弃在哈瓦那海港的垃圾堆中，不免令人联想到海明威对悲剧人生的诠释。

海明威因“精通叙事艺术”而获诺贝尔文学奖，贝茨认为他删掉了小说中几乎所有的解释、探讨，甚至议论；砍掉了一切花花绿绿的比喻；剥下了亨利·詹姆斯时代句子长、形容词多得要命的华丽外衣，“他以谁也不曾有过的勇气把英语中附着于文学的乱毛剪了个干净”[①]。“迷惘的一代”作家都在文体创新方面作出过努力，但成就最显赫的首推海明威。他对美国文学作出了巨大贡献，不仅因为他是“迷惘的一代”文学的领军人物，还因为他独特的创作视角和叙事原则。因此，当人们说到海明威的作品时，总是不能不谈及他独树一帜的“冰山原则”，他的创作实践确实影响了众多作家，给美国文坛的散文体创作带来了革命性的变化。

① 贝茨：《海明威的短篇小说》，《海明威短篇小说选》，鹿金等译，上海译文出版社 1981 年版，第 319 页。

第五章 “垮掉的一代”与凯鲁亚克小说研究

在第二次世界大战之后的美国文坛，令人眼花缭乱的各大文学流派层出不穷，成为人们阅读、研究的焦点，而就在这一片繁华之中，有一群被称为“孤寂天使”的文坛怪才，他们以狂放的生活态度、以撕心裂肺的嚎叫挑战、冲击并解构着主流社会和主流文化，当美国民主自由的传统遭到前所未有的严重威胁时，正是他们最先、最强烈地感受到苦痛，他们就是“垮掉的一代”（the Beat Generation 简称 BG）。因此，如果想要真正了解那个物欲与功利主义主宰一切、人格异化、道德瓦解、信仰危机四伏的时代，读一读他们的作品就成为一件必不可少的事情了，那些曾经轰动一时的杰作，便是整整一代人在那个特别的历史时期所作出的人生与艺术的宣言。

一、对“垮掉的一代”的解读

学者李斯在《垮掉的一代》一书中谈道：“‘垮掉的一代’代表真正地道的美国文学，它所表现的是开放的人生，是欢畅的、没有道德和文化禁忌过多约束的自我表达。作为一群在新的文化和政治背景下生长起来的青年人，他们用自己的肉体和饱经创痛的大脑谱写出了美国文学和文化发展的新篇章。”①因此，所谓“垮掉的一代”不仅仅是指一个曾经轰动一时的文学流派，一群撼人心魄的不羁的狂人，还隐含着他们在特殊时代之下的一种人生选择。

---

① 李斯：《垮掉的一代》，海南出版社 1996 年版，第 5 页。

“beat”一词来自美国俚语，“垮掉的一代”据说源于凯鲁亚克与朋友霍尔姆斯（之后被公认为“垮掉派”哲学家）的一次交谈，指第二次世界大战后美国一群在令人压抑的社会环境和生存困境中感到厌倦但又不得不继续生活下去的人。霍尔姆斯在1952年发表的《这便是垮掉的一代》一文中作出如下进一步的分析：“所谓‘垮掉一代’不只仅仅是令人厌倦、疲惫、困顿、不安，还意味着被驱使、用完、消耗、利用、精疲力竭、一无所有；它还指心灵，也就是精神意义上的某种赤裸裸的直率和坦诚，一种回归到最原始自然的直觉或意识时的感觉……”①凯鲁亚克在《垮掉的一代的来源》一文中也解释了这个称谓的意义及其来源，认为：“Beat 这个词最初的意思是贫困、潦倒、一无所有、垮掉、流浪、在地铁睡觉。”后来它竟成了“美国社会里行为举止上的革命口号和标签”②。确实，正如他所言，“垮掉派”青年们无视世俗观念，嘲笑并反叛政治权威，在生活上不羁放纵。“beat”一词原本就有很多含义，对于这些叛逆的青年来说，与这个词相关的还有“Beatitude”（极乐），凯鲁亚克说这是一种“极乐、狂欢、至福的状态，可以由爵士乐、性爱、禅或任何类似的体验所获得，目的是将自我毫不保留地开放，接受外来影响”③；还有“beaten”（击打）、“beatific”（快乐的、有福的）、“beatnik”（行为乖僻的人）等，“beat”也表示爵士乐的节奏，而爵士乐的自由狂放正是这一代人所喜爱的，他们认为爵士乐是从黑暗中给这一代人打来的电话，这电话令他们亢奋不已。

“垮掉的一代”成员们是一群反主流文化的狂人，他们吸毒、偷窃、酗酒、纵情于爵士乐、崇尚性解放和同性恋，因此，他们长期以来被斥为堕落、无耻、自暴自弃，但同时，他们又读尼采，习禅宗，崇拜中国诗僧寒山，写小说和诗歌，参加反战游行，支持民权运动，致力于环保，诚如霍尔姆斯所说：“垮掉一代中即使是最粗俗和最虚无的成员……也几乎无例外地关心着信仰问题。”④如同他们的先辈叛逆者们一样，“垮掉一代”的反叛本身是对信仰的追求，从某种程度上来说，在所谓“垮掉”的背后，是年轻一代知识分子对现实世界的焦虑及对自我追寻的躁动。“垮掉的一代”也认定自己被敌对的文化所遗弃而成了流浪者，为了寻求新的启示与价值标准，他们将象征派诗人兰波视为偶像，在《地狱一季》中，极具叛逆意识的主人公嘶吼道：“我！我曾说自己要么是相士，要么是天使，不管别人如何训诫……”他们坚信自己是预告新世界的天使，心中

① 转引自苏新连《金斯伯格现象与美国二十世纪五六十年代情绪》，《西南交通大学学报（社会科学版）》，2003年5期，第57页。

② 转引自肖明翰《垮掉的一代的反叛与探索》，《外国文学评论》，2000年第2期，第26页。

③ 转引自董鼎山《美国作家与作品》，光明日报出版社1988年版，第11页。

④ 转引自肖明翰《垮掉的一代的反叛与探索》，《外国文学评论》，2000年第2期，第27页。

燃烧着执着的信仰，一路颤抖着翅膀，飞翔。

任何一种思潮流派都不是在社会与文化的真空里产生的，那么，如何理解“垮掉的一代”——这些在思想和人生的炼狱中艰难跋涉的人们？如何解读其放纵、反叛的行为？我们必须先要了解这一文化运动得以产生和发展的社会语境，在此，可以将“垮掉派”看作一个符号，那么，这个语境则是此符号所属的且能够彰显其真正意义的系统。

20 世纪 50 年代的美国在艾森豪威尔任职时期继续处于战后发展的繁荣期，特别是从 1953 年到 1957 年这段时间内，其国民生产总值和个人收入都增长了 40%到 50%，经济的发展使之进一步巩固了作为世界上最富有国家的地位，民众在物质方面似乎得到了空前的满足，但就像德国哲学家海德格尔所说，这是一个上帝已死、世界陷入黑夜的贫困时代，与文明的进程与物质的富庶相伴的是野蛮与精神贫乏。资本的操纵把“政治变成了制造虚假和谎言的大本营”，工业化社会的集权化带来的是个人隐私与自由的丧失。当主流社会中的中产阶级将生存的痛苦搁置起来而满足地享受着廉价的幸福时，敏感的年轻一代则早已感受到了疯狂的时代所给予他们的恐惧与压抑。

另外，盛极一时的麦卡锡右派分子的反共情绪也随着苏联原子弹爆炸成功和中华人民共和国的成立而愈加猖獗。1950 年，共和党参议院的麦卡锡挥舞着一份黑名单，骇人听闻地扬言，美国政府各部门，特别是国务院已被共产党人所把持，并很快采用搜查、盘问、诽谤等各种手段进行了所谓的“调查”，一场全国规模的迫害开始了。麦卡锡主义盛行的年代里，先后有 1300 万人遭到审查，无数无辜人士被任意冠以“颠覆”“叛国”等罪名，剧作家亨利·米勒、诗人 W.C.威廉斯、学者费正清、作家斯诺、记者史沫特莱、前驻华大使司徒·雷登等都受到了审查和传讯，罗森堡夫妇更是被送上电椅，美国历史进入了自 17 世纪末新英格兰的清教徒疯狂迫害“巫人”以来最黑暗的时代，全国上下人人自危。在这种白色恐怖下，个人权力遭到了无情的践踏，美国所标榜的自由与民主的幌子也被彻底撕烂，这种大规模迫害在国内外都遭到了强烈谴责。法国哲学家萨特在罗森堡夫妇被处死的第二天愤怒地说：“美国得了狂犬病。”而冷战亦将一层巨大的精神障碍强加于每个人头上。在这互相猜忌、人心惶惶的年代里，整个美国社会都平庸沉闷。政治上的高压、文化和思想上的保守以及物质主义、消费主义的泛滥，都预示着大规模的社会文化运动的兴起。

迪克斯坦在《伊甸园之门：六十年代的美国文化》中曾借用诺曼·梅勒的话对 20 世纪 50 年代给予总结：“当今的时代是随大流和消沉的时代……一股恐惧的臭气从美国生活的每一个毛孔中冒出来，我们患了集体精神崩溃症。……人们没有勇气，不敢保持自己的个性，不敢用自己的声音说话。……一种随波逐流带来的缓慢死亡使一切创造和叛逆的本能遭到窒息……而除少数例外，我们所见到的唯一勇气是孤立的人的孤立的勇气。”[①]“垮掉的一代”就是在这个压抑和虚伪的社会中敢于发出反叛呼声的“少数人”。“垮掉派”成员之一金斯伯格在青少年时期就宣称自己要当“圣徒”，要当“先知式诗人”，其诗集《美国的堕落》（*The Fall of America*，1973）标题本身就说明了诗人对美国激烈批判的倾向，代表作《嚎叫》细致地描写了一代“精英”如何被“疯狂毁灭，饥肠辘辘赤身裸体歇斯底里”，揭示了造成一代人被毁灭的原因，从政治、法律、工业、金融、宗教、文化、人民的痛苦等方面暴露了美国社会的丑恶，其晚年诗作《向全世界祝福》的第一行就是“不听命于政府，也不皈依上帝”。凯鲁亚克的小说《在路上》（*On the Road*，1957）则对所有受规范、权威束缚而身不由己的人发出召唤，全面展示出“垮掉的一代”的遭遇、困惑、痛苦和追求，鼓励他们凭借内心最原始、最纯朴的热情去选择新的人生道路。

这些桀骜不驯的青年们感受着处境的荒诞，深感自我遭到束缚、压制和摧残，他们要在荒诞之乐中翩翩起舞，他们依靠性放纵、毒品、犯罪和对极乐的追求来诱发疯狂，以不驯服的态度、特殊的方式甚至极端的行为表达着被压抑的自我以及对主流社会的拒绝，于是，他们的所作所为被主流社会所攻击、鄙视、谴责，他们有人被就读的大学开除，有人被关进教化院、精神病院甚至监狱，他们在公共场合被羞辱，作品受查禁。20 世纪 40 年代中期，“垮掉派”三巨头巴勒斯、金斯伯格、凯鲁亚克在纽约相识，开始了他们与众不同的生活，之后加里・斯奈德、尼尔・卡萨迪、约翰・霍尔默斯、卢辛・卡尔等人陆续加入。他们常常聚集在一起，不拘何地，也许在某个公寓抑或某地下室，边谈论文学艺术，边饮酒狂欢、欣赏爵士乐、搞同性恋，生活上不修边幅，衣衫不整，蓬头垢面，并频繁光临小酒吧、咖啡馆，在爵士乐强劲节奏的刺激下颠狂起舞、嚎叫，有时驾着偷来的汽车疾驶在路上……他们蔑视大多数美国人所看重的权利、财富、科学技术的进步等，反对主流社会的道德价值标准。

1957 年，凯鲁亚克的小说《在路上》被压制 6 年之后终于问世，年轻人争相阅读，随之迅速在美国文坛涌现出一大批有影响的“垮掉派”艺术家，他们的作品不仅在美国轰动一时，在欧洲也有所呼应，如在英国，年轻人自称为“愤怒的一代”，他们奉行与“垮掉派”一样的生活准则。20 世纪 60 年代在美国和欧洲出现的“嬉皮士”青年就深受“垮掉派”影响，同样作为反文化、反传统的群体，他们身着奇装异服，行为乖张，吸毒、群居，表现了人们在文化和精

---

① 转引自迪克斯坦《伊甸园之门：六十年代的美国文化》，方晓光译，上海外语教育出版社 1985 年版，第 53 页。

神上的迷茫。这股垮掉的浪潮猛烈地冲击了人们对社会、自身及文学艺术的认识，迫使他们进行冷静、客观的反思。

另外，对许多“垮掉派”成员来说，佛教禅宗是心灵的压舱石。他们认同禅宗对人生的理解，将生命的每一分钟都视为神圣，追逐无缚无碍、无矫伪掩饰的澄澈本心，佛教徒所说的“明心见性”，就很符合“垮掉派”的口味，因为他们就是要跨越标准的、为众人所接受的德行与常规。而厌倦了纷乱喧嚣的世界、隐居于深山的中国古代诗人寒山，之所以被“垮掉派”尊崇，就是因为在他们的理解中，这是一个洋溢着本真生命激情、将自身从文明的桎梏中解脱出来、尽情挥洒张扬个性的人，他在林中不羁的放纵、在月下欢乐的梦行在“垮掉派”看来是何等的洒脱，其中所隐含的忤逆精神正契合了他们的行为和欲求。于是，寒山的禅与诗被其视为圣典般重要。

总之，“垮掉的一代”在沉闷压抑的物质主义的现代文明中迸发出反叛之声，他们真诚地袒露自我，渴求从各种反人性的社会、政治和思想的束缚中解脱出来。或许，在很多人看来，他们反对一切传统，仇视一切剥夺个性的桎梏，这实际上是无政府主义加个人主义，带有年轻人追求个人绝对自由的疯狂色彩，但不可否认的是，在其叛逆的决绝行为里还有着对生命价值和新的精神信仰的执着探寻。

二、“垮掉派”始祖凯鲁亚克的艺术之路

杰克·凯鲁亚克（Jack Kerouac，1922—1969）的文学生涯在美国文学史上极不寻常，在其埋头创作最有影响的作品的那些年里，他的一些心血之作总是无人问津，甚至当《在路上》完成 7 年之后于 1957 年出版时，他又被舆论对他本人耸人听闻的歪曲和对这部小说的质疑所淹没，深感孤独和寂寞。一直以来，无论在文坛内外，凯鲁亚克都备受争议，直至因酗酒去世。

1922 年，凯鲁亚克出生于马萨诸塞州的罗维尔市，父亲是印刷商，一家人是从加拿大法语区移民美国的，所以在 6 岁之前，他一直讲法语，上小学之后才开始学英文。1936 年，暴涨的河水淹没了父亲的印刷所，自然灾害的侵袭再加上全国性的经济大萧条令父亲迫不得已卖掉房屋，此后的凯鲁亚克只好四处打零工以维持生计。哥哥杰拉德自小体弱多病，9 岁就不幸早逝，这给当时幼小的凯鲁亚克带来了很大的心理冲击，作家在小说中对永生不死格外关注，从某种意义上来说，这起源于哥哥的影响，其增强了凯鲁亚克性格中的宗教成分，对死亡的恐怖似乎也伴随着他的一生。

童年、少年时代的凯鲁亚克常常逃课躲到图书馆沉浸在文学的海洋，他喜欢歌德、雨果、杰克·伦敦及托马斯·沃尔夫等人的作品，同时笔耕不辍，期盼有朝一日能够将自己坎坷而又不同凡响的生活经历写出来。1940年，拿到奖学金的凯鲁亚克进入了著名的哥伦比亚大学英文系，但学校设置的课程令他提不起兴趣，多次离校，最终没等到毕业就应征入伍。在海军服役的短短六个月中，他因无法适应军纪的约束，被诊断为偏执型精神分裂症，经常处于精神病医生的监视之下。凯鲁亚克将这些个人经历视为权威对个性自由的压制，从而埋下日后坚决反叛社会制约的种子。

就是在哥伦比亚大学，凯鲁亚克结识了愤世嫉俗的文学青年金斯伯格，他们与随后结交的巴勒斯志同道合，逐渐形成“垮掉的一代”的核心，在被称作“垮掉沙龙”的公寓里，一起吸食毒品，讨论哲学和艺术。巴勒斯不仅向凯鲁亚克推荐斯宾格勒、尼采等人的著作，还让他得以接触时代广场的地下社会以及毒品等，在很多方面堪称凯鲁亚克的导师。1944年，凯鲁亚克卷入一宗杀人案而被捕，为获得保释，他与女友结婚了，但这次婚姻仅仅维持了不到两个月，因为凯鲁亚克实在不习惯女方中产阶级家庭的生活方式而选择了离家出走。

1946年，正当凯鲁亚克满怀热情地专注于第一部小说《小镇与城市》（*The Town and the city*）的创作时，朋友将一个面容与他酷似的年轻人带进了他的生活，此人即卡萨迪，其早年随父母混迹于乞丐、流浪汉、酒徒之中，从小野性十足，玩世不恭，扒过货车、睡过流浪汉宿营地、偷窃、出入于教养院和监狱，实践着典型的“垮掉派”生活。他的热情疯狂、执着坚毅给凯鲁亚克留下了深刻的印象，在其雄性魅力十足的吸引下，凯鲁亚克与之建立了同性恋关系。对卡萨迪的赞赏甚至崇拜让凯鲁亚克成为其追随者，正是在他的引导和鼓动下，凯鲁亚克开始去体验“在路上”的感觉，在以后的作品《在路上》《科迪印象》（*Vision of Cody*，1952）、《达摩流浪者》（*The Dharma Bums*，1958）、《孤独天使》（*Desolation Angels*，1959）中都出现了以卡萨迪为原型的人物。《小镇与城市》不同于传统小说的创造风格，作者试图打破常规，以挥洒自如的自发式写作手法写出家庭的生活变迁，以反映小镇上的温馨宁静、大都市的冷漠浮躁以及疯狂的城市生活与传统家庭观念冲突所带来的痛苦与失落，并以主人公准备西行去追寻自己的人生道路为结尾。作品出版后褒贬不一，销路平平。1951年，凯鲁亚克收到了卡萨迪一封洋洋洒洒两万多字、没有任何标点符号的长信，里面天马行空般地记录了复杂的感情经历，深受启发的凯鲁亚克仅仅在三个星期的时间里，在打字机上打出了长达约37米的小说手稿，将自己在路上的激动、不安、焦虑、彷徨等情绪及与卡萨迪有关的生活写入其中，这就是直至1957年才得以问世的小说《在路上》。

1952年到1953年，凯鲁亚克先后完成了两部小说《玛姬·卡西蒂》（*Maggie Cassidy*）和《地下人》（*The Subterraneans*）的创作，前者讲述了作者青年时代的爱情经历以及与第一任妻子的婚变，用温情、怀乡的笔调表现了对纯真年代的留恋；后者描写了“地下人”，即来自下层社会的黑人的不幸。此后，凯鲁亚克还陆续推出多部小说，《达摩流浪者》中对东方禅宗境界的探寻，实际上是以凯鲁亚克为代表的“垮掉派”的精神之路；《特丽斯特莎》（*Tristessa*，1960）的写作源于凯鲁亚克两次在墨西哥城的经历，小说以一个染上毒瘾的墨西哥妓女为主人公，传达出下层人的焦灼痛苦；《塞克斯医生》是作者在吸毒状态中创作的，晦涩而神秘，有一种毒品带来的奇幻缥缈的风格；《孤独天使》主要是根据凯鲁亚克的日记写成，是对“垮掉派”生活最真实的记录；《科迪印象》同样以卡萨迪为原型，被金斯伯格称为《在路上》的“深度版”，并充分体现了作者的自发式写作风格；《大瑟尔》记录了凯鲁亚克在加州海岸大瑟尔的六个星期的经历，弥漫着孤独和死亡的气息；1968年出版的《杜鲁厄兹的虚荣》是其最后一部小说，在这部作品中，凯鲁亚克回顾了自己的过往时光。

凯鲁亚克怀着孤独寂寥的心情在酗酒、听音乐、看电视中度过了他生命中的最后一年，于1969年10月21日死于佛罗里达州的医院。

三、“垮掉派”的“袖珍本圣经”：《在路上》

作为“垮掉的一代”的奠基之作，《在路上》写出了四处游荡漂泊的一群“新流浪汉”们以自我放纵的形式与社会习俗对抗，其反叛传统的生活方式和人生态度、其追求返璞归真的生活理想引起众多青年的共鸣，该小说与金斯伯格的诗集《嚎叫》（*Howl*）一起，被公认为是“垮掉的一代”的“袖珍本圣经”。

这是一部典型的流浪汉小说，共分5章，以叙述者萨尔·帕拉迪斯回忆的方式记录了“垮掉派”青年所走过的旅程，其中有在压抑人性的社会政治氛围里的挣扎，有以各种方式对不满情绪的疯狂的宣泄，有跋山涉水飞驰于路上对理想乐园的寻觅，也有耗尽心血之后所发出的“为人类悲哀吧”的呼喊。作品内容大部分源自凯鲁亚克自己从1947年夏天到1950年秋天四次横跨美国大陆的旅行经历，小说中的萨尔便是凯鲁亚克本人，被萨尔奉为宗师的迪安是卡萨迪的化身，老布尔·李即巴勒斯，卡罗即金斯伯格。小说主要写了萨尔与朋友们的四次旅行，在迪安的带动之下，这群几乎身无分文的年轻人，一路上飞车奔驰在美国的城市、乡村，踏上了无穷无尽的探寻之路。而“在路上”其实就是一种飘忽不定的心理感觉，他们扔掉旧有的价值标准，一次又一次把自己投入路上的生活，但又时常感到茫然无措。“在路上”也体现了一种对生活的理解：在漫漫路途上，人们永远不知道未来是什么，在狂放无羁的举止后面，也有无法把握社会与自身时必然要产生的悲哀。“在路上”无疑更是一种勇气，这些“新流浪汉”们正是在路上建立了温暖的关系，他们不留恋过去，也不幻想未来，但却实实在在地生活在现在。

在第一章中，爱好写作的青年萨尔一直向往西部“自然而粗犷的生活”，对那片神秘且蕴含了无限希望的土地十分憧憬，出于偶然的机会他结识了素有反叛意识的西部青年迪安，两人一见如故，倾心畅谈。在迪安身上，萨尔感受到西部人火一样的热情和狂放不羁的性格，于是兴奋地抛却自己平静舒适的生活，追随着这个狂人一起去冒险，成为他忠实的信徒。他们在纽约还聚集了一些志同道合的朋友，常常在一起高谈阔论，放言无忌，这些“垮掉派”青年渴望一种燃烧的生活，对平凡的事物不屑一顾，常常沉浸在毒品所带来的兴奋与幻觉之中。这期间萨尔与迪安的友谊日益加深，他们几乎废寝忘食地待在一起聊天。迪安离开后，萨尔决心沿着他西去的道路追踪而去，由此开始了一发而不可收的旅行生涯。他从新泽西州出发，穿越广袤的美国腹地，当狼狈不堪地来到迪安的故乡——科罗拉多的丹佛城时已身无分文。虽然一路风餐露宿，过着乞丐一样颠沛流离的生活，但并没有使心中充满希望的萨尔却步。

在丹佛，萨尔终于见到了那些久久思念并互相鼓励、情投意合的朋友，希望能与他们共同创造一种色彩缤纷的新生活。但残酷的现实让他意识到了理想的破灭，他不仅了解到迪安过去是一个窃贼，还得知他现在正和两个女人——旧妻玛丽露和新好凯米尔周旋，并已被搞得晕头转向。于是，勉强地混了一段日子之后，失望的萨尔决心继续西去的旅程。

走在“生机勃勃热情洋溢的加利福尼亚土地”上，萨尔激动无比，尽管此时他已成了一个“形容枯槁的魔鬼”。在朋友帮助下，萨尔当上了警察，但不久这份差事就给弄丢了，原因是他从未抓到过什么“坏人”。穷愁潦倒的萨尔无以为生，无可奈何之下只能重新上路向南而去。在开往洛杉矶的汽车上，萨尔与一位黑发披肩、双眸如水的墨西哥姑娘特雷不期而遇，立即认定她就是自己寻寻觅觅的对象。萍水相逢，又都是身经坎坷的人，“两颗凄苦孤独，疲惫不堪的灵魂终于融在一起了，他们在彼此身上找到了生活中最亲切、最美妙的东西”。但当他们从爱的梦幻中清醒过来后，马上便面临了生计的问题。生活的艰难已经让萨尔对西部田园式优哉游哉的幻想化为泡影，但这种苦涩中仍掺有几分甜蜜的生活，至少也使他暂时忘却了奔波于大路上的窘迫和孤寂，从凯鲁亚克的描述可以看出，这是他“一生中最快乐的两周”。虽然他此时过着“胃里灌满了尘土，脚趾都露了出来的日子”，但他仍然寄希望于“明天”，那意味着天堂。

最终两人还是分手了，萨尔带着身心的创伤与疲惫，又回到了喧嚣疯狂的纽约，在时代广场，他以闯荡江湖却又不谙世事的眼睛看着那里的疯狂和浮躁，看着数百万人为了钱你争我夺、四处奔波，攫取、占有、叹息、死亡……时近黄昏，萨尔不禁悲苦地自问："我的生活在哪儿？"

萨尔的第二次西行发生在一年之后，他再次与迪安相遇，这次是迪安登峰造极的疯狂让萨尔吃惊，迪安等人竟然冒着暴风雪翻山越岭，只用了几天时间开车跨越约6000公里，风驰电掣般赶来，只为见久违的朋友。在一起度过了狂欢的圣诞节后，萨尔决定和迪安一起穿越大陆，又一次踏上了去西部海岸探险的奇妙之旅，作品如此描述他们上路时的心情："我们都很开心，我们都知道我们正在把困惑和没意思的事情全部抛在脑后，我们正在行使着时间的唯一崇高使命：运动。"临行时，朋友卡洛提出忠告："惩罚的日子就要来到，气球维持不了多久了。不仅如此，那是一个抽象的气球。你们大家都要飞到西海岸去，然后摇摇晃晃地回来，寻找你们失落的宝石。"[①]在蒙蒙细雨中，他们向加州进发。这次旅行从一开始就笼罩着一种神秘的气氛，迪安精神抖擞地开着飞车，自认为把混乱与烦恼丢在了身后，离开了那个"冰冷的充斥了垃圾的城市"。一路上，他们因超速被警察拦下罚款，钱囊渐空。尽管如此，他们还是兴奋异常，热情高涨，在震耳欲聋的爵士音乐和小偷小摸的冒险中向前飞驶。在新奥尔良，他们与老朋友布尔·李相会，此人有着丰富的人生阅历，自称有七个分裂的自我，好为人师，是"垮掉派"青年崇拜的偶像，连迪安都愿意拜倒在他的脚下。他吸毒成瘾，每天的大部分时间都是瘫在椅子上度过的。由于布尔·李对这群不速之客很快就心生厌烦，于是，大家又重新上路。迪安继续尽情地展示着他不羁的癫狂，甚至在他人的惊叫声中赤身裸体、一丝不挂，毫无顾忌地漫步于古老的印第安废墟之间……在街头，萨尔独自踟蹰："刹那间，我达到了一直想达到的心醉神迷的地步，那就是彻底跨越年代学的时间，进入亘古的阴影，在凄凉的凡人的领域里惊异地左顾右盼，感觉到死亡在催促我往前走，幽灵追随他自己，而我则匆匆奔向所有的天使起飞投入圣洁虚无空间的跳板，明亮的心灵要素中发出强烈得难以想象的光芒，无数安乐乡在星球像飞蛾似的旋转的太空中纷纷坠落。我听到一阵难以形容的沸腾似的轰鸣，这声音不但在我的耳际，而且存在于四面八方，其实同任何声音毫无关系。我领悟到自己已经死去复活了无数次，但没有什么特殊的印象，因为从生到死、从死到生的转变像变戏法似的异常容易，同千万次的入睡醒来一样随便而完全没有理由。我领悟到正因为心灵的坚定，这些生与死的涟漪才像微风拂过平静如镜的水面。我感到一阵

---

① 杰克·凯鲁亚克：《在路上》，王永年译，上海译文出版社2006年版，第168页。

甜蜜眩晕的欣喜，就像是脉管里注射了一大针海洛因；就像是傍晚喝了一大口酒，它使你颤抖……”[①]剩下的路程已不多了，迪安撇下身无分文的萨尔驾车而去，这为他们的友谊蒙上了一层阴影。在抑郁中，萨尔回到纽约。

在小说的第三章中，耐不住寂寞的萨尔又想到了西部，想到丹佛的朋友，想到了迪安。但当他历经艰苦的跋涉再次来到丹佛时，却发现这儿的一切都已时过境迁，朋友们都离开了，萨尔心中一片惆怅，“我发觉自己成了美国中西部的孤家寡人。我很寂寞。……觉得自己像是这个凄凉的红色地表上的一个斑点。……淡紫色的夜晚，我浑身酸疼，……在这个难以忍受的甜蜜的夜晚，在紫色的黑暗中沮丧地溜达，希望我能同那些快乐的、真诚的、心醉神迷的美国黑人交换世界”[②]。在圣弗朗西斯科，他找到了穷困潦倒的迪安，迪安还是一如既往地与几个女人同时厮混。在萨尔的建议下，两个衣冠不整的“浪子”在西部沉沉的黑夜中踉踉跄跄地奔向汽车站。回到丹佛后，他们商议途经埃德·沃尔的牧场到芝加哥去，在全长约 1900 公里的路程中，迪安一人驾驶着汽车用时 17 个小时以平均 110 多公里的时速狂野地飞奔，创下“疯狂的纪录”。在东去的路上，他们感到自己已经老了，崩溃瓦解的兆头日渐明显。迪安到了纽约后又爱上了一个姑娘，决定和妻子离婚，几个月后，两个女人都生下孩子，现在的迪安已是四个孩子的父亲，但却没有一分钱，有的只是无穷的烦恼以及一如既往的狂热和匆忙。

萨尔的第四次旅行“在路上”是因为“实在无法忍受从新泽西吹来的大陆性干燥的冷空气，决心离开这里”。与以往不同的是，这是他第一次在纽约与迪安告别而只身西去。他先到了丹佛，在那儿迷人的酒吧里度过了愉快的一个星期。突然消息传来，迪安尽其所有买了一辆新车正急速赶来。一刹那间萨尔似乎看到了迪安正玩命似地飞驰，这是一个既令人兴奋又令人恐惧的消息，他那张执着坚毅的面孔和炯炯有神的双眼以及他那辆喷射出熊熊烈焰的汽车犹如历历在目。萨尔似乎看到此时的迪安在路上穿田畴、跨城市、越桥梁、过河流，疯狂地、燃烧般地向西袭来。迪安此番赶来的目的是准备开车带着萨尔一起去墨西哥探险。对他们来说，那里是一个神秘的世界，虽然又热又脏但却和他们一样具有发光发热的情怀。他们穿过边境，“嗅到了墨西哥煎玉米饼的味道”。在一家妓院里他们狂饮吸毒，和妓女们纵情跳舞作乐，酒精、大麻、女人使他们飘飘欲仙。在墨西哥城，萨尔染上痉疾，迪安则独自一人赶回纽约准备第三次结婚。

---

① 杰克·凯鲁亚克：《在路上》，王永年译，上海译文出版社 2006 年版，第 221–222 页。

② 杰克·凯鲁亚克：《在路上》，王永年译，上海译文出版社 2006 年版，第 231–232 页。

小说的第五章相当于一个结尾。萨尔在纽约与一位长着一双纯洁、天真而又温柔的眼睛的漂亮姑娘相爱。迪安从西部赶来看望萨尔并向他祝福。几天以后，迪安又将横穿大陆回西部去。两人在冬季的街头告别，迪安身穿被虫子蛀过的破旧大衣。看着那渐渐消失的身影，萨尔心中升起了一种怅然若失的感觉，他想到“除了衰老以外，谁都不知道谁的遭遇”，他想念迪安，想念孤独地走在路上的迪安……

四、《在路上》中的“垮掉派”精神

《在路上》被称为“垮掉派”的人生与艺术宣言，无论内容还是形式都是空前绝后的。小说中的主人公们不停地在东西部之间游荡、在与女人鬼混和吸毒的过程中，不停地在寻找自我、寻求生命的意义，不停地问自己：“我是谁?”“我们要去哪儿？”曾经在惠特曼诗歌中描绘的那条为漂游的灵魂而铺设的大路，如今在工业化的美国社会，无法为骚动不安的青年们提供寻寻觅觅的途径，于是他们似乎永远在路上闯荡。萨尔在西去丹佛的路上在一家廉价旅馆中昏昏沉沉地醒来时，便产生了迷惘失落的情绪：

> 我醒来时太阳发红，那是我一生中难得有的最最奇特的时刻：我不知道自己究竟是谁了——我远离家乡，旅途劳顿、疲惫不堪，寄身在一个从未见过的旅馆房间，听到的是外面蒸汽的嘶嘶声、旅馆旧木器的嘎吱声、楼上的脚步声以及各种各样凄凉的声音，看到的是开裂的天花板，在最初奇特的十五秒里我真的不知道自己是谁。我并不惊恐；只觉得自己仿佛是另一个人，一个陌生人，我一生困顿，过着幽灵般的生活。我正处于横穿美国的中间地点，在我青年时期的东部和我未来时期的西部的分界线，也许那就是那个奇特的火红下午为什么发生的原因。①

萨尔·帕拉迪斯（Sal Paradise，有“天堂”之意）这个名字的讽刺意味在于他总是无法认清自己，就像他总是会问到的问题：“在人的一生中会想得到什么呢？”一切都是未知的，答案无从获得，也就无法抵达理想中的天堂。所以，在萨尔身上，体现了现代人生存困境中的彷徨与焦虑。当初促使萨尔走在路上的原因，一是结识迪安，二是对生活的万念俱灰，于是他在焦灼与绝望中开始了西部之旅。而“路就是生命”，既然在旧的、传统的生活方式中已经找不到生

① 杰克·凯鲁亚克：《在路上》，王永年译，上海译文出版社2006年版，第21页。

命的真正意义，那么就需要去开拓新的生活方式，去经历未知的生活，上路本就来自对本真的渴望，在萨尔和迪安的眼里，中产阶级所崇尚的安宁平静的生活方式是虚假、乏味的，停滞僵死的生活不是真正的生活，虽然在被黑暗所笼罩的世界里，他们也不知道该去哪里，去干什么，为了什么，但还是果敢地上路了。

一次次走在路上的经历给萨尔带来了心灵的荡涤。那时正赶上冷战时期中的麦卡锡时代初期，当他们驾车驶进华盛顿特区，恰好是总统杜鲁门的就职典礼日，看到大道上展示的轰炸机、快艇、火炮以及其他各种军事装备时他们备感诧异，这些是用来做什么的？这些人想干什么？这个答案隐含在本书第一部分的末尾：

> 我突然发现自己已经身在时报广场，我在美国大陆旅行了八千英里，又在交通最拥挤的时刻回到了时报广场；以我闯荡江湖却又不谙世故的眼睛看着纽约的绝对疯狂和荒诞的浮躁，看它的数百万居民为了钱而你争我夺，疯狂的梦——掠夺、攫取、给予、叹息、死亡，只为了日后能葬身在长岛市以外的可怕的墓地城市。这片土地的高楼——这片土地的另一端，也就是签署美国《独立宣言》的地方。①

实利主义靠扩军备战而存在，虽打着保护国家和人民的旗号，但它却是迪安坦率地反叛的明确目标。在以后的《达摩流浪者》中，凯鲁亚克说得更明确："不管怎么说，我宁愿全世界因为饥馑而全部死去也不想看见愚蠢的火箭和机器以及炸药花光我们大家买粮食的钱，之后再把我们的脑袋都炸飞。"凯鲁亚克认为与其使自己屈服于财富和权力的威力，不如做一个主流社会的边缘人，做个流浪者。

小说中，当警察逮捕迪安时，萨尔马上懂得了他们是何等完善的社会驯服化的机器，象征着对自由人权的压制。卡萨迪在写给凯鲁亚克的一封信中就曾把警察看作法西斯的残暴工具："我记得，当我经过州警察局时，我看见两个严苛可怖的州警察从灯火通明的营房走了出来，他们华丽的皮鞋在马路上吱吱嘎嘎地发出剥骨的响声。他们走了一会儿之后，就把我拖上装有无线电发报机的警车，蛮横而有力，全是些机械动作。他们粗野的动作，他们紧绷着的下巴夹子般扣住狰狞的上唇；他们脸上毫无表情，就像钢铁一样，衬托住他们凶恶的双眼射出的寒光，那双眼睛里闪烁着执行任务时的狂奋，这一幕幕的景象让人

---

① 杰克·凯鲁亚克：《在路上》，王永年译，上海译文出版社2006年版，第135-136页。

不寒而栗……”[①]

在凯鲁亚克笔下，富足的美国东部是一个令人窒息的所谓文明世界，那里的人们虚伪、庸俗，满足于物欲的享受，没有信仰，人性沦落；而在西部那片澎湃着拓荒精神的田野上，青年人才能感受到挣脱一切羁绊、体验身心解放的快乐。在去加利福尼亚的路上，为了生存，萨尔与刚结识的墨西哥女子特雷一起在西部的农场摘棉花，这次田间劳动神奇地对他禁锢已久的心灵进行了一次彻底的洗礼。

当然，在奔波于东岸与西岸的几年中，萨尔也总会在憧憬与困惑中痛苦，多思和敏感使他无法达到迪安那种忘我的境界，他既不愿安于现状地活着，又不能如迪安般完全投身于无所顾忌的冒险，因此，他一边在品尝着挣开羁绊的愉悦，一边又对自己的行为提出质疑，但无论如何，他对城市文明的厌烦、对梦中乐园的寻找是肯定的。他在路上的生涯虽也有粗俗不堪的地方，但读者不难看出其善良的性格和充满了情感的内心世界。为了探望朋友，他可以不远万里匆匆赶去；为了寻找四处流浪的迪安，他也付出了艰辛的代价，而最后迪安离去而消失在茫茫夜色中时，他心中充满了惆怅和伤感。

在众人眼中是“疯子”而在萨尔眼中是“圣徒”的迪安最能体现“垮掉的一代”离经叛道的特点，他的所言所行构成了对传统、对权威最彻底的反叛。他是在路上出生的，从小跟着酒鬼乞丐父亲四处奔波，长大后便开始在赌场里闲混，还曾创造了丹佛城里偷汽车和进少年管教所次数最多的纪录，11 岁到 17 岁期间，他多半时间是在管教所里度过的。在西部，迪安频繁出入于赌场和监狱。他喜欢汽车，汽车对他来说是行动的象征，驾车在路上狂奔甚至把速度仪开爆对他而言是对激情生活的体验，在他身上，激情与冲动似乎永不消失。

迪安出现在小说中时刚从教养院出来，第一次来到繁华的纽约，想从朋友那里了解尼采的哲学思想。萨尔经常用欣赏甚至崇拜的眼光看着迪安，在他身上，萨尔似乎看到了神性的光芒：“我看见一道神圣的闪电从他兴奋和幻想中迸出”，“在万千道刺眼的天国般的光芒下，我拼命努力才看得清迪安的样子，他看上去就像上帝一样”，“他就是‘垮掉’——至福的根本、灵魂”。换言之，迪安身上呈现出垮掉一代最典型的精神特质。他在迎接萨尔时光着身子，这样便标志了他动物性的本真状态。他穿的衣服，总是几条袋子般的大裤子和破烂不堪的短袖汗衫。他不愿使自己变成一件工具，以顺从某个组织、机构甚至是这个国家的需要，他以自己激进的主观主义向所有官方权威挑衅，他不顺应普遍潮流，而是迷醉于自己标新立异的酒神般的放纵之中。坎坷的生活经历和复杂

---

① 李斯：《垮掉的一代》，海南出版社 1996 年版，第 184-185 页。

的性格使迪安成了一个乐于冒险的疯子和勤于探究、思考、追寻的人物。大多数时间他都处于精神亢奋之中，行为怪诞、精力充沛，会因一个小问题而与朋友面对面坐在床上彻夜长谈，甚至面红耳赤地争论不休；也会一时兴起游荡在迢迢长路上，飞车千里。萨尔是这样理解迪安的："苦涩、指责、劝告、道德、悲哀——一切都已抛到身后，他前面是单纯的生存的狂喜。"[①]他既不假扮知识分子的模样，也不附庸艺术家的风流；他既可以依靠在铁路上、在停车场干活或回收轮胎过活，又不失阅读普鲁斯特的雅兴。他易于感染人的激情与凯鲁亚克最好的朋友们，与书中的卡洛和老布尔·李这些人对未来所持的斯宾格勒式的悲观、沮丧大相径庭，他不耽于绝望、自怜或忍受，总是以满怀激情的放纵方式不停地行动。

疯狂，就是迪安酒神精神的外现。在爵士乐的强劲节奏下，他着魔般地陷入忘我的状态，获得身心彻底的宣泄；与女人们随意发生关系，周旋于已婚和未婚妻子中间，不计后果；吸毒、流浪对于迪安来说，同样是在本能和个人意志的驱使之下释放旺盛生命力的方式。"他的疯狂开成了一朵怪诞的花"，撇开道德因素，迪安的行为确实如同酒神狄奥尼索斯一样，欲望张扬，意志勃发，在一个像尼采描述的那样被文明腐蚀得毫无生机的社会中，迪安狂乱的、放纵的野性像磁石一样吸引着周围的人，"一个急急巴巴的、骇人的天使，风风火火地穿过马路，像云似的以极快的速度向我逼近，又像是传说中的穿尸衣的旅人，在平原上朝我扑来。我看到了他那张疯狂瘦削的大脸和发亮的眼睛；我看到了他的翅膀；我看到了他那辆发射出千万道火焰光芒的旧汽车；我看到地上一路燃烧过后的痕迹；势不可挡地开出一条通道，穿过玉米地，穿过城市，焚毁桥梁，烧干了河道。他像是来到西部的愤怒之神"[②]。萨尔佩服的正是迪安这样的人，因为在他心目中："真正的人都是疯疯癫癫的。他们热爱生活，爱聊天，不露锋芒，希望拥有一切，他们从不疲倦，从不讲些平凡的东西，而是像奇妙的黄色罗马烟火筒那样不停地喷发火球、火花，在星空像蜘蛛那样拖下八条腿，中心点蓝光砰的一声爆裂，人们都发出'啊！'的惊叹声。"[③]于是，萨尔追随着迪安走向了那条"圣徒的路，疯子狂人的路，彩虹之路"，最大限度地追寻着个人的自由。

在这部小说中，除了萨尔、迪安之外，还有其他"垮掉的一代"的成员出现，虽说只是简单笔墨的勾画，但仍旧给读者留下了深刻的印象。卡罗·马克斯是一位超现实主义者，一个忧郁隐晦的诗人，是"垮掉派"中睿智者的代表；

① 杰克·凯鲁亚克：《在路上》，王永年译，上海译文出版社 2006 年版，第 251 页。

② 杰克·凯鲁亚克：《在路上》，王永年译，上海译文出版社 2006 年版，第 332 页。

③ 杰克·凯鲁亚克：《在路上》，王永年译，上海译文出版社 2006 年版，第 9 页。

老布尔·李滔滔不绝地用个人的经历开导着他人，而自己只能靠着毒品支撑着虚弱的身躯；查德·金是“对人类学和印第安纳人的算命术十分感兴趣的人”，一个活跃分子；英俊的法国小伙子雷米·邦克尔，一个“吃喝玩乐、挥霍无度的家伙”……这些人物都是萨尔“视角”观照下的人物，虽有时让人觉得缺乏立体感，但其率真质朴的特点亦显露无遗。

从《在路上》中人物的生活态度和实践可以看到，“垮掉派”的基本精神就是无视任何权威，无视传统习俗和道德文明的束缚，他们对现存制度、法规表示不满，对胆小懦弱、麻木保守的人嗤之以鼻，以烈酒、毒品、爵士乐取代平庸无聊的生活，获得个人的“绝对自由”，以漫无目标、四处飘荡的流浪表达着对现代城市文明的厌倦。于是，边缘化的生活让他们对社会边缘人（黑人、墨西哥等少数族裔人、西部乡村的流动工人等）产生了直观的认同。在丹佛的黑人区，萨尔感到“空气中充满了真正欢乐生活的激情，绝没有失望、‘白人的悲哀’之类的东西”，并感慨道：“我希望自己是丹佛的墨西哥人，或者甚至是穷苦的、过分劳累的日本人，什么人都行，只要不是现在这个活得腻烦的、理想破灭的‘白人’。……我经过墨西哥人和黑人家的幽暗的门口；那里传来悄悄的说话声，偶尔可以看到某个神秘的、性感的姑娘黝黑的膝头；还有玫瑰树后面的男人黑黢黢的脸。小孩像睿智的老人那样坐在古老的摇椅上……希望我能同那些快乐的、真诚的、心醉神迷的美国黑人交换世界。”[①]在萨尔来看，那些怀有“野心”的中产阶级白人按照主流社会的价值标准追逐着所谓的“成功”，看似生活体面，但骨子里却浸透着悲哀和沮丧，这样的生活并不是自己真正需要的，而自由自在地闻着土地的芳香、吸吮平凡人生快乐的那些黑人、墨西哥人以及西部的劳动者们的生活才是他所羡慕的，他们活得单纯、乐观，他们的笑声嘹亮，他们可以任性狂放，所以，在作品中，西部原野、墨西哥土地和都市街区两种截然不同的景象形成了鲜明的对比：

> 落日留下长长的影子，一片血红。山谷一带的地名很奇怪——有的叫 Manteca，有的叫 Madera。天色很快就暗下来了，葡萄色的黄昏，紫色的黄昏，笼罩在柑橘林和狭长的瓜田上；太阳是榨过汁的葡萄紫，夹杂着勃艮第红，田地是爱情和西班牙神秘剧的颜色。我把头伸出窗外，深深地吸着芬芳的空气。那是最美好的时刻。[②]

美丽、浪漫、神奇的西部给予萨尔异常美妙的感觉，在墨西哥，“纯净的

---

① 杰克·凯鲁亚克：《在路上》，王永年译，上海译文出版社 2006 年版，第 232 页。

② 杰克·凯鲁亚克：《在路上》，王永年译，上海译文出版社 2006 年版，第 102 页。

太阳升起，照耀着纯净而古老的人类生活”，而在洛杉矶的中央大街，“那地方同你在堪萨斯市、芝加哥或者波士顿下公共汽车的地方没有什么区别——红砖建筑、肮脏、形形色色的人、灰暗的黎明进站时发出刺耳声音的无轨电车、大城市的淫荡的气息”；在纽约的时代广场，人们在疯狂的梦想中追逐、叹息，那里飘散的是一股股腐臭的味道，呈现的是浮华却呆板的色调。在如此工业化的大都市，自由的诗意是永远寻觅不到的。萨尔、迪安等人是被现代西方文明戕害的一代，他们以自己的方式反叛着社会，表达着自己愤怒的情绪，作者称之为“一种逃遁……对一切世俗观念的厌倦”。而在此之前，马克·吐温的小说中已经有了不爱读书和洗澡、不信奉宗教的“野孩子”哈克贝利·芬，他讨厌一切文明的规矩束缚，包括饭前祈祷、忏悔认错、完善道德，于是便逃到了密西西比河上，进入了一个与岸上的文明世界截然相反的原始与自由的境界。哈克的选择即凯鲁亚克所说的“逃遁”，是对资本主义文明社会的挑衅、反叛，是自救，是为了寻找自由，出于同样的目的，垮掉的一代、嬉皮士们则选择背上行囊走在路上。

五、《在路上》的自发式写作

《在路上》自问世之日开始就受到评论界的质疑，不仅因为其离经叛道的思想意识和荒诞不经且散乱的情节，还因为作者的“自发式写作”，这是凯鲁亚克当初在服用兴奋剂后，坐在打字机旁用长约37米（一卷30米长）的打字纸疯狂写作的结果。所以，有人认为这部小说只是一个精神病患者的神经质之作，但凯鲁亚克对自己的写作方式十分自信，认为文学创作本身是一种狂热的感情冲动下的自发的产物，如有可能，就应该在半醉半醒状态下进行创作，绞尽脑汁、苦思冥想、过分地修饰都是违反其创作原则的，要即兴创作，即抛开语法、句法乃至标点符号的障碍，狂野地、毫不拘束地任由情绪流动。基于对毒品、酒精、性爱、爵士乐等的痴迷，凯鲁亚克发现了一种狂欢般的创作风格，同时又受到叶芝在下意识或催眠状态下写作的启发，认为作家的写作不应该被任何束缚所禁锢，写作和吸毒或参禅一样，要摆脱一切羁绊，追求绝对自由，反对选材、修改或预先的设计，因为这样会限制或歪曲思想、情感的真实和自由表达，要跟随自己的自由联想，将刹那间涌现的情绪记录下来，听任语言的洪流宣泄到纸上。我们可以试读下面这段凯鲁亚克对爵士乐及舞蹈的描写：

希林开始摇晃；心醉神迷的脸上绽放出微笑；他坐在钢琴凳上开始

前后摇晃，起初很慢，随着音乐节奏的加快，他也加快了晃动，左脚随着拍子一提一放，脖子一弯一弯，他的脸凑近琴键，把头发朝后一掠，原先梳理得很整齐的头发变得零乱了，他开始流汗了，音乐开始变得轻快。大提琴手弯着腰，全神贯注，节奏越来越快。希林开始弹奏他的部分，钢琴的和弦倾盆大雨似的泻下来，你觉得钢琴手仿佛来不及整理排列。音符像大海那样汹涌翻腾。人们叫嚷着“加油！”迪安大汗淋漓，汗水顺着衣领往下流。“就是他！就是他！天哪！了不起的老希林！是啊！是啊！是啊！”希林感觉到他背后的疯子，他能感觉到迪安的每一次喘息和咒骂，眼睛虽然看不见，但他能感觉到。“太棒了！”迪安说。“是啊！”希林露出微笑；他摇晃着。希林大汗淋漓地从钢琴凳子上站起来……[①]

爵士乐手激情四射地即兴发挥，打破理性的束缚，任意宣泄癫狂的生命力，使听者和观者沉浸于狄奥尼索斯式的梦幻境界之中，这是身体的狂欢，更是精神的狂欢。凯鲁亚克的自发式写作便如爵士乐一样，强调即兴创作，想到哪儿就写到哪儿，不愿有刻意的雕琢。再如：

在哈里斯堡的那晚，我不得不睡在火车站的一条长椅上；天亮时，站长把我轰了出来。人们甜蜜的儿童时代，在父亲的庇护下，根本不懂得生活的艰辛。然后到了对世界感到冷漠的时代，你体会到了自己的苦恼，又穷又瞎，衣不蔽体，一副三分像人、七分像鬼的凄惨样子，哆哆嗦嗦地通过梦魇般的生活。我跌跌撞撞地走出车站；我几乎支撑不住了。我看到的早晨只是一片坟墓似的白色。我快饿死了。[②]

这一段的文字感染力来自凯鲁亚克无法遏制的喷涌而至的思绪，作者澎湃的情感即时地、不被理性逻辑减弱地完整传递给了读者，仿佛爵士乐快速的节奏，给读者带来的是骤然的心灵冲击。

“垮掉派”作家或多或少都受到凯鲁亚克自发式写作理念的影响，金斯伯格的诗集《嚎叫》的第二部分就是在服用毒品之后于迷幻状态中写出来的。对凯鲁亚克《在路上》的艺术魅力，金斯伯格给予了高度评价：“这也就是要找到高速写作时大脑的节奏。这是以对新的散文方法高度科学的讨伐为诱饵，以便捕捉住用真实思维写作散文体的尝试。结果是一篇辉煌的单个段落，有好几个街区长，就像大路本身一样伸展开来，就跟整卷打字电报葱皮纸一样长。令人生悲的是，这篇手稿从没有以其激动人心的原样发表——这种形式是他天才的发

① 杰克·凯鲁亚克：《在路上》，王永年译，上海译文出版社 2006 年版，第 165 页。

② 杰克·凯鲁亚克：《在路上》，王永年译，上海译文出版社 2006 年版，第 134-135 页。

现——而是被人刀劈斧砍，加了标点，弄得破碎不全——这全是出版社那帮妄自尊大的文学评匠们干的。原来的疯狂手稿比出版后的样子好多了……它的伟大之处（正如亨利·米勒《北回归线》的开篇）——那伟大的探索精神，将进入诗歌创作更伟大、温柔而奥妙的语言。”[1]即便《在路上》后来经过了修改，凯鲁亚克的创作理念和手法在其中也有着精彩的体现。

六、渴望燃烧的背包革命

《在路上》的两位主人公萨尔和迪安历尽艰险奔驶在大路上，不是去追求宁静安逸的伊甸园生活，而只是想要打破一切条条框框，想要对权威与规矩说“不”。因为厌倦城市文明，他们四处游荡，出没于酒吧、加油站、汽车旅馆，一路狂喝滥饮，高谈东方禅宗，有人曾经问他们：“你们到哪儿去？”他们的回答是：“不知道，谁操这份心！”这群抑郁不平的青年“渴望燃烧”，以疯狂和迷乱来得到瞬间的快感，以最真实的路上旅程诠释自己的真实与独立，他们要的是“走出去寻找河流与人们，闻一闻这个世界真正的气味”。于是，凯鲁亚克和他的作品，让“在路上”成了一种生活方式，被众多美国青年所崇尚。《在路上》《达摩流浪者》《孤独天使》《荒凉天使》等书中的主人公对物质生活均不屑一顾，他们在旅途中寻求心灵的净化，面对困境咬紧牙关。他们在高山之巅呼吸清爽的空气，在树下、花丛间打坐、祈祷，感应着大地的脉搏，感到世上的一切不过都是“空和觉”，感到自己已经获得了拯救。当时有无数追求心灵解放的青年被书中表达的理念所打动而走上了这条促使精神成长的求真之路，而这些作品也就成了那个时代年轻人的精神圣经。行走于路上对他们来说，不仅是一种特殊的生活方式，更是心灵的洗涤与解放，是精神的洗礼。

在其自传体作品《达摩流浪者》中，凯鲁亚克更是提出了“背包革命”这一概念。这是一部关于背包革命、自然精神、生命思索以及禅之道的小说，表面看恰如流水账式的游记，似乎没有高潮、没有悬念，讲述了1955年两个热情洋溢的青年贾菲（以加里·斯奈德为原型）与雷德（以凯鲁亚克本人为原型）追求真理以及禅理的故事。

雷德和贾菲都如同寒山一样行为落拓不羁，完全与社会标准相脱离。更重要的是，在“禅疯子”雷德的不断流浪中同样包含着对信仰的追求。他们以其特殊的世界观追寻着生命的纯净与唯美，追寻着寒山浪迹四方的脚步，经历了

① 转引自李斯《垮掉的一代》，海南出版社1996年版，第177-178页。

一路马拉松式旅程的纵情狂欢及对禅家佛理的探求体验，将诗意的情怀寄予在托钵僧的苦旅之中。

作品开篇就是雷德搭乘货运火车开始苦行僧般的旅行。夜晚，在圣巴巴拉海滩，这个蓬头垢发的年轻人生着印第安式的篝火，猪肉豆子罐头在炭火的炙烤下升起热腾腾的烟气，大海在他身旁“轻声地叹息着”，盘腿坐在柔软的白沙滩上，他沉思着自己的人生。在旧金山，雷德认识了“达摩流浪者”贾菲，并与之探讨了佛教问题。如果说《在路上》中的疯狂是以迪安为代表的，那么，在《达摩流浪者》中的疯狂则是以“禅疯子”贾菲为代表的。在禅学的影响下，贾菲身上洋溢着独立、自由的精神，他特立独行，我行我素，崇尚过简朴自然的生活。在他眼中，“一座山就是一座佛”，大自然是具有神性的，“只要一进入山林，他又重新成为一个小孩子了”。他崇拜寒山，翻译寒山的诗：“攀爬上寒山的山径，寒山的山径长又长。长长的峡谷里充满崩塌的石头，宽阔的山涧边布满雾茫茫的青草。虽然没有下雨，但青苔还是滑溜溜的；虽然没有风吹，松树犹兀自在歌唱。有谁能够超脱俗事的羁绊，与我共坐在白云之中呢？”[①]并将诗念给雷德听，向他解释因寒山过的是一种简约、孤独、纯粹和忠于自己的生活而对之怀有景仰之情。他们一起去登山，面对冰雪覆盖的马特杭峰，“‘我喜欢真实的东西，’贾菲说，表情很严肃；从他那悠远的眼神中，我听到了一声悄无声息的叹息，我知道，他又回到了家”。在雷德面前的贾菲“戴着瑞士帽，背着大背包，在枝繁叶茂的松树下大踏步地前进着，挽住背包肩带的左手上拿着一朵花，而眼睛则闪烁着快乐的光芒，仿佛是正在跟他的偶像们——约翰•缪尔、寒山、拾得、李白、约翰•巴斯兹、保罗•班扬和克鲁泡特金——并肩而行”[②]（约翰•缪尔：美国博物学家，森林保育的倡导者。拾得：唐代诗僧，曾与寒山朝夕相处、亲密无间。约翰•巴斯兹：美国散文家与自然主义者，按照梭罗的方式生活和写作，研究和赞美大自然。保罗•班扬：美国传说中的伐木巨人，是巨大、强壮和活力的象征。克鲁泡特金：俄国无政府主义运动的最高领袖）。雷德不禁发出慨叹，庆幸认识了他，因为是贾菲让他明白了每当对现代文明厌倦至极时，可以背上背包将自己置身于深山野岭，呼吸一下这里清幽的空气，感受一下大自然的纯粹，对此，雷德心怀感激之情。于是，在贾菲的影响下，雷德开始了自己的“背包旅行”。

旅途中，雷德愈发坚定了自己的信仰：驱赶世界的邪恶，探寻心灵的纯净与自由。按照贾菲的指引，他来到了孤凉峰，在那里居住的两个月期间，“在这片垂直的山峦上，我已经见证过六十次的日落，而永恒的自由，将永远属我所

① 杰克•凯鲁亚克：《达摩流浪者》，梁永安译，上海译文出版社 2008 年版，第 21 页。
② 杰克·凯鲁亚克：《达摩流浪者》，梁永安译，上海译文出版社 2008 年版，第 61 页。

有”。在这里，“我可以听得见，在远远的哪里，有鹿蹄奔跑的踢踏声。每天睡觉前，我都会在一块遍洒清辉的大岩石顶上做倒立，这时，我可以确确实实看到世界是颠倒的，看到人类只是古怪、自负的甲虫，满脑子奇怪幻想，走起路来趾高气扬，而不知道自己是倒悬着的”[①]。在这里，向着群山和晨雾，雷德呼唤着寒山子。通过镜子，雷德发现自己头发变长了，但眼睛变得清澈；皮肤又黑又粗就像鞣过的皮革，但却很快乐。两个月后，这样的生活要结束了，他学会了感恩，领悟到“不管是小孩还是无知的人，都应该受到相同的对待”。他认为上帝应该赐福给所有的人。此时此刻，雷德几近获得了完美的“神爱世人”的博大胸襟。

“永远的年轻，永远的热泪盈眶”[②]，走在路上的这群义无反顾的背包客，带着决绝和叛逆，带着青春的激情和放纵，带着对禁锢的不屑和真诚的信仰，一边讥讽他们眼中那些被机械文明规训和奴役的人，“现代人为了买得起像冰箱、电视、汽车（至少是新款汽车）和其他他们并不是真正需要的垃圾而做牛做马，让自己被监禁在一个工作-生产-消费-工作-生产-消费的系统里，真是可怜又可叹”[③]，一边以行动追寻着理想：

> 你们知道吗，我有一个美丽的愿望，我期待着一场伟大的背包革命的诞生。届时，将有数以千计甚至数以百万计的美国青年，背着背包，在全国各地流浪，他们会爬到高山上去祷告，会逗小孩子开心，会取悦老人家，会让年轻女孩爽快，会让老女孩更爽快；他们全都是禅疯子，会写一些突然想到的、莫名其妙的诗，会把永恒自由的意象带给所有的人和所有的生灵……[④]

贾菲告诉我们，要摆脱这个世界的邪恶，找回自己纯净的灵魂，“只要有一个高贵的背包背在背上就行”。徒步穿行于旷野之上，在卵石间轻松地跳跃，在如梦似幻的绿茵地夜宿，跪在地上瞭望星辰，这就是贾菲的爱好，和迪安一样，他在路上游荡，在路上沉思，在路上捍卫理想，在路上反叛着他所不屑的世界。正是背包族革命的图景，以及他们对这种图景的实践，构成了小说最动人的篇章。

无论是《在路上》的萨尔和迪安，还是《达摩流浪者》中的贾菲和雷德，都对美国20世纪50年代压抑人性自由的制度体系、物质至上主义及中产阶级

---

① 杰克·凯鲁亚克：《达摩流浪者》，梁永安译，上海译文出版社2008年版，第260-261页。
② 杰克·凯鲁亚克：《达摩流浪者》，梁永安译，上海译文出版社2008年版，第267页。
③ 杰克·凯鲁亚克：《达摩流浪者》，梁永安译，上海译文出版社2008年版，第106页。
④ 杰克·凯鲁亚克：《达摩流浪者》，梁永安译，上海译文出版社2008年版，第106页。

价值观表现出了厌恶的态度，因为这些玷污了人类本来纯洁的心灵，妨碍了人们自由的精神追求，所以，他们渴望上路，为了自己，也为了他人，去探求自由和创造人生的意义和价值。在他们的指引下，无数纯真的青年背着包踏上旅程，对于那些生活在都市中平庸地消耗青春的年轻人来说，那种行走在路上的自由感无疑会令其振奋。凯鲁亚克的传记作者迈尔斯说："他在一个失去灵魂的服从的时代提出了一种新的选择，当20世纪60年代后期数以万计的嬉皮士抛弃城市生活，转而追求乡村的简朴生活和嬉皮士公社的时候，他们开始发现他的作品，往往把《达摩流浪者》作为自己的一个精神源泉。"[①]如果说《在路上》呈现的是速度、刺激和癫狂，那么《达摩流浪者》呈现的则是超然、睿智和理想，但无论如何，凯鲁亚克笔下的主人公们选择了那条"圣徒的路，疯子狂人的路，彩虹之路"，虽然在生存困境中，他们心怀焦虑与痛苦，不过正是因为身处被文明腐蚀得失去生机的社会，其反叛的激情及对自由精神的寻求、对本真生命的热望才愈显可贵，而恰是这一点得到了读者们的共鸣。

① 转引自陈杰《本真之路：凯鲁亚克的"在路上"小说研究》，四川大学出版社2010年版，第106页。

第六章　海勒及其《第二十二条军规》研究

约瑟夫·海勒（Joseph Heller，1923—1999）是20世纪美国犹太小说家，“黑色幽默”的擎旗人，其作品凸现了欧美现代主义新潮作家的创作个性和艺术特色。海勒的小说均带有一种“绝望的喜剧”的风格，这与他的精神探索、生存处境及社会影响直接相关。他特别推崇俄国作家陀思妥耶夫斯基的小说，称之为“痛苦的文学”，对卡夫卡的作品亦十分喜爱，因为作为一个犹太后裔，他所经历的种族歧视带来的压抑感、生活境遇的艰难、对贫困的恐惧等都与卡夫卡相似。海勒说过：“我写的东西从某一点上讲很有趣，实际上我是一个具有病态忧郁的人，我只想着死亡、疾病和灾难。”[①]特别是战争令他深感世界的污浊与荒谬，因此，绝望的病态的幽默就构成了海勒小说的主要艺术风格。其代表作《第二十二条军规》（Catch-22，1961）便暴露了战争的荒谬、残酷，将所谓“正义、真理、自由、博爱、荣誉、爱国”等口号的伪装撕得粉碎，尤其触及了西方社会中的许多社会问题如专制集团的贪婪无耻、愚蠢自私及个人在社会中被愚弄、伤害的艰难境遇，小说在荒诞不经与嬉笑怒骂的表层之下，以独特的表现手法给人以强烈的震撼和深刻的启示，其所造成的巨大轰动，打破了20世纪50年代以来美国文坛“怯懦的十年”的沉闷局面，由此奠定了海勒在美国文学乃至世界文学中的地位。

---

① 赵乐甡、车成安、王林主编：《西方现代派文学与艺术》，时代文艺出版社1986年版，第455页。

一、海勒与黑色幽默小说

海勒出生于纽约市布鲁克林区可尼岛，父母都是俄裔犹太移民，祖辈当初为了逃避沙皇政府的迫害而举家赴美。海勒 4 岁时父亲病故，家里骤然失去经济来源，生活窘迫，一家人饱尝贫困生活的辛酸滋味，13 岁时海勒不得不辍学，当了一名邮差，并想尽办法卖报纸挣钱养家。

青少年时期的海勒加入了当地名叫“互忠社”的邻里俱乐部，这是一个被称作“布鲁克林可尼岛文艺复兴”的民间组织，在那里成长起来的一批人后来成了文艺界的名人，有的是作家，有的是影视制作人，等等。“互忠社”注重互帮互助，规定年长成员有照顾年轻成员的义务，于是年纪尚小的海勒得到了成员丹尼尔·罗索福父兄般的关爱。在这里，海勒阅读书籍，参加各种活动，从中得到了熏陶和锻炼，也在一定程度上弥补了因幼年丧父而在家庭教育方面的缺失，其文学素养和社会洞察力大有提高。特别是丹尼尔·罗索福在海勒的人生中扮演了重要的角色，其玩世不恭的性格和插科打诨的幽默，都渗透进了海勒后来的艺术创作风格之中，海勒作品中所蕴含的荒诞感以及反讽式的词汇皆受惠于他早年在该俱乐部的生活和阅读经历。不仅如此，《第二十二条军规》中人物的思想情绪也来自海勒在俱乐部时期的内心感受，调侃的语言也来自作家对俱乐部成员间对话的记忆。另外，有评论家指出，另一位日后成为作家的俱乐部成员乔治·曼德尔同样对海勒有重大影响，正是将自己和曼德尔作为原型相互结合后，海勒塑造出了约塞连的形象，这位“反英雄”特立独行、追求自由的性格就是他们两人的合体，约塞连在斯诺登葬礼上拒绝穿军装的荒唐行为便源于曼德尔当兵时的真实经历。1962 年，曼德尔的小说《蜡制的繁荣》问世，虽晚于《第二十二条军规》，但在海勒写作过程中，曼德尔的构思曾带给他极大的启迪，尤其是有关荒谬可怕的军事权威所造成的普通人的窘迫与无助、丧失人道的军队制度导致的黑暗与罪恶、军队的腐败及军官的野心和无能带来的混乱无序等情节，都可以在《第二十二条军规》中找到其影响的痕迹。

第二次世界大战爆发后，19 岁的海勒应征入伍当了一名空军轰炸手，在地中海科西嘉岛上的美国空军第十二大队基地服役，参战期间，他执行飞行轰炸任务 37 次，战后退役时，已获得空军中尉军衔。亲历战争，经受过血与火、生与死的考验，战场上的血肉横飞、参战者们的怨声载道、那阵阵厌战反战的呼声使得海勒对战争的残酷和荒谬有了更为清醒的认识，同时，战争对人的尊严的剥夺又令他深感恐怖、悲戚。他没有在战争中被打死，反而成了战争的“获益者”，如他所言：“我属于那种从战争中获益的人，如果我不曾参战，就不会上大学，如果我不曾上大学，也就不会成为作家。那我就不知道自己将成为一个什么样的人。”战争的生活经历和情感体验，都被海勒融入《第二十二条军规》之中了。

海勒一直怀揣着当作家的梦想，十几岁就开始写些模仿的、情节简单的小故事。在军队里，他用写日记的形式，记叙执行任务的情况，这为他后来的创作积累了不少素材。作为作家，海勒取得的最初成就是20世纪40年代后半期陆续发表在《大西洋月刊》（*The Atlamtic*）等杂志上的短篇小说，其中最出色的两篇《我再也不爱你》（*I Don't Love You Any More*）和《雪堡》（*Castle of Snow*，1948），被选入1949年出版的《优秀短篇小说集》（*Great Short Stories*）。也就在这一年，他继获纽约大学文学学士学位后，获得了哥伦比亚大学文学硕士学位，并获得了富布赖特奖学金远赴英国牛津大学继续深造。1950年，海勒回国在宾夕法尼亚州立大学讲授英语写作。两年后回到纽约，他先后在《展望》（*Look*）、《纽约时报》（*The New York Times*）等几家报纸杂志广告部任职，还兼任一些杂志的推销经理，同时紧张地进行小说创作。

1954年海勒开始构思长篇小说《第二十二条军规》，在谈及这部作品艰辛的创作历程时，作家承认当初的写作进展很缓慢，常常为此火冒三丈，甚至无法原谅受过高等教育且自信有写作天赋的自己竟然做不到奋笔疾书。好在他每天都坚持不懈，笔耕不辍，每周5天，每晚写3页，7年后终于完稿。小说在问世之初，并未激起多大反响，人们的评价亦有褒有贬，对其新颖的内容和奇特的形式表示赞赏的有之，对其支离破碎的混乱的结构表示不屑的亦有之。但伴随着越战爆发，在强烈的反战思潮中，该小说逐渐被美国读者发现了其真正的价值和艺术魅力，从而引起了大家越来越多的关注，很快成为畅销书，先后发行800余万册，被公认为第二次世界大战以来最有意义的一部“抗议文学”作品，列入欧美大学生必读书目，并搬上银幕，海勒也因此被推举为“黑色幽默”的代表作家。

海勒的第二部长篇小说《出了毛病》（*Something Happened*，一译《问题已经发生》，1974）历经13年的创作过程，运用“内心独白”的写作手法，揭示了处在当代美国动荡不安的社会生活中人们的荒唐感受。主人公斯洛克姆是一位中年知识分子，在某公司任职，他精明能干，做事有条不紊，得到了上司的信任，职务不断提升，过着富裕的中产阶级的生活。然而，在别人看来应该是称心如意的生活中，斯洛克姆却感到深深的忧郁，时刻都忧心忡忡，总觉得什么地方出了毛病，害怕门关着，怀疑门内有阴谋；害怕门开着，因为不愿意看到里面的罪恶。他害怕上司、同事、下级，同事、下级也怕他，大家被他搞得不得安宁；妻子跟他好像隔着一堵墙，变得歇斯底里；女儿与他互相敌视，情绪低沉；儿子畏他如虎，害怕被“处理掉”……公司里同事之间也相互提防，小说通过人物的心理分析和怪诞的言行，表明了美国社会令人惴惴不安的思想危机，反映了中产阶级沮丧、没落、被扭曲的精神状态。海勒说过：“斯洛克姆是二十年后的约塞连。”

海勒的第三个长篇《像高尔德一样好》（*Good as Gold*）出版于 1979 年，文笔更为犀利，小说通过对犹太裔教授高尔德畸形的精神世界的展示，淋漓尽致地揭露了美国官僚政治的黑暗和腐败。高尔德是纽约某学院教授，一个信奉实用主义的老学究，口头信条是“原则、事业、方式、理想”，内心却装着“商品、金钱与名誉”。他的家族在移居美国的最初年代，还富有进取精神，在逆境中艰苦创业，在异国的土地上拓荒扎根。但等到兄弟姐妹们都过上富裕生活后，大家却开始尔虞我诈，互为仇敌，整个家族面临分崩离析。为了摆脱令人沮丧的家庭，高尔德来到华盛顿，指望着在官场中大显身手，正值总统大作问世，他立即撰写书评大肆吹捧而博得了总统的青睐被召进白宫。混进官场后，高尔德有过一时的得意，有过肉欲的满足，有过受到奚落和侮辱后的恼怒，而这些只不过引起他一阵的内心波动，紧接着就是灰心丧气，以至心脏病发作，险些丧命。他终于看清了令人神往的官场不过是个互相角逐、尔虞我诈的名利场，不论是在纽约还是在华盛顿，不论是在官场还是在家庭，他都难以找到“事业”和“理想”的绿洲，从此陷入了绝望和痛苦之中。在叙述高尔德经历的同时，海勒还把政治术语、外交辞令加以荒诞化，用几近冷酷的戏谑口吻对美国政界进行了嘲讽，揭示了其肮脏内幕。

1994 年，海勒的又一部小说《最后一幕》（*Closing Time*）问世，其中一些人物来自《第二十二条军规》，故被视作这部作品的续集。时间已经过去几十年，可怕的是“第二十二条军规”仍然肆虐横行，作家将美国社会的癫狂再次不加掩饰地呈现出来。30 年后已是老年人的约塞连惊愕地发现那可怕的“军规”圈套还在死死地纠缠着自己无法挣脱，且已进入政治、经济、军事、文化等各个领域。在这个畸形的世界里，亿万富翁在举行奢侈得令人咋舌的婚礼，而婚礼地点却在混乱污秽的公共汽车终点站，这是无家可归者、妓女、毒品贩子、流氓等云集的地方，“这个文明处所的气味实在难闻。……半夜里，一个个臭气熏天的躯体肆无忌惮地相互挤靠在一起，谁也别想找到一块宽敞的地方清净一下。人们大呼小叫，有喊的、有叫的、有动刀子的、有点火的、有性交的、有吸毒的、有酗酒的，还有摔瓶子的。到了清晨，这里有的伤，有的亡，一片狼藉”[①]。

---

① 约瑟夫·海勒：《最后一幕》，王约西、袁凤珠译，译林出版社 1997 年版，第 96 页。

最为荒唐和无耻的是婚礼那天，这些人被强行驱赶，“代替他们的是经过训练的演员。他们的表演惟妙惟肖，简直比那些真的乞丐、妓女和毒贩子们还逼真”[①]。这便是“世界上可能除伦敦以外文化活动开展得最好的城市”——纽约市的一景！联邦政府以奇怪而又绝妙的圈套式条款愚弄着百姓；《第二十二条军规》中的米洛继续在这里大发战争财，收买官员，口中强调着对国家有利，却将看不见摸不着的“嘘！——隐形无声轰炸机”卖给政府；总统竟然在什么也不清楚的情况下，边玩电子游戏边发射导弹，至于敌人是谁，敌人在哪儿，他并不关心……就在“第二十二条军规”阴影的笼罩下，以约塞连为代表的现代人正上演着他们人生的最后一幕。

除了小说，海勒还经常为电影、电视写剧本，《我们轰炸纽黑文》（*We Bombed in New Haven*，又译为《我们在新天堂轰炸》，1967）是一出“由演员扮演演员”的悲喜剧，基本再现了《第二十二条军规》的情调和主题。

海勒的理性意识极强，对战后美国社会的认知有着相当的深度，且善于广采博纳，其“绝望的喜剧”风格的形成，就与他有意识吸收其他作家的影响有关。陀思妥耶夫斯基便是海勒极为推崇的作家，海勒称他的小说为“痛苦文学”。卡夫卡、贝克特、尤奈斯库等人也给予了他熏陶，此外，萨特的存在主义、弗洛伊德的精神分析学等非理性主义哲学亦提供给他营养，使他将幽默、荒诞、无可奈何的嘲讽综合在一起，揭示了疯狂混乱的现实并实现了对小说艺术标新立异的突破。

海勒是这样解释自己的幽默的：“我要人们笑出来，然后在对所笑的事回味的时候，感到惊恐不已。”[②]与传统喜剧幽默不同，“黑色幽默”的特点是以喜剧的方式揭示荒谬可怕的存在，以看似轻松的调侃宣泄无奈和悲愁，在嘲讽中加以纵声大笑。具体来说，“黑色幽默”是 20 世纪 60 年代在美国兴起的小说流派，1965 年美国作家布鲁斯·弗里德曼编了一本作品选，收集了海勒、品钦等 12 位当代重要作家的作品片段，名为《黑色幽默》，认为这就是这些作家的共同特点。由此，形成了一股创作潮流并为世人所注目，有评论者还称之为“黑色喜剧”“阴郁的幽默”“病态幽默”“荒诞小说”。

黑色幽默小说的异军突起当然不是偶然的。空前酷烈的第二次世界大战期间，纳粹灭绝人性的大屠杀、原子弹轰炸广岛的惨象、战争的大规模杀伤和破坏震撼了西方各阶层的人们，使得希望的渺茫、正义与道德的虚伪、官僚政治的昏聩腐败、个人生死荣辱之不可依恃都纤毫毕露。另外，伴随着现代科学技

---

① 约瑟夫·海勒：《最后一幕》，王约西、袁凤珠译，译林出版社 1997 年版，第 445 页。

② 转引自黄铁池《当代美国小说研究》，上海三联书店 2014 年版，第 184 页。

术和物质文明的高速发展，人沦为机器的奴隶，人的异化现象严重，精神危机凸显。如果说20世纪50年代初，人们对战后美国社会还抱有希望，尚未丧失信心，那么到了20世纪60年代，人们终于开始从官僚统治及其主宰下的政治、军事和现实社会中，清醒地感受到赫然存在的荒谬，出于失望和怀疑，悲观主义情绪四处弥漫。人失去了存在价值，丧失了个性和自我，人的精神世界就如同一片干涸的荒原。人们已不再对上帝怀有坚定的信仰，对真理是否存在也抱有怀疑态度。一系列问题摆在眼前，社会的畸形发展、人的尴尬境遇与未知的前途、道德与价值取向的改变、心灵的隔阂、自我的探寻……令敏感的知识分子心烦意乱，无可奈何的茫然、愤世嫉俗的不满使得作家以玩世不恭、嘲讽世俗的方式表达难抑的忧郁与焦灼。

作为一种哲学体系和社会文化思潮，存在主义无疑是20世纪世界范围内最重要的思想潮流，其轻而易举地在美国找到了扎根的土壤。它强调人类自由本质的理论与美国人向来信奉的《独立宣言》中的宗旨不谋而合，它让人们去争取获得真正的存在，对自身的认识与思考成了战后美国小说最寻常的主题。特别是20世纪50年代以后，存在主义哲学成了一些文艺流派的思想武器，并在黑色幽默小说中时隐时现，尤其是“世界荒谬”“人生痛苦”的观点直接影响了美国中小资产阶级，对于他们来说，世界宇宙的混乱无序及人类处境的冷酷荒谬让人生失去了价值和意义，孤独、焦虑感油然而生。“黑色幽默”作家永远相信个人与客观世界时刻处于对峙的紧张状态，他们把这种紧张状态加以放大、扭曲，变为畸形，突出其荒诞不经或滑稽可笑。他们用玩笑或讽刺反讥来暴露弊端，以无逻辑、非理性的形式对抗表面上所谓的清楚明了。他们笔下的社会画面似是而非，真假难辨，从中读者可以窥见一个畸形的社会，体味人们精神上的创伤、残缺。这些作品令读者捧腹，回味后随之而来的却是酸涩，在不露声色的冷峻嘲讽中，揭示出了喧闹杂乱、如梦魇般的疯狂，以怪诞、离奇的情节表现了恐怖的主题，诸如战争、死亡、病疫、世界末日等。在《冠军牌早餐》（*Breakfast of Champions*，1973）中，黑色幽默作家库特·冯内古特写到，夏威夷岛上的几百万居民借助气球升在半空中苟延残喘地度日，原因是这里的每一寸土地都是属于几十个富人的财产，而岛上居民是不允许侵犯他人私有财产的。这里的抨击及讽刺矛头直指资本主义的社会制度。而在《猫的摇篮》（*Cat's Cradle*，又译为《挑绷子》，1963）中，冯内古特虚构了“福沫”一词，并将其定义为“无害的谎言”，在被上帝遗弃、被现代文明遗忘的圣·劳伦佐小岛上，我们看到的是以谎言为根基的生活模式。岛上流行“博可诺主义”，这是一种编造出来的童话般的宗教或政治信仰，岛上的精神领袖认为对于身处困境的贫苦岛国人民而言，宗教的谎言能给他们带来慰藉和幸福感，给他们惨淡的生活增添一抹亮色，如此便不会有革命的爆发。他们告诉人们只有生活在这种谎言里，就不再需要“浪费时间去分清什么是现实，什么是虚幻”，也就不会再忧虑悲伤。其实，这一“无害的谎言”就是麻痹人们的精神鸦片，让人们从中获取毫无意义的自我安慰。如同在挑绷子（翻花绳）游戏中，一根绳子被摆弄出各种形态，孩子们从大人那里得知翻出来的是花是草，是猫是狗，并对此深信不疑。然而，这一切都只是变换了形式，真正的事实是，这个游戏除了一根绳子之外一无所有。海勒曾解释说：“黑色幽默是大难临头时的幽默。”面对如此荒谬的世界，作家们只好以玩世不恭的嘲讽，诉说着无可奈何的愤怒。

黑色幽默寓悲于喜，将滑稽怪诞通过故作文雅庄重的语调展现，将深刻的哲理寓于插科打诨式的喜剧语言中，在荒谬、疯狂、异化和绝望的环境中，以无可奈何的心情嘲弄命运，幽默中蕴含的是阴沉，笑后品味出的则是绝望。所谓“黑色”，包含有阴郁、愁苦、烦恼、痛楚之意，本身带着悲剧色彩，但同“幽默”一结合，便显现出非同寻常的锐利讥讽和忧愤难抑的悲情，在笑中有着难以言述的沉重感。作家们惯以散乱无逻辑甚至非理性的艺术表现形式来对抗弥漫于当代社会中的虚伪而又残忍的“理性”，以现实为依据构想出了一个个可恶又可怕、可憎又可笑的荒诞世界，对病态的社会、丑陋的现象、奸邪不正的人提出严厉指责，并呼吁对人格尊严和道德良心的捍卫。例如，冯内古特在其短篇小说《哈里逊·贝杰龙》（*Harrison Bergeron*）里对2081年的美国的描述：到那时，众生平等，天下太平，因为凡高智商的人必须佩戴一种耳机，它会每隔20秒发出噪音以破坏智力、干扰思维，身体健壮的须随身背负沉重的沙袋，而容貌出众的则以面罩遮脸，负责监管其实施的是“优劣平等局”，依据这样的规定，就可以避免有人会“不公正”地利用其特长，如此一来，芸芸众生彼此不会有什么差别，他们俯首帖耳，都成为统治者温驯的工具，整个社会处于浑浑噩噩之中。不料，即使在这样的愚民社会里，也还是有人居然敢于无视律条和权力机构的威严，拆除了身上的“体力障碍装置”造反，他就是哈里逊·贝杰龙——一个身强力壮的男孩，还大闹电视台，给不甘屈辱的芭蕾舞女演员摘下智力干扰器和面罩，两人在电视屏幕中拥抱着旋转、跳跃，甚至“在天花板下面几英寸的地方悬在半空中不动，他俩长久、长久地彼此亲吻着”，似乎在欢庆人性的复归。而就在此时，“优劣平等局”的局长闻讯赶来开枪将两人打死，“维护”了法律的尊严。这悲惨的一幕被坐在家里的哈里逊·贝杰龙的父母通过电视直播亲眼看到，儿子被当场击毙，伤心至极的他们本该痛哭流涕，但头戴的耳机发出刺耳的响声，于是正常的人性被抑制，他们立即又嬉笑如常。这是一个令人发笑又极其伤感的故事，笑声里是作者对可怕的荒谬所怀有的恼怒和悲痛，作者借此来控诉专制暴政对人民精神上和肉体上的摧残，这种摧残是如此的令人毛骨悚然。

冯内古特的半自传体小说《五号屠场》(*Slaughterhouse-Five*，1969）以更为冷峻的眼光揭露了社会的混乱和荒谬，诠释了人们是如何丢失了理智和道德的，人的价值又是如何丧失殆尽的。第二次世界大战期间，冯内古特曾被德军俘获，关押在德累斯顿的一个集中营里，目睹了盟军空军对这座毫无戒备的美丽古城的狂轰滥炸，一夜之间将其夷为平地，使十几万无辜者惨遭杀戮，牺牲者是日本广岛被原子弹夺去生命的两倍之多。对于这样的悲剧题材，作者遵循“写文章使人发笑很重要”“最大的笑声是建筑在最大的失望与最大的恐惧之上的”美学原则，以夸张到荒谬程度的笔调，以说笑话的方式表现疯狂的社会现实，表面看似玩世不恭，实则满怀痛苦和失望。譬如，他把活人描写为流淌的水，把死人描写为冻结的冰，如第三章中对同盟国战俘行进的队伍的描述：“他们像水一样，顺流而下，最后流到山坳里的一条大马路上。受辱的美国人在山坳里汇成了密西西比河。”[①]战俘中的流浪汉死了，所以他“不能流，不能‘扑通’一声流到地上。他已经不是流质了”，因为他早已冻僵了，赤裸的双脚已是青白颜色，恰如冰的颜色。再如，主人公毕利在一次惨烈的德军大进攻之际得以幸存后四处流浪，此时他狼狈的样子哪里还像个军人，“倒像一只肮脏的红鹤”，为保全性命，任凭战友骂他、踢他、打他，他却嘿嘿笑。在拥挤不堪的俘虏车厢里，毕利忍受着法西斯的非人待遇，“车厢里的人轮换着站立或躺下。那些站着的人，他们的腿好似栅栏的桩子插入温暖、蠕动、放屁和叹息的大地里。这奇特的大地是由像汤匙一样倚在一起睡觉的人体镶嵌而成的”[②]。在俘虏营里，毕利“外套的背部崩开了，肩部也裂了缝，袖口完全脱落了。因此这件外套成了一件带毛领的背心。它本来是在腰部向下放大，呈喇叭形的，但毕利穿上后，它却都在胳肢窝那儿膨胀开了”。倒霉的毕利就如滑稽的小丑，以至被德国人认为是第二次世界大战期间所见到的最可笑的人，而他在用“病态和荒诞的表现，阴沉的笑，绞刑架下的玩世不恭的态度，大难临头时致命一蜇的幽默”[③]获得精神解脱。黑色幽默小说作家经常以调侃滑稽的笔调缓缓地叙写死亡、苦难、恐惧，看似轻松的玩笑背后却是涩涩的酸楚。

---

① 库尔特·冯尼古特：《五号屠场：上帝保佑你，罗斯瓦特先生》，云彩、紫芹、曼罗译，译林出版社 1998 年。

② 库尔特·冯尼古特：《五号屠场》，云彩、紫芹译，湖南人民出版社 1985 年版，第 65 页。

③ 林骧华：《黑色幽默》，《文艺新学科新方法手册》，林骧华、朱立元、居延安主编，上海文艺出版社 1987 年版，第 441 页。

二、《第二十二条军规》对现代荒诞的书写

《第二十二条军规》主要讲述了第二次世界大战末期，在意大利厄尔巴岛以南的一个美国空军基地——皮亚诺萨岛上一支飞行大队的生活，这里形形色色的人物、光怪陆离的场景构成了小说的主要内容。由于指挥官卡思卡特多次任意提高飞行员飞行次数，使得飞行员们有的吓破了胆，有的死于非命。主人公——轰炸手约塞连在目睹了空军基地的种种丑恶之后，终于明白了为那些出卖国家利益和士兵生命以谋取个人利益的军官卖命是毫无意义的，于是通过各种途径、想尽各种办法包括装病以逃避飞行，然而那条莫名其妙但又异常可怕的军规逼得他只能继续飞行。在经历了 70 次的飞行任务后，约塞连知道军规其实就是个圈套、是场骗局，这无处不在、无所不为、无懈可击却又无比荒诞的军规具有无上的效力，它能够使残暴成为正义、荒诞看似公允，它就如天罗地网般使人手足无措，是一纸即将要把自己推向死亡的判决书，于是，约塞连抛开一切权威、信条和军规，向中立国瑞典逃去。

这部小说没有完整的故事情节，也无固定的叙事焦点，虽以第二次世界大战为背景，除了最后一章提到反战的必要性外，整部作品并没有正面呈现战争的场面，对战争双方的胜负作者不予关注，他只是怀着厌恶和绝望的情绪借用战争这个充满混乱感的舞台，表现他主观感受到的荒谬以及处于荒谬之中的个人的命运。所以，这个杜撰的名叫“皮亚诺萨”的小孤岛，其实就是一个不可理喻的荒诞世界的缩影。驻扎在此地的一支美国空军部队的生活境况如梦魇一般给人以混乱无序的印象，这里人欲横流，道德沦丧，正义与理性受到愚弄，疯子授勋，坏人得道，无辜的人们被一种非理性的异己力量所支配、吞噬。

小说共 42 章，几乎每一个章节都侧重写一个人物，又以约塞连的行为贯穿始终，把人物与事件串联起来，其结构是呈放射状的，在抹去时空顺序、自由联想的行文中，约塞连与上自将军下至食堂管理员等每个人物都有一段关系，而这些人看似乖戾奇特的种种行为聚集起来，便形成了一幅由军事头目、经济大亨和下层小人物组成的光怪陆离的社会画面。

特种警备司令佩克姆将军“是一个恶劣的家伙”，喜欢挑别人的缺点，觉得大家都荒唐可笑，唯独自己例外，认为自己的缺点就是没有缺点。他能随意引用柏拉图、尼采、蒙田等人的名言，喜欢听自己讲话，特别喜欢听自己谈论自己，时时“为自己的机智、见多识广以及老奸巨猾和厚颜无耻而感到洋洋得意”。为了邀功请赏，他灵机一动发出命令，要求所有地中海战区军营中的帐篷统统

并排搭起，帐篷门要朝着国内华盛顿纪念碑的方向，要有气派。

36岁就当上上校的大队指挥官卡思卡特冷酷残忍，铁石心肠，还患有精神分裂症，有时劲头十足、踌躇满志，有时又垂头丧气、郁闷忧愁。他很自负，一想到自己如此年轻就已成为上校指挥官就沾沾自喜，可又会沮丧于自己36岁才不过是个上校，感到壮志未酬，急得咬手指。为了讨好上级以飞黄腾达，频繁要求部下去执行轰炸任务，任意把飞行次数无限制地从六十次“提高到七十、八十，一百，甚至两百、三百或者六千”①。为了往上爬，他大动脑筋，甚至想通过宗教途径，让随军牧师协助他制造舆论，帮忙将他的照片登在报纸上抬高身价，欺世盗名。他还勾结食堂管理员迈洛等人在皮亚诺萨岛搞投机生意，从中牟取暴利。

大队食堂管理员米洛——在皮亚诺萨岛乃至欧洲的许多地方可谓赫赫有名的人物。他神通广大，利用职权，和上层军官勾结在一起做一本万利的买卖，还成立了联营机构名为“迈-明联合公司”。他还让每个军官和士兵都成为他的股东，于是便可以堂而皇之地调动各中队的各种型号的飞机为他的买卖服务，从世界各地运来种种货物：西西里的威士忌、波兰的香肠和马耳他的鸡蛋。他的经营手段高超，同时以买主、中间商和卖主的身份，几经倒手，最终，人们便可看见他从马耳他以每个七分钱的价格购得鸡蛋，再以每个五分钱卖给所在部队的食堂，竟然既赚到大笔钱，又落了个好名声。为了钱，他一方面帮助美军轰炸德军防守的一座公路桥梁；另一方面又跟德军签约，用高射炮攻击美军的飞机，轰炸费分别由两方承担，另加6%小费当作利润。为了挽回亏损，他竟然可以将滞销的棉花做成糖衣棉花，通过行贿由政府收购赠送给士兵吃，还把用于给飞机上的救生衣充气的二氧化碳拿去做汽水。更加令人气愤的是，他竟然接受德军的金钱贿赂，指挥美军轰炸机和战斗机轰炸自己的驻地，结果是除飞机跑道和食堂外，一片火海，造成严重伤亡。面对约塞连的指责，米洛歪理十足：一是德军发的1000元奖金他并没有私吞，这笔钱属于整个联营机构，每个人都能得到好处；二是阵亡同伴不是他直接打死的，所以也与他无关。至于战斗，“可不是我发动的，我只不过想做点买卖”。貌似“真心诚意”的表述，却隐含着作者冷静的嘲讽。在目睹阵亡的斯诺登的葬礼时，米洛“棕色的大眼睛里满含着泪水”，甚至还“竭力抑制着自己的一声哽咽”，而他的“伤心”却只是为了“我现在连一个子儿的棉花也卖不掉”。尤其让人感到荒谬的是，米洛不但没有受到严惩，反而因其买卖为不少地方的经济带去生机而先后当上了马耳他的副总督、巴勒莫市市长、少校爵士、奥兰王储、巴格达的哈里法、大马

① 约瑟夫·海勒：《第二十二条军规》，吴冰清译，译林出版社2012年版，第253页。

士革教长、阿拉伯的酋长，甚至成了非洲丛林里的神灵，所到之处得到的是列队欢迎和雷鸣般的掌声！

谢司科普夫少尉野心勃勃，总是一本正经板着脸去履行自己的职责。大战爆发让他开心极了，因为可以天天穿着军装，用清脆而富有战斗精神的嗓音冲着士兵们高喊，这些士兵在开赴战场去送死的途中，每隔 8 周就有一批落到他手里。负责队列操练的他渴望在阅兵中拿到第一名，为此夜不能寐，苦思冥想，先是用玩具士兵演习，还指挥老婆满屋子兜圈走正步进行操练，最后，他终于想到请一位在金属商店工作的朋友帮忙，想把镍合金钉子敲进士兵的股骨，再用铜丝把手腕固定在钉子上来控制手臂的摆动。可惜时间仓促，铜丝缺货，这一想法没有付诸实践，但他还是以不挥动手的操练赢得了比赛。就是这样一个白痴似的野心家，在小说中居然被誉为“军事天才”而升任了中将司令官。

在军营里，约塞连从指挥官那里得到如此训诫：要么拥护我们，要么反对国家，你别无选择。面对如此荒谬的世界，被这样失去理性、不知羞耻的军事官僚集团所主宰，他不禁喟叹道，“我抬起头来，就看见人们在捞钱，我看不见天堂、圣徒和天使”，想到了“在一个除了少数精明、寡廉鲜耻的人之外所有人都未得到温饱和公正的世界上，那一切令人战栗和令人惊讶的苦难。这是怎样一个龌龊的世界！”[①]深感失望和悲凉的约塞连很清楚，为这些人卖命是多么愚蠢且毫无意义的行为，失去了正义，任何士兵的牺牲都是在为一个毫无人性的冰冷机器增添润滑剂。

就在这些为所欲为、翻云覆雨的上层人物下面，还有一群可怜的小人物。

随军牧师塔普曼敏感脆弱，一直认为自己是个失败者，孤立无助，在军队里，无论走到哪，都像是个局外人。身为神职人员，他却很早就怀疑上帝是否真的存在，而对于这个世界到底是怎么了的问题，他也甚感疑惑。面对约塞连的反叛，他既开心又惶恐。虽然如此，他还是在认真地履行神职，关心、理解士兵们的疾苦，同时也要忍受来自官僚阶层及奸诈小人的欺侮和羞辱。牧师有一颗真诚助人的心，当了解到官兵们因飞行任务被要求不断地增加而感到不安的情况时，鼓足勇气为民请命，向卡思卡特上校提出建议，为此得罪了上司，而牧师自己并不知道。临别时，上校设下陷阱，请牧师拿一个番茄吃。牧师还曾因阻止惠特科姆下士的一些狂热想法而受到指责和忌恨。之后，上校和下士二人联合向刑事调查部诬告牧师隐藏重要秘密文件和偷了一只番茄。欲哭无泪的可怜牧师无可奈何，只能哀叹自己的无能，觉得自己被大雾所包围，看不到一丝亮光，这个世界就是一个巨大的陷阱或是万劫不复的地狱。

---

① 约瑟夫·海勒：《第二十二条军规》，吴冰清译，译林出版社 2012 年版，第 498 页。

身处荒诞世界这个陷阱中的还有军医丹尼卡。他老于世故，看穿了这是一个互不信任、道德准则低下的时代的事实，深感生活于这样的时代太可怕。他总是愁眉不展，把工作交给两个根本不懂医术的士兵后，整天独自坐在阳光下暗自纳闷。他不喜欢待在飞机里，觉得如同坐牢，但为了领到飞行津贴，就托约塞连说服飞行员把他的名字每次都登记在飞行日志上。然而，在那位飞行员自杀毁机后，机组人员的名字便从部队的花名册中删去了，丹尼卡的名字也赫然列入其中。虽然他还活生生地在部队里，这一事实乃所有人亲眼所见，但大家还是被告知他已经死了，他国内的妻子也收到了这个“不幸”的消息，并收到了政府支付的几十万元抚恤金和保险金，因为这笔意外之财而忘记了悲伤。愤怒的丹尼卡到处找人解释，没有人相信，上校拒绝见他，中校声称若再见到他在部队露面就当场把他火化。为此，他领不到军饷，也得不到消费合作社的定量供应。在经过一段饱受折磨的日子后，丹尼卡医生眼眶发黑，“像一只生病的老鼠”，步履蹒跚，幽灵一样漫无目的地四处游走。他明白自己真的死了。

在官僚军事专制的统治下，整个部队士气低落，士兵们疯疯癫癫，有人百无聊赖喜欢晚上躲在帐篷里用大口径子弹打田鼠，看到田鼠在子弹的冲击力下变成臭乎乎的肉酱时，高兴得哈哈大笑；有人喜欢超低空飞行，擦过同伴们的帐篷，最终飞机撞到大山而粉身碎骨；有人神经过敏，经常带着相机着了魔地到处跑要给裸体女人拍照，但总是忘了装胶卷，忘了开镜头；有人用尽心思和金钱追求下等妓女，为了那个厌恶自己的女人而变成了异想天开的白痴……病态的非理性世界使得人性也趋于病态，士兵们如行尸走肉或无奈的可怜虫。想要不被这光怪陆离的癫狂世界及荒诞的生存困境逼疯，只有选择逃离，约塞连即如此。

主人公约塞连原本正直且富于爱国精神，曾经视战争为维护真理、弘扬正义的神圣事业，他作战勇敢，因准确投弹炸毁目标从而赢得了勋章。然而当他知道专横、残酷、荒谬的“第二十二条军规”无理地凌驾于人之上，给人带来灾难甚至死亡后，便开始以不同于过往的眼光环顾周围世界，觉得自己身处巨大的阴谋之中，于是，生活的唯一目的便转为“活下去”，即千方百计地保存自己。在以后的任务执行中，他毫不在乎自己是否击中目标，总是胡乱地扔完炸弹就没命似地逃回基地。不仅如此，他还以对话机出故障为名从前线突然返航，或常常装病住院，打定主意要在医院里度过战争余下的岁月。在飞机上，他总是瑟瑟发抖，浑身瘫软，尖声大叫。战争的残酷以及美国军队中的黑暗腐败令他厌恶、恐惧，也令他失去了对这场战争的信心。其实，看似胆小的约塞连是疯狂的皮亚诺萨岛上最清醒的人，在他看来，没有什么是值得人们为之牺牲的，对于官僚统治者常常挂在嘴边的“爱国”口号，他不无讽刺地指出：“我看见人们利用每一次高尚的冲动和每一场人类的悲剧大捞其钱。”[①]所以，他明白了，根本就没有爱国精神，人们作战是为了“红肠面包、布鲁克林玉米饼、‘妈妈牌’苹果馅饼”，不管是谁，只要是让你送死的人就是你的敌人，“别跟我讲什么为拯救国家而战斗的废话，现在我要为拯救自己而战斗一下了”[②]。所以，是理智让他作出了“反叛”的选择。

作者在1962年答记者问的时候，自称小说的主要内容是写“世界的混乱与疯狂”，承认“小说中最宝贵的，是把全书联结在一起的一个主题，即：连眨眨眼皮想一想都不肯，就把疯狂接受下来，还有那种永远遭受挫败，事实上是无能为力的感情”。他还建议在拍摄电影时，“那一幕接一幕的在肉体上和精神上谁都毫无办法的场景都要保留下来”，认为这个混乱与疯狂的世界就是由一群专横、自私、愚蠢、乖僻的人们统治的世界，他在小说中所要呈现的即一幅永恒的荒谬图像。

三、对“第二十二条军规”的解读

小说自始至终都笼罩着“第二十二条军规”的阴影，作者在题头标示：“这里面只有一个圈套……这就是，第二十二条军规。”“第二十二条军规”作为小说的题名究竟代表着什么呢？显然，这是作者的虚构，它并不成文，只是荒诞层面上的存在而已，但却无所不在，处处施展威力，人们不管如何挣扎总是不能挣脱出它的钳制。从约塞连与他人的对话中，读者似乎可以感知到这个妙不可言的圈套：

> 约塞连喜形于色。“那么我就可以回家啰？我飞了四十八次。”
>
> “不行，你不能回家，”前一等兵温特格林承认道，“你疯了还是怎么的？”
>
> “为什么不能？”
>
> “第二十二条军规。”
>
> “第二十二条军规？”约塞连大吃一惊，“这跟第二十二条军规有什么屁关系？”
>
> “第二十二条军规，”饿鬼乔送约塞连飞回皮亚诺萨岛后，丹尼卡军医耐心地答复说，“要求你永远服从指挥官的命令。”

---

① 约瑟夫·海勒：《第二十二条军规》，吴冰清译，译林出版社2012年版，第540页。
② 约瑟夫·海勒：《第二十二条军规》，吴冰清译，译林出版社2012年版，第541页。

"可是第二十七空军司令部说，我完成四十次飞行任务就可以回家了。"

"但他们并没有说你必须回家。军规明确指示你必须服从每一道命令，这便是圈套。即使上校违反第二十七空军司令部的一道命令，迫使你飞更多任务，你还是要必须执行，否则你违抗他的命令，便是犯罪。然后第二十七空军司令部必定会向你问罪。"①

这个圈套足以让任何人陷入无法摆脱的困境。再看约塞连和丹尼卡医生的对话：

"奥尔疯了吗？"

"他当然疯了。"丹尼卡医生说。

"你能让他停飞吗？"

"当然可以。但是首先他必须向我提出要求。这是那条规定的一部分。"

"那他为什么不向你提出要求？"

"因为他疯了，"丹尼卡医生说，"那么多次死里逃生，他一定得疯了，才能不停地飞作战任务。没问题，我可以让奥尔停飞，但是首先他必须向我提出要求。"

"他只要这样做就可以停飞？"约塞连问。

"不能，这样我就不能让他停飞。"

"你是说有圈套？"

"当然有圈套，"丹尼卡医生答道，"第二十二条军规，凡是想逃脱作战任务的人，绝对不是真正疯了。"②

书中一级准尉怀特与约塞连及丹尼卡医生的谈话透露了军规的内涵：军规规定凡是对自身安危的关切都来自大脑的理性思维。于是根据此规定，就有了"执行涉及自身安危的飞行任务的人是疯子，疯子可以不去飞行；不想去飞行的人就不是失去理智的疯子，所以必须飞行"的悖论。对此，约塞连及其战友们哭笑不得、无可奈何。

小说的英文书名使用"catch"一词表示军规，而该词有被陷阱或圈套捕获、抓住、缠住之意，小说即把全部人物事件置于它的裹挟之中。这是一条看不见、摸不着的军规，"问题在于每个人都认为它存在，而这才是最为糟糕的，因为不

---

① 约瑟夫·海勒：《第二十二条军规》，吴冰清译，译林出版社 2012 年版，第 65–66 页。

② 约瑟夫·海勒：《第二十二条军规》，吴冰清译，译林出版社 2012 年版，第 49–50 页。

存在对象或条文可以嘲笑或批驳，可以指责、批评、攻击，修正、憎恨、谩骂、啐唾沫、撕成碎片、踩在脚下或者烧成灰烬”[①]。譬如，约塞连在罗马看到美国大兵随意将妓女赶出她们的驻地，姑娘们问：“我们做错什么事了吗？”军方回答：“没有。”姑娘们又问：“那你们为什么赶我们出去呢？”答曰：“第二十二条军规。”“什么是第二十二条军规？”答曰：“法律说他们不需要给你们看军规。”“什么法律说他们不需要？”答曰：“第二十二条军规。”[②]小说中，当约塞连不解地向一位奄奄一息的老太婆发出“他们凭什么这样做”的疑问，得到的回答仍旧是“第二十二条军规”。约塞连瞬间感觉毛骨悚然，浑身颤抖。老太婆已作出明确的解释：“第二十二条军规说，他们有权利做任何我们不能阻止他们做的事情。”[③]这句话意味着，第二十二条军规允许当权者为所欲为而不必向他人说明，因为有法律依据，而这法律依然是第二十二条军规。约塞连想到这里，只觉得自己身处一场梦魇之中，想挣扎而无力。约塞连怕的就是这条能置他于死地，而他又不得不服从的军规。它是邪恶力量的代表，无所不在，在它的控制之下，平民百姓成了被任意宰割的对象而无法挣脱，但要想真正弄清楚它的内涵又恐怕是白费力气。它是死神的化身，随时都在某个阴暗的角落盯着约塞连，它是已经架在约塞连脖颈上的一把刀，时刻都在威胁着他的生命。它凌驾于任何一个士兵之上，肆无忌惮地把他们拖入种种荒诞可怕的深渊之中；它诡诈多端、变幻无常，弥散在全书的字里行间。第二十二条军规之于人们，犹如卡夫卡短篇小说《在流放地》中那架杀人机器之于受刑人，是困境、恐怖，更是荒诞。

在皮亚诺萨岛上，各人按照自己的癖好随心所欲地发号施令，在他们手下，能钻会拍，牺牲士兵生命邀功请赏的人可以青云直上，老实人却要被罚苦工、受审判。在这样的环境中，根本无所谓善与恶的区别，价值取向倒置，权与法都只是当权者使用与需要的把戏，已经异化为一种与人为敌的力量，在这股力量的支配下，暴乱、恐怖、悲哀、担忧四处扩散，从而造成了人类与社会的疯狂，它本是荒谬的，但又被以“正义”“爱国”“为公众服务”字眼装点。小说中，约塞连曾被卡思卡特上校和科恩中校置于困境之中——“你要么为我们而战，要么对抗你的国家，这两条路你只能选一条”[④]；“你会憎恶这个计划的……但是你很快就会赞同它。你会赞同它，不但因为它将在两周之内送你安全回国，

① 约瑟夫·海勒：《第二十二条军规》，吴冰清译，译林出版社 2012 年版，第 494 页。
② 约瑟夫·海勒：《第二十二条军规》，吴冰清译，译林出版社 2012 年版，第 492 页。
③ 约瑟夫·海勒：《第二十二条军规》，吴冰清译，译林出版社 2012 年版，第 492 页。
④ 约瑟夫·海勒：《第二十二条军规》，吴冰清译，译林出版社 2012 年版，第 512 页。

还因为你别无选择。你要么接受，要么上军事法庭。要不要随你的便”[①]。很显然，在温情脉脉“你可以选择”的面纱之下是冷冰冰的“你别无选择”，而支撑“你别无选择”的则是被卡思卡特和科恩中校称为“爱国精神”和“集体主义”光晕里的“卑鄙无耻的交易”。暴戾恣睢的卡思卡特和油滑市侩的科恩对约塞连软硬兼施、恩威并用、步步紧逼。一方面，他们大有置约塞连于死地而后快的恶念；另一方面，他们也同样存在迫使约塞连就范，同他们沆瀣一气的企图。只是权衡利弊，后者被认为最符合他们的利益，不“会让卡思卡特上校当众出丑”。有趣的是，由于约塞连早已洞穿“第二十二条军规”的奥秘，在同他们对话的一开始，便用大智若愚的态度同他们周旋。尽管两人似乎已察觉到约塞连的态度，但依然束手无策、无可奈何。那么，到底是谁胁迫谁，或许这便是第二十二条军规所蕴含的核心——荒诞。更加可悲的是，除了约塞连等极少数人之外，其余的人“连眨眨眼皮想一想都不肯，就接受了这个疯狂”，连求生的本能都已丧失。在临逃走时，约塞连说：“我这不是逃避责任，我这是赶着去承担责任。”这是约塞连在皮亚诺萨岛上经历了梦魇般的日日夜夜后作出的自由选择。这是典型的萨特式的自由选择，以自己的行动唤醒别人，保住自己的命也就是捍卫起码的人权，这是一个人无可推诿的神圣职责，约塞连就是如此以自由选择创造了自己的“英雄本质”。表面上看，约塞连避死求生的行为并不光彩，实际上，他却是在与荒诞作斗争。

海勒曾经宣称，人生是受某种非人的力量控制的，并且这种力量不断增强，这也和战时、战后许多美国人的体验相同，这股异己力量不断在肆意嘲弄着人类理性和宗教道德，剥夺了人生的意义，因此，作家所描绘的疯狂世界以及这个世界中的芸芸众生给人以惊心动魄的警世之感。约塞连在逃亡瑞典之前，和丹比少校有一段对话：

> 丹比少校眼里透出一丝淡淡的热情。“像棵菜那样生活想必很不错。”他若有所思地承认道。
>
> “糟糕至极。”约塞连说。
>
> “不，摆脱了所有这些疑虑和压力，一定非常惬意。”丹比少校坚持道，“我觉得我很愿意活得像棵菜，什么重要决定都不做。”
>
> “哪种蔬菜，丹比？”
>
> “黄瓜或者胡萝卜。”
>
> “哪种黄瓜？好的还是坏的？”
>
> “噢，好黄瓜，当然了。”

---

① 约瑟夫·海勒：《第二十二条军规》，吴冰清译，译林出版社 2012 年版，第 513 页。

“他们会在你最好的时候把你摘下来，切成片做色拉。”

丹比少校沉下脸来。“那么，坏黄瓜吧。”

“他们会让你腐烂，把你做成肥料帮助好黄瓜生长。”

“那样的话，恐怕我不会愿意活得像棵菜了。”丹比少校说着沮丧地微微一笑，放弃了。①

人生就这样陷入了一种进退两难的“军规”中，迫使你作出选择。当初在作品问世之时，“第二十二条军规”一度令读者大感莫名其妙，之后经历了越南战争的美国读者更加为人生的困顿及世界的混乱、疯狂而悲叹，便即刻对小说的内涵加以认同，在心灵被震撼的同时，也使“第二十二条军规”成为“难以逾越的障碍”或“无法摆脱的困境”的代名词。

四、海勒黑色幽默的审美艺术

作为黑色幽默的代表作家，在这部小说中，海勒没有因描绘了一个令人忧虑不安的荒诞世界而带给读者心理负担，而是采用喜剧的形式看似轻松地讲述悲剧性的故事，用阴冷的玩笑展示了启示录式的内涵。海勒从小颇具语言天赋，善于尖刻的讽刺和开玩笑，小说中有很多可笑的情节，如：约塞连认为战争唯一的好处是不少人死了，如此就使孩子们不再受父母的不良影响；一位哈佛大学动物系的鲸鱼专家被请到部队行医，因为一台电脑出了故障；一级准尉因为一些“神秘莫测的原因”决意让自己患肺炎死掉；丹尼卡医生羡慕约塞连还有“被打死的指望”，而自己什么指望都没有……和传统幽默迥然相异的是，这里没有轻松的愉悦之情，而是不动声色地在貌似俏皮的语言背后掩盖着浓浓的酸楚。作者通过超现实的描写，描绘出了一幅人类世界疯狂、混乱的图画，并对这个荒谬的世界报以嘲笑和无可奈何的态度，他刻意不对笔下的人物事件进行道德审查或价值评判，追求与表现内容之间的“审美距离”。如《第二十二条军规》中这样描写一位正在医院里接受治疗的全身上下都被石膏和绷带裹着的重伤员：“两条管子从他身上一进一出，连接着两只封口瓶，一只吊在他床边的柱子上，一刻不停地把液体通过绷带的缝隙滴进他的身体，而另一只则放在地板上几乎看不见的地方，通过腹股沟处伸出来的锌管把液体排掉。”“往他手肘内侧滴液体的瓶子快要见底的时候，放在地板上的瓶子就正好要满了，于是只需把两只瓶子从各自的软管上取下来，迅速调换一下，液体就又可以马上滴回他

① 约瑟夫·海勒：《第二十二条军规》，吴冰清译，译林出版社2012年版，第542页。

体内了。”[①]这是多么令人匪夷所思、哭笑不得。海勒就是这样把生活中的荒谬可怕设置在喜剧场面中加以再现，对使人尴尬、窘困的处境，一概付之以幽默嘲讽，甚至“赞赏”的大笑，似乎只有用可怕的玩笑才能展示用写实手法无法阐明的混沌，这里的幽默绝对不是轻松的，而是身处绝境之中的万般无奈。

在小说中，作者善用反讽与矛盾修辞法，如对卡吉尔上校的介绍：

> 卡吉尔上校是佩克姆将军的难题排解员——一个强势、面色红润的男人。战前，他曾是一名机警、强有力、敢作敢为的营销经理。他是个非常厉害的营销经理。卡吉尔上校是个如此可怕的营销经理，那些为了税务目的而急于造成亏损的公司争相聘用他。整个文明世界，从炮台公园到富尔顿大街，谁都知道他是能实现快速税务注销的可靠人选。他的身价很高，因为失败常常并不容易造成。他必须从上层开始，再一路往下活动，所以有了华盛顿那些同情他的朋友，亏钱绝不是件简单的事，它需要几个月的艰苦努力和仔细的计划。一个人错放、打乱、误算、忽略了每件事情，并开启了所有漏洞，而就在他以为大功告成的时候，政府却给了他一片湖泊、一座森林或一块油田，把一切都毁了。[②]

在此，海勒将正话反说、反话正说，对美国军队乃至社会的揭露委婉曲折，但却入木三分。

海勒小说中的人物呈现出漫画式的特点，通过似是而非的反语、巧妙的逻辑悖论达到了讽刺的目的。如：“人们变成了疯子，然后被授予勋章，作为酬劳。”丹尼卡军医遭遇驾驶员自杀毁机事件，一直活生生地在军营里工作和生活的他被宣判死亡，名字也从部队的花名册上被勾掉了，到处求助、辩解皆无济于事之后，可怜的医生只能像生病的老鼠一样在阴影中蹒跚，连自己也确信已经死了。再如随军牧师因替飞行员出头主持公道而得罪上司，突然被带到地下室受审，少校劈头一句，断言其“罪大恶极”。“我犯了什么罪？”牧师困惑不解，得到的回答则是“这正是我们要搞清楚的”。海勒在这部小说中大玩文字游戏，让人忍俊不禁的不经意的调侃意味深长，直指要害，如“我唯一的缺点就是没有缺点”“发觉自己仍然无能，而感到十分自豪”“由于只有判他罪才能证明他有罪”等。

在海勒游戏般的语言中，充满着各种象征和隐喻。飞机机身上原有的各个飞行中队的鲜艳夺目的队徽被乳白色双层油漆涂掉，印上了深紫色的“M&M

---

① 约瑟夫·海勒：《第二十二条军规》，吴冰清译，译林出版社2012年版，第199、200页。

② 约瑟夫·海勒：《第二十二条军规》，吴冰清译，译林出版社2012年版，第27页。

企业，精品果蔬”的字样，飞机后还拖上了标有方体字的“红色的长条广告牌”，这分明暗喻着美国空军原有的勇敢、力量、正义、真理、自由、博爱、荣誉和爱国主义等“各种值得称颂的理想”已被唯利是图的自私与狡诈彻底抹去。同样，约塞连不愿穿上军装，甚至一丝不挂地参加授奖仪式，简直玩世不恭到了登峰造极的地步，可究其原因，与其说是因血溅军装而产生心理障碍，倒不如说是反抗提高飞行指标、不满军队专制压迫的扭曲的表现。通过对约塞连与米洛“一个除了穿着一双皱底凉鞋外全身一丝不挂，另一个却穿着全套草绿色的粗呢军装，连领带也系得紧紧的”的对比描写，作者实际上颇有心计地启发读者作出思考：在人性与道德观念上，两人中究竟是谁更不正常呢？约塞连的绰号“yo yo”即悠悠球，球通过一根细绳被掌握在玩家手中，象征着约塞连的命运，无论如何都逃不过“第二十二条军规”所设置的圈套。

黑色幽默作家常常将“反英雄”（anti-hero）行为赋予主人公身上。他们都是被现实压倒的人物，虽然笨拙而滑稽，在思想和行动上缺少趣旨，却都因为在经历了一系列挫折和不幸之后，不放弃对人的尊严的追求而获得了一定的品格。他们怀疑和否定一切传统价值，有众人皆醉我独醒的孤独感，他们是一些被生活扭曲的人物，带着饱受创伤的心灵，被迫扮演着小丑的角色。病态畸形的人物恰是病态畸形的社会的产物，作者通过这些看似荒诞不经的故事与人物，表达了对荒诞世界的价值和社会行为的否定，同时也从未忘记在“反英雄”人物身上使道德光彩得以闪现。

约塞连便是一个被现实社会所扭曲同时又不甘心被愚弄、被戕害的“反英雄”。在那个酷热的夏日，战友斯诺登在飞机上被子弹击穿腹部，内脏直往外流。约塞连一面拼命为他包扎，企图堵住外流的肠子，一面恶心地不住呕吐，吐出的脏物和斯诺登的血污沾满了他全身。斯诺登的死使约塞连茅塞顿开，明白了“人是物质……把他扔出窗口，他会坠落，拿火点着他，他会燃烧。把他埋掉，他会腐烂，跟别的各种垃圾一样。精神一去，人即是垃圾”[①]。在这种心态下，他所考虑的全部内容就剩下了“死还是不死”。约塞连一直都在以个人的自由意志对抗着困境、戏谑着荒谬的现实：半夜偷偷移动地图中的轰炸线；做手脚让飞行员拉肚子；赤身裸体只穿皮鞋，如白色幽灵一样到处游荡……

然而，约塞连越想求生，就越发现周围的人都企图在要自己的命，甚至在树林里散步发现雨后初生的蘑菇好像越来越大，数量越来越多而浑身战栗，撒腿便跑，直到脚下的泥土消失，变成了干沙，那些蘑菇给抛在了后面，他才放慢了脚步，但还是忐忑不安地回头望……为了保命，约塞连想尽一切办法逃离

① 约瑟夫·海勒：《第二十二条军规》，吴冰清译，译林出版社 2012 年版，第 533 页。

那个令他昼夜担惊受怕的世界。

基地军官命令约塞连装扮成英雄，如若不从，就要将他送上军事法庭，还对他威逼、利诱，要与之做交易。根据存在主义的荒诞观，人是宇宙的中心，他必须看到作为人的意义和价值，在他所生活的世界中始终保持纯正和自由。尽管约塞连有种种超常规的怪诞举动，但正如大队军医所说，现在神志正常的人可能只剩下约塞连了。透过约塞连这个“反英雄”，作者让读者感受到生活在失去正义、真诚、信仰的荒诞世界中，人们所面对的无法摆脱的生存困境，这些困境在小说中被夸张放大，使读者感到可笑之余深感其中的沉重。而约塞连的“逃避”“反叛”正说明他始终没有放弃原则和正义感，四处碰壁之后，他选择逃往自由。因此，约塞连“反英雄”形象已超越了对战争中贪生怕死者的道德谴责，他的玩世不恭揭示了海勒在小说主题上的新的立意：在非理性的背后是高度的理性，喜剧式的渺小隐含着悲剧式的崇高，无奈和绝望中透射出坚韧的理想主义。

在结构上，黑色幽默作家采用的通常不是传统小说的完整故事结构，而是“反小说”的叙事结构，如采用“时间旅行手法”，来打破时空观念常规。如冯内古特在《第五号屠场》中让主人公毕利挣脱外在时空的羁绊，进入想象的时空领域，天上人间，海岛陆地，婚礼战场，在过去、现在、将来三个时间层次来回穿行，他可以在经历了 1955 年后跳回到 1941 年，随即又发现自己已在 1963 年，随心所欲在生与死之间的事件中切换。时空的随意跳跃，亦是《第二十二条军规》的艺术特色，小说没有贯穿统一的中心故事，章与章、节与节甚至段落与段落之间，都存在着极大的不连贯性，过去、现在来回跳跃，人物死了生，生了死，似乎在莫名其妙地兜圈子，交错和重复的手法反复运用，真切的现实生活与虚幻的想象、反复的回忆纠缠在一起，深邃的内蕴和插科打诨相互混杂，给人以颠来倒去、支离破碎的混乱感，从而揭示了无秩序、无理性的世界中人物乃至社会的神经质状态，凸显了作家对荒谬世界和疯狂时代的主观感受。海勒曾说过：“在《第二十二条军规》中，我写下了自己对一个处于混乱中的国家的感受，我们至今仍在忍受这种混乱，第二次世界大战时暂时的举国一致分崩离析了。你们会注意到，《第二十二条军规》的背景是大战的最后几个月，当时这种分崩离析已经开始了。”[①]

1964 年 9 月 27 日《纽约时报书评》（*The New York Rreiew of Books*）刊发了康拉德·尼克巴克评论黑色幽默的文章，他说道：“他们以尖锐的声音，敏感的反应，挑战催眠师和歇斯底里的狂笑。他们劝我们要有选择的能力。在陈词

---

① 转引自钱满素编《美国当代小说家论》，中国社会科学出版社 1987 年版，第 143 页。

滥调、空洞与极端之中，他们提供了惊悚，以及自我认知的可能。”海勒即如此，而桑德福·平斯科在《约瑟夫·海勒》中的评价亦恰如其分：“海勒早早地而且痛苦地了解到生活有一种龌龊的习惯，即扔出唾沫球，然后又用谎话来掩盖犯规。他的小说提供了一种既摹制又控制混乱宇宙的方法，其中老式的英雄主义已经被逐渐地腐蚀了。然而他的主人公，就像卡夫卡·K.的荒唐的版本，设法坚持并强迫他们的对手进行隐晦的喜剧对话，甚至在许多时候，获得成功。……他是当代美国文学最杰出、最令人眼花缭乱的文体家之一，是一位将自己不能否认的印章盖到自己那一代最好小说风景画上的作家。”[①]

① 转引自乔国强《美国犹太文学》，商务印书馆 2008 年版，第 228 页。

第七章　索尔·贝娄及其犹太小说研究

索尔·贝娄（Saul Bellow，1915—2005）是第一位荣获诺贝尔文学奖（1976年）的当代美国犹太作家，他在第二次世界大战之后从美国的犹太作家中脱颖而出，威望极高。然而，在整个美国文学界，其地位却似乎一直有些“模棱两可”，一方面被认为是“20世纪最优秀的作家之一”；另一方面，有人又认为，他在美国的声誉“既不如在他之前的几位诺贝尔文学奖的获得者，福克纳、海明威以及斯坦贝克，也没有像诺曼·梅勒那样，成为美国的一个偶像人物”[①]，究其原因，或许与他不事声张、不偏不激的个人风格及富于理性的写作特点有关。他博览群书，对哲学、历史、社会学、人类学均有研究，是一个典型的学者型作家。深厚的知识修养使他的作品有着浓郁的思辨色彩、深邃的独到见解。贝娄本人也一直将“社会的历史家”作为自己的志向，在其艺术创作中，深度解析着美国社会的历史与现实，表达了同时代人的社会经验和生活感受。

一、思想型犹太作家索尔·贝娄

索尔·贝娄于1915年生于加拿大魁北克省的拉辛城，父母是俄国犹太移民，他在英语、希伯来语、意第绪语和法语并用的犹太居民区度过童年，受家庭环境熏陶，自幼接受传统犹太文化教育。后来，父亲事业受挫致使一家人生活拮据，母亲是个犹太传统家庭妇女，寄希望于贝娄当个小提琴手或犹太教教

① 转引自乔国强《美国犹太文学》，商务印书馆2008年版，第337页。

士。1923年，贝娄随全家迁居美国芝加哥，相继在那里的公立学校接受初等和中等教育。1933年，贝娄进入芝加哥大学学习，由于对课程设置的反感于两年后转入西北大学，攻读人类学和社会学，毕业后当过编辑和记者。第二次世界大战期间曾在美国海军服役，战后长期在大学执教。特殊的家庭背景、动荡不定的城市生活、混杂的文化及风俗影响、丰厚的学识修养使他对社会现状与人类处境困惑多思并抱有执着探究的立场。

贝娄的第一部长篇小说《挂起来的人》（*Dangling Men*，又译《晃来晃去的人》，1944）以日记体的方式描写了主人公在参军前那段日子里的痛苦思索。《奥吉·马奇历险记》（*The Adventures of Augie March*，1953）是其成名之作，于翌年获得美国国家图书奖，奠定了贝娄在美国文学史上的地位。1959年出版的《雨王亨德森》（*Henderson the Rain King*）是贝娄又一部有影响的作品，小说继续以流浪汉冒险生活为题材，描述了一个古怪的美国百万富翁到非洲探险的故事。进入20世纪60年代以后，贝娄的创作开始向新的高度和深度发展，学院派知识分子的生活越来越成为他关注的对象，之前的幻想与冒险题材逐渐代之以对“自我寻找，自我发现”主题的开掘。出版于1964年的新作《赫索格》（*Herzog*）以深沉而含蓄的笔触写出了一个犹太中产阶级知识分子面临的精神危机，从精神领域展现了人的价值与当代美国社会的尖锐冲突，该小说在1964年获得美国国家图书奖。1970年，贝娄第六部长篇小说《赛姆勒先生的行星》（*Mr. Sammler's Planet*）问世，第三次荣获美国国家图书奖，被某些评论家视为其创作道路上的新起点。1975年《洪堡的礼物》（*Humboldt's Gift*）的出版再次将其创作推向了前所未有的高度，这部小说获得了1976年度的“普利策小说奖”，被评为当时最畅销的新书，这一年，贝娄还获得了世界文学的最高荣誉——诺贝尔文学奖。

索尔·贝娄之后出版的作品还有：随笔《往返耶路撒冷：私人报道》（*To Jerusalem and Back, A Personal Account*，1976）、短篇小说集《他讲错话及其他故事》（*Heim with His Foot in His Mouth and Other Stories*，1984）、长篇小说《更多的人为伤心而死》（*More Die of Heartbreak*，1987）、中篇小说《巴拉罗萨的关系》（*Bellarosa Connection*，1989）、《窃贼》（*A Theft*，1989）、《随笔、书信、演讲等总辑：从朦胧的过去到不确定的未来》（*It All Adds up: From the Dim Past to the Uncertain Future*，1994）、《真情》（*The Actual*，1997）及绝笔之作——长篇小说《拉维尔斯坦》（*Ravelstein*，2000）。作家于2005年4月5日在美国马萨诸塞州布鲁克林的家中去世，没有等到两个月零五天后的90岁生日。

贝娄从20世纪40年代中期开始其文学创作生涯，那时正值第二次世界大战即将结束，美国经济日趋繁荣，但曾经满怀热情的知识分子却陷入普遍的沮丧之中，精神的缺失与物质的富有极不协调，于是，异化现象就成为现代与后现代社会中所普遍存在的问题，个人则被描绘成“一个具有讽刺意味的生物学上的偶然因素，无目的、无意义，无所适从……他作为个人的独特性遭到否认或受到压抑。他居住在一个充满敌意的宇宙里”[①]。在犹太作家笔下，“异化的犹太主人公”更是源源不断地出现，他们借此深刻地描写荒诞、痛苦的个人处境。在诺贝尔奖授奖仪式上，贝娄谈道：“让我花点时间比较仔细地看一下这种痛苦：这在个人生活中是不安或近乎恐慌；在家庭中——对丈夫、妻子、父母、孩子来说——则是混乱；在公民品行、个人忠诚与性生活方面……是更加混乱。”[②]作为一个思想型的犹太作家，他对美国社会的认识极具敏锐性和深刻性。他说：“在美国作为一个知识分子常常意味着陷入个人的天地之中，怀着因自己的理性什么也不能造就的羞辱感觉而痛苦思索。”许多评论家称之为思想型小说家，称其小说为思想小说，因为他真实地反映了知识分子的精神空虚及对崇高理性的追求和探索，反映了人与社会的矛盾，反映了危机四伏的生活环境和混乱的生活状态，并在其间注入了自己痛苦的思索，尽管这一思索未必就是出路。

贝娄小说的主人公大多是犹太中产阶级知识分子，他们常常以寻求的眼光不断向外部世界和内心生活探索，从而演绎出典型的“贝娄式情节”：主人公无法忍受社会对人的压迫和制约，与外部世界格格不入，于是有的像马奇（《奥吉·马奇历险记》）和亨德森（《雨王亨德森》）那样走南闯北，于逃避、躲闪中去追求理想；有的像赫索格（《赫索格》）和塞姆勒（《塞姆勒先生的行星》）那样退入内心世界，于沉思中玩味痛苦。然而，无论采取哪种方式，随着时间的推移，他们最终“都发现现实总是充满了复杂的多样性而超出了自己的哲学，他们只能像一个饱尝辛酸的受难者一样有了更多的现实感，接受了多元化的世界”。于是，“自我”由怨忿到消失，不调和的性格与现实的某种形式之间达成了和谐；最后，亨德森重返美国，马奇与现实妥协，赫索格安于现状。他们选择忘却自己，满怀信心准备和世界拥抱，同时也在等待着不知何时还会卷土重来的内心痛苦与磨难。

二、索尔·贝尔小说中漂泊无根的精神苦闷者形象

生活于嘈杂、紊乱、冷漠的环境中，情绪烦躁、忧郁寡欢的精神苦闷者形象在贝娄的处女作——短篇小说《两个早晨的独白》（*Two Morning Monologues*,

① 埃默里·埃利奥特主编：《哥伦比亚美国文学史》，四川辞书出版社1994年版，第952页。

② 王宁编：《诺贝尔文学奖获奖作家谈创作》，北京大学出版社1987年版，第454-455页。

1941）中便已出现。青年失业者曼德尔鲍姆为了寻找工作四处奔波却一无所获，身为来自异乡的犹太移民，他总是处于被驱赶的状态，想去海上航行，想去图书馆看书，但内心的期盼均成为奢望，连抽一支烟都不能如愿。他不愿只为赚钱而工作，也不愿以此讨好大家，更不愿遂父母的心愿待在家中。在传统世界和新的社会环境中，他挣扎反抗，象征性地展现出了犹太移民漂泊无根的生存状态。

《挂起来的人》更是以抑郁、冷漠的基调传达出“一个无情时代”下的精神孤儿对社会的幻灭意识。作品采用日记体形式，通过主人公的观察和感受，展现出了世界的荒诞。主人公约瑟夫是一位上过大学的犹太青年，因为获准入伍而辞去了旅行社的工作，靠妻子供养，在家静候征兵站的正式通知，自由自在然而又苦恼地过着日子。

> 我想到过另找工作，但我又不愿承认，我这人精神世界匮乏，缺乏性格力量，以至不知如何享受自由，而不得不接受工作的奴役。最后那次重新编组时，我力图编入海军，但外国人入伍的唯一途径似乎是参加陆军。没有办法，只得再等下去，或者说继续处于“挂起来”的状态。意志日渐消沉，脾气越来越坏，这一切我都明白，痛苦和郁忿日积月累，几乎变成了一种强酸，侵蚀着心中尚存的热情和良善。不过，七个月的等待只是我心烦意乱的原因之一，源自等待的“被挂起来”的状态更加严重。只有把这条把我“挂起来”的绳索砍倒，才能从反面恰如其分地估计等待给我造成的伤害。①

小说客观地记录了约瑟夫数月的活动：晃来晃去地闲荡、与家人朋友争吵、闭门苦思冥想……这种没有意义、一事无成的生活使他感到自己如身处封闭的、绝望的牢房中，他对这种“自由”厌烦透了，在经历了一场心理危机后，他跑到兵役站要求尽早入伍，以结束自己的“自由”。约瑟夫是被社会疏远了的一代青年中的一员，他同社会、家庭、他人之间存在着很大的隔阂，甚至觉得自己根本就不属于这个世界，他坐在古老的屋子里独自沉思，一张旧画可以让他的头脑中闪出许多古怪的念头；他坐在摇椅上摇啊摇，在幽闭中仿佛只剩下灵魂和影子与他如影随形。征兵通知终于来了。约瑟夫在最后一天（1943 年 4 月 9 日）的日记里记下了如下一段话，从中可以体会到他在当兵前夕的复杂心情：

> 这是我做老百姓的最后一天了，伊雯（按：即约瑟夫的妻子）已经把我的东西全收拾好了。她显然把我这次去当兵看成是生活中的一次不幸，

① 索尔・贝娄：《挂起来的人》，袁华清译，中国社会科学出版社 1987 年版，第 23 页。

由于她的缘故，我也似乎产生了同样的情绪。我是怀着内疚的心情离开她的，但我也不完全是这么想，好像在这中间也包含了一种如释重负的感觉。我不必再对自己负责了，我当然很高兴。以后我将由别人来掌握了，可以从需要自己作出决定之中解放出来，自由取消了。

为有规则的生活而欢呼！

为有精神的监督而欢呼！

军队组织万岁！①

约瑟夫这个“局外人”的无所适从感揭示了现代人的存在主义式的生存状态，当然，贝娄对给其作品贴上“存在主义”标签的做法其实是很不以为然的，正如他说，存在主义，“这不是我所喜欢的词语之一”。作家认为自己的创作主题与思想，皆源于犹太人的沧桑历史，从某种意义上说，“混乱”“焦虑”以及“漂泊无根”也正是犹太人历史命运的写照。约瑟夫的烦躁不安、离群索居以及乖戾反常，并不是在报名参军后才开始的，在此之前，他一直与妻子关系冷淡，也不愿意与其他任何人交流，同时意识到想建立“精神的领地”不过是一种浪漫主义的想法而已。一天在阁楼上，约瑟夫一边听着海顿的乐曲，一边自我评价说，自己“在受苦和受屈辱方面，还仍然是个学徒”。同时，他又自我安慰说：“没有一个人能请求免遭苦难和屈辱；这不是人类的特权……不，即便是上帝，或任何神衹也都不能优雅而不怨恨地面对痛苦和屈辱。”既然自己不是上帝，也不是什么神衹，那么，便大可不必偏得以优雅的态度来面对之前在兄弟阿莫斯家所遭受的屈辱。结果，他像个孩子一样跟自己的侄女大吵大闹，并且还很没有风度地动手打了她。在日记中，约瑟夫与自己内心的理性进行了讨论：

“关于异化问题，有不少说法。那都是傻瓜的托词。”

“是吗?”

“你可以和妻子离婚或抛弃子女，但你拿自己怎么办?”

“如果你心中有个世界，你不可能用法令排除他。约瑟夫，是不是这样?”

“你怎么能……世界随你而来……不管你做什么，你都无法排除它。”

“那怎么办?”

“失败的可能就在我自身，视觉上的弱点。”

“如果你能看见，你以为你能看到什么?”

---

① 索尔·贝娄：《挂起来的人》，袁华清译，中国社会科学出版社 1987 年版，第 177 页。

"我说不准，或许我们是心灵孱弱的天使般的孩子。"[①]

他随后又自问道："在理想的建造和现实世界、真理之间的鸿沟有多宽?"对于这样的问题，他无法回答，只能恨恨地拿橘子皮来发泄一通。生活的失败、被悬置的恐慌让他辞掉工作，报名参军，试图在新的环境中找到自己的位置以获得身份感。如果按照犹太人所固有的思维逻辑——人人都是犹太人，那么不可否认，犹太人约瑟夫的生存状况，其实也就是"人类"的生存状况，是对现代社会中人生困境的书写。

《奥吉·马奇历险记》是一部直接继承了马克·吐温的《哈克贝利·费恩历险记》的写作风格而写就的关于犹太流浪儿冒险生活的小说。在马克·吐温笔下，少年哈克贝利向往自由，心怀胆大妄为的激情漂流在密西西比河上，如同踏上了一条"发现之旅"，读者在他身上感受到西部开发时期千千万万普通美国人心灵的颤动。奥吉·马奇也从这位前辈身上汲取了胆识和力量，决定走出去到外面的世界游历冒险，但与哈克所不同的是，他最后成为一个彷徨苦闷的理想失落者，正如他所说："我知道自己有强烈的渴望，然而不知道自己到底渴望些什么。"[②]

作为犹太私生子的奥吉·马奇与贝娄笔下其他主人公一样，面对的是混乱、变化无常的环境，童年时代就不得不设法养活自己，父母从来对他不管不问，生活异常艰难。因为穷困，他当过店员、偷书贼、富翁的秘书、走私犯的助手、军校学员等，在走南闯北期间，遇到过各色人等，阔佬想叫他做驯服的仆人，店主想让他成为商品推销员，流氓教唆他当小偷，甚至邻居劳希祖母也对他颐指气使，既要求他学会说谎又要做个像样的绅士，老板娘要他做女婿，伦林夫人想收他做义子……10 年光阴转瞬即逝，10 年的磨难消耗了奥吉的气力，他筋疲力尽、茫然无措："每个人都一样，开始是伊甸园，然后经历尘世的种种束缚、痛苦和扭曲，最后死亡，进入冥冥之中，据说从那儿可以盼望永远进入新生。可是眼前，有的只是对周围一切的恐惧，阴暗无望的生活、预兆死亡的危迫、恶语中伤的嘴巴和可怕吓人的眼睛，还有那使欢乐茫然不复记忆，对幸福自馁不敢希冀的害怕一切的战战兢兢。没有牧羊人谈情说爱的西西里风情，没有任意涂抹的生活画卷，只有城市中深切的烦恼。而你又被迫过早地卷入那高深莫测的城市生活目标之中……"[③]马奇不愿按照他人的意愿行事，不愿他人来操纵个人的命运，害怕成为不是真正的自己，他自我警告：

---

① 索尔·贝娄：《挂起来的人》，袁华清译，中国社会科学出版社 1987 年版，第 86 页。

② 索尔·贝娄：《奥吉·马奇历险记》，宋兆霖译，上海译文出版社 2012 年版，第 106 页。

③ 索尔·贝娄：《奥吉·马奇历险记》，宋兆霖译，上海译文出版社 2012 年版，第 106–107 页。

当心！啊，你这容易受骗的没用的傻瓜，你只是那些无足轻重的芸芸众生中的一员，只不过是粒撒在磁场周围的铁屑，被磁力线吸引着，一切都已受法律所左右，吃饭睡觉，受雇解职，支来差去，全已俯首听命，唯命是从。那为什么还要寻求失去更多的自由呢？那股巨大的阻力威胁着要戳穿你的肋骨，擦破你的脸，折断你的牙齿，你为什么不逃之夭夭，反而要趋之若鹜呢？离开！要做个聪明人，独自努力地爬着，骑着，乘着，跑着，走着，朝着个人的目标，要自力更生，留心世上那些有权有势的可畏人物。啊，他们绝不会轻易放过你，这班有权有势的人物！许多死去的人或垂死的人，都已倒在他们的脚下或者正在上下沉浮。①

他一直在寻求自我，但那个“自我”在哪儿呢？他幻想找到一位心爱的姑娘，创办一座孤儿院，将爱传播给他人，或许这样就能找到那个真正的“自我”。但在第二次世界大战结束前夕，马奇只能靠贩卖战争剩余物资混日子，这不能不说是对他理想的莫大讽刺。

赫索格（《赫索格》主人公）同样是一个迷茫苦闷的犹太人形象，身为崇尚理性、为人正派的教授，他面对聒噪的现代化城市痛苦不已：

出租汽车驶到制衣街时被货车给挡住了。阁楼上，电动缝纫机的声音闹得震天价响，整条街都颤动了。骤听起来，那声音好像在撕布。全条街都为这种隆隆的机器声淹没了。

……人们正在这儿拆造房子，街上挤满了搅拌混凝土的工程车，也充满了湿沙和水泥的气味。下面是咣当、咣当的一片打桩声，高处，金属构件无休止地拼命直窜那给人以凉爽娇嫩之感的蓝天。起重机上伸出的橙色吊杆犹如一根根稻草。而街上，那些燃烧廉价燃料的汽车，喷出有毒的废气。各式各样的汽车密密麻麻地塞在一起，令人头昏脑涨，透不过气来。那机器的喧闹声，那为追求自己的目标而拼命奔波的熙熙攘攘的人群——可怕啊可怕！②

不仅对现代文明的进程、现代社会的混乱，而且对人类信仰的缺失及个人的生存意义、人性等本原问题，赫索格都予以了严肃而焦灼的思索。家庭分崩离析，两个妻子先后出走，自己丢了职业、房子、财产，连亲生女儿也不得见面，生活的混乱对于他这样一位立志守护人类文明、捍卫人类尊严的犹太知识分子来说，必定是沉重的打击，令他感到前途渺茫而阴郁，精神几乎处于崩溃

---

① 索尔·贝娄：《奥吉·马奇历险记》，宋兆霖译，上海译文出版社 2012 年版，第 402 页。

② 索尔·贝娄：《赫索格》，宋兆霖译，上海译文出版社 2008 年版，第 37 页。

的边缘。他无法在这个危机四伏的世界中找到精神食粮，他悲伤不已："啊，我是个什么东西——是个什么东西！……我倒在人生的荆棘上，淌着血。"[①]"我感谢上苍给予我一个人的生命，可是这生命在哪儿呀！作为我生存唯一借口的人的生命在哪儿呀！……我的天哪！这个生物是什么？这东西认为自己是个人。可是究竟是什么？这并不是人。但它渴望做个人。像一场烦扰不休的梦，一团凝聚不散的烟雾。一种愿望。"[②]焦头烂额的他放弃了学术研究，独自一人居住乡间，开始给前人和今人写信以发泄内心的痛苦和愤懑，从在职的艾森豪威尔总统到已去世多年的父亲，虽然这些信一封也未寄出，因为他知道，别人不会理解他，只会把他当成疯子，可是似乎只有写信这件事才会令他感到欣慰，这一复杂抽象的思想活动，仿佛已成为他生存挣扎的手段，他完全相信当思想停止时，死亡便会降临。这些信件记录下赫索格对外部世界的观察以及对政治、经济、军事、道德、宗教等方面的感受与评判。他觉得自己这样做很可笑，却又情不自禁，如同被某种强烈的欲望所驱使。

然而，身处缺乏爱情、亲情、人道主义、尊严和信仰的"荒原"之上，人的价值早已受到无端的侵害，在乱糟糟的人间，赫索格寻觅不到一个落脚点而成了潦倒的受害者。他孤单寂寞，并清楚自己已然是与社会处处格格不入的"可爱的傻瓜"。他左冲右突，却既得不到理解同情，又无法改善自己的处境，在那风雨飘摇的世界里，如约瑟夫一样，也成了个悬空吊着的"晃来晃去的人"。赫索格去旧情人家拜访，但马上又不辞而别。后来，他回到童年时代的故居，拿走了父亲遗留下来的一支旧枪。他想杀死前妻马德琳及其情夫瓦伦丁，但看到瓦伦丁在耐心地为小女儿洗澡后，又打消了杀人的念头。不久，他出了车祸，警察发现了他的枪而将其扣留。在哥哥付了罚款后，赫索格被释放，最终又回到乡间，放弃了种种幻想，与荒诞不经的现实生活妥协了。他不再对写信着迷了，一个字也写不出来了。

关于《赫索格》，贝娄说过："这里刻画了一个人，他在美国过着知识分子的生活，却发现这种生活，至少可以这么说，并非十分令人满意；发现他在按照受过教育的美国人的那种方式追求幸福；发现这种生活把他抛进一种与世隔绝的个人生活中，而这种个人生活仅仅给他带来了羞耻和屈辱；发现他，的确是他，是一位缺乏那种使他和其他人进行有益接触的真知的人。"[③]赫索格所关心的不仅是如何处理个人生活的困境，还包括该如何拯救当时社会日益堕落的人性。可是在生活的重重磨难中，他发现人们的观念已经发生了巨大的变化，

---

① 索尔·贝娄：《赫索格》，宋兆霖译，上海译文出版社 2008 年版，第 246 页。
② 索尔·贝娄：《赫索格》，宋兆霖译，上海译文出版社 2008 年版，第 262 页。
③ 伊恩·乌斯比：《50 部美国小说》，王问生、沈蕾译，上海译文出版社 1991 年版，第 384 页。

自己所受到的教育、所掌握的知识毫无用处，如果连自己都拯救不了，遑论救世？理性的脆弱让他在独断和虚无之间辗转、彷徨。

《赛姆勒先生的行星》是一部充满苦难和无限伤感的小说，描写了从纳粹大屠杀中侥幸逃生的波兰犹太学者无法理解现代社会的病态与疯狂而产生的强烈的幻灭意识，向人们宣扬了作者所赞赏的“对上帝的坚强信念的力量”。塞姆勒先生——贝娄笔下又一位犹太知识分子，早年崇尚人道主义理性，熟读《战争与和平》，知道在托尔斯泰笔下，被判处死刑的彼埃尔因为和刽子手交换了一个“人性的眼光”而幸免于死。但第二次世界大战的炮火使他的头脑清醒，纳粹对犹太人的大屠杀令他的“理性”之梦破碎不堪，他杀过纳粹士兵，自己也差点被人置于死地。如此的经历让他对理性产生了怀疑，他感慨道：“现代世界的疯狂——从性的放荡到肆无忌惮的暴力等一切情况都在表现出来……具体的公共问题大量地残留在这一背景下。”在故事开始时，塞姆勒先生已经到了古稀之年，移居纽约投奔侄子，他一边撰写科幻作家威尔斯的传记，一边通过那只因战争而残留的独眼观察着人性的沦丧和道德的堕落，这位承受着肉体和心灵双重伤害的老人以他的冷眼观察和严肃思考，看清楚了西方世界的精神危机。在每天从图书馆回家的路上，他总是遇到一个在公交车上偷窃的黑人，本以为向他投去严厉的目光可以警示或制止这种无德的行径，谁想到那个黑人不仅对此不屑一顾，甚至还厚颜无耻地亮出生殖器对塞姆勒进行羞辱、威胁，气愤的塞姆勒向警察报告，然而得到的回答竟然是因为要为很多会议做保卫工作而腾不出人手。女儿苏拉为了帮助他写那本传记，从学者拉尔博士那里偷来一份论文，塞姆勒对此全然无知，直到拉尔追查起来，才使他震惊。贝娄在此无可辩驳地说明了在当时的美国社会，偷窃已不仅是那些歹徒所为，就连受过教育的人也不惜冒有损尊严名誉的风险而为之。此外，塞姆勒还亲眼看到侄子的一双儿女对性的疯狂，女孩身穿短至大腿根部的裙子，终日沉溺于放荡的生活；看到他们对金钱的贪欲和对亲人的冷漠；看到新左派和黑人民权运动泥沙俱下；看到地球这个行星上充满了“死亡、腐败、破坏、肮脏、绝望、罪孽”，对时代与社会、对下一代人，他道出了自己的忧虑，“这些新的个人，虽然获得了新式的安闲和自由，却在受苦，这真令人迷惑。尽管我有时感到空虚，却没有什么仇恨，只有满腔同情。我常常想有所作为，但是认为一个人能为大众而不是极少数人做出一番事业来，则是一种危险的幻想。……也许最好是能在自己内心获得某种秩序”[①]，是一个人能够做得最好的事情。所有这一切给塞姆勒那崇尚理性的纯洁心灵带来了一次次重击，他无法理解现代社会的病态和“灵魂的贫困”，唯

① 宋兆霖主编：《索尔·贝娄全集》第五卷，汤永宽、主万译，河北教育出版社 2002 年版，第 227 页。

有寄希望于在月球上建立理想社会的计划。小说展现出了现代社会动荡无序的状态，对20世纪60年代的美国甚至整个西方世界的社会风貌作了一次触及灵魂深处的扫描。

“假如我能够了解自己，假如我能够了解世界的一切，为了万能的真理，我们应该去了解它，是的，上帝，我们要了解，要了解，要了解。”小说结束时赛姆勒的内心独白，仿佛要把人们引到基督耶和华的仁爱的祭坛上，由于人道主义精神的缺失和物质享受至上思潮的泛滥导致了西方社会现代文明的“荒原”，虽然贝娄笔下的主人公们总是以无止境的、有时甚至是徒劳的追求填补自己精神的空虚，最后仍旧摆脱不了凌乱繁杂的世界而不能到达梦寐以求的世外桃源，但是作者似乎还是不愿放弃对探索意义的渴望，就像《奥吉·马奇历险记》的结尾所写到的：

> 瞧瞧我，走遍天涯海角！啊，我可以说是那些近在眼前的哥伦布式的人物中的一员，并且相信，在这片展现在每个人眼前的未知的土地上，你定能遇见他们。也许我的努力会付诸东流，成为这条道路上的失败者，当人们把哥伦布戴上镣铐押解回国时，他大概也认为自己是个失败者。但这并不证明没有美洲。①

三、关于精神流浪的现代传奇

> 是什么促使我去非洲旅行的呢？一下子说不清楚。那阵子好多事儿越弄越糟，糟糕透顶，过不久竟完全糟成了一团。②

《雨王亨德森》中那个执意要去非洲寻求理想的主人公一开始就以自述的形式告诉人们他是如何遇到一个令人难堪的处境的。这是作者笔下唯一的非犹太主人公，他说他自从55岁那年买好车票打算离家出走失败之后，他周围的一切全乱套了，混乱开始了，各种压力从四面八方向他逼来，他只能大声喊：“不行啦，不行啦，滚回去吧，他妈的，让老子清静一点!”③

亨德森是个拥有百万家产的农场主，来自富豪之家，祖辈还有政界要人，父亲为著名学者，本人毕业于常春藤联合会大学，从事过多种职业，阅历丰富。

① 索尔·贝娄：《奥吉·马奇历险记》，宋兆霖译，上海译文出版社2012年版，第687页。

② 索尔·贝娄：《雨王亨德森》，蓝仁哲译，上海译文出版社2012年版，第1页。

③ 索尔·贝娄：《雨王亨德森》，蓝仁哲译，上海译文出版社2012年版，第1页。

战后美国盛行的物质主义以及自己生活的平庸让他深感精神空虚，内心痛苦，无法让自己平静下来，耳边老是有一个声音在回响：“我要！我要……”

> 我曾讲到我内心里感到困惑，有一个声音在那儿说：我要，我要，我要！它在每天下午出现，我愈想抑制它，它变得愈强烈。它只一个劲儿地说：我要，我要！
>
> 于是我问道：“你要什么？”
>
> 别的什么也没说，得到的回答仍是那句话：我要，我要，我要！
>
> 有时我对它像对待一个生病的孩子那样，给它念顺口溜或者赏它糖果，我伴着它散步、慢跑、唱歌或朗诵给它听。没有用。有时我换上工作服，爬上楼梯去堵天花板的裂缝；有时我去劈柴，到野外开拖拉机，到猪群中去干活。不行，仍然没用！殴斗、酗酒、干重活，它还是跟着我，跟到乡村，跟到城市。无论花多大代价，都无法使它安静。于是我说：“好啦，直说吧！有什么要求？要莉莉吗？要别的什么臭婊子？一定是什么淫念在作祟！”可是，这仅仅是一种猜测而已。呼声更高了：我要，我要，我要，我要，我要！我急得哭了，最后哀告着说：“唉，告诉我吧。告诉我你要什么！”末了我说：“那么，好吧。该死的，总有这一天，你等着！”①

第二次世界大战时期，为了探寻生活的意义，亨德森入伍到了前线，并且还赢了得许多奖章。然而，他精神上的需求仍未得到满足，只是留下了肉体的创伤。回到家后．他遍查各种各样的哲学著作，期待能够从中寻觅到足以使自己振奋的文字，结果翻到的却是父亲当年夹在书中作书签的百元大钞，这一情节无疑是对金钱至上的西方价值观的讽喻。

亨德森感到自己就是个无聊空虚的浪荡之徒，物质的富有压得他近于窒息，在20世纪50年代美国物欲的洪流之中，亨德森觉得自己被物质和金钱异化了。在极度焦灼中，亨德森不顾任何人的情面发泄着自己淤积已久的怨气和怒火，比如向巡警寻衅打架；和妻子无理取闹；对年长的佣人大声呵斥；无视犹太人的宗教禁忌，在祖先高贵的庄园里养满了猪，听任那些猪把陈年的花草球茎都拱掉，四处臭气熏天，引起家人抱怨……然而，他内心的痛苦依然如故，一连串的不羁行为非但没有减轻其心中烦恼，反而令焦虑加速蔓延，他越发感到自我的丢失，来自内心深处的呼喊时时在搅扰着他，使他躁动不安。“我要，我要”的声音，表达的是其对认识自我的渴望：

---

① 索尔·贝娄：《雨王亨德森》，蓝仁哲译，上海译文出版社2012年版，第24页。

要是你的气质像我，你打算怎么办？……就算上税吧，我养猪也营利，绝不会亏本的。猪可以杀，可以食肉，可以用来制火腿、手套，还可以熬胶、造肥料，我可以制造什么呢？噢，我想可以当作展示品吧。像我这样的人，洗干净弄整洁，再穿上华丽的衣衫，是有可能成为展示品的。屋顶隔着绝缘板，窗户安装上隔热玻璃，地板上铺着地毯，地毯上摆放家具，家具上盖套子，布套上还罩一层塑料薄膜，墙上糊着装饰花纸，悬挂起帷幕。这一切都耀眼生辉，富丽堂皇。可是谁住在里面呢？谁坐在那儿呢？人！对了，人！[①]

“猪”在小说中构成了象征意象，亨德森多次提及自己的专横、任性、一意孤行、无事生非，觉得自己长得都如猪一般：撅起来的颧骨、粗短的睫毛、大鼻子、臃肿的体态，还有像猪嚎叫的呼吸声。他甚至警告过妻子不要动那些猪，因为它们已经成为他的一部分了。亨德森养猪解闷的情节成为所谓“丰裕社会”人们普遍的精神空虚状态的象征。持续不断的焦虑让亨德森难以忍受，因为生活已被焦虑弄得支离破碎，他以乖张的行为宣泄着情绪，而这又进一步加深了他与外部世界的鸿沟，他与人是隔膜的，与自然界同样也是如此，即使是清爽的空气、美丽的鲜花也无法唤起他内心美妙的愉悦感受。直到有一天，亨德森走进老女人勒诺克斯的房子，“她屋里堆满了捡来的纸盒、木箱、小儿之类的破玩意儿，我得费力地从一间屋爬进另一间屋”[②]。这个场景让人不由得想到尤奈斯库的荒诞剧《椅子》，象征“物”的椅子堆满整个舞台令人无处立足，被迫跳出窗外。这使亨德森对自己面临的困境有了更清醒的认识：“看在上帝的面上，亨德森，鼓起勇气，离开吧。否则，你也会落得同样下场，死亡将摧毁你，除了一堆破烂，再没有别的东西留下——因为将来不会存在什么，自然什么也不可能留下。而依然存在的东西，就是现在！为了一切的一切，出走吧。”[③]就这样，随着摆脱异化的渴望与日俱增，为了弄清自己到底要什么，他抛下家产离开了文明社会前往非洲腹地去寻找人生之路，成为贝娄笔下第一个毅然从周围环境中出走的主人公。

在20世纪的欧美文学作品中，人类在精神空虚中对“自我”的苦苦寻觅已成为极其常见的主题。在索尔·贝娄看来，现代社会普遍存在的精神困顿以及传统人文价值的失落，源于物质主义的极度发展，人类享受着物质与科技文明所带来的福利，同时与之相随的则是许多问题也开始威胁人类的存在。在喧嚣

---

① 索尔·贝娄：《雨王亨德森》，蓝仁哲译，上海译文出版社 2012 年版，第 23-24 页。

② 索尔·贝娄：《雨王亨德森》，蓝仁哲译，上海译文出版社 2012 年版，第 38 页。

③ 索尔·贝娄：《雨王亨德森》，蓝仁哲译，上海译文出版社 2012 年版，第 38 页。

混乱的社会中，人们早已失去精神上的支撑和指引，对周边荒诞无序的生活感到困惑，紧随而至的便是焦虑、孤独、隔离感和陌生感。贝娄将当代美国社会的生存困境与现代人特有的苦痛紧密地联系在一起，期待通过在现实世界中探寻找到一种新的秩序来解决自我和现实之间的矛盾。

到达非洲的第一站阿内维，亨德森便被当地女王问道："你是谁，你从哪里来？"这也是他进入非洲原始部落后一直会遇到的发问，对于这样一个人类本原问题，他不知该如何回答，其实正是因为深感处于困境中的迷惘才来到这里寻觅："我——我是谁？一个家财万贯的流浪汉，一个被驱逐到世上的粗暴之徒，一个离开了自己祖先移居之国土的逃亡者，一个心里老叫唤着'我要，我要'的家伙——他绝望地拉小提琴，为的是追寻死者的声音，他必须打破心灵的沉睡。"[①]从淳朴快乐的阿内维人和女王身上，亨德森有了对世界新的领悟，早上投射到墙上的粉红色的霞光令他感受到久违的亢奋，"心灵的沉睡"似乎真的被打破：

> 我发誓，万万没料到会在非洲看见这样一种颜色，我担心它会在我把握住之前消失掉。因此我把脸鼻凑近墙壁，仿佛在闻一朵名贵的玫瑰花；……用力把气吸进鼻腔，又用面颊去轻轻抚弄墙壁。我的心灵振奋昂扬，但不是头脑发热似的冲动，而像这颜色本身那样淡雅温和。我自言自语："我早意识到这是一个古朴的地方。"意思是说，我一到这儿就有种感觉，可能会在这儿发现古朴的事物，——我只在天真无邪的岁月见过，自那以后便可望而不可及，倘若再见不到的话，我这辈子就完蛋了。我可以坦率告诉你，我当时的心灵不在沉睡，而我在连连说的却是："啊，啊，啊……"
>
> 逐渐地，墙上的颜色变化了，但至少我再次见到了它，像见到涅槃的光圈。我静静地等待它的消失，希望再过五十年还能见到它，否则我将注定在临死时仍然是一个空有三百万美元的大傻瓜或流民，稍有不安和动乱，便不能控制自己。[②]

可见，亨德森的精神在发生着变化。带着满心的渴望，他继续探求着。在非洲大陆，亨德森本意是想帮助某部落除害，结果却炸毁了人家的蓄水池，阻断了当地部落唯一的水源；在祈雨仪式中独自一人搬起了雨神神像，成了部落崇拜的偶像——雨王圣戈；与海外求学归来的年轻酋长结为好友；原想模仿狮

① 索尔·贝娄：《雨王亨德森》，蓝仁哲译，上海译文出版社2012年版，第73页。

② 索尔·贝娄：《雨王亨德森》，蓝仁哲译，上海译文出版社2012年版，96-97页。

吼把自然之力引入自己的灵魂，不料，酋长死于狮子的魔爪之下……然而，所发生的这一切距离那深不可测的“我要”的欲望还十分遥远。亨德森的非洲之行的目的是追求精神的满足：“世界是一个精神领域，旅程即是心路历程……我们所谓的现实只不过是迂腐的空谈而已……是的，一点不假，世界上的客观现实是真真实实的，不容取代更替。物质的世界整个儿在眼前，属于科学的领域。但是还有一个本体的世界，在那儿我们进行着创造，创造，再创造。”[①]直到最后，面对挫折和失败他才认识到，这种“我要”的欲望实际上是永远得不到满足的，这样的幻想与当代社会现实是矛盾的，是遥不可及的：“据说我们认为崇高的思想是不现实的，但那完全是实情。幻想则是另外一回事。一旦产生幻想，就会使我们沉溺于幻想而不能自拔。可我这个人，对幻想没有任何兴趣。人们说：大胆幻想吧。哼，那是骗人的鬼话，又一条商业口号。”[②]在经历了无数坎坷，演绎出一幕幕悲喜剧之后，亨德森遵循从非洲得来的“你要生活”的格言，似乎终于得知自己到底想要什么，或许是生命的真谛，也或许是精神的解放，贝娄在此并未明示，也许贝娄本无意回答。在非洲的原始部落经历了充满奇幻色彩的冒险后，亨德森准备回国学医济世利民，希望能办个医院造福社会，为人类作一点贡献，“我要，我要”的呼声也变成了“他要，她要，他们要”。亨德森的所作所为让人想到了堂吉诃德，他最后也许并未真的认清现实，但是他预备悬壶济世的想法，有着可贵的人性之光。

评论家巴巴拉·吉坦斯汀对回来的亨德森有一段精辟透彻的分析：“亨德森离开美国时是一个灵魂被贪得无厌的声音‘我要，我要’所啮啃着的人，当他在非洲遇到蕴藏于狮子和部落酋长中的原始威力之后再回到美国时，已经恢复了人的本性，并显示出人性的所有德行和特征。他的心愿是助人为乐，他爱自己的家庭和妻子，这一切指导着他当前的生活，因而他能够享受生活下去的欢乐。痛苦已不再像过去那样成为他生活受限制的唯一方式。”[③]显然，这部小说展现了一个有着严肃的生活态度和执着于思索探究的知识分子的精神危机，主人公“我要，我要”的呼声反映了当代西方文明社会中知识分子追求真理、探索人生之路的强烈愿望，他的痛苦内省和艰难求索约瑟夫和奥吉·马奇都经历过，不过和他们相比，亨德森所求的则是更高层次的理想：摆脱社会上的物欲横流，不甘心精神沉沦，保持人的价值和尊严。然而，乌托邦终究是幻想，幻想一旦破灭就会坠入更深的失望，贝娄通过这些人物在探索道路上的悲欢离合，使得充满喜剧性幽默的闹剧中蕴含了人生的悲剧。作家曾经在接受记者采访时

---

① 索尔·贝娄：《雨王亨德森》，蓝仁哲译，上海译文出版社 2012 年版，第 158 页。

② 索尔·贝娄：《雨王亨德森》，蓝仁哲译，上海译文出版社 2012 年版，第 301 页。

③ 转引自毛信德《美国小说史纲》，北京出版社 1988 年版，第 472-473 页。

提到自己最像亨德森，因为在这个人身上，贝娄将当代社会人们的欲望和探索融于一体，一个出身名门望族的富翁，却不能满足于现实生活，仍要远走异国他乡前去探寻崇高的精神价值，这本身就是对当代美国社会外表繁荣、内伏危机现象的讽刺。在这个后现代社会，人们享受着富足的物质生活，却难以保证自己精神生活的充实，随之而来的是，探寻的欲望越来越强烈，这便是社会发展所要面对的悖论。

四、精神文化的危机与物质主义的得势

《洪堡的礼物》初版于贝娄获得诺贝尔奖前一年的1975年，是贝娄广受欢迎的作品之一，曾一连9个月位列《纽约时报》的畅销书榜单。这是贝娄第一次直接描写美国作家的生活，小说以两位美国作家为主线，探讨了美国文化中犹太知识分子的地位与作用问题，揭示了物质文明对精神文明的摧残，道出了文明危机的实质。

小说的故事主要是以“我”即主人公查理·西特林追忆往事的自叙方式展开，并在20世纪40年代的纽约、新泽西和20世纪70年代的芝加哥之间穿梭往返。往事分为两个部分：一部分是不久前的往事，另一部分是发生得更早的“往事中的往事”。得出的结论是：“我发现，洪堡在苦苦思索着，如何在过去与现在、生与死之间周旋，才能使某些重大问题得到完满的回答。然而，苦思冥想并没有使他头脑清醒。”

> 冯·洪堡·弗莱谢尔的歌谣集在三十年代一问世，就立即引起了轰动。洪堡正是人们期盼已久的人物。远在中西部的我，当然更是热切地期待着。这一点，我是从不讳言的。他是一个先锋派作家，新一代的奠基者。他漂亮，白皙，身材高大，严肃而诙谐，是一个博学的人。这家伙真是走了运。所有的报纸都在评论他的作品。他的照片在《时代》周刊登出时，没有遭到贬责，《新闻周刊》还对他大加赞扬。①

小说开篇即西特林对洪堡的追忆，那时的洪堡已名噪一时，甚至博得了大诗人托马斯·艾略特的赏识，著名的诗歌评论家亦为他叫好，而西特林还仅是威斯康星大学的一名学生，他痴迷于文学，对洪堡的才智、修养及声誉崇敬并羡慕备至，于是给洪堡致信得到其邀请在格林尼治村谈论文学、交流思想。此

---

① 索尔·贝娄：《洪堡的礼物》，蒲隆译，上海文艺出版社2016年版，第1页。

时的西特林年已 40，是成长于芝加哥的一位作家、法国荣誉军团的爵士，还曾因创作历史情节剧《冯·特伦奇》和写了一本论威尔逊的书而声名鹊起，是普利策奖金获得者。但如今的他因身陷窘迫的情感与生活困境之中而苦恼着：欲壑难填的前妻丹妮丝将他推上法庭，风情万种的情人莱娜达令他迷离沉醉而无法自拔，写作和生意的先后失利导致他反应迟钝、精神颓唐，身负经济债务的压力，承受着莱娜达逼婚同时又向别人示好的挑衅，面对流氓坎特拜尔的暴力威逼，西特林焦灼不定。坎特拜尔强迫西特林接受他的邪恶建议和安排，一个时期以来，一直紧跟着他从国内到国外，直到马德里的寄宿旅店。对此，西特林只能屈从和忍受。正当西特林处境最艰难的时候，传来了已故诗人洪堡给自己留下了一笔遗赠的消息，顿时内心感慨万千，浮现出绝交已久的亡友的形象，并反复追忆起他们之间的往事和种种变故。

洪堡在作品中出现的场面虽然并不多，但却是全书的中心人物。其“父亲是匈牙利犹太移民，曾追随潘辛将军麾下，驰骋于奇瓦瓦，在以妓女和马匹闻名于世的墨西哥追捕过潘乔·比利亚”①（译者注：潘辛是第一次世界大战时驻法美军统帅，曾率军至墨西哥追捕该国革命家潘乔·比利亚，奇瓦瓦为墨西哥北部城市）。母亲则出生在美国一个子女众多、吵吵嚷嚷的家庭，“年轻时倒是个黝黑的美女子，后来却变得忧郁癫狂沉默寡言了”。洪堡少年时，母亲常叫他去跟踪父亲并抄下他的银行账号及其姘头的名字，以便去控告他。后来父亲死于心脏病。曾经的洪堡是一个激情洋溢的幻想家，有深刻的浪漫主义和人道主义思想，希望能当诗人，去揭示人生意义，希望用美的观念改造实用主义的美国。可惜，这位诗人的命运被国际政治的风云变幻折腾得像断了线的风筝，一度崇拜过马克思的洪堡变成了“反斯大林分子”，德国法西斯对犹太人的大屠杀，世界形势的动乱，美国社会中的暴动、罢工以及三 K 党的恐怖活动，等等，改变了洪堡，在物欲横流的现代社会，人们已经不再需要诗人的“黄金的心”，到 20 世纪 40 年代末，洪堡的声望逐渐衰落，以至于在大学谋个教职都要受到其他教授的歧视。作为犹太知识分子，他内心充满了恐惧：当他躺在沙发上读书时，会想到三 K 党在他的院子里烧十字架或隔窗向他射击；曾在车篷下搜索以防有人设下暗算机关；拒绝出国，害怕遭到纳粹余党或者外国特务的绑架……据西特林回忆：“他不复是一个英俊的青年了，也不是雄辩之王了。他变得大腹便便，脸上的肉鼓囊囊的，眼睛里充满着失望和怀疑。”“他下眼皮褐色的圆圈颜色更加深了，面容青肿苍白。这就是他‘狂乱的职业’给他造成的后果。他经常说诗歌是‘狂乱的职业’之一，在这一行里，成功的关键是你对自己的态

① 索尔·贝娄：《洪堡的礼物》，蒲隆译，上海文艺出版社 2016 年版，第 135 页。

度。你越自负，你就越能取得胜利；失去自信，你就会完蛋。”[①]在文坛上洪堡的境遇每况愈下，政治上亦无路可寻，四处碰壁使他焦虑不堪：“我需要回到一种能够重新写诗的状态。但是哪里可得到平静的心境呢？我忧虑重重。他们把我挤干了。世界不断地干扰着我。我必须恢复以往的魔力。我觉得我仿佛生活在现实的边缘，若即若离。这种局面应该结束了。我要定居下来。我要在这儿（他说的‘这儿’，是指地球上）做一些事，做一些好事。”[②]然而，洪堡还是才华枯竭，精神崩溃，吃药喝酒、疯狂抑郁让他出入于疯人院，“他成了荒野里的英文教授。在那里他是个了不起的文学家。可是，在别的地方，用他自己的话来说，他等于零”[③]。这个“被玷污了的精灵”在潦倒和疯狂中一步步走向灾难的深渊，最终凄惨死去，只是把一份遗书和礼物留给了西特林。很显然，洪堡是作家笔下的一个现代知识分子的悲剧形象。

查理·西特林同样是个敏感的犹太知识分子，大学期间就慕名登门向洪堡求教，之后便沉浸在老师的高谈阔论之中，成为其追随者，靠着洪堡的提携进入文坛。与注重精神生活的洪堡不同，西特林更多地体现了世俗的特征，他玩弄手腕，广结三教九流，处处逢场作戏，成了势利小人。而具有讽刺意味的是，给他带来名利的正是其以老师洪堡为原型创作的剧本《冯·特伦奇》，为了得到百老汇观众的青睐，他听任导演把自己的剧本改得面目全非。遗憾的是，在很短时间内，西特林的生活放荡堕落，一朝成名后，他成了肯尼迪总统的座上客，遂避而不睬往日的恩师。灯红酒绿、纸醉金迷中，西特林江郎才尽，兼之挥霍无度，最后破产，只好依靠写旅游小册子度日。就在这最困难的时刻，西特林意外收到了洪堡馈赠的礼物——两个剧本提纲，其中一个正是以西特林为原型写作的。靠着这两个剧本，西特林得到了一大笔收入，他重新安葬了洪堡并感慨万千：“我们顺着棺材，站好位置表示敬意。我抓住把手——这是我与洪堡的第一次接触，里头没有多少重量。当然，我不再相信人的命运是同那种遗骸联系在一起的。骨头很可能就是精神力量的标志……而洪堡当初的魔力、神韵以及热情的发明和招致灾难的疯狂早已不复存在了。洪堡，我们的朋友，我们的外甥和兄弟，他热爱善与美，他的一件小小的发明正在三马路和香榭丽舍大街娱乐公众，同时也正在为大家囊括巨金。”[④]此时，西特林在精神上也接受了洪堡的礼物——意识到了生活的真谛和信仰的重要性。

贝娄本人经历过美国20世纪30年代经济大萧条、第二次世界大战、20世

---

① 索尔·贝娄：《洪堡的礼物》，蒲隆译，上海文艺出版社2016年版，第132页。
② 索尔·贝娄：《洪堡的礼物》，蒲隆译，上海文艺出版社2016年版，第142页。
③ 索尔·贝娄：《洪堡的礼物》，蒲隆译，上海文艺出版社2016年版，第132页。
④ 索尔·贝娄：《洪堡的礼物》，蒲隆译，上海文艺出版社2016年版，第527页。

纪50年代的保守时期以及20世纪60年代的社会动乱，这部小说即以两代作家的思想与命运展现了动荡社会中处于文明危机时刻知识分子的处境及其苦闷与悲哀，并严斥了美国文化的市侩作风。

在作品中，作家指出："在古代，诗是一种力量，在那个物质世界里，诗人真是有力量的。"而如今由于"诗人不会做子宫切除术，也无法把飞船送出太阳系。奇迹和威力不再属于诗人"，在高速发展的科技时代，诗人"只能处于软弱的境地，成为一个低贱的角色"，知识分子企图保持的"原始的清新的自我"逐渐被瓦解以致不复存在。作家发出感叹："难道在重要的知识发展时，诗真会落在后面吗？难道思想的想象形式真的属于人类的童年时代吗？一个像洪堡那样的人，充满了激情和想象，过着一种以美好的天边为界的、似有魔法保护的生活，到公共图书馆去，阅读对于人生极有价值的经典著作，满脑子的莎士比亚。在那里，每个人周围充满着有意义的空间……啊，多么和谐，多么甜蜜……但是统统完了。有意义的空间缩小了，消失了。"[①]昔日那个喜欢谈"诗呀，美呀，爱呀"、多才善辩、博览多闻的洪堡，有时都觉得自己是个幼稚的孩子、可笑的傻瓜，他常常给西特林引述《李尔王》中的诗句"毁灭性的骚乱纷纷攘攘地伴随着我们，直到我们走进坟墓"，而这毁灭性的骚乱最终将洪堡推向了他凄凉的归宿，那些充满着对美的召唤的文字再也没有任何意义，洪堡得了精神妄想症，忧郁而焦躁，无端指责西特林剽窃，控告他背信弃义；怀疑妻子与别人有染而背叛了自己；醉醺醺地扛着牌子巡游闹事；手执鞭子疯狂地站立着驱赶骡车飞奔；在警察面前拼命地挣扎，在肮脏的地板上滚来滚去；在疯人院被电疗医生施行脑白质切除术……在给西特林的遗书中，洪堡写到："我垮了。我的齿轮上的齿统统断了。我的衬垫也迸出去了。一切都坏了。我没有力量去承受柏拉图美丽的诗句，于是我哭了起来。那原始的清新的自我已不复存在了。"[②]"我的确不够坚强，无法肩负这样一副重担。……我们可以这样说，我的一条腿已经跨过最后的门槛了。我回头瞭望，看见你仍然在那老远的荒谬的田野里劳作。"[③]诗人的尊严与才智消逝了，生活中的耻辱在洪堡身上只留下了愤怒和哀伤。

如果说洪堡的衰败代表着美国的精神文化走向危机，那么，西特林的人生则是物质主义得势的代表。坐在沙发上的西特林慨叹人类可悲地背离了伟大的真理，人们正在失去属于个人的生活，千万个灵魂在枯萎，生活究竟是什么，人生的意义又何在？年轻时西特林向往美好，但后来变得虚伪自私。洪堡死后，他开始回忆往事，黯然神伤，脑海里掠过一幕幕洪堡伟大、悲惨的生活场景，

① 索尔·贝娄：《洪堡的礼物》，蒲隆译，上海文艺出版社2016年版，第399页。

② 索尔·贝娄：《洪堡的礼物》，蒲隆译，上海文艺出版社2016年版，第374页。

③ 索尔·贝娄：《洪堡的礼物》，蒲隆译，上海文艺出版社2016年版，第381页。

在回忆中不断地反思，“我伸展着身体躺在美国，决心抵制它的物质利益，希望通过艺术来救赎，结果却落入了一场持续了几年，甚至几十年的沉沉空梦”。查理重新肯定了洪堡的价值，并由恩师的凄凉结局联想到自己：“啊，洪堡，我是多么难过啊。洪堡，洪堡——这就是我们的下场。”①小说的结尾没有提供一丝的精神慰藉，当棺柩封顶时，只有一声叹息：“那就出不来了，出不来了，出不来了！你待着吧，待着吧！”②

其实，洪堡和西特林都有贝娄其他小说中知识分子的探索精神，并且也曾自信有改变世界的力量，可惜的是他们丰富的个人意识在冷酷的现实中不为人理解而令他们感受孤独者的悲凉，同时又苦于不能摆脱物质的羁绊，这种矛盾导致了洪堡和西特林两人的绝望情绪以及精神崩溃的悲剧。

五、艺术的传统与创新

作为学者型作家，索尔·贝娄受益于欧洲文学的优秀传统，又不断地从现代主义作家的文学观念和艺术技巧中汲取营养，他喜欢福楼拜、司汤达、托尔斯泰、德莱赛、劳伦斯、海明威、菲兹杰拉德，同时也喜欢里尔克、乔伊斯、普鲁斯特、马拉美和叶芝。他既受益于欧洲文学的优秀传统，对敢于正视现实、客观反映现实的现实主义作家们推崇备至，又对现代-后现代作家在艺术手法上的创新爱不释手。当然，贝娄反对给作家贴标签的做法，也反对关于他个人到底属于哪个主义的讨论，对于他的艺术风格，美国批评家马林评价道：“贝娄尤其表现出非凡卓越的是他那使几种风格相结合的能力……他不愿恪守一种风格；他断言，不止一种方法可以与生活相一致，有现实主义的，幻想的，也还有喜剧的方法。”③

在创作早期，贝娄的作品还曾追求结构的精巧以及语句的练达，但他很快便感到压抑，觉得“作家应该能够以一种释放自己的心灵、精力的形式，来轻易、自然、丰富地表达自己”，“不该做受人摆布的玩偶”④。于是，从《奥吉·马奇历险记》开始，贝娄形成了那种自由自在的风格，哈桑在《当代美国文学》中赞扬这部作品“恢复了小说应有的新奇和多少有点夸耀的特点，给那些使他

① 索尔·贝娄：《洪堡的礼物》，蒲隆译，上海文艺出版社 2016 年版，第 528 页。

② 索尔·贝娄：《洪堡的礼物》，蒲隆译，上海文艺出版社 2016 年版，第 529 页。

③ 转引自王宁、王春梅《20 世纪西方现代派文学名著导读（小说卷）》，天津人民出版社 2000 年版，第 255 页。

④ 王诜编：《世界著名作家访谈录》，江苏文艺出版社 1991 年版，第 277 页。

们的艺术仅仅只服从于詹姆斯所倡导的精雕细刻或是卡尔·荣格的精神神话的作家们树立了一个榜样”[①]。与《哈克贝利·费恩历险记》一致，《奥吉·马奇历险记》结构松散，文体活泼，正如马克·吐温曾提到的，幽默故事可以随心所欲地绕远，没有什么特定目的，一路走一路讲，贝娄对此则予以了发扬，其现实主义的喜剧性嘲讽和富于夸张的幽默似乎深得马克·吐温的神髓，比如马奇随情人去墨西哥的时候，竟然遇到俄国革命家托洛茨基，几乎成了对方的“侄子”和保镖。而雨王亨德森的奇妙故事在现实世界中根本不可能发生，然而贝娄却尽情发挥其丰富的想象力，以不拘一格的风格、自然流畅地讲述了主人公荒诞离奇的经历，读者在阅读过程中既惊异于作家的奇思妙想，为主人公的滑稽笨拙捧腹大笑，也有感于他那痛苦焦灼的内心而唏嘘不已，可以说，这部作品将诙谐、讽刺、哲理内涵融为了一体。贝娄在此后的作品中一直以蕴含悲哀的幽默笔调和机智调侃的语言作为自己的风格。《塞姆勒先生的行星》中的主人公有感于看到地球上的破败肮脏，而与印度学者商讨开发外太空计划，寻求在月球上建立理想社会的可能，作者同样用了幻想夸张的手法，揭示了正是社会病态和灵魂贫困导致了这位犹太学者的空想，这里既有对塞姆勒的嘲讽态度，又对他的不幸寄以同情。悲喜交加的氛围也弥漫于《洪堡的礼物》这篇小说中。比如，生活在浮躁混乱、物欲横流社会里的洪堡，有着深深的浪漫主义情怀，他想做个诗人揭示人生意义，而生活的教训让他觉得自己就像个孩子、小丑甚至傻瓜。“对这种生活的自相矛盾、寻寻觅觅之中的滑稽式的人物，作者一方面用了喜剧手法来表现；另一方面却以貌似戏谑、内蕴深沉的笔墨，写出了饱含辛酸的时代悲剧。”[②]查里·西特林这样评论洪堡：“我一向对他怀有仰慕之心，然而他却满怀激情地奏完了成功的主旋律。他是以一个失败者而告终的。即使把这些字眼大写了又有什么结果呢？我总是在回避这些神圣的字眼，而洪堡，我认为是堆砌得太多了——诗呀，美呀，爱呀，荒原呀，异化呀，政治呀，历史呀，无意识呀，不一而足。”[③]带有浓郁讽刺意味的语言中透露出的则是作者的痛苦与悲哀。

在贝娄的小说中，现实主义和现代主义表现手法结合得十分自然且恰到好处。《雨王亨德森》中作者一边以传统的讲故事的方式将跌宕起伏的情节娓娓道来，一边以意识流等多种现代主义表现技巧多层次地揭示主人公内心的复杂思绪，其困顿中的焦躁、备感压抑时的喜怒无常、探寻自我和人生价值过程中翻江倒海的心理狂潮以及其睿智与愚钝兼而有之的气质，都令读者清晰可见，从

---

① Ihab Hassan, Contemporary American Literature, Freberick Ungar Publishing, 1973, p.41.

② 蒲隆：《译者前言》，《洪堡的礼物》，江苏人民出版社 1981 年版，第 5 页。

③ 索尔·贝娄：《洪堡的礼物》，蒲隆译，上海文艺出版社 2015 年版，第 7 页。

而赋予了作品以丰厚的艺术感染力。《赫索格》则巧妙地运用了类似电影蒙太奇的手法，将赫索格的当前生活、他的69封信，还有五光十色的昔日回忆“跳接”在一起，跨越了广阔的时空，使作品具有了广泛的思想涵盖面，同时又勾勒出主人公躁动不安的灵魂。在《塞姆勒先生的行星》中，作者通过人物的联想和回忆，以主人公的3天活动反映了30多年的历史动荡。小说开头描写塞姆勒的起床动作时，运用了潜意识和无意识写作手法；写公共汽车上的黑人时，运用了现实主义的手法；写与印度学者讨论开发外层空间时，采用了幻想夸张的写法；之后便是借助回忆交代主人公的坎坷经历及其政治态度。《洪堡的礼物》亦是以西特林回忆往事的方式放笔写去，时间在过去、现在之间穿梭，跨度有40多年，同时地点在现实与幻想之间往复，涉及的区域广阔、人物众多，个人的思想、命运与时代政治、经济等问题息息相关，除此之外，小说以颠倒的时间顺序、迅速转换的场景、大量的内心独白，用意识流手法述说故事和结构作品，并以蒙太奇般随意性的独立场景、零散的片段，在过去与现在之间的来往，在现实与幻想之间的穿梭，充分展示了人物复杂多变的心理状态。西方评论家称索尔·贝娄的创作是“弹跳式”的风格，作家也自称是“信笔写来，不拘章法，爱怎么写就怎么写，是东打一拳西踢一脚的拳师式”，“弹跳式”“拳师式”其实就是贝娄写作中自由与跳跃的因素。再如，在《更多的人死于心碎》中，贝娄还运用了人称转换和视角越界的叙事技巧，在“你”“我”“他”之间自由跳跃，在有限视角和全知视角之间随意切换，并使两个视角构成了复调的对话关系。《赫索格》中有这样一段：

> ……哼，当他此刻在躲开雷梦娜的时候，他却又企图把她搞到手。可是在他以为自己正把她捆住时，实际上他已捆住了自己。……他也像别人一样嘲笑赫索格。奚落赫索格。但事实毕竟是事实。我还是赫索格。我非做赫索格不可。除我之外。再没有人可做赫索格了。笑过之后，他还是得回复到“故我”，把“故我”应做的事做完。你竟有这么一个妙主意——第三位赫索格夫人！这是早期的固恋症使你产生这种想法的……[①]

很明显，这里先后运用了三种视角“他”“我”“你”进行叙述，其间未做任何自然过渡的交代，视角之间跳跃转换。

贝娄的语言也呈现出“跳跃式”的特点，时而如学者般的深邃高雅，时而如街头俚语般的粗陋随意，由此可见其对古典文学的精深造诣和对下层人民语言的熟悉。在其小说中，有时穿插于字里行间的是幻梦一样的滚滚而至的意识

---

① 索尔·贝娄：《赫索格》，宋兆霖译，上海译文出版社2008年版，第78页。

流，令人眼花缭乱；有时则是对现实社会的冷静摹写和理性评判，令人拍案叫绝。另外，作为一位犹太小说家，贝娄的作品中还经常会出现意地绪语的习语。可以说，索尔·贝娄的语言风格是当代美国文学中文学语言和日常口语相结合的典范。

总之，贝娄的作品融合了现实主义的冷静、细致、客观，现代主义及后现代主义的心理分析、象征、意识流手法、蒙太奇等技巧，他以幽默讥讽的笔调把当代人的困境化为隽永绝妙的喜剧。他说过："我发现，我们时代中一些使我激动和困惑、而且有时的确使我震惊的事情，同时也使许多人感到了激动、困惑和震惊。作为一个作家，我的职业在很大程度上就是要尽我所能达到戏剧性和准确性，使我们大家都感觉到的痛苦和折磨获得一种形式。"[①]可以说，贝娄为自己制定的目标实现了。

贝娄的思想是复杂的。犹太人的特性使他一方面承认世界的冷酷，一方面又具有面对痛苦说"是"的犹太式勇气。他的移民身份使他既能用冷眼旁观的态度静观美国社会的疯狂，又不得不承认自己也是个美国人，难免要被牵扯进去。作为知识分子，他是一个理性主义者，同时又对用理性的办法拯救人类和文明感到绝望。社会现实是可怕的，但人类又无法回避，也不能随和，既要受制约，又不可放弃希望，所以，只好放弃徒劳的抗争，又要避免无条件的投降，于左右为难中找到一个与现实和解但又保持个人尊严的立足点——这就是贝娄所要表达的思想。

---

① 陈焜：《索尔·贝娄——当代美国文学的代表性作家》，《美国当代小说家论》，钱满素编，中国社会科学出版社 1987 年版，第 75 页。

第八章　塞林格及其小说研究

J.D・塞林格（J. D. Salinger，1919—2010），一代文坛隐士，因《麦田里的守望者》（*The Catcher in the Rye*，1951）一举成名，之后，他便离开了喧闹的大都市，在新罕布什尔州购置土地并造了一座小屋，过着60年深居简出几近与世隔绝的生活，但至2010年去世前一直在发奋写作，被许多人看成是一位“遁世”的作家，只是1965年后就再也没有出版过任何作品。“塞林格将生命中前三分之一的时间用于努力吸引世人的目光，又把余下的光阴用于努力遁世。”作家为何要离群索居？他对个人隐私的保护到了不可理喻的地步，在他身上有太多的谜无法解开。《塞林格传》（*J.D.Salinger*）的作者斯拉文斯基认为，部分原因是塞林格在第二次世界大战期间的从军经历加剧了他与社会的疏离感，而内华达大学教授约翰・昂鲁则指出：“塞林格决定不再发表作品，这是受了他的佛教信仰的很大影响。他希望尽可能不被人注意，放下他的自我。他还希望不再做批评家们的靶子，那些人总是无情地攻击他。”[①]

一、关注青少年精神困境的塞林格

塞林格出生在纽约的一个犹太家庭，父亲是专门经营火腿和奶酪的商人，母亲是爱尔兰人，其家境较为富裕。15岁时，塞林格被父亲送到坐落于宾夕法尼亚州的福奇谷军事学校就读。1937年在纽约大学注册入学，但后来受父亲的

① 转引自小贝《塞林格遗作之迷》，《三联生活周刊》，2013年第39期。

派遣，转而到奥地利和波兰学习做进口肉类生意。1938 年，他在宾夕法尼亚的俄西纳斯学院学了半年后，又赴哥伦比亚大学学习短篇小说的创作。

1940 年，塞林格在杂志上发表了其第一个短篇小说《年轻人》（*The Young Folks*），此后陆续发表的一些短篇小说分别刊登在《绅士》（*Esquire*）、《星期六评论邮报》（*The Saturday Evening Post*）、《纽约客》（*The New Yorker*）等刊物上，如《逮香蕉鱼的最佳日子》（*A Perfect Day for Bananafish*，1948）、《威格利大叔在康涅狄格州》（*Uncle Wiggily in Connecticut*，1948）等，后者还曾被改编成电影，一时塞林格成了小有名气的作家。

第二次世界大战期间，塞林格服役来到欧洲，曾参加了诺曼底战役。他在军队中服役时的感受在小说《麦田里的守望者》里借霍尔顿的哥哥的话道出，“军队里都是些像纳粹一样的杂种”。战争结束后，即使走在纽约的街头，他似乎还能闻到肌肉被烧着时散发的气味。这成了霍尔顿对成人世界的虚伪和塞林格对现代美国生活的尖锐剖析的来源。战争结束后，塞林格由于对西方文明感到失望而转向探索东方神秘主义哲学，特别是佛教禅宗对他来说更加具有吸引力，并且成为他经常在作品里写到的话题。

塞林格最拿手的题材是描写那些早熟敏感的青少年形象。1951 年问世的《麦田里的守望者》是他最重要也是最成功的作品。这部小说使他成为自菲茨杰拉尔德、海明威以来最受欢迎的美国作家。一些文学评论家常把这本小说看成是马克・吐温的名作《哈克贝利・费恩历险记》（*The Adventures of Huckleberry Finn*，1885）的当代续篇。虽然书中两个青年主角相隔了几乎 70 余年，但他们之间似乎有着血缘关系。他们都是流浪人，对美国社会的生活方式和道德准则都大加挞伐。两部作品在艺术上也有共同之处，都以主人公那种独特的个性化的语言对这充满敌意的成人世界加以揭露和讽刺。

20 世纪 50 年代初的美国，突然之间掀起了一股“塞林格热”，就是因为《麦田里的守望者》风靡校园，大批青年竞相模仿书中的主人公，一时间，像霍尔顿一样倒戴红色鸭舌帽的青年构成了当时美国最奇妙的街景。霍尔顿鲜明的个性、独特的世界观及社会观曾引起读者强烈的反响和共鸣，他的举止行为、思维方式等甚至至今仍是许多西方青年仿效的楷模。霍尔顿横跨成人世界和儿童世界的边缘，是成人世界的反叛者、受害者也是部分的参与者，但他没有泯灭的诚实使他愿做儿童世界的保护人。守望，但却是在悬崖边上的守望，这道出了一代人的迷惘、焦虑与失措。作家塞林格本人最终走向了霍尔顿的未竟之路，他远离尘嚣，躲进偏僻的林中小屋，断绝与公众的交往，参禅读经，一心向往东方神秘主义哲学等古怪的行为也引起了人们特别的兴趣，并为这部小说平添了几分诱人的色彩。

作为《大卫·科波菲尔》（*David Copperfield*，1850）和《哈克贝利·费恩历险记》的继承者，《麦田里的守望者》继续通过少年的目光来扫视世界，故而被称作“20世纪流浪儿小说”。小说中，16岁的霍尔顿出身于富裕家庭，人生之路对他而言似乎平坦宽敞，他只需和众多中产阶级子弟一样，“求学问，出人头地，以便将来买辆混账的凯迪拉克”，“挣许许多多钱，打打桥牌，喝马提尼酒，摆臭架子”。可他“就是不喜欢这一切”，不肯将自己纳入现行成功者的轨道。因为在他看来，这世界充斥了太多的伪善、堕落、尔虞我诈，充斥了太多的伪君子。在家里，父亲打着公正的旗号谋私利，有才华的哥哥为好莱坞写低级剧本；在学校，他遇见的是“像娼妇一样巴结人”的校长，只谈“女人、酒和性”的同学、令人作呕的牧师、善良但无能的老师；走出学校，则有拉皮条的男人、卖弄风情的女人、对他假仁假义的女朋友、洋洋自得的男朋友、想与之搞同性恋的英文老师……总而言之，这个世界不是他的去处，他抵制潘西预科学校那种思想简单的集体精神，否定体现在他哥哥生涯中的那种典型的美国式的成功神话，不接受纽约中产阶级的功利思想和虚假的唯理智论，于是，他成了一个孤独的人，一个精神上的流浪汉，一个只知反叛却又不知如何反叛的痛苦的个体。

小说一开始就把霍尔顿写成了被放逐的人物——因五门功课四门不及格而被学校第三次开除。他独自一人坐在汤姆逊山顶上，从远处望着学校足球场上的人们，通过独白诉说着对周围这个虚伪世界的疏离与痛恨。霍尔顿本来就对这所学校不感兴趣，校方标榜要把学生培养成“优秀的、有头脑的年轻人”，在他看来这些全都是鬼话。从学校毕业出去的学生几乎都是势利鬼和马屁精，比如校友奥森贝格，在靠做殡仪馆生意发财后向学校捐了一笔钱，学校便盖了一座以他的名字命名的大楼，因此，他每次到学校来都神气活现，还让全体学生向他欢呼致敬。其实，这是个卑鄙的家伙，盛赞耶稣并不是出于信仰而是想靠耶稣多赚钱。总之，霍尔顿厌烦透了学校里的一切，虽然被学校开除有些沮丧，但更觉痛苦的是现实的一切令他作呕。他反感历史老师斯宾塞对他喋喋不休讲人生大道理，那瘦骨嶙峋、老迈病态的样子及陈腐之气都使霍尔顿不舒服，于是，他联想到童年时代常去的纽约中央公园的湖边，联想到那些鸭子身处严寒中该如何安身。回到宿舍，霍尔顿与同室的花花公子斯特拉德莱特打了一架，黑夜之中，他反戴着一顶红色猎人帽，提着箱子，高声怒骂着离开学校，上了开往纽约的火车。到了纽约，不愿回家的霍尔顿想的是与其被一顿臭骂还不如先过上几天大人般逍遥、自在的日子，好在口袋里还有些钱，然而，去酒吧喝酒、和陌生姑娘调情、与女友约会、在旅馆召妓等荒唐生活只持续了两天就让他彻底厌倦了。夜幕降临，此时的霍尔顿又独自一人，坐在空旷的中央公园，想到了死，想到自己死了妹妹菲苾会难过，于是偷偷回家向她作“最后的诀别”。和妹妹在一起，霍尔顿感到轻松愉快，似乎心中的郁闷一扫而尽，正当一吐胸中块垒时，父母回来了，这使他不得不狼狈地躲进壁橱，然后又做贼似地逃出家门。在度过了一个混乱的夜晚后，倦怠无力的霍尔顿决心离开可恶的纽约，远走高飞，去西部僻静的地方生活。

霍尔顿的形象是复杂且极具深度的，从表面来看，这是一个处于青春骚动期的“问题少年”，沾染了不少富家纨绔子弟的恶习，黑话、脏话连篇，抽烟酗酒，游手好闲，玩世不恭，缺乏理想抱负，但内心纯真善良。被虚伪、卑下、无耻、堕落所包围，霍尔顿的生存状况恰如哈姆莱特面对的那样，是一个行将崩溃的世界，而这样一个异化的、肮脏的成人世界是最为他所唾弃的。小说里，霍尔顿多次闻到恶心的味道，从同学从来不刷牙的口臭到斯宾塞先生家中混杂着药水味的陈腐气，再到妹妹学校和中央公园隧道里那股“撒过尿的气味”，这都使他确信这个世界就是这般臭不可言，以致悲叹“麻烦就在这里，你永远找不到一个舒服、宁静的地方，因为这样的地方并不存在”。霍尔顿使用最多的一个词就是“假模假样”，对伪善的憎恶使他对所有假惺惺的人或事都异常敏感，那些掩盖在文明面纱下的丑恶都没能逃过他的眼睛。《麦田里的守望者》通过霍尔顿离开学校在纽约的闯荡经历，写出了当代美国青年所共有的孤独、苦闷、彷徨及对现实的不满与愤怒，逃避还是面对，成为一代代年轻人总要探讨的话题。之所以该书出版后千百万美国青年觉得自己对塞林格要比对其他作家更为亲近，就是因为霍尔顿传达出了他们的心声，他对传统习俗价值标准的蔑视、对西方社会中伪善麻木的揭露让许多青年有似曾相识的感觉。

霍尔顿喜欢儿童，因为他们代表着尚存的纯真与美好、真情与温暖。无论对 10 岁的妹妹菲苾还是别的孩子，他都心怀特殊的情感，只有和他们在一起时，他的心情才会变得舒畅、明朗，认为妹妹和死去的弟弟是“一辈子再也不会见过那么漂亮、那么聪明的小孩子”。他痛惜自己童年时代的流逝，遗憾再也无法回到那个纯洁的儿童世界，同时又拒绝并害怕进入虚伪的成人世界，也意识到自己已被恶浊的成人世界所玷污，为了不让那些可爱的孩子坠入深渊，霍尔顿愿意在悬崖边上当一个守望者，守护他们无邪的心灵，悬崖上是孩子们纯真的童年，悬崖下则意味着世故的深渊。他所向往的生活是远离尘嚣的：“我准备把小屋造在树林旁边，而不是造在树林里面，因为我喜欢屋里一天到晚都有充足的阳光。一日三餐我可以自己做了吃，以后如果想结婚什么的，可以找一个同我一样又聋又哑的美丽姑娘。我们结婚以后，她就搬来跟我一起住在我的小屋里，她如果想跟我说什么话，也得写在一张混账纸上，像别人一样。我们如果生了孩子，就把他送到什么地方藏起来。我们可以给他买许许多多书，亲自教他们读书写字。”[①]这一令霍尔顿无比兴奋的设想无疑蕴含着对现代文明的反叛。

短篇小说集《九故事》（*Nine Stories*，1953）是塞林格继《麦田里的守望者》之后出版的第二本书，里面写到的孩童以及孩子般的青年几乎都具有某种异秉，早熟且敏感多思。作家此后出版的小说大都围绕着格拉斯一家的成员而展开。像塞林格本人一样，格拉斯也出生在一个富裕的中产阶级家庭，其父亲是犹太人，母亲是爱尔兰人。兄弟姊妹 7 人都是小说中的主人公。塞林格于 1961 年发表的小说《弗兰妮与祖伊》（*Franny and Zooey*）由两个篇幅较大的故事构成，前者写弗兰妮与男友各有所好，感情上难以投合而引起的精神紧张，最后不得不求助于东方禅学与耶稣的主祷文；后者的内容紧接前面，弗兰妮的哥哥祖伊在电视台当演员，得知妹妹的心事后，他想方设法让她摆脱困境。

塞林格创作后期的作品如《抬高房梁，木匠们；西摩：小传》（*Raise High the Roof-Beam，Carpenters；Seymour：An Introduction*，1963）还是写格拉斯家的几个儿女的故事，内容是他们在青春期细微的心理变化以及由此而产生的危机感，可以说是《麦田里的守望者》的基本情节的扩大。所以，中产阶级子弟在精神上、思想上所面临的困境以及他们追求解脱的方式成为塞林格小说不变的主题。同时，由于对禅宗的潜心研究，西方的爱与救赎、东方的禅与和谐也被塞林格不着痕迹地镶嵌于其中后期的作品中。

二、超越情怀与诗意建构的结合：塞林格对“纯正的禅”的捍卫

西方社会在其文明的几次转型过程中都曾转向东方智慧寻求启蒙，对东方智慧的追逐与迷恋也已演变成一种难以释怀的“东方情结”，而事实上，东方智慧也的确为西方社会提供了超越自身文化传统和克服危机的精神滋养。在美国的知识分子群体中，向来不乏利用东方的一异域文化来弥补信仰的缺失并寻求精神力量的热忱，其创作中若隐若现的东方元素蕴含着他们对于东方的集体想象以及对本国社会与文化的审视、质疑和颠覆。禅宗便以其深幽清远的旨趣、适意洒脱的境界及身心自由的超越精神吸引了美国诸多当代诗人及作家顾盼、接纳，其中，有人循着禅宗“破执”之意以傲岸不羁的疯狂解构着主流社会与主流文化，有人则将空幻虚静的禅家意境写入诗篇以表达对生命的体悟。敢于向权威发出声嘶力竭嚎叫的诗人金斯堡无疑属于前者，特别是在其创作前期的

---

① 塞林格：《麦田里的守望者》，施咸荣等译，浙江文艺出版社 1992 年版，第 180 页。

20世纪五六十年代，他不断地抒写着自己与社会不可调和的狂乱心境；而享有“遁世作家”之称的塞林格，则往往赋予其作品以空灵静谧的韵味，赋予其笔下人物以闲远超逸的心态。如果说金斯堡诗歌中的禅家意味更多地体现为无遮无碍的狂欢化，那么，相同年代的塞林格中短篇小说中的禅意则趋向深沉恬淡、旷达安然，塞林格以其对禅的体悟和诗性化的艺术表达方式捍卫了他所倡导的“会常驻人间”的“纯正的禅”①。

（一）大隐隐于市的超脱精神及恣意无拘的癫狂

塞林格于20世纪40年代中期开始迷恋禅学，据《时代》杂志记载，他从1946年年末起就将读过的与禅学相关的图书推荐给朋友，并一直都在试图从禅境中探寻终极关怀的命题。②金斯堡则是在禅学家铃木大拙及专注于禅宗研究的加里·斯奈德和菲利普·惠伦的影响下于20世纪50年代开始学习禅宗思想，他阅读了大量的禅佛经典，于20世纪60年代前往印度练习瑜伽冥思，70年代皈依佛门，法号“达摩之狮”。同样是东方禅宗的痴迷者，虽并未深得禅中三昧，但他们都将目光聚焦于一些最能被触动并为己所用的禅机佛理之上，而理解与探求角度的差异为他们及其作品带来了不同的气质和风格：禅宗对“绝对自由”以及独立不群、傲岸不羁精神的张扬内在地支持了金斯堡，“不要把疯狂掩藏起来”几乎成为他在美学上的宣言；而对不与物拘、摆脱情尘意垢之禅意的感悟，令塞林格笔下的主人公走向了以自我心性修炼消解和超越对立的生存之路，解脱了生死的羁绊。

从解构主义角度看，禅师已经消解了印度佛教的固化教义，反对权威和偶像，具有后现代特征。禅师之所以讲求无为心性，是由于主张“绝对自由”“明心见性”，真正的觉悟，无佛无祖，全靠自己，不受任何权威、障碍的束缚和干扰。这成为金斯堡反叛主流压制的理论源泉，赋予诗人的思想和创作以独特的品格，尤其体现在他对权威和传统道德的蔑视、超越和反叛，对社会迫害和思想钳制的肆意挑战，对冷文化硬壳的大胆冲撞上。于是，有评论者指出，金斯堡的一些行为方式颇类似于我国的狂禅，③所谓“狂禅”是由南宗禅发展而来，是“一种纵横无碍大活动的禅”④。金斯堡向以“疯狂”驰名诗坛，其发泄痛苦与狂乱心绪的诗作给诗坛以巨大冲击，其以乖张的举止、蔑视一切的不羁态度宣告着对社会的挑战。禅宗的自在自为也为金斯堡等“垮掉派”成员吸毒、酗酒提供了借口，支持着他们肆无忌惮地以心灵与肉体的裸露对抗一切根除人

---

① 塞林格：《抬高房梁，木匠们；西摩：小传》，丁骏译，人民文学出版社2009年版，第182页。

② 坎尼斯·斯拉文斯基：《塞林格传》，史国强译，现代出版社2012年版，第135页。

③ 耿纪永：《“道非道”：美国垮掉派诗人与佛禅》，《解放军外国语学院学报》，2006年第3期。

④ 嵇文甫：《晚明思想史论》，东方出版社1996年版，第50页。

性价值的制度。在服用致幻剂后，金斯堡写出了《嚎叫》（*Howl*，1956）等诗作；在酒吧里，随着音乐的律动，他癫狂地舞动、吟唱诗篇；在诗歌大会上，他让自己赤身裸体、一丝不挂……狂荡的自由人格在其身上彰显，就连习禅也包含了疯癫的意味：“我打坐是因为如果我不愤怒的话，我就感到愤怒…我打坐在旧我的空壳里/我为了世界革命而打坐。”在《打坐时的思想》一诗中，诗人更是将“唵嘛呢叭咪吽”几个字分别作为每行诗的开头，内容则是宣告自己对现实社会毫不妥协的抗争。

与金斯堡癫狂的嚎叫及凯鲁亚克愤怒地流浪在路上不同的是，脸上总是带着笑意的塞林格则是在琐碎的世俗生活中求索着幸福，在宗教信仰中寻觅着精神归宿，他在故事里的感悟似乎都与同时代人的玩世不恭形成强烈的对比，当“垮掉派”念念不忘的是怨愤、冲撞，进而迷乱、嚎叫时，塞林格则借笔下人物谴责那些“禅宗杀手”，“这些人里……包括垮掉的一代、懒散的一代、任性的一代……”[①]，对塞林格来说，“垮掉派”的诗人们在创造力或精神上并不值得崇拜，而在他的书里，禅的声音低沉悦耳，若隐若现。

不可否认，塞林格的小说总是会让人品味到浓郁、独特的“哀而不伤”的审美韵味，每一篇故事中的人物几乎很少有癫狂的悲喜，特别是作为智者化身的格拉斯家族和特迪，身处不抱任何好感的尘世，身为作家、演员、神职人员、家庭主妇……但其精神与世俗多处于对立和疏离状态，其身心分离，以“大隐隐于市”般的自由选择传达出的是一种超越精神，作家便在表面轻松幽默的小场景叙述和禅味十足的诗化语言下表达着沉重的反思。

《九故事》中那个早熟的天才——如先知般的10岁孩子特迪，从不多愁善感，身上似乎从未有过焦虑和挣扎的痕迹。在远洋游轮的客舱里，酒劲未消的父母在恶语相向，特迪则显得心不在焉，身子探向窗外，仿佛舷窗隔开了两个世界——物质与精神的、现实与虚幻的，他在眺望远方，冥思默想。不知被谁扔入大海的橘子皮吸引了他，并使之得到启示：它们不久之后只能留在他的大脑里，它们之所以存在，是因为他先发现了它们，“我走出这扇门后，我会只存活在我所有熟人的心里……我会成为一片橘子皮”[②]。在此，塞林格“是在传递无常这一禅的概念，传递吠檀多的信念：与我分离的存在都是虚幻”[③]。因为禅宗主张一切事物都是虚幻不实的，对任何事物都不执着、贪恋，清静虚空便是红尘解脱，执有则让生命沉重负累，所以，特迪心如止水，专注的是精神世界，对周围这个实实在在的世界，他并不在意，且已参破生死。他还读禅诗

---

① 塞林格：《抬高房梁，木匠们；西摩：小传》，丁骏译，人民文学出版社2009年版，第83页。

② 塞林格：《九故事》，丁骏译，人民文学出版社2010年版，第151页。

③ 坎尼斯·斯拉文斯基：《塞林格传》，史国强译，现代出版社2012年版，第210页。

给同船的尼科尔森听："蝉鸣正喧闹，全不察觉将陨灭，即在一瞬间。""路途何寂寥，无人彳亍于此，秋日之黄昏。"[①]在诗的字里行间，流淌着浓浓的闲寂、无常与空性的禅意，那份静谧淡泊的审美情趣是特迪极为推崇的。

塞林格笔下人物释然超脱的处事态度并不意味着其对尘世的妥协，他们从未放弃对本真的追求，而是选择入世修行同时又超然于世外。作家在特迪及格拉斯兄妹中的西摩、祖伊等人身上便寄寓着禅家适意的人生哲学：他们既少有酣畅的浪漫冲动与激情，也少有迷狂的怨愤与悲恸，而是以克制、自悟的方式追求着内心世界的平衡及精神上的解脱。当妹妹弗兰妮身陷成长的困惑与彷徨中时，哥哥祖伊用"胖女士"的故事给予她启示："所有的地方所有的人，他们都是西摩的胖女士……啊，伙计。啊，伙计。那是耶稣他本人。耶稣他本人，伙计。"[②]祖伊一直认为耶稣的伟大在于其拥有佛禅的慈悲与智慧，而这个故事便成为塞林格作品中最著名的意象之一，作家在此以信禅的西摩对祖伊的教诲及祖伊对弗兰妮的引导传达了禅学"迷则佛是众生，悟则众生是佛"的理念，阐释了以内心的修为参破红尘，即可不离众生而超越众生的境界。由此，两人似乎破除了对人生表象世界的执着，在超越了是非、得失之后也便了无烦恼了。茅塞顿开后的弗兰妮笑了。

当20世纪50年代"垮掉的一代"走上舞台中央时，虽然其核心人物金斯堡等延续了塞林格关于个体存在的追问，但后者却对他们颇有微词。在《弗兰妮与祖伊》中，塞林格借弗兰妮男友赖恩之口嘲弄了他们恣意妄为的不羁行为："我是说你非得做该死的波希米亚状吗，还是，看在上帝的分上，死也要做一个真正的诗人？你要什么——一个头发卷卷的杂种吗？"[③]在世人眼中，波希米亚人一直都是个性张扬、离经叛道的异类，"垮掉派"成员金斯堡、凯鲁亚克则以其惊世骇俗的呐喊、放浪形骸的激情、落拓无拘的流浪实践着当代波希米亚式的疯狂。塞林格正是基于对"垮掉的一代"将禅宗的呵祖骂佛、主张得意自悟的主体性意识张扬为恣意而为的作法的不满，而要坚持他所理解的禅之静寂、幽玄，并将其信仰与希望留给了读者。

（二）顿悟后的自我救赎及与世俗对立的咒怨

艾伦·沃茨曾谈到垮掉禅（Beat Zen）、方禅（Square Zen）和禅（Zen），其中，垮掉禅"被用于解释艺术、文学和生活上的奇思怪想，它也是一种强有力的社会品评学说，或者是像艾伦·金斯堡、斯奈德尤其是凯鲁亚克在诗里表现的那样，是在'挖掘宇宙'。但是据我所知，垮掉禅总是显得过于关注自我、

---

① 塞林格：《九故事》，丁骏译，人民文学出版社2010年版，第162页。

② 塞林格：《弗兰妮与祖伊》，丁骏译，人民文学出版社2007年版，第175-176页。

③ 塞林格：《弗兰妮与祖伊》，丁骏译，人民文学出版社2007年版，第17页。

过于主观，按禅的味道来看也过于尖锐”。方禅的传统源自日本，其“等级分明，纪律严格，通过严格考验才能达到开悟”。而纯粹的禅则如中国禅那般追求一切顺其自然，悟者在日常生活中自己去寻求开悟。

塞林格一心捍卫的“纯正的禅”即如艾伦所提及的禅，就是于自然自在中对终极存在的洞察和感悟，以证得生命的本来面目，了却人生苦痛，走出心灵羁绊。而金斯堡即使是在打坐时也并未做到超凡脱俗，他对政治、对社会生活甚至对性爱都给予了热切的关注。金斯堡曾奉藏传佛教噶举派活佛特朗帕为师，此人叛逆随性，主张性开放，受其影响，金斯堡的诗歌更多地指向世俗社会，充满着的不可遏制的喧嚣。从最能代表其艺术成就的20世纪五六十年代的作品来看，呈现垮掉禅风格的他以狂烈、尖锐的直击态度拷问着人类与社会，其笔下所呈现出来的是撼人心魄的“疯狂”，而这种癫狂状态的背后则隐藏着异常沉重的焦虑：《嚎叫》中有人双眼深陷、歇斯底里，有人孤独憔悴、酩酊大醉，他们拖着疲惫的身体徘徊于黑人街区寻找毒品的刺激或服用松节油等待死亡；《向日葵箴言》（*Sunflower Sutra*）中“……花冠低垂松垮如同一只打碎的王冠，花籽从颜面上落下，牙齿行将脱落的嘴巴涌进残阳”；《卡迪什》（*Kaddish*）中诗人患有精神分裂症的母亲“头发斑白如云，如灰，又像墙壁——坐在那儿打量着地板呻吟——椅子——有的如巫婆满脸皱纹其状令人不寒而栗，咒骂埋怨”，兄长尤金“颧骨震颤泣不成声号啕大哭一脸痛苦”；《美国》（*America*）中誓不妥协的“我”在呐喊：“我不舒服，别惹我”，“你的机械太过分了，我无法接受”；《欧洲！欧洲》（*Europe，Europe!*）中诗人在哀叹：“人类已经疯了，人的爱也不完美……我的心万般沉重，直到死亡”。这些作品中，力透纸背后的字句表达的是作者的狂号悲鸣之声、诅咒仇恨之情。身为犹太移民的金斯堡，内心一直具有强烈的边缘感，对自己“受难者”身份的认同，使他很小就发誓要启示全人类。站在主流社会的对立面，诗人试图使自己的诗歌成为一种新的“语言立场”，“以反抗大众媒体、政府、秘密警察和军事一体催眠般的立场控制系统”[①]。而事实上，那时的诗人并没有参透禅宗本心清静、迷却真心、去除染污、回归澄明之说，诗人对此是缺乏深刻体验的，他只是将禅宗的本心等同于西方社会所说的纯洁神圣的灵魂，认为灵魂的完美就在于它对一切恶的拒斥。由此可见，金斯堡的本心观与禅宗的放下执着、超越对立的思想是相悖的。

同样是犹太家庭出身的塞林格因身份的尴尬及战争的伤痛而对西方文明的理性主义提出了质疑，并使他在东方宗教哲学信仰中寻求价值依托，其中便包

---

① 海伦·文德勒：《对美国的透视——艾伦·金斯伯格四十年来的诗歌》，文楚安译，《透视美国：金斯伯格论坛》，文楚安主编，四川文艺出版社2002年版，第147页。

括禅学及老庄哲学，其最终目的即超越对立，了却世俗烦恼，走出困境。故而，其作品没有过多地表现深重的受迫害感，而是以舒缓的文笔描写现代美国社会固有的精神之痛，挣扎的人们希望摆脱人性黑暗的束缚，小说里的主人公无论是曾经的疏离者、反叛者，抑或是先知般的智者、迷乱的痴愚者，似乎总是有所顿悟、获得人生启迪从而走向自然适意、旷达宽容并实现自我救赎的人生之路。《德·杜米埃—史密斯的蓝色时期》（*De Dacumier-Smith's Blue Period*，1952）中抑郁烦躁的主人公"我"曾有着金斯堡般躁动狂乱的心境和难以卸下的精神重轭，但从他身上，我们看不到金斯堡式的癫狂，塞林格的恬淡旷达常常令其笔下人物于禅意玄机中得到释然和解脱，主人公办公室里那幅禅味十足的画就为"我"的自我救赎提供了可能。直到某天晚上走过曾令"我"沮丧不堪的矫形器械商店时，"我"突然在持续了几秒眩晕、战栗之后获得顿悟而走出了精神危机的困境，主人公由世间喧嚣而带来的心灵的负累就在这一刻得以安顿。

特别值得一提的是，在塞林格中后期短篇小说中格拉斯家族的兄妹们虽身处世俗，却能够保持心灵超越。《九故事·逮香蕉鱼的最佳日子》中西摩对自杀的选择是在他顿悟之后，他在海边与女孩关于香蕉鱼的对话极具禅宗蕴味，让他了悟自心之真，顿觉世上真假对立消逝，彼岸呈现，故无悔无憾。巴蒂则如活着的入世西摩，即隐居多年的塞林格，《抬高房梁，木匠们》小说一开始，他就借用中国道家九方皋相马的故事来说明内在品质与外在表象的背离，生活与人性的复杂、社会与时代的痼疾让巴蒂抑或塞林格陷入了困境，其第一次顿悟来自某天站在肉制品柜台前排队时见到队伍里一位年轻母亲和她的小女儿，以及西摩自杀前所写的那首飞机上的小女孩与洋娃娃的俳句诗，巴蒂在那一刻似乎聆听到来自世俗的生命本真的呼唤；第二次顿悟来自回忆多年前西摩传授的打弹子的方法，即不要瞄准才会打中，看似游戏，但其中却蕴含着禅意，即以平常之心放下执着，这使巴蒂不再抗拒可怕的"307教室"，并将曾经厌烦的扎贝尔小姐及那24位年轻女士视为自己的姐妹，虽然"她们身上散发着时代的错误信息"[①]，在消解了与世俗及他人的对立后，他释然了。弗兰妮也是一位在寻找精神救赎的人，她含着泪水绝望地蜷缩在洗手间的角落里，即将被无法言说的压抑逼疯，哥哥祖伊以巴蒂的身份启发弗兰妮不要被世俗欲望所累，最后讲述了"胖女人"的故事使之明白神就存在于生活中，要挣扎着接受他人，承认周围善的存在，这不仅是弗兰妮和祖伊的感悟，塞林格亦感同身受。

佛教禅宗强调去除"我执"，即放弃个人意欲，洒脱地面对世界。在《弗兰妮与祖伊》中，塞林格借祖伊之口对弗兰妮说："这世界上还是有美妙的东西……

① 塞林格：《抬高房梁，木匠们；西摩：小传》，丁骏译，人民文学出版社2009年版，第83页。

我们都是白痴，才会这样钻牛角尖。不管是什么狗屁事，我们总是，总是，总是忘不了我们那点叫人作呕的、微不足道的自我。”[①] “超脱，伙计，只有超脱。无欲。‘停止一切欲念。’”[②]通过一个个经历了顿悟这一美妙瞬间的生命体验的主人公们，塞林格给世人展现了一种超越生死烦恼的人生抉择，这与垮掉禅的玩世不恭及迅猛的咒怨形成了强烈对比，作家之所以谴责那些“禅宗杀手”，是因为他们“顺着一点都没有感悟的鼻子朝下张望这个绚丽多彩的星球，不知基尔洛伊、基督和莎士比亚都曾在这里驻足”[③]。对“垮掉派”排斥美、过多强调社会的病态、表达自我与世俗的对立，塞林格是不屑的。当然，金斯堡也醉心于顿悟瞬间的神秘感受，只不过是将其外化为服用致幻剂及“自发性写作”等行为艺术上。

三、禅意幽远的诗化风格及狂欢化的话语态势

“垮掉派”对禅宗的体认在于对自我心性自由的强调，而禅宗自诞生之日起，就以一种“不立文字，教外别传”的话语态势区别于正统的佛教义学，到了晚唐，更出现了一股离经叛道、呵佛骂祖之风，其以污秽粗鄙的词语解构经典、颠覆权威，呈现出任情率意、自由无羁的话语风格，其中潜藏着反文化的挑战姿态。金斯堡在刚接触到佛禅时，便对“见性”说所蕴含的反抗束缚、彰显个性的精神实质推崇备至，他说，“公元前150年出现的佛教，其基本思想是‘色即是空，空即时色’，“空”是“东方最完满的智慧”，而“空”作为一种理论态度，即“破执”——打破所有未经批判的、传统的、因袭的观念，正是由于对佛禅颠覆与反叛精神的认同，金斯堡的作品呈现出峻烈大胆的诗风，其狂欢化的艺术表达方式正趋近于洒脱不拘的“狂禅”特点。

尤其是在前期诗歌中，金斯堡刻意将污言秽语、狂词疯话毫无顾忌地引入作品，毫不掩饰地书写在主流文化看来无异于色情和下流的充满肉欲和感官刺激的句子，且无视语法规范，抛却传统美学原则，任自我情感宣泄，尽情释放被斥为颓废、非理性、不道德的内心冲动，那强调直觉、强调心灵体验和启示的“自发性写作”所造就的极富冲击力和震撼力的长诗句、几无片刻喘息的紧张节奏，如高压电流般刺激着读者的神经，诗人凭借极具张力、撼人心魄的语言尽情地袒露自我，对灰色的美国提出了质疑，发出了最痛彻心扉的呐喊，“他

① 塞林格：《弗兰妮与祖伊》，丁骏译，人民文学出版社2007年版，第132-133页。

② 塞林格：《弗兰妮与祖伊》，丁骏译，人民文学出版社2007年版，第172-173页。

③ 塞林格：《抬高房梁，木匠们；西摩：小传》，丁骏译，人民文学出版社2009年版，第83页。

们撕咬侦探的后颈，在警车里兴奋地怪叫因为犯下的罪行不过是他们自己进行了狂野的鸡奸和吸毒，/他们跪倒在地铁里嚎叫，抖动着性器挥舞着手稿被拖下屋顶”，“痛击我令人恐惧厌恶的心吧，死蛙无形的叫声，向我扑过来吧，那成群的凶残、垂涎、愚蠢的狗”，句句狂野、直露的“污言秽语”令世人所震惊。被金斯堡誉为“美国散文新佛陀”的凯鲁亚克把“垮掉派”的创作主张概括为“自然流露的文学表达”，《在路上》（*On Road*）即遵循此原则，其文字、结构基本未做润色修改，语言随意，人物时而如圣哲语出天机，时而疯狂咒骂如信口开河。不过，包括金斯堡、凯鲁亚克在内的许多“垮掉派”诗人和作家或许并未真正领悟禅宗真谛，他们太想追求身心的绝对自由，而未体悟到那种微妙的心灵意境，于是禅在他们这里被改头换面了。

正因为如此，塞林格对““垮掉派”的参禅者”嗤之以鼻：“禅正迅速变成一个相当猥琐、带有邪教意味的词……”[①]在他看来，真正的禅意来自道体心传、拈花微笑，存在于具有空灵、隽永意义的妙悟之中，而读者也似乎总能会在他笔下的故事里看到一位行走于西方世界的禅师在启发弟子明辨善恶对错、参悟禅理。

《九故事》中塞林格以特意安放的那段有名的禅宗公案“吾人知悉二掌相击之声，然则独手击拍之音又何若？”为读者理解小说提供了线索，正如评论家蓝德奎斯特指出，这则公案“迫使我们去面对理性所不能辨别与分类的点，此点就是启蒙（enlightenment）或曰顿悟（satori）”。学者维科也认为这则公案统摄全文，是解读整部作品的线索，通过参悟公案，小说中的人物都将有所得悟。这段公案或许也是在引导读者去破解那一个个隐于故事之中的玄妙之谜：西摩在与小女孩进行了有关“香蕉鱼”的对话后对生命的了结，德·杜米埃-史密斯摆脱烦躁、无奈后的释怀，“转世灵童”特迪预知自己生死的泰然……他们都纷纷通过自己的心灵感悟走出了困扰，体验到了刹那永恒的解脱境界。

塞林格对“纯正之禅”的捍卫亦体现于其对诗歌意境的探索以及诗体的革新上。在《特迪》（*Teddy*，1953）中有一段关于诗人的讨论，尼科尔森认为诗人首先关注的是激情，而特迪将带有淡雅清新、空灵澄澈等审美意蕴的俳句读给尼科尔森听，指出“它们没有多少激情之类的东西”[②]。而西摩在塞林格眼中则是“唯一的大诗人”，他对中国诗词以及日本俳句情有独钟，追求幽玄闲寂的禅的意境。西摩死后留下184首短诗，皆以自创的两倍于经典俳句的音节写成，“没有一首诗有洪亮的音效，全都静悄悄的，正是西摩认为诗歌应有的

---

① 塞林格：《抬高房梁，木匠们；西摩：小传》，丁骏译，人民文学出版社2009年版，第182页。

② 塞林格：《九故事》，丁骏译，人民文学出版社2010年版，第162页。

安静的感觉……”[①]，“一概朴实无华，毫无例外的素面朝天”[②]。由于禅宗思想对中国诗词及日本俳句艺术的深刻浸润，使之呈现出意象空灵，境界清幽、闲澹冷寂、悠游畅达的情趣，正如巴蒂所说“会令感兴趣的偷听者或豁然、或通达、或愉悦得要死”[③]。而美国诗人布莱茨则形容俳句“是一扇半开的门，是一面擦拭干净的镜子，是一种回归自然的方式……也是一段回归佛性的心路”。正是这种禅思的哲理意味及意在言外的艺术情趣使塞林格的艺术创作具有了耐人寻味的深刻意蕴以及诗化色彩。

西摩还告诫巴蒂不必过于看重作家的名号，亦不必关心作品的长短、是否催人泪下或令人捧腹甚至是否能够发表，只要跟着自己的心灵写作；他建议巴蒂努力超越自我，摆脱机械而且标准化抑或重复化的文学创作，既不功利也不媚俗。这恰恰就是塞林格所坚持的信念，他指出，真正的诗歌来自神的灵感，“真正的诗人对于素材根本没得选择。是素材选择诗人，而不是诗人选择素材”[④]。塞林格通过巴蒂之口，再次传达了将诗歌与精神追求等而视之的观点。

总之，与金斯堡所不同的是，在对“纯正之禅”的探寻中，塞林格最终走向了以自我心性修炼消解和超越对立的生存之路，其小说中的公案、顿悟的情节设置和禅味盎然的诗境更近于中国禅“定”和“静虑”的本意，其强调以自心觉悟的方式达到本心清静的境界，注重个体的内心体验。在塞林格的小说文本中，其话语含蓄、意蕴幽远的诗意的艺术表达，与金斯堡等人不拘文字的狂欢化的话语态势相比较确实有着不一样的品性。

四、焦虑中的禅意之思：塞林格笔下青少年与贾宝玉之比较

这里的“思”是对人类自身生存的真实性以及生存价值、生存意义的根本追问，当西方的笛卡尔自豪地宣称“我思故我在”时，人类曾经为之叹服，并将其看作送别人间瘟神的礼炮。但从某种角度来说，以二分的世界观为基础的对象性的“我思”，恰恰是对“我在”的猎杀，因为它“压抑了富有生命力的性本能的浪漫幻想”，污毁了“安宁、幸福和美的感官世界”（马尔库塞语），使得我们只知人的社会服从性，不知人的个体超越性，只知苍白理性，不知情怀血肉，被权威的社会所控制，被功利与欲望剥夺了激情、灵悟和冥思。于是，深

---

① 塞林格：《抬高房梁，木匠们；西摩：小传》，丁骏译，人民文学出版社 2009 年版，第 109 页。
② 塞林格：《抬高房梁，木匠们；西摩：小传》，丁骏译，人民文学出版社 2009 年版，第 111 页。
③ 塞林格：《抬高房梁，木匠们；西摩：小传》，丁骏译，人民文学出版社 2009 年版，第 101 页。
④ 塞林格：《抬高房梁，木匠们；西摩：小传》，丁骏译，人民文学出版社 2009 年版，第 104 页。

感困惑的西方人一再慨叹，“无家可归状态成了世界命运”（海德格尔语），弗洛伊德的“我在我不在处思，我在我不思处在”、克尔凯郭尔的“我思故我少在”便被誉为大彻大悟之语。而东方禅学的玄妙之思不仅以反权威的独立精神、适意的生命体验及纯净而空灵的审美意蕴为我国文人提供了精神超越的自由空间，在对文明的疑虑和自我精神的困境中，西方文人亦从不同的角度对禅宗进行着解读，能捕捉禅之现代意义，寻求心灵的解脱。如此，在不同时代、不同地域的作品中，同样焦虑的人们在禅思中抚慰着曾经的狂乱心境，而作者也于禅悟中将对个体的深切关注导向了具有神秘倾向、旷达韵味的人生哲学。这样，《红楼梦》与美国作家塞林格的小说就有了比较分析的可能。

有学者提及，《红楼梦》的深刻意蕴在于“从根本上追问和体验人生的终极意义和价值”，“写出了不同时代的人所共有的体验和感受”[①]，同时，禅意的渗透与浸润，更使小说的精神内涵得以丰富与深化。迷恋禅学的塞林格也一直都在试图从禅境中探求终极关怀的命题。贾宝玉与塞林格笔下的一群青少年有着惊人的相似，前者是贵胄子弟，在看似优裕的生活中却满怀惆怅和叹息；后者来自中产阶级家庭，由世间喧嚣带来的精神负累无法安顿，身陷困境中的他们，因其独特的人格和对于社会负面性表现出的决绝的心境而不能与粗陋的物质世界共存或者在其中苦苦寻求栖息之地，为了克服这种疏离感，他们走上自我追寻的旅程，或恣肆无忌地挥洒生命的灵性和本真的自我，或以不与物拘的襟怀参禅悟道，由此给在异化社会生存的焦虑个体指出了一条消解对立之路。

（一）守护本真：关于生命境界之思

心性论是佛教文化的主题，也是禅思智慧的核心，所谓“性”就是人性的本来面目，即本觉真心，心是世界的本体，性是心的本质。六祖慧能说：“心量广大，犹如虚空，……虚空能含日月星辰、大地山河，一切草木、恶人善人、恶法善法、天堂地狱，尽在空中；世人性空，亦复如是。”[②]在禅家那里，一切事物都是虚幻不实的，心的本质是清静、澄明。而当世俗纷扰剥夺了生命的诗意，对于本真的追寻便成为贾宝玉和塞林格小说中诸多青少年执着的目标。不过，每个人会在相似的困境中以不同的方式、从不同的渠道表达并守护生命的本真，捍卫着精神的纯洁性，在敏感自我与恶浊俗世、精神与物质、入世和出世的二元对立冲突中由“生命之轻”走向“生命之重”。

中国人的生命境界在曹雪芹看来是一种病态的“乱哄哄，你方唱罢我登场”的荒唐状态，是“太高人愈妒，过洁世同嫌”，“到头来，依旧是风尘肮脏违心

① 叶朗：《红楼梦的意蕴》，《北京大学学报（哲学社会科学版）》，1998 年第 2 期。

② 惠能著，郭明校释：《坛经校释》，中华书局 1983 年版，第 49 页。

愿”的矛盾痛苦状态。一首《好了歌》是关于“世人”信仰危机的歌，不仅流露出事与愿违的失望之情，更透露出“世人”在世上空无所依的绝望之叹。信仰的危机，主要就是从这种空无所依中产生出来的。贾宝玉的忧虑来自人之“灵性”的被遗忘，并以率性的言行举止守护、追求着“真”：他不喜孔孟时文八股，厌恶仕途经济，嘲讽“文死谏，武死战”；不愿结交贾雨村之类的官僚，称他们为“禄蠹”……贾宝玉在世俗眼里是一个永远读不懂、闹不明白的“呆子”“傻子”，是不能成为栋梁之材的蠢物，是人格扭曲的“另类”，而这种扭曲恰恰是对人性本真的守护，他甘愿成为“百口嘲谤，万目睚眦”的众矢之的，凡劝他读圣贤之书、走入仕之途的，无不引其反感，受其奚落。在贾宝玉看来皆可以真实自然的个性对待的事情，却在各种社会规范、家族规范、人生规范中变成了言不由衷的虚假。

塞林格小说中年轻的主人公们亦如此，同样出身于富裕家庭的霍尔顿不喜欢“求学问，出人头地”，抵制潘西学校那种思想简单的集体精神，否定体现在他哥哥生涯中的那种典型的美国式的成功神话，不接受中产阶级的功利思想和虚假的唯理智论，于是他成了精神上的流浪汉、孤独痛苦的个体。西摩不愿融入人群，甚至认为与他人结合都是对其“诗意”以及“禅意”人生的破坏，故在女友及其母亲的眼里他有着“精神分裂”的人格，在心理分析师的盘问和过“不完美”的生活、接受自己及别人“弱点”的劝说下，他执意于“道”之道以及诗的遐想。大学生弗兰妮因厌倦世俗社会中的虚伪而格外痛苦，对炫耀自己论文的男友表示反感，指斥那些名实不符的教授及无聊轻浮、利欲熏心的伪精英，在无所不在的虚假中，在不被理解反而被认为无病呻吟、无事生非的状态下，她痛苦得无法呼吸，晕倒在地。德·杜米埃-史密斯心烦意乱地嗅着空气中的酸腐味道，生活中无处不在的喧嚣、肮脏令他沮丧不安。

贾宝玉的焦灼、叹息、恸哭更多地体现了对世事无常的慨叹和悲天悯人的无奈。美人迟暮，花开花落，人际分离……都会让他心生感伤，其中饱含了生命中郁结不开的悲剧意识。他希望能挣脱“假”的捆缚，永远与“真”相伴相守。从这一角度来看，宝玉与塞林格笔下的霍尔顿颇为相似，霍尔顿憎假求真，只想当个麦田里的守望者，在悬崖边守护纯真，然而，在“假模假式的”现实中，理想趋向幻灭。宝玉的忧伤更在于其对真的守护换来的竟然是“真”的灭亡，最终，他能找到的唯一的一方真实的所在，便是禅心。

生命的本真就是诗意的本真，既然贾府上下皆无真纯、无诗意，宝玉便从大观园黛玉、晴雯、妙玉、香菱等众女儿身上去寻觅，只有她们最少被世俗恶浊之气所玷污，在诗性的追求中捍卫着精神的纯洁性。《红楼梦》从生命美学的视角看，就是以众女儿为代表的精神符号如何与以男人为代表的肮脏的世俗符号相对抗的历史，这也是作品中“男女泥水论”的深刻含义，是诗性与俗性纠结的具体体现。而对这些姑娘们，宝玉亦亲疏有别，之所以疏远宝钗、袭人而亲近黛玉、晴雯，其原因就在于前者绝无后者那般真实，特别是黛玉这个清净无争的女儿，更是宝玉的精神领袖，曾以“无立足境，是方干净”点破宝玉。刘再复先生指出这八字禅思乃是《红楼梦》的“文眼和最高境界”[①]，这是黛玉对宝玉的诗意提示，已达到惠能“菩提本非树，明镜亦非台，本来无一物，何处染尘埃”的相同境界，世上本无一物，何必执着于功名物质，黛玉已超越了离合之缘的牵扯，引导着宝玉走向了生命的纯粹。

在塞林格小说中，可爱聪慧不带有任何矫饰的女孩身上同样也集中体现了理想化的本真人格，作为“善与真”的化身，她们能够以未被异化的本我意识作出合乎天性的自然选择，能够在主人公面临精神危机或生死关头作为救赎者给予他们启示。禅宗所谓“本心”或“本觉真心”，即人性的本来面目，是本真人格的特质之一，其讲求真实无瑕，无虚伪，无掩饰，具有超越性和澄明性的特征，没有受到任何世俗尘埃的浸染。在塞林格的作品中，最早出现的具有本真人格象征意义的是玛蒂——1944年发表的《最后假期之最后一天》中贝比的妹妹。看到一群刚听完《呼啸山庄》朗诵的女孩，贝比心里想到其实她们根本不喜欢《呼啸山庄》，只不过是想得到一个好成绩，而玛蒂肯定是喜欢的，肯定希望凯瑟琳嫁给希刺克利夫而不是林顿，因为后者是世俗社会的代表，希斯克利夫则是反世俗的真实个体，他赞赏的就是妹妹超功利的脱俗气质。《麦田里的守望者》中霍尔顿的妹妹菲苾同样代表着浊世中难得的纯净与温暖，给霍尔顿灰暗的生活增加了一抹亮色，给予了他寻回本真的热望。《逮香蕉鱼的最佳日子》中，如天使般形象的女孩西尔比的言行戳穿了成人社会里的社交面具，连被视为“不会任何社交微笑”“每一个表情都是真诚的”西摩都被反衬得似乎虚假了，其率真无邪是世俗世界中充满矫饰的“常人”们所欠缺的，从她身上，西摩似乎感受到了人在本真天性中进行自我反省并得到救赎的可能性。《抬高房梁，木匠们》中巴蒂从自己见到的以及哥哥西摩诗中提到的小女孩那里亦感受到了本真的呼唤……

禅宗把“心”作为哲学和美学的逻辑起点和理论源头，主张“明心见性”，保持自家本来面目，“本心”在佛禅那里属于本体世界，故超越于现象世界之外，不受现象世界的约束，可用“天不拘兮地不羁”来描述，诗人及艺术家多强调反思人生、洞察灵魂，而禅宗反对束缚、追求绝对自由的意识曾促使明清之际的文艺创作形成了追求个性解放的浪漫主义思潮，李贽、汤显祖、袁宏道、王

① 刘再复：《红楼梦悟》，生活·读书·新知三联书店2006年版，第21页。

士祯、袁枚等人便是其中代表，他们蔑视程朱理学、名教礼法，独抒性灵，张扬个性，和贾宝玉不愿拘束于世俗礼教的人生姿态、任性恣肆的个性气韵一样，都贯穿着强烈的禅宗求真精神。而东方禅宗的痴迷者塞林格虽未深得禅中三昧，但其对权威的蔑视与超越以及对本真的执着探寻皆隐于其作品中禅味十足的语言背后，其深沉的反思便凝聚其中。

（二）无执无念：关于生命方式之思

一般来讲，我们的价值选择常常会执着于对立二元之中的一元，而佛禅则强调对于任何一元都不能执着。禅宗之“禅”又称为本来面目、自见本心。人与万物不分的“无分别心”，就是禅宗的内在逻辑。它通过“无分别”的逻辑超越自我，寻求本心。禅宗美学经历了三个阶段：从惠能的“道由心悟”，到南禅提出的“即心即佛”，再到马祖道一晚年提出的“非心非佛”，“‘即心即佛’阶段还未完全摆脱个性与佛性、污染心与清静心的二元分别，而‘非心非佛’阶段，人性与佛性、污染心与清静心之间就不存在区别了”①。按照禅宗的理解，人类烦恼源自分别识。六祖慧能在《坛经》中指出：“不思善，不思恶，正与么时，那个是明上座本来面目？”②这里的善恶还包括是非、好坏、高下、虚实等相对观念，马祖针对那些不返心自求，却拼命向外追求，求而不得便痛苦烦恼的人们，提出了“非心非佛”，正是意在强调要从对象性思维中抽出身来，重返真实的生命存在，不执着于彼此，这其实也是慧能“无念为宗，无相为体，无住为本”思想的延伸。“无念”即不执着于念，自在无累，“无相”即不为事物外相所迷惑，“无住”则指不停留在执迷的心理状态，如是则会进入自由的空间。

《红楼梦》便以形象化的艺术表达传递出过于执着会导致“增病”的佛禅观念，假如不贪恋、不痴迷，就不会心生痛苦，所谓“烦恼即菩提”，就是把烦恼（有限）和菩提（无限）视为一体，排除了烦恼，等于排除了菩提。在此有限烦恼中悟得无限菩提，这就是一半入世、一半出世的过河脚不湿的自由境界，即超越了世间困境而获得解脱。小说第二十二回“听曲文宝玉悟禅机”中宝玉有感于人与人之间的难以理解、自己热情的空耗、活于世上的孤独，体验到“赤条条来去无牵挂”这句戏文的真实和残酷，不觉悲伤泪下，于是提笔立占一偈后“自觉无挂碍，心中自得，便上床睡了”。虽据脂批，其悟为一时率性，非大彻大悟，但确是在痛苦中为自己找到了一方纷扰的现实所没有的清净之地。塞林格的《弗兰妮与祖伊》中也出现了与此颇为相似的情节：一直在寻找精神救

---

① 邓绍秋：《禅宗生态审美研究》，百花洲文艺出版社2005年版，第297页。

② 慧能：《坛经·自序品第一》，《传世藏书·佛典》，海南国际新闻出版中心1996年版，第282页。

赎的弗兰妮，蜷缩在洗手间的角落，眼含绝望的泪水，内心的痛楚逼得她行将崩溃，哥哥祖伊以巴蒂的身份启示弗兰妮“超脱、无欲”，弗兰妮释然地轻吸了一口气，把床清理干净，钻进被子微笑着睡去。

人类具有两种生命方式，一种是知性的、功利的非审美生存方式，另一种是超知性、超功利的审美生存方式，禅宗选择了后者，只向生命本体归依，不向外物和偶像归依。贾宝玉从与现实的不合并、寻求精神出路到在禅学中寻找寄托再到看破世情、渐入禅悟之境直至了却尘缘。他的遁入空门与其说是无奈之下的别无选择，倒不如说是对世俗间名与利的主动疏离。

关于禅悟，铃木大拙有深刻的阐释：“悟可以解释为对事物本性的一种直觉的参照。它与分析或逻辑的了解完全相反。实际上，它是指我们习惯于二元思想的迷妄之心一直没有感觉到一种新世界的展开，或者可以说，悟后，我们是同一种意料不到的感觉角度去观照整个世界的。”①禅宗的顿悟就像一首诗，表现了禅者一瞬间的生命体验。犹太家庭出身的塞林格因身份的尴尬及战争的伤痛而对西方文明的理性主义提出了质疑，并使他在东方宗教哲学信仰中寻求价值依托，其中便包括禅学及老庄哲学。

当然，禅学并未教导人们远离甚至弃绝现世人生，而是让人去除障蔽，超越相对，回归本心自性，即“明心见性”，随缘任运，日用是道。有学者指出：“《红楼梦》一书的妙处就在于能借人生本身蕴含的大机大势而出意境和情景。世人的种种痴心在宝玉那里纯化、境化为看似乖张之极实则醒人之极的痴情，以至满盘皆活，气韵生花。”②宝玉的“痴”实际上就是禅宗那种不离生活日用、处处可修道悟禅的识度。宝玉从第二十二回悟禅机到经历了姐妹夭亡和家族败落等大变故后“弃宝钗麝月”“悬崖撒手”出家为僧直至与湘云相遇，正说明宝玉并未寂灭空无，而是顿悟之后重归红尘现世。在塞林格的小说里，由于西摩的启示，巴蒂心中多了一种入世的领悟，他不再抗拒可怕的“307 教室”，接受了曾经厌恶的“身上散发着时代的错误信息”的女士们，消解了与世俗及他人的对立。德·杜米埃原本时时体味到生活中无所不在的卑劣，处处感觉到周围莫名的喧嚣，顿悟后也回归了俗世。当妹妹弗兰妮身陷成长的困惑与彷徨中时，哥哥祖伊用“胖女士”的故事给予她启示：不离众生而超越众生。禅宗的心性论缩小了众生与佛之间的距离，打破了此岸与彼岸、在家与出家、生死与自由之间的界限，倡导过着日常的现象界的生活，却又自在自得于在盎然禅意、花草清泉抑或尘土瓦砾中感悟存在的真相，证得生命的永恒。

---

① 铃木大拙：《禅风禅骨》，耿仁秋译，中国青年出版社 1989 年版，第 102 页。

② 张祥龙：《海德格尔思想与中国天道——终极视域的开启与交融》，生活·读书·新知三联书店 1996 年版，第 223 页。

（三）超越分别：关于生死之思

禅宗把人类思维分为“分别识”和“妙悟”两种，前者即对象性思维（逻辑思维），以二分的世界观为基础，是与科学、伦理、逻辑相等同的，固然，对象性思维可以解决政治、道德、科学等问题，但倘若以“分别识”作为生存方式，最终会使人类的生命世界丧失清纯、鲜活与丰富。正如铃木大拙所言：“逻辑对人、对人生的影响太深重了。逻辑已成为人、人生的主要内容，或者说，逻辑就是人、人生，在逻辑之外人便无所适从，人生的意义便无法证明。而如果依据逻辑来描绘完整的人生图画，其结果是人的思维活动必将遵循一个凛然不可侵犯的法则，所谓生命力和自由便难以实现了。”①逻辑就是束缚心灵自由的精神枷锁。

前文提到塞林格笔下的早慧灵童特迪在与同船年轻人的那一段极富于哲学意味的对话中指出，静止的木头并非就是木头，一只胳膊并非就是胳膊，“逻辑是你首先必须摆脱的一样东西”②。随之，特迪又从亚当在伊甸园吃的苹果开始了对于生死问题的探究：“你知道那只苹果是什么吗？逻辑。逻辑和智慧那类的东西。苹果里面全是这些东西。因此……你必须要做的就是把它呕吐出来，如果你想看清事物的本来面目的话……大多数人甚至都不想认识事物的本来面目。他们甚至都不想停止老是这样地出生和死亡。他们只是不断地要新的身躯，而不想停下来与神共处，那样的境界才是真正美妙的。”③在特迪眼中，生与死乃是整体的世界的一部分，洒脱放达地看破生死，超越生死，即可在轮回中获得永恒的领悟。

在宝玉那里，逻辑理性便是中国经典文化的价值取向，都是人为设置的正宗和正统，都是值得怀疑和否定的无稽之谈。从笃信到质疑，贾宝玉留给世人的是一个决绝的背影。在质疑中他睁大了好奇的眼睛，对正统的价值取向进行了条分缕析的肢解，揭示了这些价值取向下面藏着的无数“小”来。在他看来，现象永远都是质疑的对象，尤其是政治功利、社会伦理秩序，他希望人们超越天罗地网的社会人生层面，走向自由澄明的审美之境。

禅宗认为，世上事物本无凡圣、垢净、空有、善恶的区别，本无主体与客体之分，然而，由于“人自虚妄计箸，作种种解会，起若干种知见，生若干种爱畏”，这样，就出现了主客体的二分，出现了概念与逻辑，如不消解这一切为自身带来的缺弊而沉迷于概念和逻辑的束缚，便不能进入生命的真实存在。为此，禅宗经常发生如下诘问：“两手拍有声，无两手，只手亦有声。”“如闻只手

① 铃木大拙：《禅者的思索》，未也译，中国青年出版社 1989 年版，第 36 页。

② 塞林格：《九故事》，丁骏译，人民文学出版社 2010 年版，第 166 页。

③ 塞林格：《九故事》，丁骏译，人民文学出版社 2010 年版，第 167 页。

之声，也让我听听。”塞林格便将“吾人知悉二掌相击之声，然则独手击拍之音又何若？”一句置于《九故事》的扉页。对于人生聚散、生离死别这样一个永恒的哲学命题，超脱的特迪与西摩似乎很像是林黛玉，作为宝玉的精神导师，黛玉看得更深更透。在宝黛对话中，出现频率最高的一个字就是“死”，其深意已经超越了世俗的甜蜜厮守和山盟海誓。两人对话经常话露机锋，含有禅悟的味道，很明显，宝黛两人的情感已入禅境，正如黛玉的禅语：“无足立境，是方干净。”宝黛之爱，至此已经超越了生死聚散，也超越了思念和牵挂的灵肉之分。

“文死谏，武死战”，在贾宝玉看来都不是正死，而是邀功扬名的“不得好死”，一切外在于内心的死都不是正死，都是死名死节，这种死是对生的蔑视，是对生命的践踏。死是生的最后绽放而不是凋零，生生死死，自自然然，平平淡淡，那种所谓为名节的壮烈而死其本身恰是对生命静谧、质朴的嘲弄和亵渎。

作为诗化宗教的禅宗空灵明觉地静观万物，认为生和死、动和静、空和实都是无分别的，既然万物为“空”，“无自性”，没有实体，也就没有生与灭、常与断，既有自我，又有非我；既有意识，又有无意识；既有有限，又有无限。这观点来自公元3世纪印度哲学家龙树菩萨的中观思想，他曾一针见血地指出：在任何逻辑思想体系中，都无法找到真理；只有超越排他性和逻辑概念，才能把握真理。[①]此中观之道旨在让人超越分别，让心灵保持活力，而生命只有经过诗化的熏染，我们才能感受到生活的无限趣味。《红楼梦》为我们展示了诗意生活的内涵，我们在读《红楼梦》时，往往会陶醉在那各种各样、诗情画意的宴饮、赏花、扑蝶、葬花的诗境中。在塞林格的小说中，盎然的禅家诗意来自澄澈清雅的画卷——白雁从淡淡的灰蓝色天空中飞过（《德·杜米埃—史密斯的蓝色时期》）；来自空灵恬淡的俳句——“路途何寂寂，无人彳亍与此，秋日之黄昏”[②]；来自西摩诗歌中幽玄闲寂的意境：一轮满月下坐在草坪上的年轻男人和白猫，飞机上的小姑娘和身边的洋娃娃；来自特迪在一片吵闹喧嚣中对舷窗外漂浮在水面上的橘子皮的联想……

在曹雪芹和塞林格笔下人物身上，都洋溢着浓厚的贵族精神，他们鄙视权贵，傲视陈规，无视生死，最后都凝结为一种充满诗意的孤傲美。在东西方宗教哲学思想的碰撞与杂糅中，塞林格以深度的人文关怀为人们该如何作出选择而努力探求着，而禅不仅成为其笔下人物精神的栖息地，而且赋予其小说以玄奥的色彩，影响了作家对诗禅美学的追求。塞林格对禅宗内在精神有着更加深

① 邓绍秋：《禅宗生态审美研究》，百花洲文艺出版社2005年版，第245页。

② 塞林格：《九故事》，丁骏译，人民文学出版社2010年版，第162页。

层的参悟，虽然他并未将禅宗视为终极价值，也未承认自己是禅宗佛教徒或禅学家，而且从没把小说中的人物送到修成正果的地方，但对“纯正之禅”的捍卫可以表明他是将写作视为禅思的一种形式，于禅悟中将对个体的深切关注导向了具有神秘倾向、旷达韵味的人生哲学之路。

五、《红楼梦》与《九故事》禅境诗意探析

禅宗作为东方的玄思智慧，其对文学的浸润、渗透显而易见，禅韵禅思的融入，孕育出了更加深广的艺术境界，甚至一些西方作家因迷恋其深幽清远的旨趣、适意洒脱的境界及身心自由的超越精神，而赋予了作品以耐人寻味的深刻意蕴及诗化色彩。《红楼梦》堪称中国第一部长篇诗化小说，其演绎着人世间的悲喜离合，警示着梦中人的解脱，时时让我们感悟到生命的荒唐而觉醒，那情痴欲烈不过是四大假合、五蕴本空，当一切烟消云散归于虚无之时，世界的本来面目才会呈现：白茫茫大地真干净。而对于研究禅学并参禅的美国作家塞林格来说，写作过程近乎于禅思，对于他而言，写作即精神救赎的源泉，小说集《九故事》便是他精神探索之旅留下的痕迹，其以诗性化的表达书写了现代美国固有的精神之痛、摆脱欲念的期待以及顿悟后的救赎，及寄予了塞林格对人类存在的深沉思考。两部作品的异曲同工之妙在于其中公案及机锋的玄妙之韵、诗与画的虚静之意以及对青春易逝、人生“无常”的感伤情怀，两部作品都在悦人心目、育人性灵的禅境中呈现出了隽永的诗意。

（一）公案的妙悟之境

禅宗公案是中国历代禅师判明教义、指示修行禅法、判断是非迷悟、启发禅思的具有典范意义的言行，其以直观思维为主，与理智逻辑针锋相对，正如铃木大拙所言：“想打开公案看看里面有什么内容，理智的刀是不够锋利的。公案并不是逻辑命题，而是由参禅训练所带来的某种心理状态的表现。”[①]因此，禅宗公案与伽达默尔阐释学美学有相同之处，都具有非理性色彩，注重从感性经验出发，去整体把握或解释抽象玄妙问题，它强调文本的开放性，表面看来扑朔迷离、荒诞不稽，矛盾与悖论充斥其间，但其荒诞表征下亦有其合理性：即引导他人完全借助个体的独特感受和直观体会，超越有无是非、生灭得失，达到神奇的妙悟境界。

《红楼梦》第二十二回中，当宝玉苦恼于“爱别离苦”并衍生出对人生意义

① 铃木大拙：《禅风禅骨》，耿仁秋译，中国青年出版社1989年版，第131页。

和终极价值的探究时，配合着黛玉的“机锋”，宝钗引用了一则公案，即弘忍大师欲选接班人，要求弟子呈偈表达禅悟体验，弟子神秀首先呈偈：“身是菩提树，心如明镜台。时时勤拂拭，莫使惹尘埃。”慧能听后也作一偈：“菩提本无树，明镜亦非台。佛性常清静，何处有尘埃！”弘忍大师认为慧能把握了禅宗妙谛。慧能禅的宗旨，就是要在随缘任运之中，保持心体的自然无碍。举手投足，起心动念，皆是道场，是心是性，同归性海。宝钗以此暗示宝玉的悟禅尚属初级阶段，担心他这样发展下去会离弃红尘，而这并不是真正的禅悟。

禅心如清澈池水，映现万法，但又超于其境，不受纤毫黏滞，只有保持本心的空灵自由，不为事相所拘限，才能在观诸山河大地时，如镜鉴明，过无踪迹，才能洞见万法之真谛。在《逮香蕉鱼的最佳日子》里，西摩与小女孩西比尔之间游戏般的问答可视为公案，恰如禅师对弟子的启悟教学，耐人寻味的是西比尔曾反复问母亲：“Did you see more glass?”（“你见到更多玻璃了吗？”）“see more glass”正好是西摩·格拉斯的谐音，而若视“glass”为镜子，便可与慧能的“菩提本无树，明镜亦非台”联系起来，与“glass”的“一切皆空”相对的则是“see more”（看见更多），是羁绊自我的欲望、执着心，故西摩说自己的名字是个错误。

人之内心既有清净、觉悟，亦有染污、烦恼，禅宗要求人们放下我执、法执，超越传统的情识断见，截断净垢、利衰、毁誉、称讥等各种相对意识，纯粹无杂地观照世间万物，即可达到涅槃寂静的至高禅境。而从喧嚣纷乱的红尘中而来的从容定力便令宝钗以举重若轻的心态面对一切，其《松塔》一诗隐约可见禅意：

> 镂檀锲梓一层层，
> 岂系良工堆砌成？
> 虽是半天风雨过，
> 何曾闻得梵铃声？

风吹雨打中，为何佛塔上的梵铃没有丝毫响动？禅宗历史上有一著名公案：两位出家人面红耳赤地争论旗幡飘动的原因，一说风动，一说幡动，六祖慧能则说：“不是风在动，也不是幡在动，而是二位仁者的心在动！”禅的全部感悟即本心清净、迷却真心、去除染污、回归澄明，禅师们对外境的看法完全是返求自心，看破虚妄，不起执着，心静则万物莫不自得，心动则事象差别现前。“薛宝钗在这首诗中借物观性：人人都有真如妙性。自性是心的本体，心是自性的作用。”[①]而恰恰是这点吸引着塞林格，并深以为然。

塞林格置于《九故事》扉页上的那段公案出自日本临济禅师白隐慧鹤禅师，作者如此安排毫无疑问绝对不是随意而为，那么，如何破解其中的玄妙？世人皆知两掌相击方能发出声音，问题的关键在于禅师要破的就是人们这一固有的思维程式，“独手击拍之音”本身无逻辑可言，而这正如禅家真谛：悬置起是非功利与逻辑理性，回归被知见识解所迷惑的自性，也便是海德格尔所指的诗意栖居方式，只有从世俗生活的牵挂与纠缠中抽身而出，放弃欲求与执着，放弃捆绑自己的理性规范，跳出一直作茧自缚的对象性思维的起点，以一颗无尘无染、不沾不着的宁静之心洞察生死，方可获得生命的真实。小说中的智者西摩，烦躁的德·杜米埃-史密斯、“转世灵童”特迪等，都先后获得顿悟走出了心灵的羁绊，体验到了永恒的解脱之境。

禅宗的妙悟十分强调外在世界与闲适心灵的“打成一片，如哑子得梦，只许自知”。有这样一则公案，景岑禅师游山归来吟咏“始随芳草去，又逐落花回”，这两句话烘托出长沙禅师内心的无邪，毫无执着挂碍，因为心境悠然无滞，步步都是芳草和落花。禅师们常把自然“色”作为佛性（空）的体现，将自然物理现象幻化为自由生命现象，以自然之境比附精神达到的圣境。《红楼梦》里史湘云醉卧芍药圃的描写，历来脍炙人口，“从禅文化的角度观照，作者以浓郁的诗情画意生动道出她才是最具禅意之人，是彻底的物我两忘、天人合一，是完美的禅境”[②]，此禅境恰如另一公案所记载：面对弟子关于如何是道的提问，天柱崇慧禅师答曰：“白云覆青嶂，蜂鸟步庭花。”禅师以此比喻禅门弟子的自由心性，很显然，这里的自然之境已成为禅境的最佳象征。

清人叶燮对艺术至境的界定是：“诗之至处，妙在含蓄无垠，思致微妙，其寄托在可言不可言之间，其指归在可解不可解之会……”[③]在禅宗看来，正如本性是不能用逻辑推理、语言表达的，如果执着于理性思维和语言层面，就永远不能获得真如佛性。讲求直观体悟的非逻辑、非理性的象征性的语言使得禅宗公案具有鲜明的暗示性，若隐若现的公案赋予《红楼梦》与《九故事》以诗性的意境，在这里，禅的生命哲学与诗性语言联手，使哲理之思趋向诗化，令读者得到了极致的审美感悟。

（二）机锋、话头的玄奇之语

塞林格在东西方文化的碰撞中，杂糅了基督教、佛教等宗教哲学思想，以深度的人文关怀努力探求着关于人生和人性问题的答案，而禅便成为其笔下人

---

① 刘琼：《论〈红楼梦〉中薛宝钗诗歌的禅趣之美》，《文学教育》，2011 年第 11 期，第 75 页。

② 梁归智：《禅在红楼第几层》，中国人民大学出版社 2007 年版，第 53 页。

③ 转引自邓绍秋《禅宗生态审美研究》，百花洲文艺出版社 2005 年版，第 98 页。

物的精神依傍，赋予其小说以玄奥的色彩，传达出作家对诗禅美学的追求。其《九故事》以一段禅家公案开始，以悟禅的“灵童”特迪淡然接受死亡结束，禅宗机锋、话头的谜语风格使得塞林格作品的阅读过程成为有趣的解谜过程，更为重要的是，那一段段只可意会不可言传的问与答，隐含着作家对当下生活真实本质的洞察。《红楼梦》以一僧一道开始，以宝玉出家回归大荒结束，其中机锋、话头的巧妙设置亦可现空观的禅意。

机锋是禅师运用智慧、激烈的语言开导弟子的一种独特手段，其采用隐语、比喻、象征等表达方式，以曲折隐晦的方法，显示悟道的深浅，启示学人解悟，目的是不立文字下的“明心见性”“顿悟成佛”。如学人问：“如何是佛？”答曰：“麻三斤。”看似荒诞的问答意在破除我执和法执，返归内心，进行直观体验。而参话头是参禅的一种方式，参禅者在参话头时不断提起疑情，进而追寻人生的本源问题，断绝生死之心，进入定境，参透了话头，人生就得到了彻底的解脱。具体来说，话头即公案中的“无意味语”，不能用二元逻辑思维去分析。禅宗中著名的话头有“我是谁”“生从何处来，死向何处去”等，强调了对宇宙人生的奥秘和本质的“疑情”，参话头就是要大胆怀疑，否定一切执着，还心灵以绝对自由。

《红楼梦》第二十二回中，宝玉从与姊妹情感纠纷的体验，上升到对人生意义的反思而触发禅机时，黛玉（堪称宝玉的精神导师）以机锋、话头形式试探宝玉：“宝玉我问你，至贵者是宝，至坚者是玉，尔有何贵？尔有何坚？”悟道禅师面对机锋考验，或直接回答，或答非所问，或以沉默不语作为答案，但宝玉一时无法回应，说明他此时尚未真正开悟。禅师往往都会采取绕路说禅的方式，即以不说破的原则出发，点化弟子，进入“不可言说”的禅悟境界。《特迪》中那位小小年纪便如哲人般睿智的特迪，在游船上与年轻人鲍勃·尼科尔森展开了一段极富于哲学意味的、如智者访谈般的问答，此时的特迪更像是一位拥有儿童外形的修道者。尼科尔森问：“一个人是怎么从有限的维度里突破出来的呢？”特迪首先指出静止的一块木头并非就是木头，之后要求对方举起胳膊，并问道：“你管那叫什么？”在得到尼科尔森的答复“是我的胳膊。那是一只胳膊”时立即追问：“可是你怎么知道它是呢？……你有什么证据说明那是一只胳膊？”[①]在此，特迪实际上在阐释如何摒弃理智和逻辑、以禅之道看待事物本质，同时禅宗认为万物皆因缘所生，而缘起缘灭之间并没有一个永恒不变的自性，所以“万物皆空”“我心即佛”，世间事物本无质的规定性及独立实体，胳膊实际上是没有任何实际意义的存在物。

---

① 塞林格：《九故事》，丁骏译，人民文学出版社 2010 年版，第 166 页。

《红楼梦》与《九故事》在叙事中都穿插着令人惊叹的精彩问答对话，充斥其间的是洋溢着浓浓禅味的诗性语言，看似俏皮无厘头，却又让人在似懂非懂中难以释手。“语言本身在根本意义上是诗……诗歌在语言中产生，因为语言保存了诗意的原初本性。”①海德格尔对诗与语言的关系的论述，对于我们探讨禅宗语言的审美意味颇有启发意义。禅宗作为人的本真生存状态的象征符号，其本身无疑就是诗意的。禅师利用机锋及话头解构语言、解构思维，提醒参禅者消除任何理路、意路，参透“无解之语”，便可随缘放旷，终得妙悟。再看《红楼梦》第九十一回，宝黛二人便借用禅家互斗机锋的方式，试探彼此的感情，以禅师一心向佛的坚定表达了爱的坚贞。

《逮香蕉鱼的最佳日子》中西摩和小女孩西比尔的占据一页半篇幅的关于香蕉鱼的对话同样有着话头禅的味道，塞林格的这段描述，让读者陷入了巨大的阅读谜团当中：嘴叼六根香蕉的鱼是否真正存在？是否构成对某种生活的隐喻？主人公的内心正在经历着怎样的玄妙感悟？塞林格的小说总是如此，人物、场景都像画面一样细密而真切地出现在读者面前，但镶嵌其中的无法言说的潜台词和象征意味又吸引着读者沉思。

妙语峰回、不落言筌、腾挪自在、玄妙隐晦，这就是机锋、话头的“无意味语”风格。在旁敲侧击的问答中，虽语脉无处可寻，但其蕴意丰富，打破了常规语言的规则，阻断了能指与所指的联系，遂促使学人自悟本心而进入诗性的境界。以贾宝玉、林黛玉、西摩、特迪等人为代表的诗性生活者便是生活的超越者和拷问者，而以审美之眼对作品的诗意理解或许会让读者从生命的沉重中获得飘逸。

（三）诗画的禅趣之美

禅宗为东西方文人提供了一种观物方式，即对物作直觉的“观照”，以体证遍布万法的真如，同时将万法归于一心，本心须超越变迁流动的现界境，保持澄明圆满的“本来面目”，受此影响，很多文人的审美情趣趋向于淡雅、空灵、幽远的意蕴，以其笔下诗画的禅趣之美表达着对生命的体悟。

被称作诗化小说的《红楼梦》文字洁净，诗情充溢，其中人物尤其是作者着力歌颂的“水做”的女儿们皆可出口成章、吟诗作赋。大观园就仿佛是一个诗化之国，在与俗性的抗争中，代表生命本真精神元素的诗性由“生命之轻”走向“生命之重”。在大观园里几位富有宗教文化修养的女儿中，宝钗参禅虽较为隐晦，但依然可从其诗歌中觅得禅趣禅理之痕迹。如《咏白海棠》：“珍重芳姿昼掩门，自携手瓮灌苔盆。胭脂洗出秋阶影，冰雪招来露砌魂。淡

① 海德格尔：《诗·语言·思》，彭富春译，戴晖校，文化艺术出版社 1991 年版，第 69 页。

极始知花更艳，愁多焉得玉无痕。欲偿白帝宜清洁，不语婷婷日又昏。”此诗显现出走过风雨和坎坷之后淡定从容的宝钗修心观性的心态。《临江仙·咏柳絮》更是寄托了宝钗随缘守分、大度超脱、悲喜淡然的人生态度。“几曾随逝水？岂必委芳尘？”与黛玉葬花的悲凉及花儿落于水中、埋于泥土的命运相比，只有轻盈如柳絮才能在万缕千丝的披拂之下坦然应对聚合与离分，正因它的无根无绊，方可“好风频借力，送我上青云”。本是令人伤怀之物的柳絮，宝钗却吟咏出一份洒脱自在，她的青云是指对宇宙大道的彻悟，是超越于物质与精神束缚获得绝对自由的境界。

在《特迪》中，早熟的天才特迪对东方哲学特别是吠檀多和禅宗极为感兴趣，早已参破生死，身上少有愁绪伤感及挣扎焦虑的痕迹，将松尾芭蕉具有空灵澄澈审美意蕴的禅诗读给他人听，而诗句中所流淌的闲寂、无常与空性恰是特迪极为推崇的。在塞林格眼中，对中国诗词以及日本禅诗情有独钟的西摩是真正的诗人，其诗歌追求幽玄闲寂的禅之意境：美丽忧伤的女子与绿色的气球，月光下在草坪上打滚的白猫，飞机上的小女孩和身边的洋娃娃……如此空灵恬淡的审美表达赋予塞林格的艺术创作以诗化色彩。西摩还鼓励巴蒂（塞林格的化身）追逐自己的心灵写作，努力超越自我，既不功利也不媚俗，这也就是塞林格所坚持的诗歌与精神等而视之的观念。

《红楼梦》字里行间不仅飘荡着诗词歌赋的墨香雅韵，还有书画澡雪精神的脱俗意境，在文治武功的历史交织里，其浓郁的精神贵族气质和艺术的诗意冲刷着世俗功利的污垢，那一幅幅寓意深刻的对联，那一个个动人的场景都构成了精美绝伦的画面：太虚幻境、大观园、宝黛共读《西厢记》、祭奠花神、黛玉葬花、湘云醉卧芍药裀、踏雪乞红梅……在艺术化的《红楼梦》中，“曹雪芹以禅宗的‘不二法门’和庄子的齐物哲学完全打破尊卑贵贱之分，把高贵献给一切诗意生命，……不像尼采那样着眼于意志尤其是权力意志，他只着眼于心尤其是自然纯净的本心”[①]。在《德·杜米埃-史密斯的蓝色时期》中，主人公“我”精神抑郁、内心烦躁地巡视着周遭，总会闻到弥漫于空气之中的酸腐味道，街道、人群、公交车司机、绘画课上的同学……生活中的龌龊正如楼下商店里摆放的搪瓷尿壶、便盆和戴着疝气带、没有眼睛的木头模特，“我”画里出现的“一对对瘦削、挺拔、优雅绝伦的男女”、兴高采烈喝着黑麦威士忌的年轻人、开心大笑乳房高耸的姑娘和头发蓬乱、身材臃肿的主妇，都是浮华躁动、诗意全无的世俗世界的代表，而那幅禅意灵动的水彩画为“我”提供了救赎的可能，画面上“一只白雁从极淡极淡的蓝灰色天空中飞过……那淡蓝的天光，或者说天

① 刘再复：《红楼哲学笔记》，生活·读书·新知三联书店2009年版，第182页。

蓝的神韵，在鸟的羽翼上得到了映照”[①]，顿悟之后回归本心的“我”度过了自己烦忧的“蓝色时期”。

可见，塞林格与曹雪芹为小说设立了一种悬浮于生命之上的天籁之音，以本体论的视角透视着人生的无奈和沧桑，以灵性之语抗拒着红尘紫陌中的污烟浊尘，以诗画的禅趣之美为苍白灰暗的生活涂抹上了亮色。

（四）青春易逝的感伤之韵

《红楼梦》与《九故事》都有一层青涩而诗意化的青春气息。专门研究中国禅宗史的日本著名学者柳田圣山曾提到，瞬间满树盛开、瞬间又尽数凋零的樱花以其纯净、凄美之境，令人感悟到人生的变幻不定，樱花的生时绚烂、死时毅然就如繁华落尽的易逝青春，亦如佛禅所谓世事“无常”，“无常”中对已定格永存的纯真之美的印记总会洇染在一片感伤的韵味之中，从而传达出禅道的审美意蕴。

面对美的脆弱与凋零、爱的痛苦与甜蜜、生命的有限与无奈、青春的迁逝与短暂，曹雪芹的笔触饱含着对生命的叹息，他把花与生命的燃烧联系在一起，大观园里佳木葱茏，奇花竞放，花瞬时绽放的美丽，似生命中青春的灿烂，那些花容月貌的女儿们，都如花般从含苞待放、到粲然怒放，然而生命芳华乍现便凋零成泥，黛玉的《葬花词》实际上就是生命的一曲挽歌。她们的人生也只是定格在青春这段美好的时光中。宝黛从“流水落花春去也”感悟到青春的短暂、人生的无常，因此惆怅伤感，甚至“心痛神痴，眼中落泪”，“他们葬花和听曲等行为，本身就会‘曲径通幽’一脉相通到禅境”[②]，而读者在此则时时聆听到生命急促的敲打声。

《九故事》中的《笑面人》（*The Laughing Man*，1949）便是一篇独特的抒写青春情怀的小说，其剖析了童真何以脆弱以及梦想的构建与瓦解。小说以一个 9 岁孩子的视角展开，“笑面人”是大学生“酋长”为孩子们所讲故事中的悲情英雄，其行侠仗义，却孤独地生活在不被人理解的世界中。他会说动物语言，最亲密的四个伙伴分别是狼、侏儒、蒙古大汉和美女，为掩盖婴儿时期被土匪毁坏的脸，他一直以罂粟花瓣面罩遮面，临死前，“笑面人”将美丽的面罩摘下，而“酋长”也与相恋的可爱姑娘悲伤分手，爱情就这样倏然而逝。“笑面人”是自然的充满想象力的童年的象征，“笑面人”死去，“酋长”也失去了获得救赎回归纯真童年世界的可能。那令人刻骨铭心的一切就如同绚烂的罂粟花瓣面罩，一经摘下就失去了当初的美丽和价值。但曾经璀璨怒放过的青春记忆，会在这

---

① 塞林格：《九故事》，丁骏译，人民文学出版社 2010 年版，第 123 页。

② 梁归智：《禅在红楼第几层》，中国人民大学出版社 2007 年版，第 45 页。

些年轻人的生命里留下怅惘伤感、又永远鲜活美好的痕迹。

《逮香蕉鱼的最佳日子》里，塞林格一如既往地赞美了孩子的纯真之美，同时在故事中蕴含了更多象征层面上的意蕴，女孩西比尔（长翅膀的天使）和穆里尔分别代表了女性成长的两种时态，类似贾宝玉口中的“女儿”与“脏婆子”的对立。西比尔说出的第一句话“又看见更多玻璃了（see more glass）”[①]不仅是对西摩姓名（Seymour Glass）的谐音调侃，而且预示了塞林格日后创作的重心所在，格拉斯家族成员在随后的小说中陆续登场。塞林格把他们的姓氏取作“Glass”，其所隐喻的正是玻璃的品质：精致与易碎并存。这也是他对童真的智慧之美与纯真之美的进一步阐释，儿童的智慧如同玻璃一般精致，但儿童的纯真也如同玻璃一般易碎。

宝黛及众女儿都是天使下凡，即作品所言的“幻形入世”，其身份就有了天使和人的二元性，即本真的“我”和社会的“我”，可悲的是人在社会化的过程中离本真的“我”越来越远。《红楼梦》写尽了人世间的无奈与沧桑，道出了应该顿悟的人生的苍白谜底：“这是尘寰中消长数应当，何必枉悲伤！”塞林格的诸多作品也都证明了一点，心灵洁净、感情纯粹的儿童更能代表本真的“我”，是如花般美丽的青春之韵。在《威格利大叔在康涅狄格州》中，女主人公艾洛伊斯——追求物质享受的家庭主妇和自己的大学同窗在醉意中怀念逝去的岁月及已经失去的真爱，在这里“烟酒代表着虚饰和逃避，这是塞林格最关注的两个问题”[②]，最后是小女孩拉蒙娜唤起了她对于纯真过去的向往，那时她也是个“好姑娘”，穿着漂亮的棕黄色长裙……艾洛伊斯在忧伤中哭泣，在对青春的追忆中蕴含着对失去本真自我的哀愁与无奈；而在《为艾斯米而作》（*For Esme*，1950）中，女孩艾斯米和弟弟查尔斯的爱与纯真让深陷战争中孤独痛苦的X中士看到了希望，在姐弟俩寄给他的邮件里，一封信竟给他带来了温和欣喜，信中有来自虽屡遭不幸但依旧心怀温暖的两个孩子的问候。无独有偶，查尔斯和《威格利大叔在康涅狄格州》里拉蒙娜假想的男孩及《为艾斯米而作》里的查尔斯都拥有一双绿色的眼睛，那是纯真的象征，而在之后的《嘴唇美丽而我的双眸澄碧》（*Pretty Mouth and Green My Eyes*，1951）中，主人公痛苦于妻子的眼睛已不再是绿颜色的，“她那双眼睛像他妈的海贝壳”，并回忆起曾经献给妻子的诗：“玫瑰色我的肤色而且雪白，嘴唇美丽而我的双眸澄碧。”[③]美好的纯真时代已成为过去，小说的感伤至此达到高潮，青春的迅疾流逝，失落的惆怅久久挥之不去，不过或许正因为青春短暂，才愈见其美好和珍贵。

---

① 塞林格：《九故事》，丁骏译，人民文学出版社 2010 年版，第 8 页。

② 坎尼斯·斯拉文斯基：《塞林格传》，史国强译，现代出版社 2012 年版，第 149 页。

③ 塞林格：《九故事》，丁骏译，人民文学出版社 2010 年版，第 110 页。

《红楼梦》与《九故事》的作者以悲悯的记录者的角色书写着人类的创伤记忆。从小说叙事美学的角度来说，二者展示了两种话语系统：一种是聒噪的社会话语系统，透射着世俗生活的营蝇苟且，沉闷、浑浊，给人以压抑拘谨之感，在这种沉闷的语境里，众多人物挣扎在沉浮坚硬的壳里，苟延残喘，明哲保身，或者僵化枯槁，混沌无觉；另一种是灵动飞扬的诗意审美话语系统，以神性的领悟和人性的超越为特征，真纯美丽，童稚清新，与世俗的污浊和丑陋对抗着。令人唏嘘的是，曾经温馨沁芳、暖意盈怀的大观园被查抄，曾经远离尘嚣的麦田旁边已是悬崖下世故的深渊，但曹雪芹在一片凄伤的“梦幻”中仍是寄予了对诗性灵魂的寻觅、对钟灵毓秀的唯美世界的追忆，而塞林格更是依然愿意做那个麦田的守望者，因为西摩、特迪的圣洁永不坠落。

禅宗本就是诗性的宗教，在对人与世界的观照中所表现出来的思维方式和精神境界具有东方的思想品格和浓郁的、活泼的生命意趣，其赋予人心灵以自由，禅者的终极目标在于自悟自心，回到生活的和谐状态，获得与自然融为一体的永恒感，体验到宇宙万化为一的愉悦，如此便为塞林格小说里那些迷惘个体开启了自我救赎的渠道，为《红楼梦》里“幻形入世”的宝玉及众女儿们提供了安放灵魂的精神家园。诗化的禅意加深了《红楼梦》苍凉而悠长的悲剧意蕴，也使《九故事》超逸而舒缓的哲思更为丰厚。

2010 年，塞林格的去世令社会震惊，一时间悼念文章出现在各大新闻媒体上，对作家的评价之高是 50 年前海明威逝世后的第一次。之前一年作家约翰·厄普代克去世都未曾引起如此大的反响，像看待大多数作家那样，新闻媒体把厄普代克的死当作文学事件，而塞林格似乎已经成为美国文化的一部分。无数的作家、出版人，从史蒂芬·金、乔伊斯·卡罗尔·欧茨到出版公司的员工，都表达了对塞林格逝世的惋惜之情。新闻媒体用很长的专题节目回顾塞林格的一生，电视台邀请学者分析塞林格长期以来吸引公众的原因及其文学遗产的艺术价值。并且，这一话题迅速走出了国界，这也正体现了塞林格及其作品对世界的深远影响。

第九章　欧茨悲剧小说研究

在美国当代以勤奋多产而闻名的作家中，乔伊斯·卡罗尔·欧茨（Joyce Carol Oates，1938—　）毫无疑问位居其一，截至目前，这位女性作家已经先后出版了中长篇小说 47 部、短篇小说集 29 部、诗集 8 部、戏剧集 8 部及多部文论作品等，在几十年的创作生涯中有如此丰硕的收获，不能不引起人们的惊讶和佩服，正如美国诗人兼出版公司编辑丹尼尔·哈尔波恩所指出的："她是个奇才。许多人，特别是作家，面对她犹如面对新的挑战，因为她创作了如此之多的作品。但是，真正让他们感到震撼的不是数量，而是质量。她的每一部书都因其高水准而令同行惊叹不已。"①欧茨从一个传统的现实主义作家开始，逐渐吸取了现代派的一些技巧，其作品特别注重刻画人物的心理状态，从而更有力地反映了现代人的精神世界。尤其是小说创作方面令人瞩目的成就，使她赢得了文学评论界的普遍好评，曾先后获得美国国家图书奖、欧·亨利短篇小说奖、法国费米娜文学奖，是多届诺贝尔文学奖热门人选，两度获诺贝尔文学奖提名。美国作家厄普代克曾说过："要是'女文人'这个词存在的话，她将是这个国家中当之无愧的人。"②

欧茨的作品题材丰富，广泛触及美国当代许多严重的社会问题，从 20 世纪 30 年代的经济萧条、20 世纪六七十年代的城市动乱、冷战时代、黑人民权运动、越战后以及后冷战时代一直到今天的美国在其作品中都有所反映，作家尤其善于以女性的审美视角表现对弱小人物，特别是备受苦难和屈辱的女性命运的揭

---

① 转引自王理行《一位世界性的杰出作家——从诺贝尔文学奖说起》，《狐火：一个少女帮的自白》，欧茨著，闻礼华、金林鹏译，长江文艺出版社 2006 年版，第 13 页。

② 转引自黄铁池《当代美国小说研究》，上海三联书店 2014 年版，第 229 页。

示及对她们精神蜕变的探索，指出了当代美国妇女面临的困境。

一、欧茨小说创作简介

欧茨于1938年出生于美国纽约州北部洛克波特郊外的一个天主教的工人家庭，父亲是机械工具技师，她从小在外祖父的农场里长大。这里曾受到大萧条时期的严重冲击，仅有的工业也因工厂经常的关闭停业而停滞，日后在对童年生活的回忆中，欧茨也承认那时“天天为生存而挣扎”。中学时，欧茨便阅读了大量的文学作品，对陀思妥耶夫斯基、福克纳、卡夫卡等人尤为倾心。20世纪50年代，她进入锡拉丘兹大学，被写作课老师戴克所赏识。1960年从该校毕业后考入威斯康星大学，获得了硕士学位，接着便在底特律大学一边教文学课一边继续深造。20世纪60年代底特律动荡不安的社会环境给了她不少日后创作的素材，她的成名作《他们》（Them，1969）以及《任你摆布》（Do with Me What You Will，1973）都以此为背景。这以后，欧茨随丈夫一起来到加拿大的安大略，在温茨大学任英美文学教授，并创办了《安大略评论》（*Ontario Review*）。1978年，欧茨回到美国，受聘于普林斯顿大学，讲授文学创作等课程，同年当选为美国文学艺术院院士。

欧茨的许多作品中都有“暴力”内容的描写，这一备受读者关注的创作特点，在其第一部短篇小说集《北门边》（*By the North Gate*，1963）中已见端倪。长篇小说《人间乐园》（*A Garden of earthly Delights*，1967）中那位在暴力环境中成长的女主人公克莱拉无法摆脱不幸的命运，只能悲哀地选择以暴力的方式报复这个世界，最后在精神病院度过余生。在早期小说代表作《他们》中，凶杀、殴打、吸毒、卖淫等情节更是使读者唏嘘慨叹，作家将温德尔一家的经历放置在美国20世纪30年代到70年代下层众社会生活的背景之上，展现了在高度发达的物质文明的掩盖下底层人民的苦难生活，个人的命运沉浮衬托出动荡社会的颓废和罪恶，特别是欧茨心怀历史责任感，其以女性作家的视角，揭示了社会强加给女性的肉体与精神上的戕害，道出了暴力天空下女性的痛苦与无助。

1970年，《他们》荣获美国国家图书奖。同年，短篇小说集《恋爱的回旋》（*Love and Derangements*）出版，其以城市里女性的爱情遭遇为题材，揭示了她们在爱情经历中所承受的心灵上的折磨，其中讲述天主教修女出身的大学教授与犹太大学生之间感情纠葛的小说《在冰山里》（*In the Region of Ice*）于1967年获得欧·亨利短篇小说奖。成名之后的欧茨创作热情日益高涨，每年都会出版一两部新作，于是有人惊叹说："奥茨所写的短篇小说、长篇小说和诗歌简直像一条川流不息的大江，不断地奔流而来……"[①]长篇小说《奇境》（*Wonderland*，1971）、《任你摆布》（*Do With Me What You Will*，1973）、《刺客们》（*The Assassins*，1975）、《贝尔弗勒》（*Bellefleur*，1980）、短篇小说集《爱的轮盘》（*The Wheel of Love*，1970）、《女神及其他女人》（1973）、《鬼魂出没：怪诞故事集》（*Haunted Tales of the Grotesque*，1994）等作品先后问世并受到公众的好评。《任你摆布》是一部探索人物内心世界的作品，描写了从小受到心灵创伤的女子艾丽娜，成人后嫁给一个律师，但又与另一个律师关系暧昧，她在矛盾和彷徨中去寻找已经失去的童年以求解脱，但这一切只是枉然。

欧茨前期的作品基本遵循了现实主义创作原则，是对马克·吐温、德莱塞、斯坦贝克等作家文学创作传统的继承，而从20世纪70年代开始，其逐渐吸取了现代派的一些技巧，如心理分析、内心独白等意识流手法，对作品主人公的"非理性意识"进行剖析，同时也运用了一些怪诞的、象征的描写手法，擅长营造神秘恐怖气氛，很明显有着福克纳创作技巧及哥特风格的影响痕迹。《女神及其他女人》中的短篇小说《关于鲍比·T 案件》的叙事手法即模仿了乔伊斯、福克纳等人的意识流写作技巧，并接受了柏格森关于时间观念的理论，且有所创新。作品讲述了黑人小伙鲍比在19岁时受到白人女孩的语言奚落和行为挑衅后产生疯狂的愤怒，因出手反击被捕入狱19年，刚入监时性情暴躁、一心想要挣脱束缚的他出狱时已成了一个驼背、腼腆胆小、步履蹒跚的小老头。故事的叙述是在过去与现在的时间穿插中进行的，对于整个事件进展的交代在1952年、1956年、1960年、1971年的多个时间点无顺序的混杂中，通过不同人物的回忆、对话完成。欧茨将这一悲剧归结为白人潜意识中根深蒂固的种族歧视思想，或许那个叫弗兰西斯的白人姑娘并非有意挑衅，而是受到无意识中的种族歧视观念支配，不自觉地给黑人青年带来了一生的悲痛。长篇小说《刺客们》是以休·皮特里冗长的独白开始的，并且独白的篇幅在小说中占据200余页之多，有些话翻来覆去不停重复，作家以此来表达人的内心世界，同时也是从人物的独白中读者了解到皮特里的家庭和美国现实。而1978年出版的《黎明女神的儿子》（Son of the Morning）以私生子长大成为牧师的经历来表达人的无意识的精神境界，特别是其中描写的少女被人污辱后的悲愤之情，其"意识流"方法的运用恰到好处地表现了人物内心深层次的画面，达到了化境的艺术效果，表明了欧茨的"心理现实主义"已渐趋成熟。

---

① 毛信德：《美国小说发展史》，浙江大学出版社2004年版，第511-512页。

进入 20 世纪 80 年代，欧茨的写作技巧更趋向于现代派，她大胆地进行艺术实验，除内心独白、自由联想外，作家还以多视角叙述等手法继续探索人类特别是女性在时代浪潮中的生存困境及其忧思，为读者把握喧嚣社会中人们悲剧性的境遇提供了范本。在 1980 年与《纽约时报书评》编辑谈话时欧茨指出：“在我们生气勃勃的美国文学里，现实主义者早已与超现实主义者结下了不解之缘。”这句话印证了她创作上的巨大变化。欧茨一直有一种“巴尔扎克式”的野心，即以小说反映社会历史，《他们》是她的第一次尝试，小说的时间跨度达 40 余年。而 1980 年出版的长篇小说《贝尔弗勒》（*Bellefleur*）则是进一步的探索，她在书中描写了一个大家族贝尔弗勒六代人近 200 年的历史，试图以他们家的盛衰命运来展现美国全部历史的缩影。这部小说虽不及《人间喜剧》的场景与人物之壮观，但在对现实关系的理解方面也是令读者折服的。

20 世纪 90 年代至今，欧茨的几部有影响力的小说分别是：《狐火：一个少女帮的独白》（*Foxfire：Confessions of a Girl Gang*，1993），继续了暴力天空下女性生存困境的主题，五个歃血盟誓的女中学生，组成了以“自信、力量和复仇”为宗旨的“狐火”帮，最初只是为了对抗来自男性和成人世界的羞辱和侵犯而寻求自我保护，但这把对美国暴力社会不满的熊熊怒火越烧越旺，她们疯狂地展开了对周围世界的报复，最终走向悲剧；《大瀑布》（*The Falls*，2004）既书写了男权社会中女性的生活状况，又传达出作者对生态问题的深刻见解；《妈妈走了》（*Missing Mom*，2005）讲述一个关于人性复归的感人故事，20 世纪 70 年代出生的女孩尼基叛逆张狂，实际上内心柔弱多情，在母亲遇害后，经过挣扎走出伤痛，剪断不伦之恋，重拾亲情，走向了新生；《黑女孩 / 白女孩》（*Black Girl / White Girl*，2006）和《掘墓人的女儿》（*The Gravedigger's Daughter*，2007）则都涉及了美国敏感的种族问题，尤其是后者，更是将关注的焦点投到美国犹太移民及其后代身上，揭示出他们在主流社会中的尴尬处境及心灵创伤，从而再度在读者群及评论界引发了轰动。

总之，欧茨作为一个当代作家，她对社会问题、道德观念等都表达了自己独到的见解，从不同的侧面反映了美国社会万花筒般的生活以及生活在这个社会中的人们的心理状态。可以说，欧茨的小说是许多读者了解当代美国、当代美国人的一个窗口。

二、生命困境中的幽怨：欧茨笔下女性的内心隐痛

欧茨在其虚构的文学世界中，倾诉着人们压抑在心头的烦忧、恐惧与不安。对于作家来说，她笔下的暴力、死亡等种种可怕景象完全是建立在更为严酷的现实基础之上的，此时的欧茨便是一个沉默无语的旁观者，冷眼巡视着一切，只是将悲剧中人物的困惑与幽怨诉诸笔端。

欧茨总是将她的悲悯情怀投注到小说中的女性身上，在度过了因不安和恐惧而战栗的童年后，她们背负着满腔的忧伤，继续承受着生活的挫折和失意的打击，迷惑、哀伤、仇恨在其心灵深处久久堆积，有的将自我封闭，有的则走上反抗的暴力之路，满怀的幽怨不断侵蚀和折磨着她们脆弱的内心世界。

美国妇女文学评论家伊丽莎白·詹威曾对欧茨作品中的人物作过如下分析："欧茨的人物不管属于哪个阶层，都备受折磨，颠沛不安，生活失去控制……"[①]其实，任何一位善良的读者或任何一位具有历史使命感和时代责任感的评论家，在读过欧茨的作品之后，都会以自己的人生体验和审美能力，对之作出诠释，并为其笔下那些哀痛的弱者感慨、喟叹。在欧茨1969年的长篇小说《他们》中，读者看到的是险象环生、凶兆迭起的世界，暴力中成长的女性无助地体味着巨大的恐惧感。主人公洛雷塔的父亲失业多年，整日喝酒抽烟；母亲神智失常，躺在肮脏的床上哭泣、尖叫，头痛欲裂；哥哥布洛克在脏污的车间干活，终日油腻满身，脾气古怪。尽管如此，青涩懵懂的洛雷塔还是在以少女敏感的神经感受着生活。小说就是以16岁的洛雷塔在镜子里顾影自怜开始的，对这个年龄的姑娘来说"照镜子如同展望未来，未来的一切在等待着她"，已经坠入情网的她心中升腾起莫名的悸动，喜悦地编织着美丽的梦想。但就在此时，长期抑郁的布洛克终于爆发，扣响了扳机，将妹妹的情人马林一枪打死。看着血泊中的马林，洛雷塔从幻想中清醒过来，感到了暴力的威胁充斥于四面八方，那无处不在的恐怖，有谁能够幸免?在城市恐怖主义的冲击下，她惶然无措、茫然不解地面对这纷扰的世界，在阴霾密布的天空下伤心饮泣，开始不停地抱怨社会、抱怨家人、抱怨不幸的生活。

欧茨笔下陷入幽怨的女人们是生活的弱者，在苦闷的压抑下，她们感觉不到真实的自我。在洛雷塔的话语中多次出现"电影"这个词，16岁的洛雷塔曾经在电影里寄寓着青春的幻想，为无限美好的憧憬而陶醉，如今被生活的颠沛

---

① 伊丽莎白·詹威：《美国当代文学》，中国文联出版公司1985年版，第483页。

与残酷磨砺得粗糙的洛雷塔仍旧喜欢看电影，那里有她梦寐以求的日子。然而，影片中的五彩斑斓转瞬即成过眼云烟，现实中的洛雷塔无法改变自己的悲苦命运，也无法走出被社会环境压迫和暴力家庭摧残的困境。洛雷塔看到上一代、自己这一代包括她前后两个丈夫都毫无作为，在沉闷、平庸、不幸和痛苦中消磨了一生。因此，她把希望寄托在儿女身上，特别是大儿子朱尔斯成了她心中的光点，连他小时候的哭声以及之后调皮捣蛋的行为都令她感到欣慰，但没过多久，这个彩色的梦就被现实击得粉碎，那个曾经向往美好前程的青年蜕变为吸毒、精神空虚、崇尚无政府主义、暴力、追求感官刺激乃至靠女友卖身弄钱的人；大女儿莫琳原本恬静温和，可是因生长在暴力的家庭，身体的伤痛与精神的折磨使她对情感麻木不仁，从一个天真无邪的姑娘变成了令人可憎、心地狭隘的女人；小女儿天生大胆粗野，以被捕入狱为结局。面对凌乱而挫败的生活，孤立无助的洛雷塔丧失了自我，为了得到内心的平衡、排遣心中的积怨，她只有对社会的动荡与不公、人生的无奈与悲苦甚至儿女们的懦弱都予以刻薄的嘲讽和抱怨，脸上时时流露着无比忧伤和愤慨的表情……一直以来，洛雷塔委曲求全地接受兄长和丈夫的暴力压制，并深深地知道生活已成为碎片，自己无路可逃，挣扎也毫无意义，那份悲凉时刻折磨着她，将所有的欢乐吞噬，于是，她只有选择在自我压抑和麻醉之中继续隐忍下去，不时会发出什么是生活、自己的真正生活何时开始的哀叹。在儿女一个个离开之后，洛雷塔痛苦地道出："人人都是孤独的，这是个秘密，人人都是孤单的，毫无办法。"而莫琳在写给老师欧茨女士的信中也发出哀怨的呼声："……我一直坐在这里想着时间，现在是 1966 年 3 月 11 日 10 点 15 分，我知道这是一个神圣的时刻，因为它将一去不复返了。但我对此并没有什么感觉，我已经麻木不仁了。将来还会发生什么事情呢？我感到害怕，不仅仅是为自己的前途担忧，我还为整个世界的前途而担忧。当我阅读报纸时，我感到自己——莫琳·温德尔正在消失，就像世界本身一样，不知道明天将发生什么事，并且毫无应付的准备……"这句句酸楚的叹息及人物窘困的心态正好传达出作者对男权世界中女性问题的相关思考。

欧茨的作品展现了作为弱势群体的女性，在传统的男权社会背景下，精神和肉体上所受到的双重伤害，她们曾经幻想通过妥协、金钱或是爱情拯救自己，但依旧无法摆脱命运的枷锁和束缚，无力主宰自己的人生，只有在深深的迷茫和无奈中默默体味无尽的焦虑与困惑。

欧茨在她的论文集《不可能性的边缘》（*The Edge of Impossibility*，1972）的序言中说："艺术建筑于暴力和死亡的周围；其基础只是恐惧。"由于其诸多早期小说中充斥着恐怖、悲惨与疯狂而被指责创作的"只是精神的分裂和自我的完全丧失”，但欧茨义正词严地为自己作出如下辩护：“严肃的艺术家坚持艺术世界的尊严，不会在展示其悲剧性艺术观上退缩，他的目的是使这个时代可怕的状况进入人们的意识中，使其得到解决，这是他作为艺术家的使命。”

如前文所述，欧茨的多数作品展示的是暴力之下隐藏的悲哀与无奈，在后工业化社会鼓噪的喧嚣中，人们正经历着艰难的精神跋涉，同时又陷入了焦灼的困顿中，特别是那些在无情的生活竞争中的失败者沉沦于社会底层，严重的挫败感和无处发泄的愤怒，引领他们走上了暴力反抗的道路。

《人间乐园》描写的就是凶杀，克莱拉的父亲眼睛里总是隐藏着痛苦的焦虑，喷涌着愤怒的暗潮，他酒后因自卫失手杀人。克莱拉早年就生活在被暴力包围的环境里，父亲杀人使她意识到要想在乱世中活命，必须以牙还牙，以暴力对付暴力。由于爱人的背叛和生活的窘迫，陷入困境中的克莱拉受尽了侮辱。为了贪欲的满足，她给里维尔一家带去了灾难，也用自己的精神暴力逼迫儿子斯万走上痛苦的不归路并付出了生命的代价。财富没有让她住进人间乐园，却让她在疯人院了却残生。也许，在疯狂野蛮的现代都市里，暴力可以使她获得尊严，获得对生活的耻辱给予复仇的快感，可以使她发泄追寻幸福受挫后的哀伤，但在暴力的背后隐藏的却是恐惧、幽怨催生出的心灵扭曲。

欧茨的作品有着比较复杂的暴力主题，暴力的血腥可怖、暴力之下柔弱者特别是女性的隐痛哀愁以及以暴制暴的复仇激情都现于作家笔下，痛苦来自何处？应该怎样超越痛苦？这同样也是欧茨试图要回答的问题。在她的一部部小说中，遭受苦难、备受欺凌的小人物，虽然在困境中苦苦挣扎，但面对人生种种酸辛、苦涩，在不可回避的悲剧中，顽强生存、应付人世间一切苦难的能力又赋予了他们生命的价值，这便是人类的自我担当。正如《大瀑布》所透露出来的坚韧与顽强，似乎已成了美国人灵魂的解读，在与命运的焦灼冲突中，阿莉亚倔强地抗拒着诅咒，不甘沉沦的她总是强打起精神，不愿回忆往事，不在乎他人的流言蜚语，也从未停止过工作，尽管经历了倾家荡产、家破人亡的狂风暴雨，依旧坚强地迎接不可知的未来，无论未来是多么黑暗，她胸中都充溢着生的期待。或许生活的沉重对于弱者来说难以承受，但觉醒的女人们却在勇敢地面对生活、面对世界，这让读者沉入了对生命意志的思考。

小说《光明天使》（Angel of Light，1981）中，父亲含冤自杀，母亲荒淫无耻，悲痛不已的柯尔丝顿对生活充满了厌恶和怨恨，立志即使赔上自己一条命也要为父报仇。复仇心切的她由于得不到他人的理解而近于精神崩溃，陷入癫狂的迷幻病态之中，时常难以入睡，茶饭不思，时而无休止地胡言乱语，时而沉默寡言甚至一言不发，时而强横无礼地对待同学，时而又无助地靠在同学的臂弯里哭泣……不可遏制的怒火让柯尔丝顿憎恨周围的一切包括自己，绝望无助之下，唯有以暴力去反抗方能舒缓心中的仇恨。当终于在狂怒的呐喊声中连刺仇人尼克十二刀、看着他奄奄一息地倒在血泊中时，柯尔丝顿承受已久的内心忧愤得到了宣泄。

在欧茨的悲剧里，有人被毁灭了，更可悲的是他们也许并未意识到而且无力抵制这种毁灭性事实，因为他们梦想破灭，自我丧失，困惑迷茫，很明显，作家在试图唤醒他们的觉醒意识；有人坚忍地活着，面对自己悲剧性的命运，不屈的意志让他们站起来，无论心中的隐痛多么深，微弱的希望还在升腾着。《他们》中的一个颇具戏剧性的小细节或许给读者留下了至深印象：在逃离男友被杀现场时，惊慌失措的洛雷塔不忘停下来弯腰捡起一枚硬币，这枚象征着希望的硬币对于一个处于生存危机中的忧伤的女孩来说，仿佛就是心灵的支点。为了未知的明天，为了那隐约的期待，洛雷塔选择在这狂乱的世界继续生存。欧茨在作品中要传达的是：希望总是人们生存下去的精神支撑。

同柯尔丝顿一样，对男性暴力世界的仇恨让《狐火：一个少女帮的自白》中的五位少女滴血盟誓、成立帮派，以寻求自我保护，更重要的是携手共同抵御世俗社会的欺辱，以火一般暴力的激情向这个诋毁和侮辱她们的世界复仇，她们将火焰标志文在身上，以此宣告自己不可遏止的愤怒，打破生存困境，实现自我。她们就是典型的激进女权主义者，特别是“长腿”，同时又是一个理想主义者和人道主义者，她一直坚信女人们的头号敌人就是男人，在她的带领下，女孩们畅快淋漓地对男性进行了疯狂的报复。她们还梦想着能拥有一个乌托邦式的女性乐园，于是建立起“狐火家园”，如同一座避难所，所有的姐妹们生活在一起，共同抵御男性的侵扰，对所有需要保护的姐妹伸出援助之手。轰轰烈烈的“狐火”行动展现出令人震撼的女性的愤怒和勇气，作者由此深入透视了男性世界中女性的生存困境与反抗意识。

欧茨曾经经历过大萧条时期极度贫困的痛苦，从小被寄养在荒僻农场的外祖父家，诸如宰杀牲畜这类事情给她幼小的心灵留下了恐怖的阴影，赤贫、暴力、死亡成为她最初的人生体验，婚后生活于底特律的日子再次让她感受到城市中的骚乱与暴行以及弱者所承受的磨难。有时，她所塑造的满腔幽怨的女性形象带有些许的自传性质，欧茨将自己个人的挣扎赋予笔下虚构的人物。

法国女权主义批评家露丝·伊利格瑞在其论著《他者女人的反射镜》（*Speculum of the Other Woman*，1974）中指出，在西方理性主义哲学传统中，女性是被定义为非理性的“他者”，女性无任何主体性可言，只是纯粹的客体，是男人可以任意交换和变更的客体，但女性的颠覆力量就在于对此地位的反驳，由被动存在向主动反思靠拢，只有通过自身的觉醒，女性之间的关系、女性与世界的关系才能上升为主体与主体间的关系。[①]尽管觉醒的过程艰难而痛苦，觉醒中对人生价值的追寻蕴涵着浓浓的悲剧感，但由此而获得的心灵的自由也让这一切都变得富有价值。

在现代美国文学中，有许多人物或是被现代文明伤害了身心而陷入迷惘，或是面对强大的社会和各种束缚而感到无能为力，难以与他人或社会沟通，在精神上成了孤岛，倍感孤独、寂寞乃至空虚，由此构成了一组独特的孤独者群像，使现代美国文学浸透着悲剧气息。欧茨以女性特有的视角来探索男权社会对女性的伤害，抒发着女性的种种幽怨情绪，在审视她们的失意人生、抒写她们心中隐痛的同时，倾注了自己对人物的悲悯柔情，也肯定了她们以生存的尊严超越痛苦的勇气。

三、欧茨笔下人物的疏离与孤独感探析

欧茨虽然因在作品中大量描述暴力与邪恶而一度受到评论界非议，但她却坚持视此为艺术家的责任。她扎根于悲剧传统中，以悲剧性的意识再现社会真实的一面，期待通过艺术创作唤醒并深化当代社会中的人们对自身命运的认知。

20世纪被称作“焦虑的世纪”，西方社会的人们越来越发现身不由己地被卷入可悲的境遇：赖以生存的世界已蜕变成毫无生机的死寂的“荒原”，人与人之间冷漠而隔绝。根据雷蒙德·威廉对现代悲剧文学的分析，现代悲剧的顶点是“可悲的人们之间联系的丧失”。欧茨所坚持的一种悲剧观与此相似：“悲剧的艺术源于与自我和社会群体的分离，也就是一种疏离感。”[②]而疏离则源于杀戮，人在被杀戮的三重威胁中奋争：被生活、他人或者自身杀戮，同时人也有同样的能力杀戮他人[③]。从这个意义上讲，生活在如此暴力的世界，人们既是杀戮者，更是被杀者，疏离、孤独于是成为欧茨笔下人物无法抹去的心灵痛楚。

欧茨小说中的人物特别是女性总是陷于一定的生命困境之中，多数在童年时代就早已留下永恒的痛苦回忆和心灵创伤，之后仍旧生活在挫折和失意的打击下。这些身心创伤成为她们终生难以摆脱的阴影，使她们体内积聚着怀疑、不满、痛苦、厌恶等各种被压抑的情绪冲动和情感力量。在满腔的愤怒和伤痛折磨之下，她们时时以冷漠回避的态度与社会及他人疏离。

---

① 刘飞兵、杨华：《从悲剧的产生到生存的探询——论欧茨创作中的觉醒意识》，《求索》，2007年第7期，第193页。

② 杨建玫：《欧茨早期悲剧性艺术观及其在作品中的体现》，《怀化学院学报》，2006年第6期，第102页。

③ 杨建玫：《欧茨早期悲剧性艺术观及其在作品中的体现》，《怀化学院学报》，2006年第6期，第100页。

在短篇小说《平常之爱》中，欧茨细腻地描写了一个年过40的家庭主妇孤寂、空虚的精神状态。女主人公整天一刻不停地忙于家事，丈夫和孩子对此视为理所当然，他们都各自忙着自己的事情，对她似乎视而不见。在这个表面和睦的家庭中，家庭成员之间的冷漠与疏离使她内心充满着不能言说的辛酸、孤独与凄凉。欧茨虽然只是用了白描的手法，但主人公的烦躁、失落、压抑、不安都跃然纸上。她的沮丧源于长期被禁锢家中、几近于与世隔绝而又无能为力的生活状态，在对女主人公孤独与苦闷情绪的缓缓抒写中，欧茨强调着男性中心主义对于女性的迫害，以及女性自我主体意识的弱化。

《大瀑布》中深受命运打击而陷入幽怨之中的阿莉亚憎恶并有意远离除家庭以外的整个外部世界，俨然是一个性格孤僻、特立独行的冷漠避世者。当新婚才一天的新娘阿莉亚从梦中醒来的时候，发现新郎不见了，自己孤身一人被留在了酒店。命运似乎给她开了一个天大的玩笑：同性恋的丈夫因无法忍受来自道德、身体、心理的痛苦而纵身跃入了尼亚加拉大瀑布。就这样，阿莉亚成了媒体关注的焦点，被称作“大瀑布的寡妇新娘”，从此认为自己的命运被诅咒了。虽然不久又嫁人生子，但如同空旷舞台上寂寥的歌者，孤独地吟唱着哀伤，特别是第二个丈夫被害再次将她推向绝望的边缘，阿莉亚深知自己将会处于永无止境的灾难中，无奈之下决定与外界隔绝。据其儿子回忆：“妈妈说，我们‘几乎一贫如洗’。在成长过程中，这个神秘的说法一直伴随着我们，我们却不理解它到底是什么意思。除了几乎一贫如洗的状态是不变的，或许这是我们的一种特殊的精神状态。”她远离亲戚朋友，举家搬迁到一个无人知晓的地方——“……一排快要倒塌的、砖头和灰泥砌成的房子里”，每天关门闭户，拉上窗帘，深居简出，甚至不与邻居往来，“阿莉亚过着隐遁的生活，竭尽全力地保护自己的隐私，然而她却比这个街区的大部分居民更加引人瞩目，这不能不说是一种讽刺”。她不惜背上性格孤僻、冷漠无情的名声，小心翼翼地将自我封闭起来，默默地接受所有偶然和必然的人生困境及厄运。不幸命运的折磨和外界的非议指责让惶恐不宁的阿莉亚选择了与他人的疏离和对他人的拒绝，从这个人物身上，我们可以看到人在面对社会时的窘迫状态和荒谬处境，这种人生状态的揭示是颇有现代意义的。

在欧茨笔下险象环生、凶兆迭起的世界里，无助的人们不断体味着巨大的恐惧感，他们孤立无依，失去归宿，成为孤独者和局外人，恰如卡夫卡短篇小说《地洞》（*Der Bau*，1928）中那个处处设防、惶惑无助的小动物，时时让我们感受到在生活的挤压下被戕害的弱者面对可悲境遇的那份无奈与凄凉。

现代悲剧被欧茨定义为社会群体的分散、上帝之死和家庭氛围向荒野的转换。欧茨的长篇小说《奇境》再现了美国社会40年间的历史变迁及世间百态，并深刻地揭示了构成“美国精神”潜流的各种人生哲学：主人公生父的暴力倾向、沃格尔祖父信奉的唯自我论、佩德森医生身上集中体现的尼采式强权论和“超人”学说以及爱默生式的美国个人主义等，[①]它们成为构架美国个人主义文化底蕴的社会因素，而一旦以个体确立自我，个体的孤独感也便油然而生，从而制造出居于美国文化中心的“孤独自我的神话”。曾经在欧茨看来，这个“孤独自我的神话”是西方文化中“最神圣的神话之一”。[②]

“奇境”意为主人公人生所折射出的那个光怪陆离、变化无常的美国社会，即其生活环境。幼年时期，生活的不幸令杰西的家人们麻木冷淡、悲观厌世，父亲因经济危机破产后杀死家人并自杀，大难不死的杰西被祖父接到偏僻的农场在沉默中度过冬天。早年家庭温暖和生活保障的缺失形成了杰西性格的缺陷：与他人的疏离。在成长过程中遭遇多重不幸的他，一直与家人、朋友保持距离，特别是在沦为孤儿之后，他喜欢在漆黑一团的深夜躺在自己的小床上，也曾跑回老家，躲进那静寂无声的房子里。在孤儿院，杰西从内心深处排斥其他同伴，总是沉浸在个人的幻想中，拒他人于千里之外的冷漠让大家极为不解。之后，他被佩德森医生收养，这个新家庭虽经济富裕但成员性格变态扭曲，在佩德森的控制和摆布下，彼此之间疏远，缺少理解和温情，太太、儿女衰弱没有活力，甚至连脸上的表情也都是冷漠而僵硬的，生活刻板而沉闷，表面上杰西恭顺听话，实际上对置身于其中的环境仍旧怀有强烈的陌生感和疏远意识。然而，佩德森的男权思想深深地烙印在杰西以后的人生中，成家之后的杰西总想照自己的意愿掌控自己和他人的命运，事业的成功难以掩盖家庭生活挫败带给杰西的失落，妻子海伦和他有着心灵的隔阂，女儿谢莉漠视他的话语权威。因此，杰西对自己的家庭和家人还是流露出潜意识的排斥心理。

在 1971 年小说初版的结尾，杰西黯然神伤地感叹自己眼下形单影只的处境：

> 这些抛弃了他的人们，他们都在去往何方？——一个接一个地离开，弃他而去？宇宙间是不是有一群失败者被抛出了他们的轨道却仍然活着，也许在那个空间里已经有一个杰西，而那个真正的、纯粹的、未被玷污的杰西是否正在以怜悯的眼神看这个挣扎中的杰西呢？
>
> “你们所有这些人……每个人……我的整个一生中，每个人……你

---

① 林斌：《超越“孤立艺术家的神话”——从〈奇境〉和〈婚姻与不忠〉浅析欧茨创作过渡期的艺术观》，《当代外国文学》，2003 年第 1 期，第 149 页。

② 林斌：《超越“孤立艺术家的神话”——从〈奇境〉和〈婚姻与不忠〉浅析欧茨创作过渡期的艺术观》，《当代外国文学》，2003 年第 1 期，第 149 页。

们总是离我而去，也不回来向我解释清楚……”[①]

其实，在从贫寒孤儿到知名医生的奋斗过程中，杰西一直在心怀希冀追寻着，但却始终无法超越自己破裂而有限的人生命运，在作品所展示的孤独隔绝的氛围中，他还是逐步走向了疏离的困顿。

在20世纪的美国文坛，一些犹太作家的身影格外引人注目，他们准确地捕捉到了在主流文化的冲击下犹太移民的自我丧失与内心迷茫，因为在犹太文化与美国文化的冲撞和融合中，他们普遍地感受到了对身份的困惑。从很早开始，历遭劫难的犹太民族就忍受着被排斥、被隔离的屈辱，处于局外人、异乡客的尴尬、孤寂的境地，成了被世界遗弃和排斥的“精神孤儿”。他们心中时常感觉前景黑暗渺茫，不知该去往何处，甚至开始深刻地怀疑生存和人生的意义。

有四分之一犹太血统的欧茨在长篇小说《纹身女孩》（The Tattooed Girl，2004）中便触及了犹太身份问题。主人公塞戈是犹太难民的后裔，早年靠以描写第二次世界大战时希特勒对犹太人大屠杀的小说《阴影》而一举成名，中年以后虽然家财万贯，却淡泊名利，默默无闻地过着隐退的独居生活。来自下层阶级的年轻女子阿尔玛历经坎坷，出于偶然的机缘被身患神经萎缩症的塞戈聘为私人助理。这两个地位悬殊、身份迥异的社会“弃儿”有着天壤之别而互不理解：塞戈清高、自律，阿尔玛则无所顾忌、满嘴粗话、心怀对犹太人的强烈憎恨。但随着时间的推移，二人开始互相欣赏，阿尔玛为了帮助塞戈告别他自己没有勇气摆脱的困境，决定将他杀死。作品揭示出混乱时代下的文化冲突，在发掘恐怖和暴力根源的同时向读者发出打破孤独隔绝、在关联之中寻求生存的信息，而文中所揭示的反犹主义则成为造成人与人之间孤独隔绝状态的种种因素（种族、阶级、宗教等）的一个集中隐喻。

在2007年的长篇小说《掘墓人的女儿》中，欧茨继续抒写犹太移民内心的累累伤痕。犹太难民雅各布·施瓦特无奈之下做了掘墓人，如行尸走肉般度日，妻子终日神情恍惚，三个孩子则饱受同龄人歧视的目光和肆意的羞辱。雅各布终于不堪重负将妻子枪杀后自杀，13岁的丽贝卡侥幸逃脱，两个哥哥不知去向。劫后余生的丽贝卡在陌生的世界里牢记父亲的告诫：永远不要承认自己是犹太人。第一次婚姻并没有给她带来安宁的生活，或许由于犹太人的出身，丽贝卡经常遭受脾气暴躁的丈夫莫名的殴打。于是她只好无奈地带着9岁的儿子尼里选择了逃避，并且将自己带有犹太人印记的姓名改为美国式的名字黑兹尔·琼斯，儿子则更名为扎克·里尔斯。不仅仅是名字，她对自己的外貌、行为举止

① 转引自林斌《超越“孤立艺术家的神话”——从〈奇境〉和〈婚姻与不忠〉浅析欧茨创作过渡期的艺术观》，《当代外国文学》，2003年第1期，第149页。

都有意识地主动改变，刻意用明亮的化妆品来掩饰自己黄褐色的皮肤，认真地伪装发际线处细微的疤痕……为了与过去彻底斩断联系，她与失散多年的亲哥哥相逢却狠下心来不相认。直到被主流社会接受，嫁给了爱她、尊重她的第二任丈夫而成为上流社会的一员，但丽贝卡的内心明白，丈夫所尊重、所爱的是“黑兹尔·琼斯”而非“丽贝卡·施瓦茨”。她多么想告诉他自己是谁，“我要告诉他我的人生充满了谎言和讽刺。根本没有什么黑兹尔·琼斯。在我的故土，谁都不在了”[①]。可最终她还是守住了这个秘密，暗自神伤的丽贝卡只能在夜深人静之时，独自一人靠把玩犹太人的纸牌排遣寂寞并悄悄地给犹太表妹写信。在她看来，自己美国人的身份已是事实，但是犹太身份也永远难以摆脱，处于强势文化与弱势文化的夹缝之中，该如何确立身份的认同，这也是众多美国犹太人所面临的难题，而由此引发的心理震荡与精神磨难令丽贝卡们不知所措。

欧美的犹太作家都有着卡夫卡式的自我（身份）困惑：没有自己的国土，既是犹太人，又是寄居国人；没有自己的语言，在各种异国语言的裹挟下漂浮，无所归属，那份从孩提时代一直萦绕心中，无论如何都难以摆脱的孤独，那无法言说的忧患及“身份危机”意识促使作家们以“变形”的手法，从犹太人乃至整个人类的高度，审视着人类荒诞的生存困境，展现了人性的失落与异化。而欧茨亦通过作品诉说着犹太人因疏离的孤独而形成的那份难言的隐痛，展示了处于主流文化包围之下“他者”的情感历程。

西方文学从诞生之日起，就在对人性进行孜孜不倦的探索，经久不息地拷问着人的自我灵魂，而在后工业化社会鼓噪的喧嚣中，人类经历着艰难的精神跋涉，同时又陷入了焦灼无奈的困顿里。欧茨以自己独特的悲剧性艺术观及对美国社会生活的理解，思考着现代人彼此隔绝疏离、个人在自己内心的“城堡”中体味孤单的焦虑，关注着人们在社会环境压制下所面临的共同生存困境和心理危机。

四、欧茨小说对美国犹太移民身份归属问题的反思

乔伊斯·卡洛尔·欧茨向来以其独特的社会视角及独到的艺术观而活跃于当代文坛，特别是以其悲悯情怀对美国社会潜在的暴力倾向予以无情剖析，展现了平淡生活中命运多舛的普通人心底的恐惧与迷惘，她恰如一位沉默无语的

---

① 欧茨：《掘墓人的女儿》，汪洪章、付垚、沈菲译，人民文学出版社 2012 年版，第 518 页。

旁观者，冷眼巡视并剖析着焦虑时代中人生的残酷，将那份挥之不去的隐忧诉诸笔端。尤其是在得知自己拥有四分之一犹太血统后，欧茨更是将其严肃的现实主义触角伸向了犹太题材，敏锐地把握身处尴尬境地中的犹太人那难言的痛楚——身份困惑的怅惘及寻找身份归属与认同的焦虑，以浓郁的悲剧意识揭开他们内心的创伤。

（一）体验身份困惑：精神孤儿的心灵危机

在20世纪的美国文坛上，犹太裔作家为数不少，他们的身影的确引人注目，如坚持用意第绪语写作、坚持捍卫犹太文化传统的艾萨克·辛格，以其笔下那些在传统信仰和现代文明之间徘徊挣扎的精神流浪者形象彰显了犹太人的精神危机，指出只有信奉犹太教信条、回归犹太传统才会免于堕落和死亡，从而找到最终的精神归宿；伯纳德·马拉默德则极力推崇"只有爱才能拯救世界"的犹太救赎观，并以一种忧郁而又无可奈何的眼神注视着年轻一代的背离；索尔·贝娄就美国文化对犹太传统的影响进行反思，关注在主流文化冲击下犹太移民的自我丧失与内心迷茫，以不断探索的犹太知识分子主人公向读者展示世界的疯狂与无情……他们常常将犹太移民的不幸和痛苦作为人类生存悲剧化的象征，而欧茨的作品则延续了一贯的黑暗现实主义风格，用沉重、辛酸的笔调讲述了第二次世界大战中犹太受害者的凄凉命运，在暴力冲突、种族歧视以及"大屠杀"梦魇的记载中娓娓诉说着他们因身份的困惑而导致的内心的怅然。

其实，伴随着犹太人流浪的脚步，对身份的困惑已经几乎积淀为一种集体无意识，自沦为巴比伦囚虏始，"同化"与"归属"就逐渐成为他们必须要面对的问题。经历了千年来于世界各地漫长的流浪生涯之后的犹太民族，即使到了20世纪，仍然生活在现代物质文明与本民族流浪特性的矛盾之中，尤其是在进入高度发达的资本社会的美国，犹太人群体既想成为西方发达民族的一部分，又担心受到歧视与欺压、处于异邦文化的边缘人的地位，这造成了他们特有的自我本质的迷茫，在与主流文化的碰撞及交融中，他们看似部分地完成了被美国社会的同化，但更多的犹太移民时刻感受到的是犹太文化本质被异化的危险和处于社会边缘而产生的孤独、忧郁，他们承受的是"精神孤儿"的痛苦。

《纹身女孩》是欧茨在刚刚得知自己是犹太人的后裔时就推出的一部长篇小说，带有强烈的个人化色彩，前文提到，作者在此触及了犹太身份问题。作品中的犹太难民后裔塞戈因创作以第二次世界大战时希特勒对犹太人大屠杀为主题的小说《阴影》而成名，但内心未曾品味到丝毫的喜悦，来自犹太家族的创伤性记忆越来越令他感到压力与痛苦，源于此，即使那中产阶级的社会身份也并未给予他成功与满足感。作为功成名就的教授，塞戈却总是与他人疏离，孤独沉默，虽然拥有百万家产，但还是被姐姐杰特称为"世界牺牲品"，并本能地与犹太文化及所有关于大屠杀的信息保持距离。这种来自内心最深处的苦闷甚至渗透于塞戈生活的每一个角落，虽然他清楚博学多才的艾斯勒是自己所急需的最合适的秘书人选，但在了解到这位年轻人来自慕尼黑的一个被同化的家庭且许多家庭成员死于纳粹达豪集中营后颇感震惊，尤其是得知艾斯勒把纳粹大屠杀看作犹太人命中注定的劫难后，塞戈气愤得立即拒绝了其应聘申请。在书中，他记录下来自父亲卡尔的断断续续的回忆，其中关于大屠杀中死亡的细节是模糊的，同时又不可避免地加以虚构，而卡尔也并不是灾难的亲历者，他是通过与大屠杀中幸存亲友们的联系而获得的关于家族历史的零散的记忆，但卡尔向塞戈吐露的心声是清晰而明确的：残酷无情的现实已将内心撕裂成碎片，感觉自己如同死魂灵一般行走于人类世界。可见精神上的重创甚至已导致其对自身存在产生了怀疑。塞戈将个体与家族史的关系比喻为蜘蛛和蜘蛛网，视自己为修理工，要重新编织家族这张已经部分破碎的网以让它更坚强有力，这其中的确蕴含着无家可归的流浪者苦苦寻觅家园的渴望。其实，塞戈对自己中产阶级的社会地位有着清醒的认知，但却没有一丝居于弱势群体之上的优越感，其痛苦究其实来自社会归属感的丧失。欧茨特意将塞戈每况愈下的身体与助手阿尔玛的丰盈健康形成鲜明的对比，用塞戈的自卑暗示其作为“精神孤儿”被边缘化的窘况。

塞戈属于已被美国社会和文化所同化的那一代犹太后裔，其在得到物质满足和社会地位的同时，似乎又怅然若失，他一边享受着中产阶级的富裕生活，一边又似乎无法真正地与主流社会相融而陷入了“文化两性人”的困扰，甚至永远受到鄙夷乃至仇视，品尝着作为“陌生人”的全部苦涩。欧茨曾指出，《纹身女孩》是“关于身份问题和反犹主义”的小说，塞戈最后死于有反犹主义倾向的阿尔玛之手，虽然后者是为了帮助塞戈摆脱困境而选择谋杀，但犹太血缘的存在给塞戈带来的生活与精神的重负是毫无疑问的。

2007 年，欧茨通过长篇小说《掘墓人的女儿》试图在全球多元化语境下探索犹太人的身份危机问题。德国人雅各布·施瓦特为了躲避纳粹屠杀而带领全家逃到美国。在墓地小石屋里，这个被人鄙视欺辱、孤独寂寞的家庭过着畸形、变态的生活。雅各布失魂落魄，“那双眼睛一点也不胆怯，而是透着凶光，透着因自卑压抑而引起的愤慨”①，妻子安娜因为害怕被人认出是犹太人而不敢开口说话，几乎失语，当有人来访，她便“浑身上下抖着，就像是个做噩梦的女人，刚被人唤醒似的。她脸色苍白，又由白转黄，像是浑身的血被抽干了似的”②。

① 欧茨：《掘墓人的女儿》，汪洪章、付垚、沈菲译，人民文学出版社 2012 年版，第 81 页。
② 欧茨：《掘墓人的女儿》，汪洪章、付垚、沈菲译，人民文学出版社 2012 年版，第 85 页。

当儿子在学校受到歧视，哭着问什么叫犹太人时，她“差一点晕过去，面色就像一个快被淹死的女人”，跑向墓地找丈夫：

> ……她说话结结巴巴，上气不接下气。……瞧她那蓬乱着的头，衣衫不整的样子，身上穿的是家里做家务时穿的便服，没模没样的。长筒袜卷落到了脚踝上，光着两条肉鼓鼓、白晃晃的腿，腿上满是金黄色的毛。再看她的脸，臃肿肥大。以前那张瘦削可爱的小脸再也不见了。以前，她苗条，很美，笑起来一副腼腆的样子，崇拜当教师的丈夫，她会弹肖邦、贝多芬、门德尔松等人的曲子。天哪，他当时是多么爱她啊！——可现在站在他面前的这个笨拙、难看的女人，结结巴巴地讲着支离破碎的英语，听得他非常吃力，弄不明白她到底在讲什么。[①]

女儿丽贝卡时刻记着父亲的叮嘱：“在动物的世界里，弱者的命总是长不了。丽贝卡，你可千万不要暴露自己的弱点啊。千万记住。”[②]“千万别说那几个字。”[③]她极力隐藏自己的犹太人身份，在学校努力学习英语，第一次婚姻失败后带着年幼的儿子逃离，为自己和儿子改名换姓，“喜欢把小腿、大腿、腋窝还有其他部位的体毛刮得干干净净，她担心那些浓密卷曲的毛发会暴露她的身份”[④]。甚至与哥哥相遇却不愿相认，或许是害怕自己真实身份的暴露会影响儿子的前程。多年来，丽贝卡四处流浪，居无定所，直到迎来幸福的第二次婚姻，儿子在音乐上也获得了成功，母子二人被主流社会所接受，可即便如此，等待丽贝卡的还是一个个漫长的不眠之夜。生活的苦痛特别是身份的边缘化让她选择隐藏、逃避甚至将自我封闭。儿子扎克，作为美国第三代犹太移民，亦陷入身份建构的莫名苦恼中。他苦练钢琴，“耳边不断回响的音乐像瀑布的哗哗水流声，冲刷着他疲惫的神经”[⑤]，18 岁的他甚至会想到死亡，对自己的才华和“成功”感到厌倦。扎克开始对欧洲历史、哲学、宗教感兴趣，并选修了一门有关第二次世界大战的课程，还在饭桌上谈起了一家人一直在回避的关于“上帝是谁”的严肃话题，表示想要了解犹太教，这让丽贝卡大为震惊。扎克的抑郁、敏感、焦虑既来自钢琴练习的压力，更来自文化认同感的缺失而导致的阵痛。丽贝卡多年苦心将儿子的杂糅文化身份隐藏起来，但这并没有给母子二人带来如愿的轻松生活，丽贝卡躲着扎克和丈夫，因为“她无法忍受自己被人看

---

① 欧茨：《掘墓人的女儿》，汪洪章、付垚、沈菲译，人民文学出版社 2012 年，第 94 页。
② 欧茨：《掘墓人的女儿》，汪洪章、付垚、沈菲译，人民文学出版社 2012 年版，第 4 页。
③ 欧茨：《掘墓人的女儿》，汪洪章、付垚、沈菲译，人民文学出版社 2012 年版，第 94 页。
④ 欧茨：《掘墓人的女儿》，汪洪章、付垚、沈菲译，人民文学出版社 2012 年版，第 507 页。
⑤ 欧茨：《掘墓人的女儿》，汪洪章、付垚、沈菲译，人民文学出版社 2012 年版，第 522 页。

穿，仿佛她后背的脊椎骨暴露在了体外”[①]。

每一个人都需要从其肯定和确认归属的群体中获得一种社会认同感，对自我身份的认同从人们在回答“我是谁”这样的问题时就已经产生了，而对于失去家园、一直作为流散者和客居地居民的犹太人来说，强烈的身份迷茫与焦虑往往使他们走向生存困境与身份认同的危机，在漫长而痛苦的迁移史中，作为异教民族的他们受到了不断的排挤和欺压，经历了无数次令人发指的屠杀，其悲惨命运在第二次世界大战纳粹屠犹事件中达到顶峰，而这段如梦魇般的往事自发生之日起就从未停止过对人类良知的拷问。

（二）寻求身份归属：文化认同的焦虑执着

美国文学批评家 S. 莉莲・克莱默在其《后异化：当代美国犹太文学的方向》一文中指出：“后异化”的美国犹太作家在某种程度上已主宰了 20 世纪 80 年代以来的美国文坛。她所说的“后异化”问题，实质上是指美国犹太移民在被主流社会“同化”后所面临的一系列问题，其中就包括如何对待“第二次世界大战”中的“屠犹”、如何处理犹太人与非犹太人之间的关系等问题，在这些作家的笔下，无论那些从未亲历大屠杀的犹太后代以何种方式试图回避或“忘却”过去，但总是涂抹不掉笼罩在自己生活中的历史阴影。

艾米莉・米勒・巴迪克也于《美国犹太文学想象中的大屠杀》（*Post-alienation*：*Recent Directions in Jewish-American Literature*）一文中提到，大屠杀意识已渗透到犹太人的日常生活中，而且在想象中记录大屠杀似乎成为确立犹太身份的关键。短篇小说《表姐妹》（后收录于长篇小说《掘墓人的女儿》）从某种程度上来说便承载了欧茨本人寻求犹太归属感的心路历程，小说通过素未谋面的两位大屠杀幸存者的书信往来娓娓诉说着两个犹太移民家庭的辛酸往事。自称“丽贝卡・施瓦特”的美国犹太中产阶级妇女偶然读到一本由芝加哥大学教授弗莱妲写的回忆录《起死回生：我的少女时代》，并从关于“大屠杀”的亲历者的叙述中推断作者就是自己在第二次世界大战期间失散的表姐，于是执着地频繁写信给对方要求“认亲”。弗莱妲一家是“大屠杀”的直接受害者，在纳粹集中营里，父亲从他们的生活中消失，不知去向，哥哥被踢死，姐姐亦死于非命；而丽贝卡在“大屠杀”前便随家人移民至美国，虽说并未亲历大屠杀，但一家人却一直无法摆脱“大屠杀”的可怕梦魇，饱受种族歧视之苦，母亲因极度抑郁而自我封闭，父亲因犹太人的身份而终止了教书生涯做了一名掘墓人，其性情乖戾，杀妻后自杀，两个哥哥也不知所踪。事隔多年，早已融入美国主流社会的丽贝卡内心仍旧倍感孤独。

---

① 欧茨：《掘墓人的女儿》，汪洪章、付垚、沈菲译，人民文学出版社 2012 年版，第 526 页。

可以说，丽贝卡写信认亲的执拗行为已表明她对自己犹太身份的重新认可，“是非亲历者通过大屠杀的想象实现犹太寻根的过程——也就是一个围绕大屠杀‘后记忆’展开的犹太寻根过程”[①]。移民美国之后，丽贝卡的母亲被父亲禁止说母语而封闭自己，父亲不敢承认自己的犹太身份而改名换姓，而丽贝卡本人试图通过毁掉家人照片封存对昔日的记忆……他们似乎曾经在陌生的环境里无奈之下丢失了自己的犹太身份，而这一切突然被弗莱妲的回忆录所唤醒。在信中，丽贝卡承认自己以前从未读过任何关于大屠杀的书，因为害怕了解真相，而在书店旁边的停车场里却捧着表姐的回忆录看得忘记了时间，直到泪水浸湿了双眼。通过信件，她回忆着不堪回首的过往，一边讲述着自己的故事，一边对年代、事件乃至人名、地点不厌其烦地进行核对，向表姐表达着内心的孤寂，宣泄着寻求归属的急切心绪：“……在你写给我的信中，我仿佛能透过文字听到你的声音。我爱听这声音，它像我秘密的心声，没有任何人能听见。”[②]“只要你说一句话，我的灵魂就会痊愈。”[③]

20世纪20年代，法国社会心理学家莫里斯·哈布瓦赫首次将“集体记忆”的概念引入社会心理学领域，90年代，德国文化学学者扬·阿斯曼对此予以发展，提出了“文化记忆”这一极具当下意义的关键概念，并将“记忆”引入文化研究范畴，用以概括人类社会的各种文化传承现象。在他来看，文化记忆涉及的是对一个社会或一个时代至关重要的有关过去的信息，这段过去构成了该社会或时代的集体记忆。“通过对自身历史的回忆、对起着巩固根基作用的回忆形象的现时化，群体确认自己的身份认同”[④]，文化记忆传达给每个社会、每个时代一种自我形象，群体的认同与独特性意识便有赖于此。[⑤]而在当代犹太人的身份问题上，大屠杀似乎提供了一个新的、基础性的回忆点，犹太人通过对大屠杀的回忆可以重新定义自己的民族，构建每个参加回忆的犹太人的身份。虽说大屠杀并不是那些幸存者的后代所亲历，但作为犹太人的集体记忆，其一直被写进一些犹太作家的叙事作品中，并且通过对幸存者及其经历的记录和描写，使得这一文化元素成为年轻一代犹太人身份建构的重要依托，进而深度挖掘着幸存者后代在身份认同中的焦虑与思考。而欧茨沿袭了美国犹太文学的传

---

① 林斌：《大屠杀叙事与犹太身份认同：欧茨书信体小说〈表姐妹〉的犹太寻根主题及叙事策略分析》，《外国文学》2007年第5期。

② 欧茨：《掘墓人的女儿》，汪洪章、付垚、沈菲译，人民文学出版社2012年版，第561页。

③ 欧茨：《掘墓人的女儿》，汪洪章、付垚、沈菲译，人民文学出版社2012年版，第561-562页。

④ 扬·阿斯曼：《文化记忆：早期高级文化中的文字、回忆和政治身份》，金寿福、黄晓晨译，北京大学出版社2015年版，第47页。

⑤ 扬·阿斯曼：《集体记忆与文化认同》，哈拉尔德·韦尔策：《社会记忆：历史、回忆、传承》，季斌、王立君、白锡堃译，北京大学出版社2007年版，第14页。

统，丽贝卡便是曾在融入美国主流社会过程中品味种族归属感危机的犹太人的代表，母亲的失语、父亲的杀人与自杀、丽贝卡的改名换姓及其新生活，似乎都意味着无奈之下对自我的否定，而对过去这段历史的追忆或许能成为帮助他们找回自己身份的钥匙。

于是，在《掘墓人的女儿》中，欧茨继续通过德国犹太移民后裔丽贝卡的叙述和经历，再次向读者展现了一个犹太移民终其一生在反犹环境下寻求犹太身份的历程，作品以心理写实的手法，成功塑造了一位身心皆受过严重创伤的犹太后裔的形象，读者也更进一步见证了主人公内心的累累伤痕。强烈的局外感、异化感是众多犹太作家笔下人物身份焦虑的具体化表征，客居他乡、生活在陌生的世界、处于精神流浪中的丽贝卡面对身边的现实，内心一片迷茫，边缘人的感觉不断加剧，被流放的孤独使她陷入了绝望的身份危机之中，这给她带来巨大的精神磨难，在此，读者明显解读到的是一个受排挤的犹太人的无奈与失落，以及其对身份归属的渴求。晚年身患癌症的丽贝卡在读弗莱姐的回忆录后执着地踏上了寻亲之路，在一年多的书信往来中一次又一次打开了记忆的闸门。曾经，丽贝卡为了隐藏自己而拒绝与哥哥相认，之后多次跑到那个公园，眼里含着沮丧的泪水寻觅哥哥的踪迹，因为那“我叫古斯·施瓦特”，“我的妹妹丽贝卡……”[①]的声音已刺穿了她的心；曾经，丽贝卡想向丈夫袒露那个真实的自我，但最终还是没有开口，只是悄然一人时把玩着犹太人的纸牌聊以自慰，感慨着：“不当黑兹尔·琼斯的感觉真好。”[②]如今，她悄悄地与表姐通信，确认着丽贝卡·施瓦特的存在，在经过了为获得主流文化的接纳而无奈与自己的民族性疏离后，她开始走出迷失，重建文化身份。很多美国犹太作家在文学创作中都会涉及犹太人的“同化”问题，并发出如下诘问：“同化”了的或自认为“同化”了的犹太移民能否完全将过往一笔勾销？这已成为作家们所关注的焦点，而事实表明，与种族相连的民族性是难以忘却、抹杀掉的，也许，犹太人会出于不愿被视为“异类”、不愿被边缘化及生存策略的考虑而挤入主流社会，但对于他们而言，更为苦涩的精神流亡时时提醒着他们要孜孜以求地追寻自我文化身份的归属。这正如丽贝卡所经历的，尽管她隐瞒、逃避，但她从没有真正忘记自己的身份归属，与哥哥的巧遇、与犹太表姐的通信，让她重新获得了自己作为犹太人的认知，虽然最终都未公开自己犹太人的身份，但她始终同作为犹太人的过去保持着千丝万缕的联系。

多年来，移民至美国的犹太族裔群体构成了非主流文化主体，他们所面临

---

① 欧茨：《掘墓人的女儿》，汪洪章、付垚、沈菲译，人民文学出版社 2012 年版，第 427 页。

② 欧茨：《掘墓人的女儿》，汪洪章、付垚、沈菲译，人民文学出版社 2012 年版，第 544 页。

的困境是需在祖籍文化和主流文化之间进行身份选择，欧茨小说中的塞戈、丽贝卡等人的内心焦虑，并不像现代希伯来语和意第绪语文学中的小人物那样因生机所迫，而是因“自我”所困，是一种急切寻找精神家园而又无可归属的精神状态。当这些漂泊不定的精神流浪者们汇入美国生活时，其内心必定经历着兴奋与惶恐、骚动与困惑，有人融入主流文化的浪潮中选择了“同化”，而更多的犹太人则扮演着双重文化角色，成为具有多重文化身份的边缘人，“挣扎在‘犹太性’与‘美国性’的这一悖论中”[①]而感到迷茫和自我的丧失，被放逐的灵魂品味着莫名的哀伤，在难以承受的生命之痛中默默隐忍着。这样的背景下，欧茨便以其对人物生存困境与心理危机的书写，对犹太移民的身份归属问题予以异常理性的反思。

① 乔国强：《美国犹太文学》，商务印书馆 2008 年版，第 131 页。

后记

与那些历史悠久的国家相比，美国可谓年轻，但同样年轻的美国文学却在200多年的时间中，异军突起，以其多元化、平民化的独特气质散发出隽永的魅力，深深影响了世界文学的格局及发展进程，迄今为止，在一大批脱颖而出并享有世界声誉的美国作家中，获得诺贝尔文学奖的就有12位，小说家则占据八席。可以说，自从华盛顿·欧文、詹姆斯·库珀以来，小说创作一直处于美国文学创作的主导地位，虽然瓦尔特·惠特曼、亨利·朗费罗、埃兹拉·庞德等诗人及尤金·奥尼尔、亚瑟·米勒等戏剧家足以令美国人骄傲，而纳撒尼尔·霍桑、马克·吐温、西奥多·德莱塞、辛克莱·刘易斯、威廉·福克纳、欧内斯特·海明威、索尔·贝娄等小说家更是令美国人自豪。众多的流派、丰富的题材、千变万化的艺术形式，赋予了美国文坛以多彩的景致。

本书以专题的形式分别对9位20世纪美国小说作家及其经典作品进行了研究与赏析，他（她）们是西奥多·德莱塞、玛格丽特·米切尔、威廉·福克纳、欧内斯特·海明威、杰克·凯鲁亚克、约瑟夫·海勒、索尔·贝娄、杰罗姆·大卫·塞林格、乔伊斯·卡罗尔·欧茨。其中，有人坚守着现实主义文学传统并开启了美国新现实主义小说的创作时代；有人吸取现代派写作手法，大胆地进行艺术实验和创新；有人则以令人眼花缭乱的表现技巧传达出厚重的意蕴、展现了现代主义新潮作家的创作个性。他们的作品既有极具思辨色彩和睿智理性的学院派小说，亦有拥有最多读者、曾经造成爆炸性轰动效应的畅销小说；既有对欲望煎熬与逐梦怅惘的叹息、对暴力与死亡的探究、对现代荒诞的书写，亦有对重压之下优雅气质的张扬；既有漂泊无根的精神苦闷者，亦有逆境中努力实现自我价值的奋斗者……无论是“迷惘的一代”还是“垮掉的一代”，无论是黑色幽默小说还是意识流文学，都在以各自的方式诠释着美国甚至人类世界，也让我们了解到作家们对人的生存境遇和存在本身的无穷追索。

我对美国文学的关注由来已久，在多年的教学科研生涯中似乎一直未离开这块领域，而本书内容除了部分来自我的选修课《美国小说专题》《西方文学经典研究》讲稿外，大多是经过对美国小说的思考、研究之后的新的感悟，包括其间发表的若干篇论文。书中对作家及作品的选择一是出于对是否能够多角度地反映美国的社会、文化以及20世纪人类的困扰与绝望、焦虑与梦想的考虑，因为毕竟大家对“经典”的理解不尽相同；二是出于个人的研究兴趣，故此书权当作对两门选修课程及近年来研读美国小说的回顾与总结。书中疏漏在所难免，敬请专家、学者不吝指正。

任 媛

2019年春于天津师范大学